Me llamo LORENA, aunque en los mundos de internet ya todos me conocen como Cherry Chic. Nací en mayo de 1987 y no recuerdo cuándo fue la primera vez que soñé con escribir un libro, pero sé que todo empezó cuando mis padres me compraron una Olivetti y me apuntaron a mecanografía siendo una niña. En la actualidad puedo decir que he cumplido mi sueño: vivir de mis libros dando vida a mis personajes.

Papel certificado por el Forest Stewardship Council®

Primera edición en B de Bolsillo: enero de 2024

© 2022, Cherry Chic
© 2022, 2024, Penguin Random House Grupo Editorial, S. A. U.
Travessera de Gràcia, 47-49. 08021 Barcelona
Diseño de la cubierta: Penguin Random House Grupo Editorial / Maria Soler
Fotografía de la cubierta: © Margarita H. Garcia

Printed in Spain – Impreso en España

ISBN: 9978-84-1314-825-0
Depósito legal: B-19.368-2023

Impreso en Novoprint
Sant Andreu de la Barca (Barcelona)

BB 4 8 2 5 0

Cuando acabe el invierno
y volvamos a volar

CHERRY CHIC

A mi abuela, de la que tuve que despedirme mientras escribía este libro. Te echaré de menos en cada flor que se abra en primavera. Te sentiré conmigo en cada mariposa que revolotee sobre ellas.

Prólogo

Kellan

De todos los días que he vivido, si pudiera elegir uno, no elegiría el peor. Pero tampoco el mejor.

De todos los días que he vivido, con lo que me quedo al final es con los recuerdos simples.

Los baños en el lago en septiembre, cuando el tiempo ya no acompaña y el agua era como pequeños cristales que se me clavaban en la piel.

Los gritos de Hunter mientras se me subía a la espalda de camino al instituto.

Los ratos muertos en el taller con mi padre, charlando de fútbol y música, sin saber lo que el destino nos tenía preparado.

Cantar con Brody hasta sentir más dolor en la garganta que en el corazón. Cantar hasta olvidar que las cosas malas, a menudo, les ganan terreno a las buenas.

Las carreras por el bosque intentando que el sheriff no nos pillara con la cerveza que le habíamos robado al padre de Wyatt.

Los abrazos de Ashley cuando se colaba por mi ventana después de que muriera mi padre y lloraba conmigo hasta que los dos nos quedábamos dormidos.

Las emboscadas que organizaba Savannah cuando quería que todos estudiáramos juntos.

Los besos de Maia.

Joder, qué bueno era tener los besos de Maia a cualquier hora del día, con cualquier motivo. Sobre todo, cuando no había un motivo. Solo porque sí.

El dolor de perderla.

El placer de encontrarme en la música.

Los escenarios. La gente coreando mi nombre. La música vibrando, no solo en mi pecho, sino en el de un montón de personas desconocidas.

De todos los días que he vivido, si pudiera elegir uno, sería el día que nací y, en mi ficha médica, pusieron «Lugar de nacimiento: Rose Lake». Porque estoy seguro de que ser parte de ese pueblo ha sido lo mejor y lo peor que me ha pasado en la vida.

Ahora lo sé. Mientras la aguja del velocímetro marca una velocidad que nunca he visto antes y los bordes de la carretera se difuminan, puedo verlo. La velocidad tamborilea en mi pecho tan rápido como mi corazón, que se prende por el miedo y la adrenalina. La vida no va sobre mentirnos y sentirnos valientes cuando no es así.

La vida va de seguir adelante cuando piensas que no puedes más. Sobre todo entonces. Cuando sigas adelante con dolor, rabia y el alma a medias, sabrás realmente lo valiente que eres; cuando el miedo rompa tus alas y vueles más alto que nunca.

1

Ashley

—Tienes que darle un golpe seco para que salga toda la raíz, Ashley.

Contengo mi poca poquísima paciencia e intento con todas mis fuerzas no responder de mala manera. Me recuerdo que mi abuela está delicada después de la neumonía que ha sufrido, unido a todo lo que ya arrastra, y necesita tranquilidad. De paso, me obligo a recordar que esta mujer es la única que ha hecho algo por mí desde... ¿siempre?

—Perdona por no saber trasplantar como es debido unas insignificantes flores silvestres.

—¿Por qué son insignificantes?

—Ya te lo he dicho, abuela. ¡Son silvestres! Las encontraste en uno de tus paseos por la montaña, las trajiste y...

—Y no por ello son menos valiosas que otras compradas, Ashley. Posiblemente valgan más, porque estas han resistido las inclemencias del tiempo.

Se obliga a erguir su anciano cuerpo con orgullo en el sillón que hay en nuestro minúsculo porche y contengo el impulso de acercarme y subirle la manta. Ni mi abuela ni yo tenemos personalidades dulces. No nos verás dedicarnos carantoñas a menudo, pero tampoco verás a nadie querer a un pariente como yo la quiero a ella. Hace mucho tiempo que asumí y aprendí que no somos peores ni tenemos menos sentimientos por ser de carácter fuerte. Frunzo el ceño mirando las flores de las narices, supongo que ahora entiendo lo que pretende decirme.

Obedezco su consejo y trasplanto las flores a una maceta más grande. Podríamos ponerlas en la tierra del jardín y ya está, pero entonces mi abuela no podría obligarme a moverlas cada pocos días, dependiendo de la posición del sol. ¿Y qué sentido tendría para ella la vida si no pudiera torturarme un poco?

—Oh, ahí está ese chico otra vez. ¿A dónde irá tan temprano? Debería aprovechar el domingo para dormir.

No necesito ver hacia qué dirección señala mi abuela. Lo sé de sobra. Alzo la vista y justo en la parcela de enfrente, sentado en los escalones de su porche, veo a Parker Steinfeld poniéndose las botas de agua con estampado de dinosaurios y subiéndose las gafas cada vez que se le resbalan por la diminuta nariz. Cuando se calza se levanta, mira hacia nuestra casa y, al verme arrodillada en el jardín, suelta un chillido de alegría y cruza la calle corriendo; casi se me sale el corazón por la boca.

—¡Maldita sea, Parker! ¡Tienes que mirar a ambos lados! ¿Cuántas veces tengo que decírtelo?

—¡Hola, Ash! —grita, loco de contento, obviando mi reprimenda por completo—. ¿Sabes qué? —Se mete la mano en la chaqueta que lleva desabrochada y saca un muñeco—. ¡Papá me ha conseguido un brontosaurio! ¡Míralo! ¿Sabías que podía pesar más de veinte toneladas? ¿Te imaginas? ¡Es muchísimo! ¡Más que un elefante! Mucho más.

Me agacho para abrocharle la chaqueta. Es cierto que estamos en verano, pero apenas son las ocho de la mañana y esto sigue siendo Rose Lake. El viento de las montañas sopla frío por las mañanas y por las noches. Eso, y que Parker no es un niño robusto. En realidad, no es que sea pequeño, pues tiene la misma altura que muchos otros niños de su edad, pero está muy delgado porque es muy nervioso y no para quieto. Tiene el pelo rubio oscuro, los ojos inmensos y azules y unas pecas adorables que sus gafas no logran tapar del todo. Le faltan los cuatro dientes delanteros, aunque está muy orgulloso de eso, porque asegura que ahora van a salirle unos dientes tan grandes como los de los dinosaurios, con los que vive obsesionado. ¿Que por qué sé tantas cosas de mi vecino? Porque soy su niñera muchos días y, al parecer, el pequeño me adora. ¿Quién puede culparlo? Tengo ese poder sobre los hombres, incluso sobre los hombres de seis años.

—¿Has desayunado?

—Me he bebido un vaso de leche. ¿Sabías que el brontosaurio solo comía plantas? No comía nada de carne, así que, aunque nos ataque, tú tranquila, Ash, porque no nos comerá. —Mira las macetas de flores silvestres y arruga la nariz, cosa que hace que las gafas se le resbalen un poco—. Aunque igual tus flores sí que se convierten en comida.

—Si un dinosaurio se atreve a comerse mis flores, será lo último que coma —sentencia mi abuela desde el porche.

—¡Abuela! —exclamo, porque la cara de horror de Parker es para hacerle una foto.

—El chico tiene que aprender que la vida es dura.

—No se preocupe, señora Miller, mi mamá dice que no debo contestarle porque está usted mayor y a los mayores hay que respetarlos.

—¿Acabas de llamarme vieja, chico?

—¿Sabes qué? —intervengo mientras pego a Parker a mí, no porque tema por mi abuela, que ladra mucho y no es capaz de matar ni a una mosca, sino porque el pobre Parker está temblando un poco y ya no sé si es de frío o de miedo—. Voy a hacer unas tortitas y tú y yo vamos a desayunar juntos.

—¡Tienes que terminar de trasplantar mis flores! —se queja mi abuela.

—Lo haré después, prometido. ¿Te ayudo a levantarte?

—¡Sé levantarme, Ashley Jones! Deja de tratarme como si fuera una inútil.

Me muerdo el labio inferior con fuerza para no responder. Tengo que recordar que mi abuela tiene un orgullo tan inquebrantable que puede llegar a ser desesperante, pero en el fondo está asustada. Últimamente su salud falla más de lo que a las dos nos gusta admitir. Su forma de lidiar con todo esto es rebelarse y, mientras la vea capaz, la dejo. No quiero que sienta que se vuelve inútil, aunque vaya a necesitar cada vez más ayuda y sea algo inevitable con cada día que pasa.

Entro en casa con Parker y lo aúpo para sentarlo en el banco que hay junto a la isleta de la cocina. No es una cocina muy grande. La casa, en realidad, es más bien pequeña. Tiene salón, cocina y un pequeño lavabo en la planta baja; dos habitaciones y otro baño en la planta superior, y una buhardilla atestada de cajas. Fuera tenemos un garaje que también está a reventar de cosas. Ahí está todo lo que mis padres dejaron cuando vendieron nuestra casa y se largaron a ver mundo porque sentían que sus almas no estaban limpias. No me invitaron a ir y, de hecho, me dijeron que habían esperado a que yo tuviera dieciocho años para dar el paso. Como si tener dieciocho años hiciera que pudiera mantenerme por mí misma. Se largaron el mismo día de mi cumpleaños y solo volví a saber de ellos a través de algunas postales. La última la recibí hace dos años. A lo mejor están muertos. Quizá no. No lo sé y tampoco me importa. Lo que sí me importa es saber que tengo la buhardilla y el trastero llenos de cosas que no puedo tirar porque mi abuela se niega a asimilar que no van a volver.

—¿Puedo tomar las tortitas con nata?

—Sabes que no puedes tomar lactosa. Podría...

—Podría matarme, ya lo sé, pero aun así quiero probar la nata. Kelsie dice que sabe a nubes.

—¿Y cómo sabe Kelsie a qué saben las nubes?

Parker encoge los hombros.

—No lo sé, no le he preguntado. Kelsie dice que hay cosas que los chicos no deben preguntarles a las chicas.

Me río. Kelsie es su mejor y única amiga. La única, en realidad, que no se ríe de Parker por sus intolerancias y vive el tema de los dinosaurios con tanto entusiasmo como él. Kelsie es, bajo mi punto de vista, la única niña que merece la pena en todo Rose Lake, aparte de Parker. Parker siempre será el mejor.

—Dile a Kelsie que la nata solo sabe a nata y las nubes no tienen sabor.

—¿Y tú cómo lo sabes? ¿Las has probado?

—¿Las ha probado Kelsie?

—No, pero confío en ella.

Su fe ciega en su amiga me enternece.

—¿Sabes qué? Haces muy bien. Hay que confiar en los mejores amigos.

Le revuelvo el pelo, le pongo un vaso de leche de almendras por delante y preparo tortitas para los tres mientras me habla de su nuevo brontosaurio y me lanza más datos que la propia Wikipedia. A menudo pienso que acabaré aprendiendo con Parker lo que no conseguí aprender en el colegio.

Pongo la mesa y, cuando todo está listo, bajo a Parker del taburete y aviso a mi abuela para que nos acompañe. Ella entra del porche, donde se ha quedado trasteando con sus flores, y se sienta con un quejido de dolor que no me pasa inadvertido. El nudo que tengo en el pecho desde hace meses se aprieta. Con cada quejido de mi abuela, con cada ingreso en el hospital, en realidad, el nudo amenaza con estrangularme por dentro. Es miedo, lo sé. Maia dice que debería hablar con un psicólogo que me prepare para el inevitable desenlace de mi abuela, pero no quiero hacerlo. Todavía no. Ella todavía aguantará mucho, lo sé. Tiene que ser así.

—¿Por qué estas tortitas saben raras?

—No saben raras —le digo—. Están hechas con leche de almendras para que Parker pueda tomarlas.

—La leche de vaca podría matarme, ¿sabe?

Quizá su madre debería dejar de decirle a Parker que podría morir... aunque es cierto, así que me limito a apartarle unas tortitas y ponerle por encima sirope de arce. Le pongo el plato por delante y él no duda en zamparse dos trozos de un bocado.

—Jesús, chico, parece que no hubieras comido en años.

—¡Abuela! —exclamo.

—¿Qué pasa ahora?

—Compórtate, ¿quieres?

—¡Pero si me estoy comportando!

—No se nota.

—Si no me comportara, diría que estas tortitas saben a barro y que las almendras no tienen leche porque no puedes ordeñarlas. La leche es de las vacas. Esto es... sirope de almendras.

—Me gustan los siropes —dice Parker con la boca llena.

Pongo los ojos en blanco. En realidad, hacen un gran tándem, aunque el pequeño todavía intente no asustarse con mi abuela y mi abuela... Bueno, ella sigue siendo ella.

Desayunamos más o menos en calma y, cuando Parker casi ha acabado, la puerta de la cocina se abre y Caroline, su madre, suelta un suspiro cansado.

—Te dije que solo saludaras y vinieras a desayunar a casa, Parker.
—Me mira con un gesto de disculpa y sonrío como respuesta.

—Le encantan mis tortitas.

—Te pagaré este desayuno, Ash, prometido.

—No hace falta, de verdad.

Caroline me cae bien. Tiene treinta años, solo seis más que yo, lo que hace que últimamente piense que ella, con mi edad, ya había tenido un bebé. No tengo ni idea de cómo consiguió salir adelante. No es que me considere una irresponsable, pero, si cuidar de mi abuela cuando enferma ya me supone estrés, no quiero imaginar cómo sería cuidar veinticuatro horas de un ser humano que depende totalmente de mí. Y ella lo consigue. Ayuda mucho tener un marido comprometido y que es un encanto, claro, pero aun así es de admirar. Sobre todo porque ambos trabajan muchísimo para poder pagar la casa que compraron enfrente de la nuestra hace unos años. Ella curra en el supermercado del pueblo y él, en el aserradero. Son una gran pareja y hasta mi abuela, que no es dada a los cumplidos, lo dice. Además, que ellos trabajen mucho me viene bien, porque cuido de Parker los ratos en los que no tengo que ir al restaurante y eso supone un plus en mi cuenta corriente.

—¡Ya casi acabo, mamá! ¿Podemos bañarnos en el lago hoy?

—Solo si el sol calienta lo suficiente —le recuerda su madre.

El niño aplaude entusiasmado, termina de desayunar y se marcha con su madre mientras yo me quedo recogiendo la cocina. Apenas estoy metiendo los platos en el fregadero cuando oigo a mi abuela suspirar de nuevo. La miro de reojo, veo su gesto contraído por el cansancio y me muerdo el labio con fuerza para no proponerle que se tumbe un rato.

—Creo que voy a sentarme en mi sillón a ver un poco la tele. Esas tortitas pastosas me han llenado tanto el estómago que me noto soñolienta.

—Como quieras, yo seguiré con tus flores. Entro al restaurante en el horario de comidas y quiero dejarlo hecho.

—Gracias, querida. Gracias.

Se va hacia el salón con paso lento y algo inestable y me quedo aquí, sujetando los platos todavía, mirándola y deseando en silencio tener más tiempo.

Solo un poco más de tiempo con ella.

2

Ashley

Entro en el restaurante con tantas prisas que se me engancha el bolso en el pomo de la puerta. Mierda. Es que no falla, cuanto más quiero correr, peor sale todo. Hoy no iba a llegar tarde, lo tenía todo medido, pero justo dos minutos antes de salir mi abuela me ha pedido ayuda para calentar una sopa y no he podido negarme. Sobre todo porque últimamente me da pánico que encienda el fuego de la cocina estando sola. He pensado en poner algo más seguro, como una vitrocerámica, pero apenas tengo ahorros después de la última vez que mi abuela ingresó en el hospital.

No es que mi abuela esté senil, nunca se ha dejado el fuego puesto, pero últimamente ha dado un bajón grande y no me fío. Suena fatal, pero es cierto. No confío en que, el día menos pensado, se olvide de que está calentando algo y la casa arda. No he hablado de estos miedos con nadie. Maia me pregunta cada día cómo está todo en casa y le aseguro que bien, porque no quiero que se preocupe, pero empiezo a preguntarme si no sería bueno desahogarme.

El problema es que cuando recapacito, en frío, no soy capaz de abrirme. Me resulta mucho más fácil y cómodo guardar lo que siento porque creo que así será más difícil que puedan herirme. Y sé que Maia jamás me haría daño, al menos no a conciencia, porque es mi mejor amiga y me adora tanto como yo a ella, pero aun así... Es mejor ir con pies de plomo. Además, contarle mis preocupaciones no hará que el dinero llegue a mi cuenta bancaria por arte de magia, porque yo jamás aceptaría dinero de mi amiga ni de nadie, a no ser que fuese una cuestión de vida o muerte. Y dependiendo de quién se esté muriendo.

Orgullosa, sí, mucho, rozando lo absurdo, pero no parece que eso vaya a ser algo que cambie hoy.

—Llegas tarde, Ash.

Max, mi jefe y el padre de mi mejor amiga, pasa por mi lado con una bandeja cargada de restos del desayuno de alguna mesa. Me uno a él y lo acompaño hasta la barra.

—Lo sé, lo sé. Se me hizo tarde en el último minuto.

Podría enfadarse, echarme una bronca o, como mínimo, un sermón, pero Max no es así. Es un jefe increíble, comprensivo como pocos y dispuesto a dar no una, sino muchas oportunidades. Entiendo que Maia sea tan genial con los padres que tiene.

—¿Todo bien por casa? —pregunta mientras suelta la bandeja y me tira un mandil limpio que cojo al vuelo.

—Sí —contesto mientras me lo pongo—. Sí, mi abuela se va recuperando.

—¿Segura? Gladys dice que la visitó ayer y la notó un poco cansada.

—Es normal estar cansada después de haber estado en el hospital, y Gladys debería cerrar un poquito más la bocaza.

Max se ríe, pero lo digo en serio. Esa señora es la metomentodo oficial del pueblo y cada día hace méritos para que nadie le quite el puesto.

—Si necesitas cualquier cosa, sabes que puedes contar con nosotros.

—Lo sé, gracias, Max.

—De nada, y ahora ponte a mover el culo. Esto va a llenarse enseguida y aún hay mesas por limpiar.

No tiene que decírmelo dos veces. Me pongo a limpiar mesas y a servir comidas en modo automático. Sin pensar en que, al acabar el turno, los pies me arderán y la espalda me estará matando. Tengo veinticuatro años y, a veces, cuando salgo de un turno intenso en el restaurante, juraría que tengo diez más solo por cómo me siento.

Y lo peor de todo es no poder quejarme porque ¿para qué? Este es mi futuro. Es mi día a día y soy muy consciente de que podría ser muchísimo peor. Tengo un jefe y unos compañeros inmejorables, se adaptan a mis necesidades siempre que sea posible y me permiten cambiar turnos cuando lo necesito por mi abuela sin hacer demasiadas preguntas. Es, en definitiva, un buen trabajo, pero a veces, cuando miro a Maia dirigir el aserradero de su familia, o a Kellan, mi amigo de la infancia, triunfando a lo bestia en la música, siento que es un poco patético que mi modo de ganarme la vida no me genere esa pasión. Savannah y Wyatt, mis otros amigos de la infancia, viven juntos en Nueva York y, según me cuentan, todo les va de fábula. ¡Hasta Hunter ha montado una empresa! Sí, vale, es una empresa de fuegos artificiales y yo los odio, pero es una maldita empresa propia. Y luego está Brody que... Bueno, de Brody es mejor no hablar, porque es evidente que también tiene todo lo que quería.

La única que parece que no ha hecho nada grande o reseñable soy yo, y aunque jamás lo admitiré en voz alta, es frustrante que el sentimiento de inferioridad me llegue cuando peor estoy de ánimos.

—Ash, cielo, ¿has comido algo? —pregunta Vera, la madre de Maia, saliendo de la cocina, donde trabaja con Steve, el marido de Max.

Sí, es raro que los padres de mi mejor amiga y el marido de su padre trabajen juntos, pero eso no es lo mejor: Martin, el marido de

Vera, es el hermano de Max. La verdad es que es una gozada poder meterme con toda la familia al completo por ser lo más alejado a una familia tradicional que pueda existir. Y, aun así, ellos parecen haber encontrado su hueco en el mundo.

O, al menos, en Rose Lake.

Yo, en cambio...

No, joder, voy a dejar de pensar en eso.

—La verdad es que me iría bien uno de tus sándwiches.

—Dalo por hecho. Siéntate en la barra y enseguida te lo pongo.

—Mejor repongo la nevera mientras lo haces.

—Tomarte un descanso de cinco minutos no va a matarte, Ashley, siéntate.

Obedezco, porque a las madres hay que hacerles caso. Bueno, a todas menos a la mía.

Vera me pone el sándwich en un par de minutos y se queda junto a mí, sentada en otro taburete, mirándome comer y sonriendo de ese modo que me pone de los nervios.

—¿Qué? —pregunto impaciente.

—Maia dice que últimamente estás de un humor de perros.

—Eso es porque tu hija me dejó tirada en la última cena de chicas solo para ir con ese novio suyo.

—Ese novio suyo te cae bien.

—Cierto —admito—, pero sigue estando feo dejarme tirada para follar con él.

—Ashley, por Dios —murmura cerrando los ojos, lo que provoca mi risa—. Me dijo que Cam se sentía un poco indispuesto.

—¿Cameron Moore indispuesto? Venga, Vera, no puede ser que seas tan inocente. Ese hombre podría fabricar un barco con sus propias manos por el día y tener energía para echar un par de polvos lentos y trabajados de noche. ¿Le has visto los brazos?

—Ashley Jones, o te controlas o esta conversación se acaba ahora mismo.

Me río, poco dispuesta a mostrarme arrepentida o avergonzada. En realidad, nadie puede culparme por divertirme avergonzando a mi amiga o su familia haciendo comentarios soeces sobre Cameron. No pueden, porque tengo razón. Es un armario empotrado atractivo y hecho por Dios únicamente para ofrecer sexo sucio y caliente a las mujeres.

Bueno, igual ese comentario sí es un pelín sexista y está fuera de lugar, pero, como no lo he dicho en voz alta, no cuenta, ¿verdad?

El caso es que mi amiga está saliendo con un hombre alto, de hombros anchísimos, brazos fuertes, ojos verdes y pelo rubio que está para hacerle de todo y yo, en vez de sentir envidia, estoy tan contenta que lo proclamo a los cuatro vientos. Si lo piensas bien, soy una gran amiga.

—Y ahora en serio, ¿cómo está la señora Miller? —pregunta Vera.

—Cascarrabias, caprichosa y malhablada. Justo igual que siempre.

No sé si es algo que detecta en mi voz o el modo en que desvío la mirada hacia mi sándwich, pero siento su mano en la rodilla y noto que me aprieta un poco, intentando reconfortarme, supongo.

—Seguro que aún le queda mucha guerra que dar. Dile que me pasaré a verla uno de estos días, ¿quieres?

—Claro —murmuro.

—Y, por cierto, Ash.

—¿Sí? —pregunto mirándola.

Lo que sea que iba a decir queda interrumpido por el alboroto que forma Maia cuando entra en el restaurante y se dirige hacia nosotras. Y casi mejor, porque la forma en que Vera estaba mirándome ya me tenía de los nervios. Sé lo que viene cuando me mira así. Uno de esos sermones en los que acaba diciéndome que puedo contar con ella y está aquí siempre que lo necesite. Y lo agradezco, porque sé que es cierto, pero esas cosas siempre me dan ganas de llorar y, joder, yo odio llorar en público.

Odio llorar en cualquier parte, para ser sincera.

—No os vais a creer el cotilleo que traigo.

Mi amiga viste un pantalón negro, una blusa blanca metida por dentro, ceñida y con un escote lo bastante amplio para ser sexy pero elegante al mismo tiempo, y una chaqueta, también negra. Lleva un moño bajo y, aunque está muy guapa, sé en el acto que viene de una reunión o algo importante, porque suele llevar el pelo suelto o recogido en una coleta simple. No es de complicarse la vida con el pelo, mi amiga. Para eso ya tiene otros muchos aspectos en su vida.

—¿Te has quedado preñada porque Cameron es tan potente que...?

—Tienes que dejar la obsesión con Cam y el modo en que practica sexo —me dice mi amiga riéndose—. De todas formas, es algo aún mejor.

—¿Aún mejor que acostarte con tu novio?

—No quería decir eso. Obviamente prefiero tener... —Se queda mirando a su madre un instante y carraspea—. Centrémonos.

—Mejor —dice Vera, y yo me río—. ¿Qué es eso tan jugoso que traes?

—Dilo rápido porque se me ocurren un montón de cosas guarras con la palabra «jugoso» —alego.

Maia pone los ojos en blanco, pero coge un taburete y lo acerca a donde estamos.

—El abuelo ha estado reunido esta mañana con unos inversores y le han contado que alguien ha comprado la propiedad de los Sanders.

—¿La casa grande? —pregunta Vera.

—La misma. Y lo mejor no es eso. Pretenden hacer obras en la parcela, ampliarla y convertirla en un pequeño hotel.

—¿¿¿Qué??? ¿Quién demonios querría montar un hotel en Rose Lake? —pregunto aturdida.

—No tengo ni idea. No han dicho el nombre del comprador, pero, sea como sea, imagino que es cuestión de días que nos enteremos. Es lo más jugoso que ha ocurrido en Rose Lake desde que...

Se queda en silencio y me ahorro el chiste con la palabra «jugoso». Soy consciente de que Maia ahora mismo está pensando en que lo más jugoso desde esto fue la acogida tan brutal que tuvo Kellan en la música. Es una jodida estrella y el pueblo entero habla de ello constantemente. De pronto, es como si Kellan Hyland hubiera sido criado por todos y estuviera esparciendo polvo de las estrellas de Rose Lake por el mundo.

Maia no habla de él. Dejó de hacerlo hace mucho y no puedo reprochárselo. Ahora está con Cam y están bien, él es un gran hombre, pero... Yo sigo pensando que es una pena que ese amor del que fui testigo se acabara esfumando, porque no he visto a nadie mirarse como se miraban Kellan y Maia.

Supongo que eso es lo bonito de la vida. Saber que hay cosas tan preciosas que es mejor dejarlas atrás, siendo conscientes de que algo tan bonito no puede ser eterno.

—Me extraña mucho que los Sanders hayan vendido su gran casa. Estaban muy orgullosos de ella.

Estaban orgullosos porque eran y siguen siendo unos cabrones pretenciosos más pendientes de lo material que de lo que de verdad importa. Los Sanders son los padres de Brody y le jodieron tanto la infancia que lo único que les deseo es que contraigan una enfermedad infecciosa y no se mueran, pero que la sufran cada día de sus vidas.

La clamidia, por ejemplo, me vale.

Eso no es ser mala, porque no quiero que se mueran, solo que sufran un poquito cada día.

De todos modos, da igual lo que yo quiera. Ellos también se fueron de Rose Lake en cuanto Brody empezó a triunfar en el fútbol profesional. Cero sorpresas, la verdad. Enfocaron a Brody hacia esa meta desde que empezó a caminar. Siempre he pensado que Brody se fue de Rose Lake solo para alejarse de ellos, pero, por desgracia, sus padres también decidieron mudarse. No sé qué fue de ellos, tampoco sé qué fue de Brody, pero espero sinceramente que haya podido mantenerse alejado de ellos, porque su presencia nunca le hizo bien.

—No consigo hacerme a la idea de que vayan a construir un hotel en Rose Lake —murmura Maia.

—Eso será si los vecinos lo permiten —le digo.

—¿Y por qué no iban a hacerlo?

—Porque tenemos un paisaje privilegiado. ¿Para qué queremos un hotel?

—Generaría ingresos en el pueblo.

—¿A costa de qué?

Mi amiga no contesta, Vera tampoco y sé que las tres nos estamos haciendo la misma pregunta. Ese hotel, ¿será una bendición o una maldición?

3

Brody

Observo los cristales del suelo del salón. ¿Quién diría que un vaso podía romperse en tantos añicos? Mi padre, de pie frente a mí, me mira como si acabaran de salirme tres cabezas.

—Tienes que estar de broma.

—Nunca he hablado más en serio.

—¡No puedes hacer eso! ¡Te lo prohíbo, Brody!

Sonrío. No es una sonrisa buena y él lo sabe. Es una sonrisa maliciosa. Una sonrisa de triunfo.

Una sonrisa rebosante de venganza.

—Creo que no me has entendido. No te estoy pidiendo permiso para hacerlo. Te estoy informando de que ya lo he hecho.

—¿Para qué? ¿Por qué y con qué fin, hijo?

—Me temo que eso no es de tu incumbencia.

—¡Y una mierda!

Su brote de rabia solo me anima más. Quiero que salte, que se desquicie tanto como me he desquiciado yo durante años. Después de todo, estoy tocando todos los puntos que lo enervan. Todos los puntos que, cuando era niño, hacían que se le cerrasen los puños y se estampasen en cualquier parte de mi cuerpo, menos en la cara. En la cara nunca, porque no era tonto y sabía que eso sería meterse en un problema de verdad. Hay acciones que ni siquiera el dinero puede comprar y mi padre, aunque sea un cabrón, no es tonto y lo sabe bien.

—Pero, hijo, ¿para qué quieres invertir tu dinero de un modo tan absurdo? —pregunta mi madre desde el sillón que hay al lado del sofá en el que estoy—. Si lo que quieres es hacer negocios, tu padre...

Lo que ella no sabe es que ya tengo mi dinero invertido en otros negocios. Negocios que están dándome mucho dinero y seguirán dando frutos en el futuro. Podría darle explicaciones, pero no quiero. Es así de simple.

—No necesito a mi padre para hacer negocios.

Ni para cualquier otra cosa, pero me callo porque sé que, de momento, es mejor ser cauto.

—Te crees muy listo, ¿verdad? —Mi padre atraviesa el salón pisando los cristales del vaso que él mismo ha estallado contra el suelo—. Crees que, porque ahora juegas en la NFL, puedes reírte de mí o intentar enredarme, pero lo cierto, chico, es que estás donde estás por mí. —Acerca su cara a la mía, agachándose, y me contengo para no apretar la mandíbula y demostrarle lo que me hace sentir—. La realidad, aunque te duela, es que me debes todo lo que tienes. Tu sueño se ha cumplido gracias a mí.

—Tú no tienes ni puta idea de mis sueños —le suelto con desdén.

Levanta la mano tan rápido como yo me levanto, invadiendo su espacio personal. Ya no soy el niño enclenque y asustado que vivía encerrado en un pueblo y sin posibilidad de salir de él. Tengo veinticuatro años, mido 1,91 metros y peso 96 kilos. Soy más alto que él, más fuerte que él y, si me toca los cojones, seré más cabrón que él sin pensarlo.

—Venga, hazlo. Dame una excusa para devolvértela de una puta vez.

—Vale ya, por favor. —Mi madre se alza y pone sendas manos sobre nuestros pechos, como si con ese simple gesto pudiera disuadirnos—. En esta familia no arreglamos las cosas a golpes.

Doy un paso atrás, como si me hubiese dado una bofetada.

—No sé a qué familia te refieres, mamá, pero esta, en concreto, arregló sus problemas a golpes durante mucho tiempo. Solo que el único que golpeaba era él. ¿Por qué no puedo yo hacer lo mismo ahora?

—Brody, por favor.

—Por favor, ¿qué?

—Hablas como si tu padre fuera un maltratador.

—Ah, ¿no lo es?

—Estúpido chico —masculla él—. Eras estúpido de niño y lo sigues siendo de adulto. Crees que porque ahora juegas en un equipo importante puedes tomarte la libertad de hablarme así, pero sigo siendo tu padre y me debes respeto, ¿me oyes?

—Te oigo, pero me temo que tenemos un problema. Te perdí el respeto cuando tenía siete años, aproximadamente. —Sonrío de nuevo, solo para molestarlo—. Lo que tú llamas respeto era miedo. Pero eso ya pasó. Ahora no queda ni lo uno ni lo otro. Ahora solo queda determinación y rabia. Es lo que me inculcaste y aquí lo tienes, papi. Todo un amasijo de músculos y mala hostia que está deseando descargar sobre ti. ¿Te sientes orgulloso?

Sus mejillas se encienden de rabia. No me importa. No va a sentir nunca, ni de cerca, la rabia que he sentido yo durante años.

—Todo lo que tienes, tus estudios, tus...

—Mis estudios los conseguí con una beca, hasta donde yo recuerdo, y el dinero que ingresaste en mi cuenta bancaria sigue ahí, listo para que lo saques cuando quieras. Hace mucho tiempo que no dependo de ti, aunque te encante pensar lo contrario.

Él guarda silencio. Sabe que tengo razón. Me tuvieron, criaron, educaron y maltrataron con el único fin de que me hiciera jugador profesional. Pusieron todos los medios necesarios a mi alcance hasta que llegué a la universidad de Oregón: los mejores entrenadores, el mejor equipo deportivo y el mejor dinero para mi educación... Pero una vez allí, empecé a rechazarlo todo. Trabajé, entrené y estudié como nadie para sostenerme a base de becas, ahorros y determinación. Funcionó, y eso es lo que realmente lo tiene hirviendo de ira: saber que no puede controlarme más.

Cuando la mayoría de la gente piensa en sus padres, lo hace con una sonrisa dulce o nostálgica. En mi caso, intento no pensar demasiado en mi infancia ni en ninguna parte de mi vida que tenga que ver con ellos. Es complicado, pero me ha dejado mucho tiempo para pensar en lo que de verdad importa: el futuro. Un futuro en el que ellos, desde luego, no están. No voy a dejar que sigan dominando mi mente y mi cuerpo. Y eso que todavía, a veces, pienso que me lo merecía. La rabia me corroe por dentro cuando me doy cuenta de hasta qué punto me han jodido la vida, pero la última partida no la ganarán ellos. Es lo que llevo años repitiéndome: la última partida la gano yo, porque no voy a permitirles encajar la última pieza de su estricto y maquiavélico puzle.

He dedicado cada minuto de mi vida desde que salí de Rose Lake a armar mi plan y cumplirlo paso a paso. Me he visto obligado a disimular mi felicidad cuando veía que el tiempo por fin se acababa y manejar la frustración que me embargaba cada vez que tenía que entrenar.

Y, aun así, entrené como nadie, jugué como nadie. Hice todo lo que mis padres soñaban que hiciera con el único fin de ser el mejor, subir a lo más alto y ser el triunfador que querían. Ser más famoso y poderoso que ellos y entonces, solo entonces, invertir todo eso en joderles la vida tanto como me la jodieron ellos a mí.

No hablo de golpes, sino de algo mucho más doloroso: hechos que le dejen claro que he cortado los hilos y ya no pueden controlarme más. Ahora soy yo quien manda y eso, para dos personas que llevan años maltratándome con el único fin de lucirme como a un trofeo, será su mayor castigo.

Lo sé, parece insano. En realidad, creo que lo es, pero he alimentado mi ira demasiado tiempo y ahora está sedienta de venganza. He esperado años. He sentido miedo cuando pensaba que iban a pillarme y desesperación cuando algo fallaba. He odiado y amado al mismo tiempo el fútbol americano. Y he odiado aún más a mis padres por eso, porque recuerdo que antes solo estaba la parte bonita: la adoración por el juego. No sé en qué momento comencé a moverme entre dos vertientes totalmente opuestas, pero no hay que ser un genio para saber que los golpes tuvieron mucho que ver.

Por más que te guste hacer algo, llega un punto en que ni todo el amor del mundo compensa el sufrimiento que conlleva.

Ahora la pregunta es si seré capaz de quedarme solo con el amor al fútbol o ni siquiera eso bastará para sanar.

—El caso es... —Intento no sonreír, porque de verdad, de verdad que es lo que más me apetece del mundo— que la casa de Rose Lake, al igual que todos los terrenos que colindan con ella y la cabaña del bosque, ahora son míos.

El silencio que se hace en el salón es tan tenso que casi puedo verlo. Joder, debería haberme puesto pantalones de chándal porque creo que podría empalmarme del gusto.

—¿Y qué se supone que ganas con eso, hijo? —pregunta mi padre en tono airado—. Dime, ¿qué pretendes con una inversión como esa? Hace años que no vivimos allí. ¿Crees que va a afectarme que hayas comprado algo que, de todos modos, forma parte de tu herencia? Solo demuestra lo estúpido que puedes llegar a ser.

—El problema es que, por desgracia, gozas de buena salud, así que supongo que no vas a morirte pronto.

—¡Brody! —exclama mi madre escandalizada.

—Lo que quiero decir es... —Chasqueo la lengua—. Mierda, es exactamente eso. Como no vas a darme el gusto de morirte pronto, he optado por comprarlo todo. Sí, puede parecer tonto, pero ya veremos qué opinas del hotel que pienso montar en Rose Lake.

—¿Hotel?

—Sí, voy a convertir tu casa del pasado en un santuario. ¿Quién sabe? Quizá incluso pueda montar un tour por las habitaciones en las que más te gustaba pegarme. El despacho, el garaje y...

—Brody, te lo aseguro, si haces algo de eso...

—Voy a invertir mi dinero en el culo del mundo, como tú mismo has llamado a Rose Lake un millón de veces. Voy a gastar millones ahí con el único propósito de pasármelo bien mientras tú ves cómo derribo lo que un día creaste y construyo encima algo mejor.

—Si quieres tirar el dinero, adelante. No es mi problema.

—En efecto, no lo es, pero ardes de rabia al saber que no puedes manejarlo a tu antojo. Piensas que es una mala decisión y, al contrario de lo que ocurría en el pasado, no puedes obligarme a frenar. No puedes impedir que haga con la que fue tu casa lo que se me antoje. No has podido impedir que queme todos los trofeos de caza que tenías en la cabaña.

—¿Qué...? Brody... —Su piel se torna ligeramente pálida al mismo ritmo que mi sonrisa se ensancha—. La inmobiliaria dijo que tenía una semana para sacar mis cosas y...

—Bueno, últimas noticias: llegas tarde, papi. Has invertido tu tiempo, esfuerzo, dinero y puños en convertirme en un hombre famoso y poderoso. Felicidades, lo has conseguido. El problema es que yo voy a usar eso para destruir todo lo que un día creaste.

El gemido de mi madre.

La ira de mi padre.

La satisfacción que me brota en las entrañas.

Hay algo sórdido y equivocado en todo esto, estoy seguro, pero eso no me impide disfrutar de esta situación.

—Solo hay una cosa con la que no contabas, Brody —murmura él entre dientes, mínimamente contenido. Guardo silencio, así que continúa—: Mi mayor creación eres tú. ¿Vas a destruirte a ti mismo?

El desafío en sus ojos solo consigue que lo mire con la frialdad y el odio que empecé a sentir cuando me di cuenta, siendo aún pequeño, de que los padres de mis amigos no les pegaban con el cinturón por no sacar un sobresaliente en todas las materias.

No les tiraban del pelo cada vez que perdían la concentración estudiando.

No les repetían hasta la saciedad que, si no eran los mejores, entonces solo eran basura.

Cuando supe que, en realidad, mi padre no quería un hijo, sino un proyecto de futuro que le diera dinero y gloria.

El día que fui consciente de que fui creado única y exclusivamente para alimentar su ego.

Quizá por eso, o porque empiezo a entender que ya nada me importa lo suficiente, sonrío y encojo los hombros.

—Tal vez sí. Quizá me destruya por el camino. Pero ¿sabes qué? Merecerá la pena.

4

Ashley

Tres días después de enterarnos de la compraventa de la antigua casa de los Sanders y los planes del comprador de convertirla en un hotel, el restaurante es un hervidero de cotilleos, suposiciones y murmullos que no cesa ni siquiera en las horas más tranquilas. Es lo que ocurre con los pueblos pequeños. En Rose Lake no alcanzamos los mil doscientos habitantes y eso, unido a que geográficamente estamos en medio de la nada (aunque sea una nada preciosa rodeada de bosque y el lago que da nombre al pueblo), hace que nuestra vida se centre no solo en nosotros, sino en nuestros vecinos.

Cuando Vera y Maia llegaron, hace ya siete años, todo el pueblo entró en un estado de expectación que nada ha conseguido superar desde entonces. Ahora ellas son del pueblo y, aunque han dado que hablar alguna vez, siempre ha sido para cosas buenas, como cuando Max, el padre de Maia, se casó con Steve, su novio. O cuando Vera y Martin fueron padres de los mellizos, Liam y Hope, que ahora tienen tres años. Ese tipo de noticias dan que hablar, pero poco, porque alegran a todo el mundo.

Las noticias buenas, las jugosas, esas que implican dramas vecinales o exteriores, no llegan con asiduidad, así que, cuando lo hacen, todo el mundo se vuelve un poco loco.

—He oído que van a montar una granja —le está diciendo el señor Smith al sheriff.

—No sé nada de granjas —murmura este mientras se acaba su café.

El señor Smith lo mira como si estuviera haciendo mal su trabajo.

—Pues el rumor no se ha inventado solo, sheriff, ¿no le parece?

En realidad, sí que podría haberse inventado solo. O más bien podría haberse inventado hoy mismo, incluso es muy posible que haya salido de aquí. Cuando se trata de echarle imaginación a lo que sea, los integrantes de Rose Lake no se quedan cortos. Limpio el trozo de barra en el que están apoyados y vuelvo a mi puesto de trabajo. Me quedan solo cinco minutos para acabar el turno y de verdad que no hay nada con lo que sueñe más ahora mismo que una ducha caliente. Esta tarde tengo que cuidar de Parker mientras su madre trabaja, pero, si me lo monto bien, podré descansar un poco antes.

Y justo cuando me estoy quitando el mandil, oigo unos gritos que me anuncian que algo no va como debería.

Al frente, corriendo como dos locos, Liam y Hope Campbell-Dávalos entran en el restaurante como si los persiguiera el diablo, pero eso es imposible; ellos son el diablo.

¿Eso ha sido demasiado fuerte? Bueno, es que no sé bien cómo definir a los mellizos de Vera. Me resulta inexplicable que Maia y estos dos sean hermanos. ¡Son dos torbellinos! Es cierto que te ríes muchísimo con ellos, pero también son agotadores. Que estén aquí a esta hora significa que a Vera le han fallado los planes, porque ella entra ahora para el turno de comidas.

—Martin tiene una reunión en el instituto y llegará más tarde. Dawna tiene que trabajar y Chelsea... Bueno ¿quién diablos sabe dónde está Chelsea? La adolescencia es una mierda.

—Te recuerdo que tú tuviste a Maia con la edad de Chelsea.

—Es una verdadera suerte que a este pueblo no lleguen estudiantes de intercambio y Chelsea sea una chica tranquila y responsable casi todo el tiempo.

—¿Casi? Es una santa.

—A veces se salta los horarios que le pone Dawna.

—Ay, Vera, cómo se nota que has sido madre de Maia y no mía. —Me río—. Chelsea es una chica adolescente impecable al lado de todas las cosas que yo hice.

Vera no responde, pero las dos sabemos que tengo razón. No fui una adolescente fácil y, aunque debería decir que eso quedó atrás, lo cierto es que tampoco soy una adulta fácil. He llegado a la conclusión de que he heredado este genio infernal de mi abuela, así que muy posiblemente acabe muriendo sola en la misma casa que heredaré cuando ella...

No, pero todavía no va a irse.

—Sea como sea, no consigo dar con ella y necesito canguro. Sé que te lo pido con muy poco tiempo, pero te pagaré más que de costumbre, prometido. ¡Liam Campbell-Dávalos, deja de comerte ahora mismo el sándwich del sheriff!

—Jovencito, eso que haces se llama robar —corrobora el sheriff, que estaba distraído haciendo una llamada.

El niño mira arriba con sus inmensos ojos de color miel y le da un bocado enorme al sándwich.

—Me *usta robá*.

El sheriff se ríe, pero Vera se pone roja de vergüenza.

—No entiendo a quién han salido así. No... ¡Hope! —grita cuando ve a la niña intentar escalar la barra.

Va hacia ellos y coge a cada uno con un brazo. Max, desde detrás de la barra, se ríe, lo que hace que Vera lo mire fatal.

—Tienes que reconocer que los hijos te salen más tranquilos conmigo que con mi hermano.

Es otra de las cosas que le encanta hacer a mi jefe: mortificar a la que ahora es su cuñada.

En realidad, pese a lo rara que pueda parecer esta situación, no lo es. Max y Vera tuvieron una noche loca cuando eran adolescentes, luego él aceptó que es homosexual y se convirtieron en mejores amigos. Amigos sin un ápice de deseo por el otro. En cambio, Vera y Martin... Sí, ahí sí hay deseo. Se nota incluso cuando se miran, aunque ellos piensen que disimulan. Son una pareja ejemplar y en Rose Lake son muy queridos, a pesar de que sus hijos vayan por ahí robando comida.

—Ash... —Vera me mira con tanta lástima que solo me queda ceder.

—Vale, pero quiero que me cuentes cómo lo haces con Martin la próxima vez.

—Dios, Ashley, tienes que dejar de hacer ese tipo de comentarios.

Suelto una carcajada y encojo los hombros.

—Me quitaste a mi hombre, ¿sabes? Lo mínimo que puedes hacer es dejarme vivir a través de tus fantasías.

Vera pone los ojos en blanco, consciente de que solo estoy tomándole el pelo. Cojo a Liam de la capucha, a Hope de la cintura y los cargo en mis caderas mientras me despido de Vera.

—¿A qué hora pasará Martin a recogerlos?

—En cuanto acabe la reunión. Dos horas, como mucho.

—Genial, Parker vendrá más tarde, así que se distraerán jugando con él.

Vera sonríe, agradecida, y yo me marcho del restaurante con los pequeños monstruitos peleándose porque ambos quieren ponerme las manos en el cuello.

—Vale, chicos, tened en cuenta que, si me ahogáis, no habrá cuello para ninguno de los dos.

Ellos se ríen, ajenos a mi petición, y siguen tironeando hasta que, cansada, los pongo en el suelo y le agarro una mano a cada uno.

—¿Quién querrá merendar sándwich de crema de cacahuete? —pregunto.

Liam y Hope gritan como los adictos a la crema de cacahuete que son y el camino, automáticamente, se vuelve mucho más ameno.

Ya en casa me encuentro a mi abuela sentada en el porche, mirando sus flores.

—Oh, no —murmura cuando ve a los pequeños—. ¿No ibas a cuidar del chico de enfrente hoy?

—Se llama Parker —le recuerdo.

—¡Ya sé cómo se llama! ¿Por qué tienes a estos dos?

—Vera se ha quedado sin opciones y me ha pedido que los cuide un par de horas. Puede que tres, pero no más.

—Se supone que me jubilé para dejar de tratar con mocosos malcriados, pero ahora resulta que tú los traes a casa sin pedir permiso.

Podría ofenderme por sus palabras, pero en realidad no es más que su modo de entretenerse. Estoy convencida de que mi abuela moriría de pena si en casa no hubiera algún niño correteando de vez en cuando.

—Has tenido toda la mañana para estar tranquila. ¿Quieres llevar vida de vieja todo el tiempo?

—¡No llevo vida de vieja! Cuida esa boca, chica.

Me río y la beso en la mejilla, pese a que responde con un gruñido.

—Nos irá bien el dinero. Tenemos que arreglar la caldera antes de que llegue el invierno.

—A la caldera no le pasa nada. Lo que hay que hacer es ducharse más rápido.

No le llevo la contraria, pero lo cierto es que pierde agua desde hace meses. Ahora estamos a finales de julio, es soportable bañarse con agua templada para no gastarla toda, pero cuando el frío y duro invierno de Rose Lake llegue, tendremos un problema inmenso si no hemos logrado repararla.

A ella no se lo digo. Hace mucho tiempo que mi abuela perdió la capacidad de razonar algunas cosas. Se ha vuelto un poco más intransigente de lo que ya era, lo que hace que la situación en casa sea dura a veces, pero no puedo culparla. No cuando sospecho que los años y enfermedades están haciendo estragos en su mente.

—Preparo algo de comer y nos sentamos fuera, aprovechando que hace buen tiempo —le digo.

Ella gruñe como respuesta y yo insisto a los niños para que entren en casa. No me fío de dejarlos fuera sin vigilancia, aunque esté mi abuela. Ella ya no tiene los reflejos de antaño. Cocino algo rápido pensando en la ducha que ya no voy a poder darme y en el descanso en el sofá que se ha ido al garete, pero pienso en el dinero y en lo bien que me vendrá y con eso me animo. Tampoco me queda otra.

Es curioso, la gente suele decir eso de «lo importante es la salud y el trabajo». Sí, estoy de acuerdo, pero es más fácil pensarlo y decirlo cuando, además de salud y trabajo, tienes todas las necesidades cubiertas. Cuando empiezas a pasarlo mal, realmente mal por llegar a fin de mes... Bueno, ahí empiezas a pensar que la salud es lo más importante, igual que el trabajo, pero tener una vida digna también debería serlo. Y no siempre es así.

Claro que podría ser peor.

Vera podría haberse negado a tener más hijos y ahora yo no tendría un ingreso extra.

Caroline podría no haberse mudado justo enfrente, y entonces yo no cuidaría de Parker y ganaría también algo extra por ahí.

Max podría haberse cansado de mis retrasos o cambios de turno de improviso cuando ingresan a mi abuela, y no es así.

Supongo que, en realidad, lo que quiero decir es que mi vida está bien, pero estaría mejor si la puta caldera funcionara y las cosas de esta casa dejaran de romperse.

—¡Hola! —Parker entra en casa y sonríe, así que le puedo ver la mella—. He visto a Liam y Hope desde la ventana de mi casa. ¿Puedo jugar con ellos?

En realidad, a Parker no le toca venir hasta dentro de un rato, pero no puedo negarle algo tan simple como jugar, así que le dejo claro que solo lo hará si antes me ayuda a poner la mesa fuera y come algo. Parker acepta de inmediato, con lo que me demuestra lo buen niño que es.

Preparo todo lo necesario, nos sentamos. Consigo dar un bocado a mi ensalada con un mínimo de calma después de decirle a mi abuela que no puede tomar una cerveza con la comida; a Liam, que deje de echar kétchup a sus patatas, y a Parker, que no puede beber batido, aunque Hope y Liam sí lo hagan.

Silencio. Es lo único que le pido a este día. Un poco del apreciado y deseado silencio.

Por un instante creo que lo conseguiré, pero entonces una camioneta aparca frente a mi casa. Un señor vestido con traje y corbata baja de ella y se dirige a donde estamos.

—Buenas tardes, ¿Ashley Jones?

—La misma —contesto de mala gana. No debo nada en el banco y, si algún comercial pesado se ha colado en Rose Lake con la intención de vender sus mierdas, ya puede irse por donde ha venido—. ¿Qué necesita?

—Soy Kendrick Green, el gestor de la obra que empezará de inmediato en la antigua casa de los Sanders.

—¿Y? —pregunto entrecerrando los ojos.

El tal Kendrick sonríe, como si fuéramos amigos, y abre las manos como si estuviera dándome una noticia bomba.

—Vengo a ofrecerle el trabajo de su vida.

5

Maia

Cruzo el puente que lleva al pueblo al mismo tiempo que oigo las quejas de mi abuelo por el manos libres del coche.

—Simplemente no comprendo por qué no puede dejarlos aquí, con nosotros. Tu abuela se aburre muchísimo últimamente. Está mayor, hija, necesita distracciones.

—Cuidado, Ronan —oigo a mi abuela por detrás—. Estoy mayor, pero no sorda.

El tono en que ha dicho la palabra «mayor» me deja claro que mi abuelo se ha metido en un lío. Él también debería tenerlo claro, pero al parecer no está dispuesto a abandonar su diatriba.

—Solo digo que son nuestros nietos, maldita sea. Debería poder disfrutarlos cuando quisiera y me ofende que mi hijo y su esposa prefieran pagar a una niñera antes que dejarlos aquí.

—En realidad, creo que lo hacen para no cargaros con el estrés que supone cuidar de Liam y Hope —añado por si sirve de algo.

—¿Estrés? Conocí a mi nieta siendo casi una adulta y, cuando por fin tengo dos nietos pequeños que puedo disfrutar, ¡no me los dejan por estrés! A mí no, entiéndeme; a tu abuela, que sufre mucho no poder verlos a diario.

Me río. De un tiempo a esta parte, Ronan Campbell ha decidido hacer como si mi abuela se muriera por tener nietos y cuidarlos cuando, en realidad, es él quien no deja de obsesionarse con que la familia crezca.

Puedo entenderlo, los últimos años han estado llenos de cambios. Hasta que mi madre y yo llegamos a Rose Lake, su relación con sus hijos, mi padre y mi tío, era prácticamente inexistente. Una vez recuperado el contacto, las cosas fueron progresivas. Solucionar los problemas familiares, al contrario de lo que dejan ver muchas películas, es complicado, pero siete años después diría que somos una familia atípica y muy unida. La llegada de Hope y Liam, desde luego, ayudó muchísimo. Mi madre tardó un poco en decidir si quería más hijos y, una vez que se lanzó, no esperaba mellizos. Fueron una sorpresa tremenda, pero superado el shock, la familia y todo Rose Lake celebró su llegada. Eso sí, los pequeños han resultado ser bastante revoltosos. Mi madre dice que una de dos: o con dieciséis años era tan inconsciente que ha olvidado lo dura que resulta la maternidad, o la vida fue benevolente con aquella adolescente y ha decidido equilibrar las cosas con la llegada de los mellizos.

Sea como sea, son niños inquietos, intensos y con bastante carácter, así que entiendo que a mi madre le sepa mal cargar a mis abuelos con ellos. Aun así, debería hablar con ella y comentarle que, en realidad, los abuelos están encantados de recibirlos. Si un día notan que no pueden con ellos, estoy segura de que avisarán para que se los lleven, no son de quedarse callados.

Atravieso la calle principal de Rose Lake en dirección a casa de mi amiga Ashley. Martin debería recoger a los pequeños, pero su reunión se ha alargado y me ha llamado para pedirme por favor que me ocupara. Es otra de las cosas buenas de vivir en un pueblo tan pequeño: todos estamos para todos. Si yo no hubiese podido, Martin habría contado con Steve, mi padre o cualquier amigo o vecino que estuviera disponible. Incluso Ash se hubiese quedado con ellos más tiempo, pero eso sí sería injusto. Me consta que esta tarde cuidaba de Parker y, sinceramente, no quiero que Ashley tenga un ataque de ansiedad. El último me dejó bastante preocupada. Fue cuando ingresaron a su abuela, estábamos en el aparcamiento y de pronto, de la nada, comenzó a llorar. Puede que no parezca grave, pero es que Ashley no llora nunca. Jamás. Salvo cuando ya no puede más. Aquel día estaba tan sobrepasada que empezó a llorar y, aunque se diría que eso es bueno, no lo es de ese modo, en medio de una crisis de pánico y ansiedad. Nunca la había visto así y me asusté tanto que quise avisar a un médico. Ella me lo impidió, pero se pasó casi una hora llorando, agitando los hombros y con la respiración entrecortada. Y después, como si recobrara la consciencia de pronto, se limpió las mejillas y, sin importarle que tuviera los ojos y la nariz hinchados, tomó aire y me preguntó cómo iba mi relación con Cam.

Así es Ashley Jones: experta en ocultar sus emociones y hacer ver que nada le importa lo suficiente como para merecer su atención. Como si el mundo no mereciera saber que sufre. O como si alguien fuese a aprovecharse de su sufrimiento.

Y después de haber conocido a sus padres, puedo entenderla perfectamente.

Aparco frente al jardín de la señora Miller y me fijo en las flores que trasplantaron hace días. Han quedado muy bonitas. Me encantaría tener talento para la jardinería, o un mínimo conocimiento sobre ella, pero lo mío son los números e informes. Realmente se me da bien manejar el aserradero de mis abuelos y creo que no me veo haciendo otra cosa. Si Cam estuviera aquí, diría que la jardinería no es otro trabajo, sino un pasatiempo, y que debería buscarme uno que no implicara trabajar. Yo le respondería que me encanta trabajar en el aserradero y para mí también es una afición. Entonces él se reiría, me llamaría bicho raro y me besaría y yo...

Bien. Hora de dejar de fantasear con mi novio.

Atravieso el camino de tierra y me sorprende no ver a mis hermanos y a Parker jugando por aquí. Por un momento me pregunto si estarán en el patio de atrás, pero lo descarto enseguida. La hierba está altísima y Ash nunca tiene tiempo de cortarla, así que hace como si ese patio no existiera.

Entro en casa sonriendo. No sé qué pretendía encontrarme, pero no era a mi amiga dando gritos a un señor vestido con traje y corbata que mantiene el tipo como buenamente puede mientras ella descarga su ira contra él.

—Buenas tardes —digo en tono sorprendido—. ¿Qué ocurre, Ash?

Mi amiga me mira, pero no responde. Tiene las mejillas sonrosadas, su pelo rubio está despeinado, sus ojeras son profundas y el azul de sus ojos hoy es más intenso que nunca. Está preciosa pero agotada y la preocupación por ella se apodera de mí.

—Señorita Jones, si consigue calmarse, podrá ver que...

—¡No voy a calmarme! —le grita ella al hombre—. No me da la gana de calmarme y no me diga lo que tengo que hacer, se lo advierto. Nunca he llevado bien las órdenes y no pienso cambiar eso hoy.

El señor se afloja la corbata; no lo hace en un gesto de miedo, sino de cansancio. No entiendo absolutamente nada.

—Ash, ¿qué...? —empiezo a hablar, pero entonces ella se pone una mano en la frente y respira hondo, cosa que me asusta—. Eh, venga, nena, respira. —Me acerco de inmediato y la sujeto por un codo.

—Estoy bien, estoy bien.

—¿Necesita agua o...? —pregunta el hombre.

—¡Cállese! —exclama mi amiga—. Usted, simplemente, cállese.

—Sinceramente, señorita Jones, no entiendo este ataque de ira. Es una oportunidad inmejorable. Si me permite el atrevimiento...

—No se lo permito —lo corta Ashley—. No se lo permito y, además, no quiero seguir con esta conversación. Váyase de mi casa.

—Oiga...

—¡Largo de mi casa, joder!

El hombre la mira como si no fuese capaz de comprenderla. Y lo entiendo, porque yo estoy igual. No entiendo nada y Ash parece tan alterada que tampoco quiero volver a preguntar. No mientras él esté aquí. Es cierto que no comprendo la situación, pero da igual: siempre voy a estar de parte de mi amiga.

—Creo que lo mejor es que usted se marche.

—Me avisaron de que podía tomarse a mal mi visita, pero no imaginé que tanto, la verdad. Sobre todo teniendo en cuenta que traigo noticias insuperables para ella.

Noto el modo en que Ashley se tensa bajo mi mano, pues sigo sujetándola por el codo. Antes de que ella pueda decir nada, me adelanto:

—Sea lo que sea, mi amiga está un poco alterada y así no van a entenderse. Por favor, vuelva en otro momento.

—¡No vuelva nunca! —grita Ashley.

El hombre suspira, como si le molestara tener que marcharse sin los resultados que espera, sean los que sean. Cuando por fin se va, miro a Ashley, que se desploma en la silla de la cocina y se tapa la cara con las dos manos. No está llorando, no es eso, solo está intentando recuperar un poco la compostura. O eso espero.

—Ash, ¿me puedes explicar qué demonios pasa?

—¡Pasa que voy a matar a Brody Sanders! ¡Eso pasa!

Oh, bien, pues de todas las cosas que podría haber imaginado, ya puedo decir con total certeza que esto ni siquiera estaba en la lista.

6

Brody

—¿Qué quiere decir que te ha echado?

Kendrick me mira como si me hubiese vuelto rematadamente imbécil de pronto.

—Exactamente eso, Brody. Me ha echado a gritos de su casa.

Me apoyo en la barandilla de madera de la terraza de mi antigua vivienda y cruzo los brazos. Algunos de mis músculos protestan, pero no es nada comparado con lo mucho que van a protestar mañana. Me he pasado el día dando golpes, derribando tabiques y hablando con el contratista que se ocupará de la obra para que todo quede perfecto lo más rápido posible. Me duelen los músculos, pero me lo tomo como una ofensa. Soy *quarterback* en la NFL, vivo de la fuerza de mis brazos, entre otras cosas, así que un poco de trabajo físico no va a matarme.

Estoy lleno de polvo, cansado, un poco dolorido y ahora, además, encabronado con lo que me está contando Kendrick.

—¿Le dijiste lo que estás dispuesto a pagarle?

—Se lo dije todo, Brody. Le ofrecí el trabajo como decoradora ahora y supervisora del hotel cuando se inaugure, le hablé del sueldo, del contrato, de los días libres y del seguro médico. Ella primero me miró como si estuviera loco y, cuando supo que eres tú quien está detrás de esto, me...

—¿Cómo? —le interrumpo—. ¿Le has dicho que estoy detrás de esto?

Kendrick me mira como si fuera rematadamente imbécil. Otra vez.

—Brody, ¿qué demonios te pasa? ¡Claro que se lo dije! Eres el dueño de esto, te encargas de los pagos y...

—Te dije que lo evitaras.

—Es difícil ofrecerle un trabajo a una desconocida sin decir quién lo ofrece. —Mi amigo y gestor se quita la chaqueta, exasperado—. Desde que me trajiste a este pueblo, lo único que he visto es gente malhumorada, árboles, el lago y más caminos de tierra de los que voy a ser capaz de recordar nunca. Oye, con la confianza que te tengo, déjame decirte esto: estás loco. —Me río, pero él no parece estar de buen humor—. Hablo en serio, joder. Esta inversión es una locura. Te lo dije el día que la hiciste y lo sigo pensando ahora. Te has empeñado en construir una especie de hotel rural que va a llevarse un buen pellizco, quieres contratar a gente que ni siquiera está cualificada, a juzgar por lo que he visto, y...

—Ash puede hacer el trabajo. Sabe mejor que nadie cómo decorar algo en Rose Lake para que sea parte del pueblo. No quiero meter a un decorador de la gran ciudad que va a despilfarrar dinero poniendo sillones hipercaros que desentonen con el pueblo. Quiero un hotel para turistas que se adapte perfectamente a Rose Lake y ella puede hacerlo.

—Pero ¿lo de ser supervisora después?

—Nadie organiza mejor que Ashley. Es resolutiva, lista, perspicaz y capaz de arrancarle la cabeza al que se salga del tiesto en dos segundos.

—Créeme, tío, me he dado cuenta. —Me río, pero él sigue sin verle la gracia al asunto—. Es una chiquilla.

—Tiene mi edad.

—Tú eres un chiquillo.

—Tengo veinticuatro años y una mala hostia considerable, así que yo no probaría a llamarme chiquillo otra vez.

Kendrick suspira. En realidad, debe de andar por los treinta y tantos años, así que tampoco es tan mayor. Me lo presentó mi entrenador cuando empecé a ganar dinero y consideró que necesitaba a alguien que lo gestionara todo bien. Alguien que me ayudara, no como mi padre, que solo intentaba sacar el máximo provecho y beneficio para sí mismo. Yo ya era mayor de edad y, en cuanto supe que podía librarme de mi padre y que Kendrick era de confianza, no lo pensé demasiado. Además, me gusta manejar mis propios asuntos. Kendrick solo se ocupa de los temas legales y burocráticos para que no tenga que hacerlo yo, pero no soy ningún descerebrado que deja su dinero en manos de cualquiera y se olvida de todo menos de gastarlo. Tengo compañeros así y lo respeto, pero yo tengo demasiados planes. Planes costosos.

Siempre han dicho que la venganza se sirve en un plato bien frío, lo que nadie te dice es que ese plato, además, suele ser caro.

—¿Tiene al menos algún tipo de formación? —pregunta Kendrick volviendo al tema.

Pienso en Ashley Jones y en todo lo que he sabido de ella estos años gracias a Kellan, mi mejor amigo, con quien ella sigue manteniendo cierto contacto. Sé que su vida no ha sido fácil. Sus padres al final se largaron, lo que para mí fue una gran noticia, y su abuela está enferma. También sé que sigue trabajando de camarera en el restaurante de Max.

—No, no tiene formación —admito—. Pero tiene algo mejor, Kendrick.

—¿Mejor que la formación? Sorpréndeme.

—Agallas. Ashley Jones es la persona con más agallas que vas a conocer en tu vida. Puede que no tenga un título, pero en cuanto aprenda a hacer el trabajo, será la mejor.

—No sé hasta qué punto contratar a tus amigos para...

—No es mi amiga —lo corto—. De hecho, no nos soportamos.

—¿Qué...? ¿Cómo?

—Eso, ella no puede ni verme y yo a ella tampoco.

—Pero acabas de decir que es lista y tiene agallas y...

—Sí, porque todo eso es cierto, lo que no quita que no podamos ni vernos. Sobre todo ella a mí, para ser justos.

—¿Quieres contratar a alguien a quien odias?

—No la odio. Es simplemente que no nos podemos ver.

Kendrick abre la boca para decir algo, pero lo que sea que se le pase por la mente se queda en nada cuando, finalmente, alza una mano y hace el gesto de desechar algo.

—¿Sabes qué? Estás fatal, tío. Tú estás fatal, esa chica está fatal. ¡Su abuela está fatal! Me ha llamado alimaña del infierno por la ventana mientras yo me subía en el coche. —Me río, pero Kendrick parece muy cabreado—. No es gracioso.

—La señora Miller es inofensiva. Tiene la boca de un camionero mal hablado y el corazón de un peluche, te lo aseguro.

—Pues su nieta ha heredado su mala hostia.

—Sí, es verdad.

—Si no llega a ser por la amiga que llegó...

—¿Qué amiga?

—No sé, una chica morena de ojos claros. Muy guapa, la verdad.

—Maia —susurro.

—¿La conoces?

—Me crie aquí, Kendrick. Conozco a todo el mundo.

—Sí, a veces se me olvida que creciste entre árboles y bichos.

Me río. Kendrick es un buen tío, pero no podría ser más esnob ni queriendo.

—¿Cómo está Maia?

—¿Y cómo diablos quieres que lo sepa? ¡Te estoy diciendo que tu amiga me estaba echando a patadas cuando llegó!

—Ashley no es mi amiga.

—Lo que sea —farfulla—. ¿Qué se supone que tengo que hacer ahora?

—Fácil, volver y convencerla de que acepte el trabajo.

Kendrick me mira como si me hubiera vuelto loco.

—¿Qué parte de todo lo que te he contado es la que no has entendido?

—Las he entendido todas, pero escúchame, Kendrick, la cosa será así: irás allí y te portarás como el gran hombre de negocios que eres. Le harás ver que sería completamente estúpido rechazar una oferta tan buena y, si es necesario, le subirás más aún el sueldo.

—¿Eso no es comprar a alguien?

—Eso es ayudar a alguien, aunque esa maldita cabezota no quiera verlo.

—¿Y por qué querrías ayudar a alguien que te odia y a quien tú odias?

—Yo no la odio.

—Ella a ti, según parece, sí.

—Bueno, pues me da igual, joder. Tienes que conseguir que firme y punto.

—Pero...

—Me voy a trabajar, no voy a perder más tiempo aquí —murmuro de mal humor.

Entro en casa listo para dar martillazos de nuevo. Al final he conseguido ponerme de mala hostia. Solo espero, por el bien de Ashley y mío, que no tenga que ir yo mismo a convencerla. Ambos sabemos que, cuando se trata de discutir algo, ninguno de los dos es dado a claudicar y tener la fiesta en paz.

Doy un martillazo, me pillo el dedo de refilón y suelto una ristra de insultos mientras resoplo y me siento en el último escalón de la escalera.

—Maldita sea, Ash —murmuro mirándome el dedo y pensando en lo cabezota que es—. Vas a dejar que te ayude, aunque sea lo último que haga.

7

Ashley

Media hora después de que Kendrick se haya marchado de mi casa, todavía estoy intentando controlar la rabia que siento al saber que Brody está detrás de todo esto. Las preguntas se me amontonan en la cabeza.

Y también los reproches.

Tengo que calmarme, ya no por mí, sino por los niños y, sobre todo, por Maia, que sigue mirándome como si hubiera perdido la cabeza.

—Es que no te entiendo, Ash —murmura en tono conciliador—. Vale, sí, Brody podría haber venido él mismo a ofrecerte el trabajo, pero...

—Si viene a esta casa, lo cuelgo por los huevos.

—Ash, por Dios. —Mi amiga se tapa los ojos, como si hubiera visualizado esa escena.

—No quiero su limosna, Maia. No después de lo que pasó.

Maia se queda en silencio, me entiende perfectamente. Es la única persona que sabe lo que ocurrió entre Brody y yo antes de que él se marchara. Si ella no lo entiende, entonces nadie podrá.

—De acuerdo, vale, puedo comprender tus razones, pero, Ash, no es limosna. Es un trabajo remunerado. Y ojo, me consta que mi padre está muy contento contigo, pero en el restaurante nunca podrás hacer más de lo que ya haces. Si el sueldo en el hotel de Brody será el que te ha dicho Kendrick, entonces creo que, al menos, merece que lo pienses en frío y con calma.

—No hay nada que pensar. Yo no estoy cualificada para supervisar una obra y menos para llevar un hotel después.

—¿Por qué no?

—Lo sabes perfectamente. Ni siquiera fui a la universidad.

—Eso es una chorrada —se ofende mi amiga—. Vale, no fuiste a la universidad, pero eres lista, resuelta y tienes todas las cualidades por las que estoy segura de que el trabajo se te daría bien. Y, seamos sinceras, nena, no es un hotel de trescientas habitaciones. Aun con la obra, ¿cuántas habitaciones podrá sacar? ¿Veinte? Hablo sin saber, pero dudo que sean muchas más. Puedes manejar eso del mismo modo que manejas el restaurante, a tu abuela y el trabajo como niñera. Tendrías más dinero, más tiempo y menos estrés.

Estoy a punto de decirle que no necesito más dinero ni tiempo, pero es que sería mentira. Hago malabares continuos para ponerme al día con los pagos pendientes del hospital y la medicación de mi abuela. No hay cupones que nos salven de la pobreza y negarlo es estúpido, sobre todo cuando todos saben que he estado comiendo poco y a ratos en el restaurante para evitar hacerlo en casa.

Ser pobre es una mierda. Eso es una realidad. La gente dice que lo importante es la salud como si en la vida hubiese dos bandos, pero no es así. Normalmente la gente pobre también padece de mala salud y es entonces cuando llegan los problemas. No es que al ser rico vayas a estar enfermo y al ser pobre vayas a estar sanísimo para ir a trabajar. Los pobres envejecemos, normalmente peor que los ricos, padecemos enfermedades y, sin dinero, nuestro final es mucho más trágico que el de la gente con dinero. No es ser pesimista, es la realidad.

Estoy harta de oír en todas partes frases engañosas del estilo: «Si quieres, puedes». Es una mierda enorme. ¿Significa eso que yo no quiero? ¿Es por eso por lo que estoy así? Me parece que culpar al pobre de ser pobre es lo más ruin que ha inventado la humanidad.

Dicho todo esto, puede parecer que tengo claras mis opciones. Solo hay algo que lo impide. Algo mucho más estúpido que toda esa gente que habla de sueños imposibles: el orgullo.

Lo sé, parece que es fácil dejarlo de lado para aceptar algo que podría mejorar nuestras vidas, pero cuando solo te quedan el orgullo y la dignidad para seguir adelante, es difícil ceder.

Aceptar la oferta de Brody sería decirle que no me importa lo que ocurriera en el pasado. Aceptar que no me hizo todo el daño que sí me hizo. Y lo entiendo, de verdad. Entiendo los motivos que tuvo para decir lo que dijo, pero entenderlo no hace que duela menos.

—Ash... —Mi amiga me tira de los dedos, rescatándome de los recuerdos y trayéndome a la realidad—. No puedes seguir así. Las dos lo sabemos.

La rabia se diluye en mi interior, pero eso no es algo bueno, porque la emoción que llega a sustituirla es la desesperación. Maia intentó ofrecerme dinero en el pasado, pero yo no podía aceptarlo. No mientras yo pueda buscarme la vida. El problema es que ya no puedo. Las facturas se acumulan, los ingresos no cesan y, por más que trabaje, nunca es suficiente. El trabajo que me ofrece Brody me solucionaría gran parte de estos problemas, pero empeoraría otros, aunque no lo parezca.

—Imagina que Kellan volviera a casa intentando darte dinero por las buenas, por pena. Piensa en lo que sentirías si tú no llevaras el aserradero y estuvieras aquí encerrada, viendo pasar la vida. Imagínalo frente a ti, intentando solucionarte la vida por lástima. ¿Cómo te sentirías?

El modo en que los ojos de mi amiga se oscurecen me dice más que cualquier palabra del mundo. Maldigo y me levanto de la silla.

—Lo siento —le digo sin mirarla, avergonzada—. Lo siento, no debí decir eso.

—No, no pasa nada. Supongo... —Carraspea, intentando aligerar el ambiente—. Supongo que me sentiría como tú.

—Ha sido una tontería nombrarlo —murmuro aún sin mirarla—. Perdona, es una estupidez. De todas formas, la situación no es la misma. Tú te estás haciendo cargo poco a poco del aserradero. —Me giro, sonriéndole—. Eres una triunfadora, no como yo.

—No hables así. No te infravalores.

—No lo hago. Pero te doy a ti el valor que mereces. Te ha ido bien, Maia, te ha ido justo como mereces. A ti nunca te pasaría esto porque, si Kellan volviera y te mirara de frente un día, no vería a una perdedora, sino todo lo contrario.

Maia se levanta y me abraza, consciente de cuánta verdad hay en mis palabras. No es victimismo, eso nunca ha ido conmigo. Es la realidad. La cruda, fea y simple realidad.

—No eres ninguna perdedora —me susurra al oído—. Eres la persona más valiente, luchadora y perseverante que conozco. Solo por eso deberías ir allí, con la cabeza bien alta, y dejarle claro que eres tú quien le hace un favor ocupándote del puesto que te ofrece.

—Lo dices porque me quieres.

—Te quiero mucho —dice separándose de mí—, pero lo digo porque es verdad. Coge cada oportunidad que la vida te brinde, Ashley, y déjale claro a Brody que eso no implica tu gratitud eterna. Vas a hacer el trabajo mejor que cualquier otra persona que pudiera encontrar. Si tu orgullo te impide aceptar porque piensas que lo hace por pena, demuéstrale a él, y a ti misma, que no es pena, sino coherencia. No hay nadie que vaya a hacerlo mejor y punto.

—Joder —digo sorprendida—. Tendrías que hacer una gira motivadora por Estados Unidos, ayudarías a mucha gente.

Mi amiga se ríe, recoge a sus hermanos y se marcha de casa, no sin antes abrazarme de nuevo y recordarme con palabras que está aquí y siempre lo estará. Algo innecesario, porque me lo ha demostrado con hechos, que es lo que de verdad importa.

Cuando Maia se marcha y me quedo a solas con Parker y mi abuela, los llevo al porche delantero. Mientras el niño juega y mi abuela contempla sus queridas flores, me siento en los escalones y reflexiono acerca de las palabras de mi amiga.

No sé si Brody está en su antigua casa. A Kendrick no le ha dado tiempo de decirme mucho en medio de mi ataque de ira, pero, de cualquier modo, no voy a ir hoy.

Tengo mucho que pensar y, cuando dé el paso de enfrentarme a él, no lo haré con los nervios destrozados, cansada y con migraña. No, cuando me reencuentre con Brody, él verá cualquiera de mis versiones, menos la que realmente soy de un tiempo a esta parte.

Él no puede saber, bajo ningún concepto, que hace siete años me destrozó el corazón antes de marcharse.

8

Maia

Hablemos de lo difícil que es animar a alguien emocionalmente inestable si, en medio de esa conversación, sale el único tema que te
vuelve a ti emocionalmente inestable. Pues así me siento yo de camino a casa. Mientras Liam y Hope cantan a todo pulmón algo de una
granja y unos cerditos, yo intento que mi mente se concentre en lo
realmente importante de la conversación: la posibilidad de que mi
amiga encuentre por fin un trabajo que la saque del agujero en el que
se ha ido metiendo desde que la salud de su abuela comenzó a fallar.

Ashley tiene que aceptar ese trabajo. Me parece bien que tenga
orgullo, siempre resaltaré esa cualidad en ella, pero ahora mismo toca
ser realista. La realidad, aunque a mucha gente le duela, es que el
orgullo no da de comer. El orgullo no paga las facturas y, desde luego,
no ayuda a dormir mejor por las noches.

Llego a casa, entro con los niños y me preparo para la mayor batalla de mi día a día: conseguir que se bañen sin montar un drama,
llenarlo todo de agua o acabar llegando a las manos por un patito de
goma.

—Bien, que levante la mano quien tenga muchísimas ganas de
darse un baño. —Alzo la mano a modo de ejemplo, pero Liam y
Hope me miran como si fuera idiota—. ¡Al agua, patitos!

—Yo dibus —dice Liam poniendo morritos.

—No hay dibus hasta que no os bañéis. ¿No quieres que papá y mamá te vean superlimpio y guapo cuando lleguen?

—No.

Bien, es que, a ver, contra esa determinación es difícil luchar.

—¡A caballito! —grita Hope.

La miro un tanto tensa. Puede parecer que montar a un niño a caballito no sea gran cosa, pero son dos y, por los motivos que sea, no logran entender el concepto de que, si se agarran demasiado fuerte a mi cuello, me pueden asfixiar. El problema es que Liam ha oído a su hermana y ahora los dos discuten por subir a caballito. Me rindo, sé bien que hay batallas que están perdidas antes de iniciarse.

Los llevo al baño a caballito a los dos a la vez mientras me repito que es casi imposible que dos niños de tres años me maten por asfixia. Los suelto en el baño, cierro la puerta y echo la cadena que tenemos en la parte alta para asegurarme de que uno no se escapa mientras baño al otro.

Antes no había cadena. Antes, cuando la vida era fácil y los pequeños Campbell no ponían a prueba la paciencia del más santo. Martin instaló la cadena el invierno pasado, cuando, mientras le jabonaba el pelo a Hope, Liam salió corriendo, bajó las escaleras y salió fuera, a la nieve, desnudo y empapado. Cogió una bronquiolitis terrible y hoy en día mi madre sigue diciendo que no se explica cómo no acabó en neumonía; lo encontró tumbado en la nieve haciendo un ángel. Ahora, cuando lo recuerdo, no puedo evitar reírme, pero entiendo que para ellos fue un mal trago tremendo.

El caso es que echo la cadena y para mis hermanos eso es como encerrarlos en Guantánamo. Lloran mientras les quito la ropa. Lloran para entrar en la bañera. Juegan, se divierten y lloran para salir de la bañera. Lloran para vestirse y, cuando por fin tienen puestos sus pijamas y he conseguido secarles el pelo, ellos están listos para los dibus y yo para arrastrarme hasta la cama más cercana. Sin embargo, los llevo al salón, les pongo la tele y me meto en la cocina para hacerles la cena.

En esas estoy cuando oigo los gritos de júbilo de mis hermanos. Su padre ha llegado y se nota. Me río al oírlos jugar y, después de unos minutos, mi tío entra en la cocina.

—Siento muchísimo haberme retrasado. El claustro ha sido eterno.

—Tranquilo.

—¿Se han portado bien? —Lo miro con las cejas elevadas y se ríe—. Ya lo suponía. Prometo compensártelo. Y a Ashley también.

—En realidad, prefiero que le des mi parte a ella, porque ha tenido un día duro.

—¿Qué ha pasado?

Mi tío me toma el relevo y me señala la silla de la cocina para que me siente. Lo hago y le cuento todo lo ocurrido con la vuelta de Brody, la oferta de trabajo y la reacción de Ashley.

—Espero que al final recapacite y acepte el puesto. Entiendo sus razones, pero está pasándolo mal y no me gusta verla así.

—Lo sé. —Mi tío se come un trozo de brócoli de los mellizos antes de colocar los platos en la cocina—. La verdad es que es un cambio de aires para lo que yo esperaba de Ash.

—¿Y qué esperabas?

Mi tío mira hacia el salón para cerciorarse de que los peques están tranquilos.

—Bueno, esto que voy a decir es muy triste, pero también muy real. Como profesor, estoy habituado a ver alumnos de todo tipo. No digo que llegue a conocerlos a todos, porque no es así, pero sí que he aprendido a fijarme en los patrones que repiten algunos. La relación de Ashley con sus padres siempre fue nefasta. La única que se preocupó por ella fue su abuela y siempre supe, de algún modo, que las cosas acabarían así para ella.

—¿Intuías que sus padres se irían?

—No, esa parte fue la buena. —Lo miro extrañada y él se sienta a mi lado—. Imagina que estuvieran aquí. ¿Crees que se harían cargo de la señora Miller? —La respuesta en mi cara es evidente—. Exacto. Seguramente se dedicarían a malgastar el poco dinero que entra en esa casa y solo traerían más sufrimiento a Ashley. Que se marcharan fue duro para ella, lo sé, pero es lo mejor que podía pasarle. Y si ahora consigue aceptar este puesto... Bueno, quizá me haya equivocado y sí que haya un buen futuro para Ashley Jones, después de todo. Bien sabe el cielo que nada me gustaría más.

Asiento. Sé que mi tío le tiene mucho cariño, aun cuando ella se pasó buena parte de nuestra época en el instituto poniéndolo en un aprieto continuo. Todavía recuerdo cuando se operó el pecho e insistió hasta la saciedad en que lo había hecho por él, para tenerlo contento. Recuerdo eso del mismo modo que recuerdo cómo mi tío se ruborizaba y le pedía que, por favor, no dijera esas cosas o podría buscarle un problema. Creo que Ash era tan desmedida y rebelde que ni siquiera el profesorado tenía en cuenta sus fanfarronerías.

También creo que, tras esas fanfarronerías, solo había una niña pidiendo auxilio.

—Ella piensa que es una perdedora —le digo a mi tío en un susurro.

—No lo es —me asegura él.

—Lo sé, eso le digo yo. Tiene una fuerza y una entereza admirables, pero ella no se ve así. ¿Y sabes qué? Ojalá acepte este trabajo para convencerse de que no tiene razón, pero también para que Brody se arrepienta de lo que dijo.

Mi tío guarda silencio unos instantes. De hecho, se va al salón a por los niños, los coloca en sus sillas y, solo cuando están comiendo (o tirando la comida, más bien), se atreve a preguntarme:

—¿Qué fue lo que dijo? Sé que hubo algo importante ahí antes de que Brody se marchara, pero nunca he sabido de qué se trataba.

—Y nunca lo sabrás, me temo —murmuro—. De hecho, sospecho que ni siquiera yo conozco el cien por cien de la historia, pero no lo necesito para saber que, aunque ella no lo mostrara, se quedó hecha polvo. Y no me gusta eso. Quiero que le demuestre a Brody que su vida siguió sin él. Que ahora es más fuerte, más guapa, más lista y más... más todo, aunque él se marchara.

Mi tío me mira en silencio unos instantes y, cuando está a punto de hablar, la puerta de casa se abre. Mi madre entra, los mellizos se revolucionan y cualquier intento de conversación queda en el aire.

Cuando acabamos de cenar y anuncio que voy a darme una ducha, pues hoy dormiré aquí, mi tío se me acerca, me coloca una mano en el hombro y susurra solo para que yo lo oiga:

—Tú también eres más fuerte, más guapa, más lista y más todo, aunque él se marchara.

No contesto. En realidad, no hace falta. Los dos sabemos que no se refiere a Brody.

Subo las escaleras, me doy esa ansiada ducha y, solo cuando estoy en mi dormitorio, amparada por la oscuridad y la colcha de mi cama, me permito imaginar cómo me sentiría yo si Kellan Hyland volviera a mi vida por la puerta grande.

Supongo que no tendría derecho a enfadarme tanto como Ash, porque lo nuestro fue distinto. No hubo gritos, ni reclamaciones ni palaras hirientes. Kellan no hizo nada, salvo ir en busca de sus sueños, tal como yo le había pedido. Tal como él mismo deseaba.

Pero, aun sabiéndolo y teniéndolo claro, ¿por qué siento que el dolor de Ash y el mío son tan parecidos?

9

Brody

Hay algo mucho peor que dormir en mi antigua casa. Dormir en mi antigua casa en obras. Los golpes exteriores me despiertan al amanecer y, cuando salgo, me encuentro con la cuadrilla trabajando de buena gana. Los vasos y termos de café humeante aguardan en la barandilla, los escalones o casi cualquier parte del porche, donde están ahora trabajando. Podría quejarme, pero fui yo quien les dijo que necesitaba que el ritmo de trabajo fuese frenético. Tengo que estar de vuelta en Portland en agosto sin falta para la pretemporada. He conseguido saltarme parte del campamento de entrenamiento por pura suerte, pero no puedo alargarlo más. El juego me espera y yo... Yo quiero irme. Claro que quiero, esto no es para mí. Odio este sitio y odio todo lo que me recuerda.

Joder, por odiar, incluso odio esta casa. Podría haberme quedado en la cabaña del bosque, pero ahí los recuerdos también me atosigan. Al final, lo que quiero decir es que no sé qué demonios hago gastando mi dinero aquí, cuando es obvio que detesto cada maldito lugar y recuerdo de Rose Lake. Me pregunto si no he cometido el mayor error de mi vida. Pero entonces pienso en la cara de mi padre creyendo que sí lo he cometido y no ha podido evitarlo, y me invade una satisfacción tan poderosa que me animo.

Sí, mi motivación para levantarme y ponerme en marcha es hacer sufrir a mi padre. Supongo que eso no dice mucho de mí. O quizá diga demasiado. En cualquier caso, no es algo que pueda o quiera cambiar ahora.

—¡Eh, jefe! ¿Un café?

Jason Butler, el contratista de la obra, me sonríe desde abajo. Lleva una camisa de franela, un cinturón enorme de herramientas, el casco puesto y una barba tan espesa que a menudo me pregunto si usa un champú especial en ella, igual que para el pelo.

—Me visto y bajo.

Él asiente una sola vez y se ocupa de organizar al resto de la cuadrilla. Yo me doy una ducha rápida, me pongo un pantalón tejano y una vieja camiseta de la universidad agujereada por un costado y una gorra de mi equipo actual, el Red Crow de Oregón.

Bajo las escaleras soñando con ese ansiado café y, en cuanto Jason me lo sirve en un vaso de cartón reutilizable, doy un sorbo que vacía casi la mitad.

—Sí que tenías sed, chico.

—Más de la que imaginas —murmuro.

—Bien, te necesito como un toro. Hoy vamos a empezar los cimientos de la parte nueva.

Jason se pone a contarme todo lo que haremos, o más bien harán ellos, porque algo me dice que a mí solo me dejarán dar martillazos sin ton ni son, como hasta ahora. No es que me queje, me va bien para entrenar los brazos y descargo mi frustración. Porque tengo mucha frustración dentro.

Llevo aquí una semana y no he sabido nada de Ashley. Podría haber ido al restaurante y haber acabado de una vez por todas con esta tensión que siento por el reencuentro, pero sé bien que eso sería dar mi brazo a torcer. No he querido atosigarla ni hacerle pensar que me importa demasiado que acepte el trabajo que le ofrezco, pero después de que Kendrick fuese ayer a su casa y volviera a echarlo con cajas destempladas, estoy empezando a perder la paciencia. Tanto como para estar decidido a ir esta noche yo mismo si no mueve su culo hasta aquí para hablar conmigo.

Joder, cómo detestaría tener que ir a su casa. Sobre todo porque sé que va a echarme. En su territorio tengo todas las de perder, pero, si ella viene, si deja a un lado su puta cabezonería y viene aquí, quizá podamos llegar a un acuerdo. Quiero ayudarla, joder, sé que cometí errores con ella, pero era... era necesario. Suena cruel y duro, pero lo era. Necesitaba hacerlo si quería largarme de aquí. Si quería...

—Eh, ¿me oyes, chico?

Jason me mira con los ojos serios, como si dijera: «No estoy aquí para perder el tiempo». Posiblemente es lo que intenta decirme también con palabras, pero no lo oigo mucho.

—Perdona, aún estoy dormido.

—¿Sabes qué? Hoy vas a ocuparte de cargarte el jardín delantero. —Lo miro frunciendo el ceño.

—No quiero ocuparme del jardín. Esas estúpidas flores...

—Esas estúpidas flores hay que quitarlas, porque se te ha metido en las narices que quieres una fuente para recibir a los futuros huéspedes. En mi opinión, el césped está precioso tal como está, pero tú eres el que paga, así que...

Miro el jardín. Está un poco descuidado, pero aun así es precioso. Sé que sería un buen jardín si quitara la mala hierba, podara los setos y les diera forma a los rosales. Posiblemente los futuros huéspedes se hagan fotos en él, quizá incluso alguien podría declararse en él. Por desgracia, cada vez que yo lo veo, lo único que recuerdo es a mi madre, impasible, plantando flores y regándolas con mimo mientras en el interior de la casa su marido golpeaba a su hijo sin piedad.

Tanta delicadeza con una flor y tan poca con su hijo.

Las flores no tienen la culpa, pero yo tampoco la tenía. Quizá por eso asiento una sola vez, sin mirar a Jason, y me dirijo hacia el jardín.

—Hora de acabar con esas hijas de puta.

—Hombre, yo no llamaría así a los rosales, pero bueno, chico, tú eres el dueño.

Me enfundo unos guantes, cojo una sierra y arranco con mi propósito: no dejar rastro de todo lo que me haga recordar la mierda de infancia que tuve. Solo me lleva unos minutos cogerle el truco y, aun así, pasadas dos horas, tengo varios arañazos en la cara, un corte en un hombro y los pies llenos de barro, pero no me importa. La satisfacción, insana y profunda, echa raíces en mi interior al ver que todo se va convirtiendo en poco más que un terreno embarrado.

Cada planta que arranco es una revelación contra la madre inalterable ante el sufrimiento de su hijo. Cada seto que derribo es un recordatorio de que, aunque lo intentaron, no pudieron conmigo.

Nunca podrán conmigo.

No sé a qué hora paro, pero sé que Jason me recomienda comer y tomar algo si quiero seguir trabajando a este ritmo. Dejo las herramientas a un lado, salgo de lo que ya no es ni de lejos un jardín y me quito los guantes. Me pongo en cuclillas para golpearlos contra el suelo y dejarlos libres de espinas y tierra. Apenas he dado el primer golpe cuando algo pequeño y huesudo salta sobre mi espalda, me hace perder el equilibrio y me tira al suelo.

—¡Papá!

Me giro como puedo y, cuando no he hecho más que sentarme, un chico rubio, con ojos azules, gafas y una sonrisa inmensa se abalanza de nuevo sobre mí para abrazarme.

—¡Papá, por fin estás en casa!

¿Papá? ¿Qué...? Miro a mi alrededor, intentando entender algo, y entonces la veo. Viste un pantalón tejano y una camiseta de manga corta anudada que deja parte de su barriga al aire, y lleva el pelo suelto, más largo de lo que lo recordaba. Está jodidamente preciosa y es...

—¡Papá!

Un momento. Separo de mí al niño lapa y lo miro a los ojos. Luego la miro a ella. Los dos son rubios. Los dos tienen los ojos claros y los dos... los dos...

—Tú... ¿Qué edad tienes? —pregunto con la voz entrecortada.

—¡Tengo seis años!

Seis años.

Y nueve meses de embarazo.

Hace siete años que salí de Rose Lake.

Hace siete años que Ashley Jones y yo...

Me echo hacia atrás de inmediato, como si hubiese visto un fantasma.

No, joder, no.

No puede ser.

10

Ashley

¿Un acto cargado de maldad puede producirle un orgasmo a una mujer? Porque empiezo a creer que sí.

Parker intenta abalanzarse de nuevo sobre Brody y yo intento, por todos los medios, no reírme a carcajadas por la cara de espanto que ha puesto. Es lo menos que puedo hacer, ¿no? Quiero decir, es un pequeño acto cargado de maldad, sí, pero no es nada en comparación con lo que él hizo. Principalmente porque lo mío quedará en una broma de mal gusto en cuestión de minutos.

Me acerco a paso lento por dos motivos. Uno, quiero saborear al máximo la mirada atormentada y alucinada de Brody. Dos, estoy repitiéndome por dentro que estoy lista para esto. Puedo hacerlo, sin importar que Brody esté más guapo que nunca, aun sudoroso y con ropa vieja. Su atractivo no depende de lo que se ponga. Tiene unos ojos penetrantes y de un verde tan oscuro que a veces te preguntas si no son marrones o grises, dependiendo de su estado de ánimo. Su pelo es castaño, pero algunas betas naturales más doradas se entremezclan en él. Tiene los labios llenos, la nariz recta y un hoyuelo en la barbilla. Un hoyuelo que besé con verdadera devoción una vez, aunque él no lo supiera.

Ahora nada de eso importa. Sigue siendo un hombre guapísimo, sí, pero su fachada ya no consigue engañarme. Estoy aquí porque, contra todo pronóstico, pensé en las palabras de mi amiga Maia y me descubrí pensando que tenía razón. Merezco más de la vida. Merezco una maldita oportunidad, aunque venga de la mano de una de las personas que más daño me hizo. No la que más, claro, para eso ya están mis padres, pero diría que Brody Sanders consiguió el tercer puesto en el pódium.

—No... Tú no dijiste nada —me dice por encima del hombro de Parker, que ha vuelto a abrazarlo.

Podría alargar esto un poquito más. Podría inventarme una historia supertrágica de un embarazo adolescente, pero la verdad es que eso sería pasarse. Algo me dice que, una vez coja ese camino, no sabría parar y, sinceramente, Parker es un gran actor, pero el tiempo que puede fingir es muy limitado. Así que pongo una mano en el chico y lo desengancho del cuerpo de Brody. Lo coloco a mi lado y, solo cuando se ha colocado bien las gafas, saco cinco dólares del bolsillo trasero de mi pantalón y le palmeo la cabeza, orgullosa de él.

—Eres un gran gran chico.

—¡Gracias, Ash! ¿Puedo ir a ver la excavadora?

—¡Claro! Pero no te acerques y, sobre todo, intenta que no se te lleve por delante.

—¡Hecho!

Sale corriendo mientras me siento superorgullosa de él. Puede que no vaya a saber explicarle grandes cosas de sus estudios cuando el tiempo pase, pero siempre seré la mejor aconsejándole que no se deje atropellar.

—¿Qué...? ¿Qué demonios...?

Brody parece tan aturdido que pongo los ojos en blanco y suspiro, cansada de su shock. Sí, esa soy yo: la creadora de escenas impactantes que luego no tiene paciencia para esperar a que los demás asimilen la verdad.

—Parker es mi vecino de seis años y yo solo soy su niñera.

Brody se levanta con lentitud y puedo ver exactamente el momento en que su cuerpo pasa de estar confuso a estar tenso.

—¿Me has mentido?

—¡Sorpresa! No eres el único que sabe hacerlo.

—Ashley Jones...

Sus dientes están tan apretados y su mandíbula tan tensa que podría partirse si la apretara un poco más, pero no me inspira ni un poquito de miedo. En realidad, es como ver a un gran perro ladrador completamente incapaz de atacar.

—Bienvenido a Rose Lake, cielo.

—Te voy a matar.

—Sería una pena, alguien me ha dicho que necesitas una supervisora.

—¡Me has hecho creer que habías tenido un hijo mío!

—Hasta donde yo sé, no he abierto la boca.

—Ese niño...

—Es un encanto, ¿verdad? No pienso tener hijos, pero, si alguna vez me quedara embarazada en un bar de carretera, me encantaría que fuera como él.

—Tú... —Se acerca tanto a mí que las puntas de nuestros zapatos se chocan—. Eres... Sigues siendo... ¡Arg!

—Arg a ti también, mi amor.

—¡No me llames así!

—¿Arg?

—¡Mi amor!

—¿Sí?

—Joder, Ashley. —Brody se pinza el puente de la nariz mientras me regodeo en la constatación de que, siete años después, sigo sacándolo de sus casillas como nadie—. ¿Por qué tienes que hacerlo todo tan difícil?

—Porque a ti nunca te han gustado las cosas fáciles.

Brody me mira muy serio, pero no replica. Sabe que tengo razón. Desde el principio ha sido nuestro mayor problema. Lo era cuando teníamos que moderarnos para no joder a todos nuestros amigos ni mandar a la mierda al grupo y lo seguirá siendo ahora. A juzgar por los arañazos de su cara y cómo ha dejado el jardín de su madre, algo me dice que Brody no ha aprendido a tomarse las cosas con calma.

—¿Sabes qué? —Da un paso atrás y alza las manos en señal de paz—. Empecemos de nuevo. Hace siete años que no nos vemos, tengo una oferta de trabajo para ti y eso es lo más importante.

—Lo más importante es que yo sigo estando como un tren. Lo del trabajo será lo segundo más importante.

Brody bufa, pero luego me mira de arriba abajo. Aunque no dice nada, los dos sabemos lo que piensa: tengo razón. Obviamente yo tampoco voy a decirle que el deporte profesional ha hecho de su cuerpo ya perfecto un maldito templo.

—¿Te habló Kendrick de las condiciones?

—Sí, al menos lo intentó.

—Sí, ya me contó que te has aficionado a echarlo de tu casa.

—No me gustan los extraños.

—¿Cómo está tu abuela?

—Perfectamente.

—Ah, ¿sí? Porque según tengo entendido, estuvo hace poco ingresada y aún intenta recuperarse.

—Te has informado mal.

—Pues...

—¿Hablamos de mi trabajo? Porque te aseguro que no estoy dispuesta a llevar esta conversación a un terreno personal. Y créeme, así es mejor para ti.

Durante unos instantes, pienso que está a punto de contradecirme, pero lo piensa mejor. Sabe que tengo razón. Si nos ponemos a hablar de asuntos personales, vamos a llegar a una conversación que estoy segura de que ninguno de los dos quiere mantener. No cuando yo podría acabar confesándole el daño que me hizo y él podría acabar admitiendo que nunca le importó demasiado. No cuando yo sigo esperando, de algún modo, ver un signo de arrepentimiento en sus ojos.

No es así. En los ojos de Brody no hay señales de arrepentimiento, pero sí hay muchas de rencor y frialdad. No necesita explicarme por qué ha comprado su antigua casa. Posiblemente yo sea la única persona del mundo que entienda esa necesidad de venganza, pero no pienso darle el gusto de decirle que lo entiendo.

No más.

Nunca más.

—Si dejas que te invite a una taza de café, comentaremos las condiciones y podremos llegar a un acuerdo —me dice finalmente—. ¿Qué me dices?

—Claro, solo deja que eche un ojo antes a nuestro retoño.

—Oh, no te preocupes, estoy bastante seguro de que el abuelito Jason lo cuidará bien. —Chifla en dirección a su capataz y señala al niño. Este le asiente de inmediato, dejando claro que cuidará de él, y Brody comienza a subir los escalones del porche—. ¿Tengo que pagarte algo por las gafas que lleva nuestro angelito? —pregunta en tono irónico.

—No, son gafas de superhéroe. Se las pone para salvar al mundo.

—¿Un hijo tuyo y mío superhéroe? ¿Quién lo hubiera dicho? Nos pegaba mucho más darle al mundo un supervillano.

—Habría sido más divertido, desde luego. ¿Quién sabe? Quizá consiga convencer a Parker de que le robe al sheriff un día de estos.

—Avísame si eso pasa; ya sabes lo que me gusta un buen robo y, si es por apoyar a un hijo mío, más.

No quiero reírme. Intento no hacerlo mientras entro en casa con él, pero es que, joder, aunque vaya a morirme de rabia por admitirlo, aun para mí misma, he echado de menos mis batallas verbales con Brody Sanders.

11

Brody

Después de hablarle a Ashley sobre el sueldo y las condiciones de trabajo, tanto para ahora como para cuando el hotel abra, los dos estamos retrepados en sendas sillas mirándonos a los ojos. Ella no ha dicho ni una palabra y yo estoy empezando a ponerme tenso, aunque no quiera admitirlo.

El sueldo es bueno, el horario es flexible. Darle más facilidades sería dar a entender que hago esto por pena cuando no es así. Quiero ayudarla, eso es obvio, pero no quiero darle caridad. Lo que le ofrezco es lo justo por el trabajo que desempeñará y, si es así, es porque estoy seguro de que ella puede hacerlo. Tengo un orgullo inquebrantable, por eso la entiendo y sé lo mucho que le jodería intuir que en todo esto hay algo de limosna.

—¿Qué hay de las vacaciones?

—Un mes al año, pero no seguido —le respondo—. Si quieres irte en temporada alta, es decir, Navidad e invierno, solo podrás hacerlo unos días. El resto puedes elegirlo cuando tú quieras.

Asiente una sola vez, lo comprende.

—¿Hay periodo de prueba?

—Un mes, también. Aunque estoy seguro de que será un mero formalismo. Lo harás bien.

—Lo sé.

Intento no sonreír ante su seguridad, pero es que cualquier otra persona intentaría mostrarse humilde. Ella no. No es así y tampoco me gustaría que lo hiciera, porque entonces tendría la sensación de que actúa conmigo.

—Solo aceptaré con una condición. —Guardo silencio para darle a entender que prosiga—. Si mi abuela vuelve a enfermar, necesitaré reducir la jornada los días que esté en el hospital, con la consiguiente bajada de sueldo. —Sé que le cuesta admitir esto, porque seguramente odie pensar en que su abuela está enferma, pero valoro que sea realista y lo haga, aunque sufra—. Ella... Bueno, es probable que tenga más ingresos.

—¿Cómo de delicada es la situación, Ashley?

Me mira muy seria. Esta vez no pregunto ni por el trabajo ni por el horario, sino porque de verdad me interesa saber de primera mano cómo está la señora Miller. La recuerdo con gran cariño de mi época del colegio e instituto. Me encantaba que estuviera todo el día gruñendo y poniéndonos en nuestro sitio mientras conducía el bus escolar. La verdad es que tenía tanta energía que me cuesta pensar que ahora esté enferma.

—No va a ir a mejor —admite ella—. Irá a peor hasta que no pueda más. Lo que no sabemos es la velocidad a la que hará el camino.

—Eso es una mierda —susurro.

—Lo es.

Su voz se quiebra un poco y carraspea de inmediato. Se mira el regazo e intenta que no me dé cuenta de cuánto le duele todo esto. Podría abrazarla, me encantaría hacerlo, pero los dos sabemos que el gesto no sería bien recibido. Posiblemente se cabree y me eche en cara un montón de mierdas con las que ninguno de los dos puede lidiar ahora mismo, así que me limito a darle su espacio haciendo como que no me he percatado de su pequeño bajón.

—No hay problema con lo del hospital. Habrá más personal en el hotel y podrán apañarse las horas que tú no estés.

—Y me quitarás las horas del salario.

—Por supuesto. No te estoy ofreciendo un sueldo gratis, Ashley. Quiero que ayudes a decorar este sitio desde ya y lo supervises luego porque confío en que harás el trabajo mejor que cualquier otra persona que conozco.

—No tengo ni idea de decoración. Podrías traer una decoradora profesional, Brody.

—Podría, pero posiblemente acabaría poniendo esto tan moderno que no encajaría con Rose Lake. O intentaría encajar tanto con Rose Lake que acabaría resultando vulgar. Ya sabes: cabezas de ciervo en las paredes de madera y cosas así. —Ella se ríe, sabe que tengo razón—. Tú entiendes el pueblo, eres de aquí, sabes perfectamente lo que le gustará a la gente de Rose Lake. Lo sabes mejor que cualquier decoradora que yo pueda contratar. Te lo repito, Ashley. No te estoy ofreciendo un sueldo gratis. Te he ofrecido un trabajo porque sé que puedes ser la mejor.

—Por supuesto que puedo ser la mejor, pero bueno, era conveniente cerciorarse de que no estabas haciendo el capullo.

—En esta ocasión, por raro que parezca, no.

Nos quedamos en silencio, pero no es uno de esos silencios cómodos que compartíamos en el pasado. Aunque los chicos siempre pensaran que nos llevábamos mal, no siempre era cierto. A veces, en la intimidad, nos llevábamos bien. Y, si de admitirlo se trata, aunque sea para mí mismo, nadie consiguió comprenderme nunca como ella. Ashley Jones me enseñó más en mi adolescencia de lo que nadie pueda imaginar. Me gusta pensar que aprendimos mucho el uno del otro en los pocos momentos en los que dejamos caer las barreras y decidimos ir más allá. Pero después de cómo me porté, creo que sería más acertado decir que ella me enseñó un montón de cosas que yo pensé haber aprendido, hasta que llegó la hora de demostrarlo y dejé claro que no.

—¿Cómo está Kellan? —pregunta de pronto. Se ve que está incómoda con seguir aquí cuando, en apariencia, no tenemos nada más de que hablar. Es una mierda, hubo una época en la que podíamos hablar durante horas sobre cualquier cosa, aunque fuera discutiendo.

—Está bien. ¿No lo ves triunfar? Lo está petando a lo grande.

—Sí, lo sé, pero hace unas semanas que no me llama ni escribe.

—Está en una de esas espirales de evasión, ya sabes. La última vez que hablé con él estaba encerrado en su ático componiendo y, posiblemente, pensando en cosas que no debería.

—¿Qué quieres decir con eso?

Me mordisqueo el labio, me pregunto hasta qué punto debería hablar. En el pasado, le contaba muchos de mis pensamientos a Ashley. No todos, porque eso ni siquiera lo hacía con Kellan y era mi mejor amigo, pero sí muchos. Al final, decido que es mucho mejor guardarme para mí lo que pienso.

—Nada importante. Ya sabes que nuestro Kellan es un buen chico, aunque ahora sea una estrella.

—El chico bueno que triunfó en la música... —dice ella sonriendo—. Y luego tenemos al chico malo que triunfó en el fútbol americano. ¿Cómo es eso de jugar en la NFL?

Tenso los hombros de inmediato. El chico malo... Sí, eso siempre ha ido más conmigo que con Kellan, aunque me consta que mi mejor amigo ha dejado de ser el angelito que sí era con diecisiete. Supongo que la experiencia es un grado y, en ese mundo de egos en el que se mueve, más.

Miro a Ash, que sigue esperando que responda. ¿Cómo es jugar en la NFL? No lo sé. Se supone que tendría que estar feliz, pletórico y extasiado, pero lo cierto es que, aunque estoy contento, no siento que se me haya brindado la oportunidad de mi vida, como sí sienten muchos de mis compañeros. No creo que el problema sea jugar; me gusta jugar. El problema, más bien, es que creo que he perdido la capacidad de sentir ilusión y eso es una mierda.

La gente habla de la alegría y la tristeza, pero no todo el mundo habla de las ilusiones. Es raro porque se encargan de llevarte a un lado u otro de las emociones. Las ilusiones hacen que tengas algo por lo que levantarte. Crean metas que alcanzar y generen nuevas ilusiones.

Y yo... yo creo que no tengo eso. Lo he perdido. Me alegra estar en la NFL, sí, pero no siento que esté viviendo un sueño que merezca ser disfrutado con cada centímetro de mi cuerpo. No creo que esté haciendo nada espectacular ni memorable. No me importa demasiado si llegamos a la Super Bowl, aunque todos mis compañeros matarían por hacerlo. Y, sin embargo, tengo claro que no puedo confesar eso en voz alta, porque quedaría como un desagradecido. Un tío sin sentimientos. Quizá lo sea. A lo mejor, simplemente, he perdido la capacidad de sentir cosas bonitas y solo me han quedado las emociones malas y amargas.

Por eso sonrío, me retrepo en la silla y le guiño un ojo a Ashley.

—Estar en la NFL es como hacerlo fuerte y rápido dentro de un armario en medio de una fiesta; es excitante y tienes el presentimiento de que solo puede ir a mejor.

Sé perfectamente que ella recuerda el armario y la fiesta igual de bien que yo, pero ni siquiera se ruboriza. Tampoco esperaba que lo hiciera, porque Ash no es de esas, pero reconozco que hay algo atrayente en intentarlo una y otra vez.

En cambio, eleva las cejas y sonríe con malicia.

—Bueno, esperemos que esta vez consigas sacarla a tiempo antes de...

—En realidad, más bien me dedico a meterla justo a tiempo —la corto, porque, si vamos a jugar a las referencias sexuales, vamos a hacerlo bien.

—Qué novedad... —murmura y juro que casi puedo ver el veneno salir de su boca.

—Pues, para que lo sepas...

—¡Eh, Ash! Jason dice que me deja subir a la excavadora con él. ¿Puedo?

La interrupción de Parker hace que Ashley se ponga en modo niñera de inmediato. Lo agarra de la mano y se dirige a la salida sin ni siquiera mirarme. Solo lo hace cuando ya está en la puerta.

—Prepara el contrato y prepárate tú para que deje este sitio mejor de lo que lo has visto en tu vida.

Se va sin darme tiempo a contestar y casi mejor, porque esta vez no podría contradecirla con ninguna pulla. De hecho, lo único que podría decirle es que espero y deseo de todo corazón que así sea. Ojalá Ashley Jones consiga borrar de un plumazo todo lo feo de este sitio y convertirlo en algo bonito y digno de visitar. Un lugar en el que sí merezca la pena estar.

12

Kellan

Salgo de la cama por los pies, busco mis pantalones y, solo cuando los encuentro y me los subo, miro a las dos chicas que hay en mi cama.

No debería ser así.

Este no soy yo.

Esto no me representa.

Y, aun así, recuerdo perfectamente cada minuto de lo que ocurrió anoche y en ningún momento nadie me obligó a hacerlo. Podría decir que bebí hasta perder el sentido, pero sería mentira. Algunos podrían incluso rumorear que me drogué y también sería mentira. Había tomado unas copas, pero no las suficientes para perder la capacidad de elección. No había tomado drogas. Anoche, no.

Fue mucho más sencillo y ridículo que todo eso. Unos días bloqueado, una pasada por las redes sociales y la confirmación visual de que ella ha encontrado el amor. Y todo se fue a la mierda.

La música. El autocontrol. La importancia del sexo.

Todo dejó de importar porque Maia Campbell-Dávalos ha encontrado el amor y yo, que he triunfado en la música y he cumplido mi sueño más anhelado, nunca me he sentido tan fracasado.

13

Maia

Bajo las escaleras de la casa de Cam abrochándome los botones de su camisa, que es lo primero que he visto nada más salir de la cama. Además, está hecha de franela y me parece supercalentita. Si me hubiesen dicho cuando vivía en Madrid que acabaría con un hombre que viste camisas de franela para trabajar, me habría reído a carcajadas, pero así es la vida. Es de cuadros celestes y negros y es, simplemente, maravillosa. Es cómoda y huele a Cam, y eso siempre es un extra.

Entro en la cocina siguiendo el delicioso olor de las tortitas y lo encuentro cocinando de espaldas a mí, con un pantalón tejano encajado justo en la parte baja de las caderas y la parte superior al descubierto. Cameron Moore tiene, sin ninguna duda, una de las espaldas más sexis del mundo. Me acerco y le beso justo entre los omoplatos mientras lo abrazo.

—Buenos días, dormilona. —No le veo la sonrisa, pero no importa. Sé que está sonriendo y es suficiente para contagiarme—. Hay tortitas y huevos revueltos. El beicon lo he hecho en una sartén distinta, más pequeñita, para mí.

Vuelvo a besarlo en la espalda, solo porque valoro muchísimo que respete mi alimentación vegetariana y se esfuerce por buscar alternativas para mí. No sé si es que, al ser más mayor que yo y rozar los treinta, Cam es más maduro, pero las poquísimas citas que he tenido antes que él con chicos más jóvenes han acabado con preguntas incómodas o frases del tipo: «Si probaras una buena hamburguesa, seguro que cambiarías de opinión». Odio profundamente eso. Si decido no comer carne, es mi decisión y solo mía. No tengo por qué dar mis razones públicamente. No le debo nada a nadie. Es mi cuerpo, tengo mis motivos y con eso debería bastar, pero no siempre es así.

Le acaricio el pelo rubio, tan corto que apenas se nota que está despeinado. Me rozo contra su costado y me cuelo entre él y la encimera.

—¿Y mi beso de buenos días?

Cam se ríe, como siempre que me nota mimosa por las mañanas. Me abraza, solo por darme el gusto. Y no es que Cam no sea cariñoso, pero por las mañanas prefiere ser práctico. Necesita su tiempo para desayunar, tomar bastante café y volverse, como él mismo dice, «un ser humano funcional». Por las noches, en cambio, está superactivo. Justo cuando más cansada estoy yo. Y aun así nos entendemos a la perfección, o eso me gusta pensar. Debe de ser eso de que los polos opuestos se atraen. Yo no comprendo cómo es capaz de trabajar tantas horas en el aserradero, donde además tiene un trabajo bastante físico como carpintero, y seguir con energía por las noches.

Él no entiende que me levante por las mañanas con ganas de charlar, besar, abrazar y, en definitiva, llena de energía para empezar el día.

Maneras distintas de ver la vida, como dos afluentes del río que, al final, acaban en el mismo cauce. Así somos Cameron y yo.

Cam me besa un par de veces, pero luego se ocupa de acabar el desayuno. Yo, mientras tanto, me empeño en poner la mesa en el pequeño porche. Julio está acabando y, aunque durante el día hace calor, por las mañanas temprano refresca bastante. Después de siete años viviendo en Rose Lake, pensé que echaría de menos los veranos españoles. Y, para ser honesta, decir que nunca me he acordado de Madrid o de las playas cálidas de España sería mentir. A veces los añoro, pero curiosamente es un sentimiento que no duele. Lo echo de menos como echaría de menos estar en el Caribe o en Hawái. He dejado de sentir que aquí soy una extraña y allí está mi hogar. En realidad, allí no queda nada de mí. Se fue todo con mi abuelo. Tenía a mis amistades cuando me vine, pero, sinceramente, no eran tan fuertes como para sobrevivir al paso del tiempo. Perdí todo tipo de contacto con las chicas con las que hablaba de un modo bastante natural. Y no creo que sea del todo por la distancia, porque sí que he mantenido contacto con mis amigos de aquí. De hecho, hoy en día, no hay semana en la que no hable con Savannah y Wyatt. Los echo de menos, pero han prometido escaparse en agosto como mínimo una semana, así que es cuestión de días que lleguen y podamos estar todos juntos.

—¿En qué piensas? —pregunta Cam cuando se sienta a mi lado con la bandeja del desayuno.

—En Savannah y Wyatt. Estoy deseando verlos.

—Estuvieron aquí en Navidad, no ha pasado tanto —dice él con una sonrisa.

Lo entiendo, para Cam es distinto porque no tiene amigos de su adolescencia. De hecho, él creció en un pueblo cercano, pero ahora vive aquí y me consta que no mantiene contacto con nadie. Tiene algunos amigos en el aserradero, pero no creo que sea algo tan real como lo que siento yo con mis amigos.

—Esta vez es distinto. Brody también está aquí. Quizá podamos reunirnos más de un día, como cuando estábamos en el instituto. El grupo entero unido de nuevo.

—¿Kellan también viene?

La pregunta no es maliciosa. Cam sabe lo que ocurrió entre Kellan y yo. Todo el mundo lo sabe. Aun así, nunca hemos hablado en serio de ello porque... Bueno, fue hace mucho y, realmente, no afecta para nada a nuestra relación.

Y, aun así, con esa pregunta consigue meter la tensión en mi cuerpo.

—No, claro que no.

—Como has dicho que estaríais todo el grupo...

—Sí, bueno, casi todo. —Carraspeo inquieta y cojo mi taza de café—. Dudo mucho que Kellan vuelva a Rose Lake este verano si no lo ha hecho en siete años.

—Ya. Reconozco que yo al principio pensaba que era raro que no viniera ni siquiera a ver a su familia, pero luego me enteré por los chicos de que organiza excursiones alrededor del mundo con su hermana y su madre cada vez que hay una fecha señalada. Parece un buen tío.

No entiendo bien la insistencia de Cam en hablar de Kellan. Él se fue y yo estaba bien con eso. Que sienta un resquemor en el pecho cada vez que pienso en él es distinto. Eso es porque... porque... Bueno, no sé, pensé que volvería de vez en cuando a Rose Lake. Obviamente no íbamos a vernos, porque no sería bueno para ninguno de los dos, pero sí pensé que él regresaría de vez en cuando. Al parecer, no amaba tanto a este pueblo como decía. Y lo decía mucho.

Ahora se dedica a pagarles viajes carísimos a su madre y a su hermana. Luego ellas regresan contándolo todo a bombo y platillo, salvo cuando me ven a mí y se callan. ¿Por qué se callan? Odio eso. Todo el mundo parece pasar de puntillas a mi lado cuando sale el nombre de Kellan. ¡Y sale mucho! Es una maldita estrella, pues claro que sale.

No sé si es que no me ven capaz de soportar hablar de él, pero no es así. Soy muy capaz de hablar de él. De alegrarme por él. Soy una persona adulta, por Dios, no tienen por qué temer mis reacciones y han pasado siete años.

El olvido ha hecho su parte.

—La verdad es que cualquier otro en su lugar se habría olvidado de su gente, pero él...

—Hoy podríamos hacer una ruta por el bosque —lo interrumpo.

Cam me mira elevando las cejas, consciente de que he interrumpido su diatriba, pero es que resulta que, por raro que parezca, odio que me excluyan de las conversaciones de Kellan casi tanto como odio hablar de lo triunfador, bueno e increíble que es.

Lo que, en efecto, plantea un dilema de lo más interesante.

14

Ashley

Estoy acabando mi último turno en el restaurante cuando Vera me pide que me quede un poco más.

—Tenemos reunión de chicas.

—Ah, ¿sí?

—Sí, Dawna y yo tenemos algo que anunciar.

Frunzo el ceño. No sé qué pueden querer anunciar la madre de Maia y Dawna, pero teniendo en cuenta que son íntimas amigas, puede tratarse de cualquier cosa.

La verdad es que es bonito ver el modo en que Vera se ha integrado en la comunidad. Maia también, claro, pero a fin de cuentas lo ha tenido más fácil. O eso creo. Cuantos más años pasan, más claro me queda que, a medida que crecemos, nos vamos cerrando más y más. A mis veinticuatro años, no tengo amigos nuevos y tampoco los quiero. Si tuviera que mudarme a un lugar nuevo, no me abriría socialmente. No me adaptaría tan bien como lo habría hecho con diecisiete. O quizá es que todo lo que sea empezar de cero me recuerda a mis padres y me da urticaria.

En cualquier caso, como Vera dice que Maia también vendrá, le digo que sí. Estoy de acuerdo en quedarme y me dispongo a seguir con mi trabajo. Al menos lo hago hasta que Max me quita una bandeja de las manos y me sonríe de ese modo que quiere decir que va a soltar uno de sus discursos.

—Deja eso y dame tu delantal. Es hora de que nos despidamos formalmente.

Frunzo el ceño y bufo, un tanto incómoda.

—Max, voy a seguir en Rose Lake. Solo dejo el restaurante.

—¿Solo? No, cariño, empiezas una nueva etapa de tu vida.

—Yo no cantaría victoria. Igual hago un desastre con la decoración de la casa de los Sanders y...

—No lo harás. Lo vas a hacer de maravilla. Y ahora cállate, porque quiero decirte algunas cosas empalagosas y, si me cabreas, no va a ser igual de bonito.

Me río y me quito el mandil, tal como él quiere. Estamos al lado de la barra, lo que hace que los clientes que están más cerca de nosotros nos miren curiosos. Vera y Steve salen de la cocina también y yo empiezo a ruborizarme. No quiero, porque lo odio, pero agradezco en silencio no ser de las que se ponen coloradas fácilmente al pasar vergüenza.

—Bien, en tu último día como camarera del restaurante, me gustaría decirte aquí, delante de nuestros vecinos, que ha sido un honor contar con tu ayuda. Estos años has llenado el restaurante de caos, pero también de diversión. Gracias, Ash, porque no habría sido lo mismo sin ti.

Miro al suelo, avergonzada de que mi primer impulso sea llorar. Yo no lloro, joder, lo odio. Encojo los hombros, carraspeo y me tomo unos segundos para responder, pero cuando alzo los ojos de nuevo, me encuentro con Brody Sanders dentro del restaurante, a pocos pasos de nosotros. Inspiro hondo. No voy a decirle a Max que mi nuevo trabajo es una gran oportunidad, eso ya lo sabemos todos, pero no quiero que Brody piense que está haciéndome el favor de mi vida, aunque, en parte, sea así. De modo que me limito a sonreír y guiñarle un ojo.

—Sé que echarás de menos que te pellizque el culo cuando lleves la bandeja llena de cervezas rebosantes.

—¿Le pellizcas el culo? —pregunta Steve.

—Oh, por el amor de Dios, Steve, ¿en qué mundo vives? —pregunta Vera poniendo los ojos en blanco.

—Al parecer, en uno en el que pellizcan el culo de mi marido en mis narices sin que yo me entere.

—Solo lo hago cuando quiero que se ponga nervioso y se le caiga la cerveza.

—Funcionaría mejor si yo no fuera gay y estuviera casado, te lo he dicho mil veces. —Max se ríe.

—Totalmente de acuerdo. Si me lo pellizcas a mí, me pondré nervioso.

La intervención de Brody levanta más risas que otra cosa, sobre todo porque es la primera vez que entra en el restaurante desde que volvió. Claro, este pueblo pierde el culo por su estrellita, el jugador de fútbol profesional. De inmediato los vecinos se levantan y le estrechan la mano como si fuera nuestro salvador. El único que no hace demasiado caso es Max, que se saca un sobre del bolsillo trasero y me lo entrega.

—Toma esto como parte de tu finiquito.

—Si es dinero, no lo quiero —susurro, avergonzada.

Max me aparta y, mientras todos se entretienen con el jugador profesional, él me abraza y me besa la frente con tal cariño que me desarma.

—No es limosna. Es un regalo por lo bien que lo has hecho estos años. Reconozco que, cuando empezaste a trabajar aquí, tuve mis dudas. No sabía si todo eso que se veía normalmente en ti era real o pura fachada. Me alegra mucho haber descubierto la verdad.

—La verdad es que, por supuesto, era real —lo reto, incapaz de dar mi brazo a torcer.

Max se ríe y asiente.

—Sí, por supuesto. No eres una chica dulce y comprometida. Solo eres una loca a la que le encanta llamar la atención y volver loco a todo el mundo.

—Así me gusta. —Nos reímos y, cuando vuelve a tenderme el sobre, lo cojo, aunque algo avergonzada—. Muchas gracias por creer en mí. Sé que mis alternativas eran pocas, pero sin ti, habrían sido nulas. Y, si acabo matando al chulo de Brody Sanders, espero que quieras acogerme de nuevo en el restaurante.

—Te ayudaré a enterrar el cuerpo y luego nos pondremos a servir tortitas como si nada hubiera ocurrido.

Nos reímos y, cuando me abraza, no puedo evitar responder al abrazo. Al final, es Vera la que nos separa, porque, al parecer, han llegado las chicas y es hora de hacer esa famosa reunión.

Brody se ha sentado en una mesa con algunos vecinos, así que ni siquiera lo saludo cuando voy hacia el saloncito de la entrada del restaurante. Es el lugar preferido de muchos vecinos. Aquí se celebra el club de lectura de Rose Lake, en el que la gente joven, adulta y anciana del pueblo se reúne para comentar un libro, supuestamente. La realidad es que todas las reuniones acaban en discusiones de los más jóvenes con los más ancianos, pero mientras no empiece a faltar gente, todo está en orden. También algunos hombres juegan partidas de cartas, y Gladys tiene un pequeño grupo de tejer.

En realidad, el saloncito tiene algunos sillones y un sofá, no es que sea nada impresionante, pero el pueblo lo ha elegido como punto de encuentro. Ahora la afluencia es tal que, a menudo, si dos grupos coinciden, tienen que echar a suertes quién elige primero su horario.

Imagino que Dawna y Vera lo tendrían reservado para hoy, porque no veo a nadie quejándose. Me siento al lado de Maia, que justo acaba de llegar empujando la silla de ruedas de su abuela. Rose es maravillosa, la única mujer que todo el pueblo adora y no tiene enemigos. No públicos, al menos, porque, si alguien va en contra de Rose, va en contra de todo el pueblo. Es una ley no escrita.

—Señora Campbell, ¿cómo está? —pregunto cuando las dos se acercan al sofá.

—Muy bien, querida. Deseando apoyar a mi nuera en su próximo proyecto. ¿Qué tal tú?

—Genial. Deseando saber de qué se trata.

Rose sonríe un tanto enigmática y doy por hecho que ella ya lo sabe. Maia se sienta a mi lado, entre la silla de su abuela y yo.

—Espero que sea importante, tengo un montón de trabajo pendiente.

—¿No ibas a ponerte al día ayer con el papeleo?

—Sí, pero Cam insistió en salir a correr por el bosque.

—Qué desperdicio. Si hay que correr, que sea en...

—Ash, recuerda que estamos sentadas con mi abuela.

—Hasta donde yo sé, tu abuela tuvo dos hijos, así que tiene bastante claro que hay cosas mucho más divertidas que correr en el bosque. ¿Sí o no, señora Campbell?

—Así es, querida.

Maia se pone roja como un tomate. Mi amiga, a diferencia de mí, podría ruborizarse con un soplo de aire.

El saloncito se llena de mujeres de todas las edades, aunque en su mayoría todas son mayores que Maia y yo. Somos pocas las que quedamos aquí después de la universidad. No es que estemos solas, pero muchas se van fuera a estudiar y tardan en volver. Y, aun así, el pueblo se las ingenia para salir adelante. Creo que es porque hay gente que después de unos años fuera decide volver. Supongo que Rose Lake es como los faros de los acantilados: da igual lo largo que sea el viaje de los marineros, los faros siempre están dispuestos a iluminar su vuelta a casa.

—Bienvenidas a todas. Estamos aquí reunidas para cambiar nuestras vidas como un gran grupo de mujeres fuertes, independientes y deseosas de prosperar —empieza diciendo Vera—. Os hemos hecho venir porque Dawna y yo hemos tomado una decisión.

—Así es —asiente Dawna—. Vera y yo hemos charlado largo y tendido durante meses de lo mucho que nos gustaría tener un lugar en el que poder deshacernos del estrés que supone el día a día para nosotras. Aquí todas tenemos hijos, nietos, personas mayores a nuestro cargo o un trabajo que nos absorbe la vida. Algunas todavía estáis estudiando, pero también tenéis que lidiar con el estrés que suponen los exámenes, por ejemplo.

—Necesitamos algo que nos ayude a liberar estrés —añade Vera—. Y después de mucho hablar acerca de las pocas alternativas divertidas y físicas que hay para las mujeres de Rose Lake, Dawna y yo hemos llegado a la misma conclusión. Si algo no existe, hay que crearlo.

—Exacto. —Dawna coge de nuevo el mando. Es como ver uno de esos programas de televisión en los que los presentadores leen un guion con dudoso talento—. En Rose Lake ya hay un grupo que teje, un grupo que hace juegos de mesa y un grupo que lee, pero lo que no hay es un grupo de mujeres que hagan ejercicio juntas. Y por eso, Vera y yo tenemos el placer de anunciaros que, desde mañana, quedará abierto el plazo para inscribirse en...

Mira a Vera, que suelta una risita. Luego las dos abren los brazos mientras gritan:

—¡El cuerpo de zumba de Rose Lake!

—Tiene que ser una puta broma —dice Maia a mi lado, roja solo de pensarlo.

A mí solo me sale soltar una carcajada y Gladys está como en shock, preguntándole a todo el mundo qué es la zumba.

—A ver, tranquilidad —dice Vera para calmarnos a todas—. La zumba es un deporte tan bueno como cualquier otro. Además de ser divertido, mejora el sistema cardiovascular, ayuda a quemar calorías, tonifica, mejora la flexibilidad y aumenta la coordinación y...

—Vaya, que es una clase de baile latino. En Rose Lake. Es que te tienes que reír —digo a carcajadas.

—La zumba no es solo algo para latinos, Ashley Jones —se queja Dawna—. Da la casualidad de que es una de las modalidades más practicadas del mundo. Es igual de duro que otros deportes, pero mucho más divertido. Y puede hacerlo todo el mundo. No hay edad mínima ni máxima.

—¿Y no podemos aprender ballet? —pregunta Wendy Sheffield, la directora del instituto de Rose Lake desde hace años—. Creo que me sentiría mucho más realizada si...

—Vamos a aprender zumba —insiste Vera.

—Ni de coña pienso yo bailar zumba —murmura Chelsea Hyland.

A ver, nadie puede culparla. A sus dieciséis años, imagino que lo único que Chelsea quiere hacer es enterarse de las fiestas clandestinas del bosque para intentar beber un poco de cerveza de forma ilegal. Bailar zumba con su madre y todas las mujeres de Rose Lake está muy lejos de ser un plan preferente para ella.

Y, sin embargo, por el modo en que su madre la mira, sé perfectamente que acabará entrando por el aro.

—Yo estoy cuidando a mi abuela —digo al cabo de unos minutos, cuando ya varias se han apuntado.

—Te la traerás.

—Mi abuela está delicada —le digo a Vera—, pero, aunque no fuera así, antes preferiría darse un tiro en la rodilla que bailar zumba.

—Adaptaremos los ejercicios a todo el mundo. Rose también vendrá.

—Un momento —dice la propia Rose—. Dijiste que necesitabas apoyo, no que yo tuviera que hacerlo.

—Lo harás.

—Querida, estoy en silla de ruedas.

—Lo que solo significa que tus piernas estarán quietas y de tronco para arriba te moverás como nadie.

—Cariño...

—Os apunto, Ash, dile a tu abuela que está en la lista. Empezamos este miércoles a las cuatro en el gimnasio del colegio. Hemos hablado con el director y está todo solucionado. —Intento quejarme, pero Vera aplaude como una loca y hasta da algunos saltitos del todo vergonzosos—. ¡Muy bien, chicas! Millones de gracias por uniros a esta iniciativa. ¡Vamos a darle caña a la zumba!

Dawna y ella se largan y las mujeres de Rose Lake nos quedamos aquí, entre sorprendidas y desubicadas. Todavía estoy intentando reponerme cuando oigo una risita a mis espaldas. Me giro en el sofá y veo a Brody con las piernas un poco separadas, los brazos cruzados y una sonrisa maliciosa en el rostro.

—Zumba, ¿eh? Joder, no pienso perderme eso.

Cierro los ojos y me muerdo los mofletes para no saltar, pero es que, de verdad, ¿puede haber un plan peor que hacer zumba sabiendo que Brody va a pasárselo en grande pinchándonos? Pocas cosas podrían empeorar eso.

—Pues me dijo que pretendían hacer una función en Navidad aquí, en el restaurante —murmura Rose—. No tenía ni idea de que yo también tendría que participar.

Se estira del cuello de su camiseta, como si el aire no le entrara con normalidad. No puedo culparla, la entiendo perfectamente.

La carcajada de Brody hace que lo mire de nuevo, y esta vez no me corto en mirarlo mal.

—Por favor, Ash, por favor, te lo suplico. Cómprate unas mallas bien apretaditas. Te juro que reservaré ahora mismo un vuelo en Navidad solo para ver ese precioso espectáculo.

Me equivocaba. Definitivamente, las cosas siempre pueden empeorar.

15

Kellan

—Tiene derecho a permanecer en silencio. Cualquier cosa que diga podrá ser utilizada en su contra en un tribunal. Tiene derecho a la asistencia de un abogado durante su interrogatorio. Si no puede pagarlo, se le asignará uno de oficio. ¿Entiende usted estos derechos?

Observo al policía que acaba de esposarme como si fuera un delincuente. No sé en qué punto hemos llegado a esto, pero quizá ha tenido que ver que Ryan, un miembro de mi equipo, se haya puesto a gritar como un loco que nadie puede detenernos porque somos invencibles.

—Puta policía. No te preocupes, Kellan, estos no saben con quién hablan. ¡Se les va a caer el pelo!

Entro en el coche de policía y me dejo llevar a comisaría sin decir ni una palabra, ni a Ryan ni a nadie.

Esto no debería ser así. Mi vida no debería ser así.

Ryan está borracho y drogado, lo que es una mierda, pero habría ido de lujo como excusa si hubiese conducido él.

Pero no era él.

Era yo quien conducía como un loco, como si la maldita carretera me perteneciera. Y lo peor es que, por más que lo piense ahora, no encuentro un motivo que justifique mi comportamiento. No estaba drogado y no he bebido demasiado.

Es solo que... no me importaba nada. Ni la velocidad ni el estado de Ryan ni las consecuencias de mis actos.

Simplemente todo me daba igual.

Y eso es lo que más me asusta.

16

Maia

Esto va a ser un desastre. Lo sé desde el momento en que entramos y veo las pintas que llevábamos todas. Yo he optado por un pantalón de chándal y una sudadera bastante simple, pero Ashley, por ejemplo, lleva unas mallas tan ceñidas que es como si, en realidad, no llevara nada. En la parte superior, se ha puesto un sujetador deportivo, por lo que va con la barriga al aire. Está preciosa, pero sé perfectamente por qué ha elegido ese modelito. Quiere dar la nota y quiere hacerlo porque Brody ha dicho estos días que pasaría a ver el ensayo. No sé si será cierto, pero, si lo es, va a encontrarse de frente con una mujer preciosa y sexy que pasará completamente de él.

Luego está el resto, que va entre el bando de Ashley y el mío, aunque nadie es tan atrevido como ella. Mi abuela, por ejemplo, lleva sudadera por primera vez en su vida. Bueno, quizá eso sea decir mucho, pero es la primera vez que yo la veo con sudadera y eso ya tiene su qué. Mi madre también ha optado por un pantalón de chándal. En la parte superior lleva una camiseta que le regaló mi tío cuando nacieron los mellizos en la que se lee: SOY LA MEJOR MAMÁ DEL MUNDO.

Mi tío es un amor y ojalá yo pudiera encontrar algo así en el futuro.

«Tienes a Cam», me susurra una vocecita.

Y es cierto. Tengo a Cam, pero de algún modo las cosas con él son... distintas. Nos acostamos, hay mucho sexo maravilloso, ingenioso y placentero, y tenemos una relación, es innegable, pero todavía no estoy segura de que Cam y yo vayamos a tener algo para toda la vida. No es por nada en particular, es un gran hombre y posiblemente cualquier mujer estaría encantada de estar con alguien como él. Pero supongo que yo no soy como cualquier mujer. Y no lo digo con aire pretencioso ni muchísimo menos. Creo, de hecho, que es algo negativo.

Desde hace un tiempo me pregunto si he perdido la capacidad de amar de una forma romántica para siempre. Lo pienso, porque sé que puedo sentir amor, lo noto por mi familia, mis padres, mis hermanos, a los que adoro. Pero ¿siento amor por Cam? Algunos días estoy completamente segura de que sí. Otros, lo denominaría más como un cariño especial. No lo quiero como a un amigo, eso lo tengo clarísimo. Lo deseo y me gusta muchísimo. Pero ¿amor? ¿Es eso el amor? Tal vez sí. Quizá sea así de sencillo y tranquilo. A lo mejor el problema es que tengo como referente del amor una historia vivida con solo diecisiete años. Una historia que me marcó demasiado por todo lo que supuso en mi vida.

A lo mejor debería asimilar que, en aquella época tan intensa, incluso el amor lo fue. El primero siempre es distinto, es especial. Y eso no significa que el amor de adulta sea peor. O que no sea amor.

Quizá sí quiero a Cam, solo que es un amor más maduro y sosegado. Eso no es malo, ¿no?

—¡No, Ashley, no vamos a perrear! —Salgo de mis pensamientos para ver a Dawna frente a mi amiga, con los brazos en jarras y hablándole como cuando teníamos diecisiete años—. Debería darte vergüenza siquiera insinuarlo delante de tu abuela.

—A mí me da igual que perree, lo que no sé es qué demonios hago yo aquí. Es mi hora de la siesta. —La señora Miller refunfuña desde la silla en la que la han sentado.

—Ya te lo dije, abuela. Nos obligan a estar aquí.

—«Obligar» es una palabra muy fea —dice mi madre—. Yo prefiero decir que Dawna y yo miramos por el bienestar de nuestra comunidad. Nada más. Y ahora, vamos a estirar.

—Yo no pienso estirar —se niega la señora Miller.

—Muy bien, pues quédese ahí mirando cómo estiramos las demás y nos ponemos en forma, pero luego no se queje cuando las endorfinas del deporte hagan maravillas en todas menos en usted.

El discurso de mi madre es poco creíble, pero el modo en que la señora Miller la mira me deja claro que, aunque ahora no quiera, acabará cediendo.

La música empieza a sonar y nosotras nos colocamos como buenamente podemos. Yo, en la última fila, mi coordinación es nula y prefiero no entorpecer. Ash, por supuesto, está en la primera. Si la vida fuera un poco más justa, mi amiga, que ya era una gran animadora en el instituto, ahora podría estar dedicándose a algo que le apasionara. Claro que ella nunca dijo que le apasionara el baile, pero es evidente que le gusta por el modo en que se mueve. Yo, en cambio, parezco un pato mareado. De verdad, es como ver a Pingu borracho dando tumbos de un lado a otro.

La clase es un completo desastre, pero no es nada que no intuyera ya. Gladys se ha sentado a los cinco minutos aquejada de la rodilla, la señora Miller se ha pasado refunfuñando toda la hora, incluso con la música puesta se la oía. Wendy, nuestra antigua directora del instituto, está más pendiente de leer los mensajes que le llegan a su reloj de última generación que de lo que tiene que hacer. Y mi abuela, la pobre, ha intentado por todos los medios atinar con los brazos, pero está claro que no está acostumbrada al deporte. En realidad, creo que por esa parte va a venirle bien esto. A todas nos vendrá bien. Sí, es verdad que primero me dio vergüenza todo esto de bailar zumba, pero después de una sola clase empiezo a pensar que quizá, y solo quizá, este pueda convertirse en un espacio seguro en el que generar adrenalina, liberar endorfinas y dejar que mi mente, tan poco acostumbrada a desconectar, se silencie.

O eso pienso hasta que oigo unos aplausos, me giro y veo a Brody Sanders apoyado en la puerta de entrada. Lleva su cazadora del equipo de fútbol del instituto, una gorra hacia atrás y unos tejanos raídos. Y juro que, por un instante, es como volver siete años atrás. La misma sonrisa chulesca, la misma frialdad en sus ojos, pero esta vez hay algo más. Esta vez Brody sí está seguro de sus movimientos. Esta vez sabe que, haga lo que haga o diga lo que diga, no habrá nadie esperándole en casa para recibirlo con una paliza. Me alegro infinitamente de eso, pero no sé hasta qué punto me alegro de que, al igual que mi amiga, la vida lo haya obligado a volverse un tanto cínico.

—Muy bien, chicas. Un espectáculo precioso.

Sus ojos ni siquiera nos miran a todas. Están fijos en Ashley, que entrena sin mirarlo, como si no lo hubiera oído, aunque yo sepa que sí.

—Oh, Brody, querido, muchas gracias, pero no puedes estar aquí. Es un espacio libre de hombres —le aclara Dawna.

—¿Eso no es sexista?

—Oh, por favor —bufa Chelsea Hyland—. Solo quieres estar aquí para joder a Ashley y todas lo sabemos.

—Tranquila, cariño. No puede joder a alguien que pasa completamente de él —le contesta Ash guiñándole un ojo.

—¿Qué ha sido de la dulce Chelsea? —pregunta Brody con el ceño fruncido.

—Creció y se dio cuenta de que no le gustan los tíos que se comportan como capullos.

Intento no reírme, pero es que Chelsea, a sus dieciséis años, es un torbellino lleno de seguridad y aplomo. La Maia adolescente está admirándola muchísimo ahora mismo. Diablos, incluso la Maia adulta la admira por ser capaz de hablar sin callarse nada.

—No soy ningún capullo.

—Ah, ¿no? ¿Y qué haces aquí entonces?

—Vengo a decirle a Ashley, como jefe, que tenemos que mirar unas muestras de pintura juntos.

Chelsea vuelve a bufar, pero lo deja estar y Brody aprovecha para acercarse a Ashley. Ha parado de estirar, pero está colocándose su chaqueta, aún sin mirarlo. Quizá por eso no es consciente, como yo, del repaso visual que le da Brody a su cuerpo.

—¿De qué son esas muestras y por qué tenemos que verlas fuera de mi horario laboral?

—Tu horario laboral incluye las tardes.

—No todas, según recuerdo.

—Esta tarde, sí.

—Vienes a tocarme los ovarios, ¿verdad?

—No, cariño. Aunque no me importaría tocarte otra cosa. —La mira de arriba abajo y esta vez mi amiga sí es consciente de ello. Es imposible no serlo—. De verdad, no me importaría en absoluto tocarte cualquier otra cosa.

No sé cómo se siente Ash, porque no estoy en su piel, pero sé cómo me sentiría yo: acalorada, acelerada, con los nervios a flor de piel.

—Sigue soñando, nene.

Ashley sale de la sala mientras Brody la sigue y yo me quedo aquí, completamente maravillada con su poder de dominio. Si yo fuera así, si tuviera las cosas tan claras, seguramente no me pasaría horas debatiendo con mi cabeza acerca del amor, las relaciones y la durabilidad de estas.

—¿Duermes hoy en casa? —pregunta mi madre mientras me pasa un brazo por los hombros.

—Depende. ¿Los mellizos siguen con la crisis del sueño?

—Me temo que sí —contesta torciendo un poco el gesto—. Pero pondremos un cerrojo a tu habitación si quieres.

—No hace falta —contesto riendo—. En realidad, me gusta dormir con esos dos pequeños monitos.

Mi madre sonríe y yo le escribo a Cam para decirle que ya nos vemos mañana. Me irá bien estar con mi familia y relajarme. Sobre todo porque no quiero perderme la oportunidad de presenciar el modo en que mi tío intenta chinchar a mi madre con esto de la zumba.

La cena es entretenida, como siempre. Es difícil que nos aburramos con los mellizos tirando más comida de la que comen, mi tío bromeando constantemente con mi madre y mi madre soltando cada vez más palabras malsonantes en español. Adoro estos momentos. Sí, puede parecer raro, pero son tan... auténticos. A menudo, las cosas más rutinarias de nuestra vida son las cosas que de verdad importan y merecen la pena.

—He hecho flan para el postre —dice mi tío Martin—. ¿Quieres, Maia?

—Dios, no puedo decir que no. Y es un asco, porque ahora que estamos haciendo más deporte, deberíamos vigilar lo que comemos.

—Un poco de flan no te hará daño.

—Si insistes...

Mi tío se marcha, mi madre quita la mesa y, mientras tanto, yo me voy con los mellizos al sofá, para intentar calmarlos. Pongo la tele en el canal de las noticias y les dejo claro que no habrá dibujos. No pueden verlos antes de dormir porque se ponen aún más nerviosos y entonces es como intentar dormir al diablo de Tasmania, solo que en este caso son dos. ¡Cosa que lo dificulta todo!

Apenas he tenido tiempo de acomodarme en el sofá cuando lo veo en el televisor. Tiene el pelo más largo, un pendiente en la oreja y un tatuaje en la mano que veo rápidamente cuando justo se recoloca las gafas de sol para intentar ocultar el gesto serio de su cara. El corazón se me acelera, no solo por su imagen, sino por la voz del presentador. O más bien por lo que dice:

—Kellan Hyland, famoso compositor que saltó al estrellato hace solo unos años, ha sido detenido por sobrepasar el límite de velocidad en la ciudad de Los Ángeles. Según confirman fuentes oficiales, el cantante y su acompañante, el batería Ryan Price, además, estaban en posesión de drogas. Del informe se desprende...

Los ojos se me nublan y la mente, por más que quiera, se me embota.

No puede ser.

Él no echaría a perder su vida así.

Él no haría algo tan estúpido, pero cuando la prensa lo asedia hasta el punto de no dejarlo caminar, su voz suena rara, distinta a como la recuerdo. Más ronca y dura.

—No voy a hacer declaraciones, así que, por favor, dejadme pasar.

No es un tono amable. De hecho, no es un tono que yo le conozca. Lo veo subirse a un coche con los cristales tintados rodeado de un montón de gente y desaparece entre la multitud mientras el presentador habla de sus éxitos y su, hasta ahora, comportamiento ejemplar.

—¿Será verdad que Hollywood consigue hacer rebeldes incluso a los chicos buenos?

Me quedo mirando la tele, con las palabras del presentador resonando una y otra vez en mi cabeza.

¿Será verdad...?

17

Brody

Hay conjuntos diseñados especialmente para matar a un hombre. El que lleva Ashley ahora mismo, por ejemplo. Está preciosa, joder. Da igual las veces que intente convencerme de que nosotros no podemos tener nada, porque así es, pero en cuanto la veo, la mente se me queda en blanco y me convierto en un ser completamente imbécil. Lo único que puedo pensar es lo guapa que es y lo mucho que me pone su boca, aunque de ella solo salgan insultos hacia mí.

—No puedo ver muestras contigo ahora —me vuelve a repetir Ashley mientras se acerca su bolsa de gimnasia y saca una botella de agua.

—Solo serán unos minutos.

—Tengo a mi abuela —dice señalando a la señora Miller, que me está mirando como si fuera el mismísimo diablo.

—Intuyo que no guarda un recuerdo cariñoso de mí.

—Intuyes bien.

—¿Le contaste...?

—No soy una mujer dada a ir lloriqueando, Brody. Puede que pienses que, después de que te marcharas, me quedé aquí con el corazón roto por lo capullo que fuiste, pero no es así. No me derrumbé ni un solo día.

—Es lo que ocurre cuando eres una mujer fuerte.

—Es lo que ocurre cuando sabes que no merece la pena derramar ni una sola lágrima por alguien que nunca estuvo a la altura.

Decir que es como si me diera una puñalada sería quedarme corto. En realidad, es como si, una vez me hubiese dado la puñalada, retorciera el cuchillo dentro para asegurarse de que la herida sea tan profunda como dolorosa.

Lo peor es que no puedo culparla. Sé bien que no estuve a la altura y no espero que entienda mis razones, por eso no se las he dado. Los dos sabíamos que lo nuestro era imposible y, aun así, los dos jugamos a ignorar la realidad. Fue como correr hacia un acantilado con los ojos vendados, sabíamos que en cualquier momento podíamos caer, pero creíamos ilusamente que sabríamos parar a tiempo.

No supimos, lo que nos trae a un presente lleno de rencor. Un presente en el que, en cualquier momento, estallará una bomba de emociones que hará que Rose Lake tiemble. Yo lo sé, ella también, pero ninguno lo dice.

Algunas veces es mejor así. Si sabes que algo es inevitable, ¿para qué esforzarse en intentar pararlo? Así somos Ash y yo. Inevitables. Imparables. Sobre todo si se trata de hacernos daño.

—Niña, vámonos, quiero cenar pronto para poder irme a la cama.

La señora Miller se pone en pie con tanto esfuerzo que me sorprende. Sabía que estaba delicada, pero está muy delgada y es como si su cuerpo apenas pudiera sostenerla en pie. Y en cierto modo debe de ser así, porque Ashley corre a su lado y la sujeta por el brazo y la cintura, pese a las protestas de su abuela.

—Sabes que puedes caerte —murmura Ash—. Venga, iremos a casa, harás tus ejercicios y podrás prepararte para la cena.

—¡No quiero hacer más ejercicios! Por el amor de Dios, ¿te has propuesto matarme? ¿Es eso?

—No, abuela.

—No quiero hacer más ejercicio, ya he hecho esta tontería a la que me has obligado a venir.

—De acuerdo, lo discutiremos en casa.

—No hay nada que discutir.

La señora Miller camina superlento y Ash intenta tranquilizarla al máximo para que sus pasos sean más seguros. Siempre ha sido una mujer cascarrabias, pero esto es distinto. Hay algo... algún tipo de demencia, aunque Ashley no lo diga. Esa mujer necesita una silla de ruedas, entre otras cosas, y no sé cómo se las ingenia su nieta para soportar esta situación tan al límite sin entrar en pánico cada cinco minutos. Es lo que yo haría. Claro que ha quedado más que demostrado que yo apenas sé cuidar de mí mismo y quizá por eso me da tanto miedo pensar que hay personas cuidando de otras personas. Gente tan buena como para ayudar a los demás.

Lo de ser familia no me sirve. Si algo he aprendido a lo largo de mi vida es que los lazos de sangre no hacen que la gente sea más buena. Hace falta un corazón muy puro para cuidar a alguien mayor. Es, de algún modo, como tratar con un bebé, solo que con mucho más peso y resistencia.

—Ash...

—Ahora no —dice ella sin dejar de mirar a su abuela—. Iré a tu casa cuando la prepare.

No tiene que decir más. Una cosa es que me guste pincharla y otra que lo pase bien siendo mala persona. Ese no es mi estilo y Ash, ahora mismo, tiene todas sus energías concentradas en hacer que su abuela llegue al coche. Paso a paso. Con metas cortas para que no resulten inalcanzables. Primero llegar al coche. Luego a casa. Ejercicios, cena y cama. Y mañana, vuelta a empezar, supongo.

Salgo del colegio y me marcho a casa. Las obras han avanzado muchísimo, sobre todo porque pedí que primero se centraran en las de la casa, teniendo en cuenta que duermo aquí. Hay que pintarlo todo, pero han abierto el salón de modo que se comunique con el anexo y todo parece marchar según lo previsto. A este ritmo, el hotel estará listo para abrir en septiembre.

Aparto algunos tablones de la entrada para que Ashley pueda acceder luego y, una vez en la cocina, cierro las puertas y enciendo uno de los calefactores. Da igual que sea verano, de noche refresca y, aunque hemos sellado la pared que falta con plástico y madera, las corrientes de aire son inevitables. Preparo una ensalada para cenar y me como dos huevos duros solo para abastecerme de la proteína suficiente. Mañana debería levantarme temprano y entrenar. Quizá lo haga... o quizá no. Conmigo, últimamente, no se sabe.

Ceno tan rápido que, al acabar, no sé qué hacer. Preparo las muestras de pintura que quiero que vea Ashley y, cuando termino, me doy cuenta de que aún es demasiado temprano.

Mis opciones son:

A. Ponerme a entrenar.

B. Engancharme a alguna serie o peli en el portátil.

C. Tomarme una cerveza mirando a la nada y pensando en lo mucho que odio a mi familia.

¿Quién acaba de elegir la opción menos recomendable de todas?

Abro la cerveza casi sonriendo, como si acabara de ganar un estúpido reto contra mí mismo. «Vas a hacer lo que menos te conviene, te jodes que gano yo», así me imagino a una parte de mi cerebro. Es una parte bastante tóxica, no lo niego, pero lleva conmigo muchos años y no sé cómo echarla sin joderme todavía más.

Me siento en la mesa de la cocina, me retrepo un poco, me meto una mano en el bolsillo de la cazadora, sujeto el botellín con la otra y miro al vacío. Así de estúpido e inservible. Eso es lo único que hago hasta que llega Ashley, que bufa nada más verme.

—Das una imagen bastante patética bebiendo solo. ¿Pretendías darme pena?

—Pretendía beberme una cerveza tranquilo, pero ya has llegado, así que la tranquilidad acaba de largarse por la ventana.

—Te recuerdo que eres tú quien me necesita.

—No te necesito. Necesito que hagas tu trabajo, nada más.

—Claro, esta es muy buena hora para hacer mi trabajo.

—Eras tú la que quería quedar después de cenar. Igual pensabas que ibas a tener la suerte de tener una cita conmigo.

—Igual lo que pienso es que, si te mato de noche, lo tengo más fácil para arrastrar tu cuerpo por el bosque.

—Suerte moviendo esta masa de músculos, nena.

Ash pone los ojos en blanco, lo que significa que he ganado yo y se traduce en una inmensa sonrisa que hace que ella se acerque y le dé un puntapié a mi silla. Estaba balanceándome sobre las dos patas traseras así que, gracias a mi equilibrio, no me he dado la hostia del siglo. La miro mal. Ahora es ella la que sonríe.

Esta reunión no empieza todo lo bien que debería.

—Coge las muestras para que podamos terminar con esto cuanto antes.

—Por una vez voy a darte la razón.

Se sienta a mi lado, con las muestras de la mesa en las manos. Tenemos que elegir el color de las paredes de toda la casa.

—¿Vas a convertir todas las habitaciones en habitaciones para huéspedes?

—Sí, menos la mía. Me quedaré ahí cuando venga, así que ahí elijo yo. Quiero pintarla de negro.

Ashley me mira muy seria.

—Tienes que estar de coña.

—Nunca he hablado tan en serio.

—No vas a pintar tu dormitorio de negro.

—Hasta donde yo sé, tú no mandas en mi dormitorio.

—Es demasiado oscuro. Te sentirás encerrado, es claustrofóbico y... y... es demasiado oscuro, Brody. Incluso para ti.

—Me gusta el negro.

—No. Lo que te gusta es llevarme a mí la contraria. Sabrías que me cabrearías y por eso lo has dicho.

—Puede ser —admito sonriendo—. Pero también me gusta el negro.

—Vas a pintarla de gris azulado.

—¿Y se puede saber qué color es el gris azulado? Las cosas son grises o azules. Joder, las tías tenéis que complicarlo todo. ¡Hasta los colores!

—Habló el ser humano menos complicado de la Tierra, ¿verdad?

—No voy a pintar mi cuarto de gris.

—No, lo pintarás de gris azulado.

—Ashley, no me mandes.

—Me pagas para que mande, Brody.

—Solo cuando yo no estoy.

—¡Bien! Como vas a largarte en cuestión de días, el maldito cuarto se pintará de gris azulado.

—Te equivocas.

—Es un color bonito.

—No es en eso en lo que te equivocas. —Ella me mira sin entender y yo lo suelto porque, total, no tiene sentido alargarlo más—: Resulta que me quedo a vivir en Rose Lake, así que, teniendo en cuenta que dormiré ahí cada noche, el cuarto se pintará del color que a mí me dé la gana.

Ash abre la boca, como si pretendiera decir algo, pero no consigue emitir sonido alguno.

Bien. Creo que acabo de hacer el mejor *touchdown* de la historia.

18

Ashley

Se ha vuelto loco. Es definitivo. Brody Sanders se ha vuelto completamente loco. Él sigue mirándome como si nada, con su cazadora antigua, su gorra, de nuevo puesta hacia atrás, y su cerveza en la mano. Es prácticamente como hablar con el Brody adolescente, solo que tengo muy presente que no lo es. El hombre que tengo ante mí es adulto y debería haber encontrado de una maldita vez su camino, pero parece cada vez más perdido. No lo entiendo.

—Tienes que estar hablando en broma.

—No he hablado más en serio en mi vida.

—¡Eres un maldito jugador profesional famoso!

—Soy famoso y soy profesional. Lo de maldito podría discutirlo.

—No he leído nada de que dejes el fútbol.

—Porque aún no lo he anunciado. De hecho, todavía esperan que vuelva en agosto.

—¿Qué? ¿Y lo dices así, tan tranquilo?

—Es lo que ocurre cuando tienes un plan bien armado: la tranquilidad se vuelve una gran compañera.

—¡Brody, hablo en serio! No puedes dejarlo ahora. ¡Te ha costado demasiado llegar aquí!

—En realidad, no. Lo difícil fue llegar a acceder. Una vez dentro, el resto ha sido coser y cantar. Hacerme famoso, ser el mejor y ahora mandarlo todo a la mierda.

Sonríe y, aunque parezca tranquilo, yo no lo estoy. ¡No puedo estarlo! El modo en que habla es... demasiado frío. Hay algo que no está bien en todo esto. No sé qué es, pero no puedo dejar de pensar en ello.

—Brody, tú odias Rose Lake.

—Nunca he odiado Rose Lake.

—Querías salir de aquí a toda costa.

—Sí, porque aquí estaba mi familia, pero ahora ya no está y yo me he quedado con todo. —Su sonrisa se afianza, pero la mía no está siquiera cerca de emerger.

De pronto lo entiendo todo. Lo de comprar su antigua casa y la cabaña, lo de empeñarse en destrozarlo todo. No querer volver al equipo.

—Esto es tu venganza... —susurro—. Es tu modo de hacer daño a tus padres por todo lo que te hicieron. Destruir todo lo que ellos lograron y quitarles el sueño de verte triunfar en el fútbol, que era lo único que les importaba. —Su sonrisa vacila solo unos instantes, suficientes para que yo me dé cuenta y me lleve las manos a la cabeza, literalmente—. No puedes hacer eso. No puedes hacerte esto, Brody.

—¿Hacerme qué, según tú?

—Destrozar tu vida solo para destruir las suyas. Convertirte en un daño colateral.

—No soy un daño colateral —murmura él levantándose y acercándose a mí—. Soy la bomba que lo destroza todo. Ellos crearon una versión de mí que odié con toda mi alma hasta que fui lo bastante maduro como para entender que, si quería destrozarlos tanto como ellos me destrozaron a mí, primero tenía que dejarles creer que estaban logrando moldearme. Como a una figura de barro. Permití el maltrato físico y psicológico con el único fin de devolvérselas todas juntas un día. Cumplí todos sus sueños solo para poder tirarlos por la borda uno a uno. No me digas que no puedo hacerlo, Ashley. He vivido para este momento desde que tengo uso de razón.

Sé lo que es que tus padres no te quieran. Lo he vivido en mi propia piel. Mis padres siempre estuvieron demasiado ocupados para encargarse de mí. Tanto que, en un intento desesperado de llamar la atención, les pedí que me pagasen la operación de aumento de pecho, pensando que, como buenos padres hippies, se negarían, pero la sorpresa fue que la pagaron, convencidos de que dejándome hacer lo que quisiera con mi cuerpo ellos pasarían a ser unos buenos padres. Mi abuela fue la única que puso el grito en el cielo, pero eso no impidió que, a mis diecisiete años, me operase del pecho con la previa autorización de mis padres y las advertencias de los doctores que dejaron claro que era mejor esperar a tener, al menos, los dieciocho. Me salí con la mía y, al operarme, me di cuenta de que no me sentía mejor, sino peor. Pero ese es otro tema.

Lo importante aquí es que sé lo que es que tus padres no te quieran. Sin embargo, mis padres nunca me pusieron la mano encima. No me hicieron daño físico ni me hirieron psicológicamente, al menos no a conciencia. Estoy segura de que piensan que son unos excelentes padres, allá donde estén, aunque yo me criara con la certeza de que ellos no me querían. Pero no crecí con las dos personas que me dieron la vida llamándome inútil, insultándome cada día, diciéndome que soy un trozo de mierda que prácticamente no merece vivir.

Lo que ha vivido Brody con sus padres escapa a toda lógica y razón. Nadie en su sano juicio comprende que unos padres se porten así con sus hijos y, no obstante, ahí están. Le jodieron la infancia, le destrozaron la adolescencia y, en la edad adulta, solo han conseguido que su hijo desee, más que nada en este mundo, verlos destruidos. ¿Y acaso puedo juzgarlo? No, no lo haré nunca, pero sí me da pena ver hasta qué punto a Brody ha dejado de importarle todo, salvo hacerles daño a sus padres.

—El fútbol es tu pasión —le recuerdo.

—Yo no tengo una pasión, Ash. Me gusta jugar al fútbol, pero no me gusta jugar en la NFL más de lo que me gustaba hacerlo en el jardín de Kellan cuando los dos vivíamos aquí. No sueño con ganar la Super Bowl ni con hacerme más famoso. Mi único sueño es desvincularme para siempre de mis padres. Cargarme todo lo que ellos crearon con el único fin de vivir de la gloria de un hijo famoso. Yo nunca voy a tener mis sueños puestos en el fútbol profesional porque, cada vez que juego, lo único en lo que puedo pensar es en la satisfacción que estará sintiendo mi padre. Y eso me corroe.

—Pero eso no es sano.

—Me da igual.

—No puedes abandonar tu carrera solo para disgustar a tu padre.

—Claro que puedo. Esa carrera la cogí por él, porque era su sueño. Decidí seguirlo solo para llegar a lo más alto y, una vez allí, dejarme caer contra el suelo y llevármelo todo por delante.

De pronto solo quiero llorar. Esto no está bien. Hay algo en todo esto que me duele demasiado. Por él. Porque me hizo mucho daño en el pasado, pero siempre pensé que lo hacía por perseguir su sueño. ¿Y ahora? ¿Resulta que en su sueño no había nada que él disfrutara o anhelara, salvo el deseo de venganza? ¿Cómo se supone que debe hacerme sentir eso?

—¿Tú estás seguro? —pregunto, consciente de que, en realidad, lo que yo piense o sienta ahora mismo no es tan importante como lo que piensa o siente Brody.

Él sonríe y, esta vez, no hay chulería o frialdad en él. Es la única vez que solo veo a Brody. Y parece tan... cansado. Parece cansado, pero contento, o eso quiero pensar.

—Estoy seguro. Quiero estar aquí. Quiero vivir en Rose Lake, pero solo después de conseguir desterrar su presencia de aquí, incluso la que evoca su recuerdo. Ellos pasaron cada día de su vida en Rose Lake deseando salir de aquí, yo voy a volver para asegurarme de que no queda nada. Vuelvo al lugar que consideraban una jaula para sentirme más libre que nunca.

No puedo responder nada, ni bueno ni malo, porque no sé qué decir. Desde luego, visto con sus ojos, es un buen plan, pero la pregunta del millón es: ¿esto lo hace feliz o solo le hace feliz joder a sus padres? Creo que ni él mismo lo sabe y, cuando estoy a punto de preguntárselo, mi teléfono suena. Me lo saco de inmediato del bolsillo trasero del pantalón. Mi abuela estaba acostada, pero le he dejado el teléfono al lado por si necesitaba algo. Últimamente fantaseo con la idea de poner una cámara en casa. Maia dice que las hay muy baratas y podría ver por el móvil cómo está cada vez que salgo, aunque solo vaya al supermercado o al trabajo. No debería dejarla sola, pero no puedo pagar a nadie que se ocupe de ella.

Para mi alivio, no es mi abuela, sino Maia. Se lo digo a Brody antes de descolgar, solo para que sepa de quién se trata, y contesto de una vez por todas.

Ni siquiera me da tiempo a saludarla. Su voz, nerviosa y demasiado alta, me taladra el oído.

—¿¿¿Por qué no me has dicho nunca que Kellan estaba tan perdido???

19

Kellan

La oscuridad es curiosa. Hay gente que la detesta, normalmente por miedo, pero también hay gente que la necesita. Se amparan en ella para sentirse bien con ellos mismos.

En mi caso, por lo general, me gusta. Siento que cuando estoy solo y a oscuras puedo jugar a inventar una vida distinta. Una vida donde todo es perfecto y las decepciones no existen. Donde, cuando cumples tus sueños, lo único que sientes es euforia y plenitud. Una vida donde la ansiedad y el estrés no toman el mando desde que bajas los pies de la cama. Donde las expectativas no importan lo más mínimo y a nadie le importa si lo nuevo que compones es mejor o peor que lo anterior.

En este caso, sin embargo, la oscuridad solo sirve para aliviar, si es que es posible, el dolor de cabeza que me provocó la borrachera que sí cogí anoche al volver de la comisaría. Era de madrugada, no sé qué hora, pero sé que discutí con Ryan porque estoy harto de sus mierdas. No va por el buen camino, hace tiempo que lo sé, pero se lo permito porque me da pena. Pienso que solo está un poco desorientado con esto de la fama, el dinero y los conciertos, pero la verdad es que empiezo a estar harto de ese cliché de mierda que dice que todos los compositores, cantantes o artistas en general viven drogándose y bebiendo hasta perder el conocimiento. No es así en mi caso. No soy una estrella subida a un barco a la deriva.

O quizá sí, pero no del modo en que la gente empieza a creer.

Anoche, cuando mi abogado me sacó del calabozo, si es que a estar en un cuartucho de la comisaría se le puede llamar así, y me dieron mi teléfono, vi tantas llamadas perdidas de mi madre, mi hermana y varios vecinos de Rose Lake que me sentí sobrepasado. Sobre todo después de salir rodeado de prensa. Sé bien lo que pretenden. Quieren volver a crear un producto en decadencia, de esos que viven rápido, queman todas las etapas y acaban muertos en las bañeras de sus casas, en el salón o donde mierdas sea, pero hasta arriba de droga y somníferos, por ejemplo. No será así y estoy harto de que la gente piense con facilidad que sí.

Estoy harto de muchas cosas, por eso envié un mensaje de voz a mi madre diciéndole que estaba bien, pero iba a apagar el móvil, y dejé de dar explicaciones. Me emborraché, sí, porque de todas formas todo el mundo esperaba que lo hiciera. Bebí hasta que prácticamente no me sostenía en pie y luego me tumbé en la cama, donde sigo, y me limité a pensar en todas las malas decisiones que he tomado a lo largo de mi vida.

O peor: en todas las veces que he permitido que otros tomasen las decisiones por mí.

El problema de beber no es hacerlo. El problema es que, por alguna razón, los seres humanos pensamos que es un buen método para dejar de pensar en lo que nos preocupa, y no es así. No en mi caso. Normalmente acabo borracho y pensando de más. Además, luego se suma una resaca increíble, así que, si me preguntas a mí, la bebida es una mierda igual de grande que la droga. De hecho, es algo igual de adictivo. Y ahora mismo, mientras la cabeza me duele como si me estuvieran taladrando estanterías de IKEA en la frente y siento en la nuca un millón de tornillos enroscándose a la vez, lo único que quiero es un buen puñado de aspirinas, un vaso de agua y que todo el mundo me deje en paz. Pero eso no va a poder ser, a juzgar por el modo en que alguien está aporreando mi puerta.

Salgo de la cama prácticamente a rastras. El pelo me cae en los ojos, indicativo de que debería cortármelo en algún momento. O al menos comprar gomas para empezar a recogérmelo. Mi salón no es un salón apto para visitas y de pronto el miedo a que sea mi agente me puede. Tengo un par de cajas de pizza en la mesita, más ropa por en medio de la que desearía y un sinfín de instrumentos musicales tirados por cualquier superficie. No es una casa a la que le des un sobresaliente en limpieza y orden, pero ya no tengo tiempo de hacer mucho, porque la maldita puerta va a caerse a trozos. Así que me limito a ir cogiendo la ropa que me pilla a mano hacia la entrada y, una vez ahí, hacerlo todo una bola y meterlo en el armario que tengo para los abrigos. ¿Es una cerdada? Sí, pero en cuestiones urgentes, lo que importa es la supervivencia.

Abro la puerta de una vez y, cuando me doy cuenta de que no se trata de mi agente, la tranquilidad y la mala hostia vuelven a mí.

—¿Qué coño haces tú aquí?

—Hola a ti también, cariño. Y gracias por hacerme sentir como una señora de los años sesenta que tenía que ir a sacar el pandero gordo y borracho de su marido del bar.

—¿Qué?

Mi mejor amigo, Brody, se quita las gafas de sol y entra en mi casa empujándome el hombro sin ningún tipo de miramiento.

—Jesús, Kellan, ¿qué coño has hecho con tu vida? ¡Se suponía que tú eras el bueno de los dos!

No contesto. Sigo sin comprender muy bien qué hace aquí. Hablé con él hace un par de días y seguía en Rose Lake. No ayuda en nada que se dedique a oler la ropa que encuentra en el respaldo del sofá y a poner mala cara.

—Eh, no te pases, que esa chaqueta está limpia.

—Huele a colonia de mujer. Colonia de mujer de esas que dan dolor de cabeza.

—Eso es porque me la puse la otra noche y... Bueno, eso da igual —digo, porque no pienso reconocer que me he vuelto una versión barata de él y ahora mantengo sexo casual con chicas de las que no sé ni su nombre.

Algo me dice que Brody no se sentiría orgulloso de mí por eso.

—Si tú lo dices... En fin. ¿Vas a contarme cómo es que ayer acabaste arrestado por saltarte el límite de velocidad y llevar drogas en el coche?

—Solo si dejas el tonito acusatorio.

—Dejaré el tonito acusatorio cuando dejes de cabrearme y no estás ni cerca de conseguirlo.

—Oye, que no eres mi padre.

Los dos guardamos silencio. Su padre es un maltratador y el mío, que era el mejor, está muerto. No ha sido mi mejor frase. Reconozco eso.

—Muy bien, Kellan. Entonces dime mejor dónde está tu maleta.

—¿Qué? ¿Mi maleta para qué?

—Para hacerla, obviamente. —Mira en derredor y señala mi salón—. Si algo tengo claro es que ha llegado el momento de cumplir mi promesa.

—¿Qué promesa?

—Me prometí a mí mismo que, si un día alcanzabas la fama y este mundillo empezaba a descontrolarte, por mínima que fuera la posibilidad, me ocuparía personalmente de que vuelvas al redil.

—¿Qué? Tú no tienes que hacerme volver a ningún redil. ¡No he hecho nada malo! No eres responsable de mi vida y te repito que no puedes mandarme.

—Mala suerte, porque voy a hacer la maleta de todos modos.

—¿Y a dónde vamos, si puede saberse? —pregunto mientras él se dirige a mi cuarto.

Cuando llegamos olfatea el ambiente y reconozco que el olor a alcohol no ayuda en nada a mi defensa. Brody niega con la cabeza, suspira y me mira más serio de lo que lo he visto nunca. Y esto ya es mucho decir.

—A casa, Kellan. Nos vamos a casa.

20

Brody

No me puedo creer que esté haciendo el capullo de este modo. Se suponía que, de los dos, Kellan era el que sí tenía claro cuál era su sueño y cómo vivirlo. ¡Él era quien tenía que seguir el camino recto y triunfar! No solo en la música, sino en todos los sentidos de su vida. Y está haciendo el imbécil porque... ¿Por qué? ¡Ni siquiera él lo sabe! Está ahí, tumbado en la cama con los ojos cerrados mientras meto ropa indiscriminadamente en la maleta. Igual llega a Rose Lake con veinte pares de calcetines y solo un jersey, ni lo sé ni me importa. Ahora mismo lo único que me importa es que se dé una ducha para que pueda espabilarse de una maldita vez.

No está bien. Nada de esto está bien. El apartamento es un desastre, lo han detenido, joder, eso es algo grave, sobre todo tratándose de Kellan Hyland. ¿Por qué actúa como si no importara? No lo entiendo.

—De verdad que no comprendo muy bien todo este drama —murmura sin abrir los ojos—. ¿Has cogido un vuelo a Los Ángeles solo porque me han arrestado?

—Te han arrestado saltándote el límite de velocidad por mucho y con droga en el coche.

—No era mía, sino de Ryan.

—Ese Ryan no me gusta.

—Ahora pareces mi madre.

—¡A lo mejor eso es lo que necesitas! A lo mejor tendría que haberla avisado para que viniera conmigo, pero creo que ya tiene suficiente con soportar a una adolescente y la preocupación de no saber qué pasa contigo. Si llega a ver el estado en el que vives, posiblemente se deprima más.

—¿Chelsea no se porta bien? —Abre los ojos y se sienta de inmediato. Si algo supera a Kellan es causar algún tipo de malestar a su familia—. ¿Ha ocurrido algo?

—No, Kellan, no ha ocurrido nada fuera de lo normal, pero ya sabes lo intensa que es la vida a los dieciséis años.

—Sí, algo recuerdo.

—Tienes que dejar de hacer el capullo, tío.

—No estoy haciendo nada.

—¡Hueles como una puta destilería!

—Me he tomado unas copas, sí, ¿y qué? Joder, no tengo un problema. —Lo miro serio y se pone de pie, cabreado—. No lo tengo. Posiblemente me haya emborrachado muchísimas menos veces que tú, pero como eres el chico deportista y atormentado, a ti nadie te dice nada.

—Créeme, en tormento, vamos los dos parejos.

—Estoy harto de esta mierda.

—¿De qué mierda? ¿Estás harto de cumplir tu sueño? ¿De vivir en un sitio con el que la mayoría de las personas ni siquiera pueden soñar y tenerlo hecho una pocilga? ¿De saltarte las leyes de la carretera como si tu vida y tu diversión importaran más que las de los demás? Dime, Kellan, ¿de qué cojones estás harto?

—Estoy harto de tener que ser don perfecto todo el tiempo. ¿Qué pasa? ¿No puedo cometer errores? ¿Es eso?

—Deja la pose victimista. Una cosa es cometer errores, pero lo tuyo estos últimos días no son solo errores. Estás perdiendo el control.

—Mira, Brody...

—¡Te has emborrachado estando solo en tu casa! ¿A ti te parece que eso es mantener el control?

—¡Una vez! ¡Una puta vez!

—Y por eso estoy aquí, para que siga siendo solo una.

—No pienso dejar mi vida para ir contigo a Rose Lake. Tengo cosas que hacer aquí. No puedo dejarlo todo así como así.

—Si pudiste dejarlo todo para pasar la noche en comisaría, puedes dejarlo todo para venir conmigo. Además, según me he informado, no tienes nada público a la vista hasta dentro de unas semanas porque estás componiendo, ¿no? Estás en pleno proceso creativo, aunque yo, más bien, diría que estás viviendo como un cerdo en un charco.

—Los cerdos en los charcos son muy felices.

—¡Bien por ellos! A ti, en cambio, no te veo especialmente contento.

—Eso es una chorrada. No voy a ir a Rose Lake. No se me ha perdido nada allí.

—Salvo tu familia.

—¿Tú sabías que Maia tiene novio?

La pregunta me pilla tan desprevenido que, por un momento, hasta dudo haberla oído. Creo que incluso él se ha sorprendido de hacerla, porque me mira un tanto extraño. Como si no supiera qué acaba de pasar.

—¿Me estás diciendo que todo esto es por Maia?

—¿Qué? —bufa ofendido y me da la espalda—. No seas ridículo. No es por eso. Te he preguntado porque, al hablar de Rose Lake, me ha venido a la mente que el otro día de casualidad la vi con un chico en las redes y... ¿Sabes qué? Da igual, déjalo.

Podría decirle muchas cosas. De hecho, me apetece mucho hacerlo, pero creo, sinceramente, que no hay nada que pueda decir que vuelva toda esta situación más incómoda de lo que ya es. Kellan eligió hace siete años salir de Rose Lake, cumplir su sueño y olvidarse de Maia, pero, si se lo digo, posiblemente me eche en cara que no vio más opción porque ella le dejó claro que no quería volver a verlo. Y lo sé porque esta discusión ya la tuvimos al poco de instalarse en Los Ángeles para grabar su primera maqueta. Pensé que nos habíamos aclarado después de que él reconociera que, en realidad, era lo mejor que podía pasar, pero ahora me pregunto hasta qué punto se le han ido enquistando ciertos recuerdos y actitudes. Hasta qué punto se le enquistó Maia a mi amigo.

No soy idiota, sé que se enamoró perdidamente de ella, pero, bueno, digamos que no se me da muy bien actuar en virtud de mis propios sentimientos, como ya ha quedado demostrado, así que simplemente pensé que se le pasaría. Igual que pensé que a mí se me pasaría...

¿Y sabes qué? Da igual. Todo eso da igual. Esta situación no es más que una bola inmensa de mierda generada, seguramente, por el montón de tiempo que hace que Kellan no está con su gente. Su gente de verdad y no esos amigos macarras que se echa últimamente. Como resulta que lo conozco mejor que nadie, como mejor amigo suyo que soy, y sé perfectamente cuándo está al límite, voy a terminar de hacer esta maleta y a llevármelo de aquí antes de que accione la palanca que lo mande todo a la mierda de manera definitiva.

—¿Sigues teniendo ese descapotable tan molón que compraste?

—Sí —murmura.

—Bien, pues mueve el culo. Nos vamos.

—¿En coche?

—Sí, en coche, ¿qué pasa?

—Que hay más de doce horas de coche, Brody.

Lo miro en silencio unos segundos, encojo los hombros y le guiño un ojo.

—Así tendrás tiempo de pensar qué le vas a decir a tu madre para evitar que vuelva a preocuparse de este modo por ti.

Él suelta una ristra de insultos que no le pegan en absoluto y sale conmigo del apartamento. Saludamos al portero, que me conoce de sobra y por eso me ha dejado entrar, y vamos al garaje, donde espera su flamante coche. Tiro la maleta en el asiento trasero de cualquier manera, me subo detrás del volante y estiro las manos. Kellan no es tonto, así que me da las llaves sin protestar porque sabe que sería en vano. Arranco y me ajusto las gafas de sol.

—Prepárate para un viaje eterno que acabará con tu bonito culo de vuelta en Rose Lake. Quizá haga falta un poco de realidad para que despiertes y veas lo que estás a punto de tirar por la borda.

Él se sube en el asiento del copiloto, cierra dando un portazo que me duele hasta a mí y aprieta la mandíbula antes de murmurar entre dientes:

—No estás tú para dar consejos de lo que estoy tirando o no por la borda.

Me encantaría decirle algo que le cerrara esa bocaza, pero resulta que tiene razón, así que pongo a tope el volumen de la música. Sé que eso hará que su preciosa migraña se vuelva infernal y sonrío cuando lo veo buscar las gafas de sol en la guantera con cara de morirse de dolor.

Sí, va a ser un camino de lo más interesante.

21

Maia

Intento concentrarme en los papeles que tengo delante y lo que me dice mi abuelo, pero empiezo a asumir que será imposible que hoy me concentre en algo.

—Maia, cariño, ¿estás bien?

—Sí, abuelo, perdona —murmuro—. Es solo que he dormido mal.

—No sé cuántas veces tengo que pedirte que te mudes a casa con nosotros de forma definitiva. No puedes seguir de casa en casa, hija. ¿Dónde dormiste anoche?

—En casa del tío Martin y mi madre. Bueno, en realidad, dormí con los mellizos.

—Ah, esos pequeños demonios.

—Adoras a esos pequeños demonios.

Mi abuelo se ríe entre dientes, lo acepta. Parece mentira que hace solo unos años apenas se hablara con mi padre y mi tío. En aquel entonces, cuando lo conocí, era soberbio y estaba lleno de un rencor que nadie entendía muy bien. Al final, por circunstancias de la vida, creo que yo conseguí comprender perfectamente las razones que lo llevaron a actuar como actuó. Por fortuna, ese tiempo quedó atrás y, después de muchos años de acercamiento progresivo, ahora mantiene una relación estable con sus hijos, lo que es un alivio viviendo en un pueblo como Rose Lake. Ni que decir tiene que el nacimiento de Liam y Hope afianzó de manera definitiva la relación entre todos los miembros de la familia. Ahora, cuando todos nos juntamos, somos una especie de *Modern Family*, solo que entre montañas y bastante alejados del bullicio de la ciudad.

—Aun así, deberías pensar vivir aquí de una vez por todas.

Sonrío, pero lo cierto es que no quiero venirme a vivir aquí. Y no es porque no esté agradecida, todo lo contrario. La casa grande está a las afueras de Rose Lake, al otro lado del puente que cruza el pueblo, pero tiene todo lo necesario para que mi vida sea cómoda y feliz. Sin contar con que trabajo aquí, así que apenas tendría que moverme excepto si quisiera ir a algún sitio.

Y ese solo es uno de los problemas.

No quiero quedarme sin excusas para ir al pueblo cada día, pero sobre todo no quiero perder mi libertad. Si me quedo a vivir en un solo lugar, ya sea la casa de mi padre y Steve, la de mi madre y Martin o la de mis abuelos, siento que, de algún modo, tendré que rendir más cuentas que si sigo así, en una vida un poco nómada entre casas familiares. De hecho, aunque tengo ganas de independizarme, quiero hacerlo sola, pero es algo que todavía no he hablado con nadie y me gustaría que mi madre fuese la primera persona.

En Rose Lake hay casas vacías que se alquilan, cabañas en el bosque, pero también casitas en el pueblo de personas que se marcharon fuera a buscarse mejor la vida o que, simplemente, murieron y dejaron las casas vacías porque los hijos viven fuera. Según Ash, es un mal rollo vivir en una casa así, pero en la mayoría de los casos esas personas murieron en el hospital y, aunque no sea así, creo que no tiene nada de malo vivir en un lugar en el que ya han vivido antes. Obviamente, cualquiera de esas casas necesitaría alguna reforma o, como mínimo, una mano de pintura y muebles nuevos, pero eso no sería problema. Después de todo, voy a heredar el aserradero. Puede que me falten muchas cosas en la vida, pero nunca me faltará madera.

—Ayer vi las noticias. —La frase de mi abuelo me tensa de pies a cabeza. «Que no lo nombre, que no lo nombre, que no lo nombre»—. Ese chico... parece más perdido ahora que cuando se fue.

No respondo de inmediato. En realidad, no sé cómo hacerlo sin sentir que todo lo que he construido durante siete años se viene abajo. Es absurdo. Todo desde ayer lo es. Anoche, cuando mis hermanos no vinieron a buscarme a la cama, como de costumbre, acabé levantándome en medio de la madrugada y yendo yo a la habitación de ellos. Dormí en una cama enana, con los dos encima de mí, por decisión propia, porque yo los necesitaba a ellos en vez de lo contrario, que suele ser lo normal. Me acurruqué en sus cuerpecitos intentando encontrar algún tipo de consuelo y hoy, por la mañana, al ser consciente de que no lo logré, salí de casa sin darme siquiera una ducha.

No lo entiendo. No comprendo por qué Kellan me desestabiliza así, pero quiero pensar que solo ha sido la sorpresa y el impacto de la noticia. Tengo que concentrarme más en las cosas que sí importan: mi trabajo, mi familia y Cam, sobre todo en Cam y en mi relación con él. Todo irá bien, siempre y cuando consiga esquivar la imagen de Kellan tal como he hecho todos estos años.

Lo sé, suena raro decir que no he podido ver fotos o vídeos suyos en las redes como sí han hecho todos los habitantes de Rose Lake, pero yo... yo no podía. Oír su música por los altavoces constantemente es una cosa, eso me anima y me reconforta. Pienso en el chico que era aquí, en lo mucho que anhelaba convertir la música en el centro de su vida, y soy capaz de alegrarme por él. Pero si lo veo... Si lo veo, todo se desmorona, como ocurrió ayer. Sobre todo si lo veo de ese modo. Hace que me enfrente a la realidad de que Kellan Hyland ha crecido, igual que yo, y ha elegido su propio camino, no solo en la música.

Tampoco ayuda demasiado la discusión que tuve ayer con Ashley. Bueno, no sé si se le puede llamar discusión, pero es evidente que las cosas terminaron de un modo muy tenso después de que yo la llamara para preguntarle por Kellan y ella dijera algunas incoherencias que no me convencieron lo más mínimo. Cuando insistí, me cortó recordándome que yo nunca he querido tener información de Kellan. Le prohibí tajantemente hablarme de él hace siete años.

Tiene razón. La tiene, pero eso no hizo que doliera menos. Ella lo sabe y yo también. Quizá por eso las dos cortamos la comunicación después de balbucear una despedida extraña.

—¿Maia? —Miro a mi abuelo, que espera pacientemente que yo le responda. Kellan... estaba hablando de Kellan—. Querida, deberías comer algo y dormir. Aprovecha que hoy hemos acabado antes la reunión.

—Pero no hemos hablado de las mejoras de la zona norte en...

—Hablaremos mañana.

—Pero, abuelo...

—Somos los dueños, Maia. Podemos permitirnos acabar nuestra jornada antes un día. La empresa no se vendrá abajo por eso. ¿Por qué no vas a comer algo al restaurante? Luego podrías dormir toda la tarde. Elige una casa y elígela bien.

Sonrío, agradecida por tener un abuelo que, en el fondo, comprende perfectamente que estoy sobrepasada. Pese a sus recomendaciones, cuando me despido de él y salgo de casa, enfilo mi coche hacia otro lugar.

Perdí muchas cosas cuando Kellan Hyland se marchó, pero no pienso perder a mi mejor amiga por una discusión que tenga que ver con él.

No puedo permitir eso.

22

Ashley

—Hoy estás más gruñona de lo habitual —dice mi abuela desde el porche.

—¡Anda, mira! Justamente tú hablando de estar gruñona.

—Lo que yo decía. ¿Qué te ha pasado?

—Nada.

Arranco las malas hierbas del parterre de flores y resoplo, alejando el mechón de pelo que se empeña en caerme en la cara después de haberse soltado de la coleta.

—Este invierno está siendo muy raro. Hace calor.

Aprieto los dientes mientras hundo las manos en la tierra, intentando descargar ahí mi frustración.

—Estamos en verano, abuela.

—¿Cómo vamos a estar en verano? —Se ríe, como si yo hubiera perdido la razón.

—Estamos en agosto. —Me giro y la miro—. ¿Recuerdas que esta mañana lo dijo el hombre del tiempo?

—¿Esta mañana?

—Sí, esta mañana, después de ducharte, desayunamos y vimos al hombre del tiempo anunciar temperaturas cálidas para hoy.

—Yo hoy todavía no me he duchado.

—Abuela...

—Si me hubiese duchado, lo sabría, niña. A mí no quieras volverme loca.

Trago saliva. Esta nueva etapa con la que tenemos que lidiar es una mierda. No solo se confunde de día y temporadas, sino que encima, si la contradigo, se enfada. ¿Y entonces? ¿Cuál se supone que es el método correcto para lidiar con esta mierda? En el hospital nos dijeron que su demencia es evidente, pero para confirmar qué tipo de enfermedad sufre, debería hacerse pruebas y aquí tenemos dos problemas: el dinero y el orgullo de mi abuela.

No habría persona humana capacitada para decirle que debe hacerse pruebas para que sepamos por qué exactamente está perdiendo el norte de un modo tan avanzado, aunque los médicos están de acuerdo en que el patrón coincide con el alzhéimer casi al cien por cien. Y sin el «casi» también, pero no pueden hablar con seguridad sin las pruebas que lo certifiquen.

«Alzhéimer». La primera noche que busqué esa palabra en internet estuve llorando por culpa de los resultados más de dos horas. No lo comprendo. Intento hacerlo, intento seguir todas las pautas que he leído en distintos blogs, pero no sé manejar ni asimilar que mi abuela va a ir perdiendo cada vez más memoria. Llegará un día en que ni siquiera me reconozca. Todo eso se suma a un montón de complicaciones que ya sufre, empezando por las coronarias. Es como si su cuerpo hubiera decidido convertirse en una bomba que puede estallar en cualquier momento y yo siento que, por más que miro el folleto para desarticularla, no puedo hacer nada porque no soy un puto artificiero. Lo único que puedo hacer es leer en un sitio y otro, ir probando métodos que no comprendo y esperar que esto no nos supere demasiado a ninguna de las dos.

Paso a paso. Día a día. Sin pensar en el mañana, porque algo me dice que se avecina cada vez más oscuro.

No se lo cuento a nadie. Es evidente que ella está mal, pero no sé en qué puede beneficiarme contarle esto a alguien. Y de elegir a una persona para desahogarme, sería Maia. Maia, que desde ayer está enfadada conmigo porque... ¿Por qué? Por seguir sus malditas normas y hacerle caso durante estos años negándole la información que tenía de Kellan.

¿Qué se supone que tenía que hacer? ¡Ni siquiera yo sabía que mi amigo estaba en este punto! No entiendo qué demonios hacía en un coche lleno de droga con un imbécil violento y saltándose los límites de velocidad. Kellan no es así. A él no le pega eso. Y lo digo en serio. Esto no es negación. Es simplemente la certeza de que ahí está pasando algo y también se me escapa de las manos. Soy incapaz de controlar nada de lo que pasa a mi alrededor y esa certeza está pudiendo conmigo.

Por no controlar, ni siquiera controlo mi situación con Brody. Brody, que ayer se volvió completamente loco. En serio, loco del todo. Primero con toda esa patraña de quedarse en Rose Lake y luego con la absurda idea de ir a por Kellan y obligarlo a volver con él. Intenté frenarlo, pero en lo referente a Brody, es como intentar que una cascada deje de fluir. Imposible, imparable, ese hombre vive fuera de control desde siempre y, lejos de calmarse, con los años ha empeorado. En el pasado, cuando Brody se descontrolaba, yo siempre llamaba a Kellan, pero ¡ahora resulta que Kellan está peor que Brody! Ese par de capullos se han propuesto hacerlo todo mal y yo tengo que quedarme aquí, arrancando malas hierbas del puñetero jardín y viendo cómo se joden la vida por las buenas.

Brody está mal. Kellan está peor, y, si Kellan está peor, todos estamos perdidos. Incluso en la lejanía todos hemos sido conscientes de que su triunfo era el triunfo del grupo al completo. El triunfo de Kellan y Brody es lo que nos ha mantenido unidos, aun en la distancia y sin que unos se hablen con otros, como Maia y Kellan.

Al final, después de arrancar las malas hierbas y antes de preparar la comida, aprovechando que mi abuela está tejiendo tranquilamente en el salón, me meto en la cocina y llamo a Savannah. Imagino que estará haciendo alguna mierda importante de arquitecta, pero me da lo mismo. Necesito que venga y necesito que lo haga ya.

Por fortuna, me descuelga el teléfono más o menos rápido.

—Ya he visto lo de Kellan —dice a modo de saludo—. Juro que iba a llamarte a lo largo del día. Me imagino que las imágenes han sentado mal en Rose Lake, ¿eh?

—No te haces ni una idea. Ha sido un bombazo y todavía no ha llegado lo peor.

—¿A qué te refieres?

—Brody se volvió loco y ha decidido ir a por él y traerlo de vuelta.

—¿Ir a por quién?

—A por Kellan. Dice que no pinta nada por ahí, que tiene que volver a Rose Lake, como él, y quedarse a vivir aquí.

—Espera, ¿qué?

—Ah, sí. Brody dice que va a vivir aquí.

—¿Cómo que va a vivir ahí? No puede, tiene que empezar la pretemporada en cuestión de días.

—Ya, pues eso díselo a él.

—¿Y dices que se ha ido a por Kellan?

—Según sus propias palabras: «Voy a hacer que ese idiota mueva el culo hasta Rose Lake, aunque tenga que traerlo atado y amordazado».

—Uy, Dios, espera. No tenía ni idea de que la cosa se había ido tanto de madre por allí.

—Es lo que ocurre cuando te vas a construir edificios por ahí, que se te olvida que en el pueblo de mierda pasan cosas.

—No seas injusta, Ash. Sabes que intento estar pendiente de todas las noticias, pero no estoy allí y tú no eres la mejor informadora del mundo.

—Te estoy llamando, ¿no?

—¡Cuando todo se ha descontrolado!

—¡Pues claro! ¿Cuándo demonios quieres que te llame, Savannah? Dijiste que ibas a venir en agosto. Bien, pues sorpresa: ¡ya es agosto! Y tú y el capullo de tu novio no habéis aparecido.

—Wyatt está muy liado. Ya sabes que la universidad le marca unos tiempos muy estric...

—Me da igual lo que haga en la universidad. Ni siquiera entiendo bien a qué se dedica.

— A la química, Ash, lo hemos hablado muchas veces.

—En todas esas veces, yo no escuchaba.

—Ah, qué bonito, gracias.

—De nada. ¿Cuándo vas a venir? Porque tengo que contarle a Maia todo esto y te aseguro que estoy hasta los mismísimos de tener que lidiar con los dramas de todo el mundo yo solita.

—¿Y por qué no avisas a Hunter? ¿Acaso no estaba allí?

—Se dio cuenta de que su negocio de mierda de fuegos artificiales no lo hacía rico aquí y se largó a la ciudad. Podría contar con él, pero es un cretino y no aportaría soluciones fiables. —Savannah se queda en silencio y yo suspiro, frustrada—. Oye, es que... es que esto es muy complicado. Todo. Es como si mi vida se desmoronara y no tuviera manos suficientes para sujetar todas las piezas que se caen.

—Volaré a Rose Lake tan pronto como sea posible, te lo prometo —me dice con voz dulce.

—Tengo que decirle a Maia que Kellan va a volver, Sav. ¿Cómo lo hago sin partirle el corazón?

—¿Kellan va a volver?

La voz que suena no es la de Savannah, sino la de la propia Maia. Acaba de abrir la puerta de la cocina, justo cuando yo estaba de espaldas. Me giro de inmediato y me encuentro con sus enormes ojos azules fijos en mí. Soy perfectamente consciente del modo en que el dolor la atraviesa, pero, por mal que suene, no me importa tanto como la tremenda tristeza que me embarga. Quizá porque no la esperaba o porque estoy cansada de tener que hacer de soporte para todas las noticias que están saltando estos días.

He pasado de ser un problema en Rose Lake, la chica rebelde que alteraba a todo el mundo, a ser parte de la solución. Me he convertido en el faro que hasta no hace tanto era Kellan. Ahora tengo la obligación de ir alumbrando a la gente cuando, en realidad, estoy convencida de que dentro de mí solo hay oscuridad.

Así que, dime: ¿cómo ayudo a los demás si cada mañana, al despertar, lo primero que se me viene a la cabeza es que no tengo ni idea de cómo agarrar las riendas de mi propia vida?

23

Kellan

Quito la canción que suena en la radio a todo volumen. Nadie puede culparme, por muy músico que sea, no soporto el heavy metal. Lo respeto y respeto a quien lo disfrute, pero no lo soporto. Y no, nadie puede acusarme de no respetar a Brody, porque a él tampoco le gusta. Lo pone por joderme. Al parecer, gran parte de su vida va a girar en torno a eso: joderme y cabrearme. Como mi móvil está conectado al bluetooth del coche, busco en mi lista de reproducción hasta poner algo que sí merezca la pena. Unos instantes después, los acordes de «Breathe», de Taylor Swift y Colbie Caillat, resuenan, no solo en el interior del coche, sino a todo volumen también en el exterior, porque es descapotable.

—¿De verdad me has puesto a la jodida Taylor Swift?

—No hables así de Taylor.

—Así ¿cómo?

—«Jodida Taylor Swift». Es una gran compositora, deberías respetarla más.

—También digo mucho últimamente que tú eres el jodido Kellan Hyland y no por eso te respeto menos.

—Eso es porque vives amargado. Deberíamos buscar un bar en el que parar y tomar algo. Tengo hambre.

—No vamos a parar.

—Es mi coche. Yo decido cuándo paramos.

—Resulta que me has hecho ir hasta la jodida California a por ti y ahora tenemos por delante un camino muy pero que muy largo. Así que no, no vamos a parar cuando tú decidas. No estás tú para decidir nada últimamente.

—Te estás comportando como un cretino.

—¡Anda! ¡No me digas! ¿Yo me estoy comportando como un cretino?

Guardo silencio y subo el volumen de la música. No pienso responder a sus provocaciones. Ya tengo bastante con saber que estoy a solo unas horas de enfrentarme a una realidad para la que creo que todavía no estoy listo. Vuelvo a Rose Lake y no sé cómo sentirme al respecto. ¿Feliz? Lo estaría, desde luego, si no supiera que las cosas allí también han avanzado. Mi pueblo ya no es el que era hace siete años. Las personas, tampoco.

Ella, tampoco.

Cierro los ojos, apoyo la cabeza en el asiento del coche y subo todavía más el volumen, hasta que los malditos altavoces retumban.

And we know it's never simple, never easy,
never a clean break, no one here to save me.
You're the only thing I know like the back of my hand
and I can't breathe without you, but I have to
breathe without you, but I have to...

Ya hemos dejado atrás Los Ángeles y la carretera que nos llevará del estado de California al de Oregón es infinita, o a mí me lo parece mientras canto. No me engaño, sé que, por muchas horas que queden por delante, me acerco rápidamente a un escenario para el que no sé si estoy listo. Ryan me escribió hace un rato, preguntándome si quería salir esta noche. Brody lo vio, porque estábamos descansando en un área de servicio y se cabreó tanto que amenazó con quitarme el móvil si le respondía. Está fuera de control, lo conozco bien, así que me guardé el teléfono en el bolsillo y dejé a mi amigo el mensaje en «visto», algo que posiblemente no se tome bien. Ryan no es de tomarse bien las negativas o evasivas.

La canción de Taylor acaba y Brody baja de inmediato el volumen. Lo subo de nuevo, solo por joder.

—Mi coche, mis reglas —le digo a mi amigo.

—¿Reglas? ¿Tú? Sería una novedad, tal como van las cosas últimamente.

—No quiero volver a hablar de eso.

—¿Volver? Para volver a hablar de algo, primero tendríamos que haber tocado el tema en algún momento. Hasta ahora, lo único que yo he hecho ha sido cabrearme y lo único que tú has hecho ha sido gruñir y cantar —gruño y Brody se ríe—. Tío, no te pega nada esta faceta de artista desfasado.

—No estoy desfasado —me quejo—. Estoy harto de que siempre pienses qué es lo mejor para mí.

—Así funcionamos, querido amigo. Sé lo que es mejor para ti y tú sabes lo que es mejor para mí.

—Lo mejor para ti no es quedarte en Rose Lake.

—Quizá no lo sabes todo, al fin y al cabo —farfulla.

—Lo digo en serio.

—Y yo.

—Solo lo haces por venganza.

—Y porque él no volverá a Rose Lake nunca, no querrá volver a sentirse prisionero y yo no tendré que verlo más, ¿qué hay de malo en eso?

No lo dice explícitamente, pero sé que habla de su padre. Por unos instantes, casi logra convencerme. Entiendo que Brody no quiera ver más a su padre, eso de verdad que lo comprendo, pero el modo de hacer las cosas... No, este no es el modo correcto, aunque yo no esté en posición de dar muchos consejos.

—Lo malo es que no vuelves porque echas de menos Rose Lake. No sientes que sea tu hogar.

—Pero tú sí, ¿verdad? —Guardo silencio y Brody quita del todo la música—. Tú siempre has tenido claro que es tu hogar. Por eso no entiendo que no hayas vuelto ni una sola vez en siete años.

Me callo unos instantes. Miro la carretera y pienso si debería sincerarme o no. La verdad es que no me lleva mucho tiempo decidirme. Este es Brody, mi mejor amigo desde que éramos dos niños pequeños. La primera vez que su padre le pegó tan fuerte como para dejarle marcas en el abdomen, fui yo quien le curó la herida con azúcar. Intenté curar un moratón con azúcar solo porque lo había visto en algún programa de la tele. No es útil, obviamente, más tarde aprendería que eso solo funciona para cortar la sangre, pero Brody aseguró que ya casi no le dolía. Siempre fue tan jodidamente valiente en comparación conmigo...

—Dolía demasiado —admito.

—¿Volver o verla?

Esta vez, casi parece que el puñetazo en el abdomen me lo hayan dado a mí. Siento que se contrae y miro de inmediato hacia el exterior, evitando su mirada.

—No sé a qué te refieres, yo hablaba del pueblo en general —murmuro.

Durante un segundo no oigo a Brody. Por un instante, pienso que dejará el tema pasar, pero mi amigo no es de esos y yo debería saberlo.

—Ah, muy bien, ahora vamos a jugar a la mierda de hacer como que no sucede nada.

Me froto la cara con una mano, frustrado.

—¿Qué quieres que te diga, Brody?

—La verdad.

—La verdad es que vuelvo a Rose Lake porque prácticamente me has secuestrado.

—¡Venga ya, joder! Sé un hombre y admite que te mueres de ganas por volver y no lo has hecho porque te acojona no saber cómo vas a reaccionar ante Maia. Ni cómo reaccionará ella porque no ha contactado contigo ni una vez desde que te fuiste sin decir ni adiós.

—Eso no es verdad. Y te recuerdo que ella fue la que me dijo que me fuera.

—Te fuiste porque querías.

—Sí, pero fue ella la que no quiso despedirse de mí.

—Pues está guapísima. —Es una información malditamente innecesaria y gruño por instinto. Sé que soy yo porque siento el sonido en la garganta y Brody se ríe—. En serio, preciosa. Ya se intuía hace siete años que se convertiría en una mujer muy guapa, pero... guau.

—Me alegro por ella.

—Y le va bien. Es toda una empresaria, tío. Lleva el aserradero ella solita. —Guardo silencio, pero al parecer mi amigo no se da por enterado—. Bueno, su abuelo la ayuda, pero ya sabes. Está aprendiendo a llevar las riendas y lo hace bien, según dicen en Rose Lake.

—Te has enterado de muchas cosas para llevar solo unos días allí. ¿Qué tal todo con Ash? De eso no me cuentas nada, ¿no?

Contaba con pillarlo en un renuncio. Darle donde más le duele como está haciendo él, pero, para mi sorpresa, Brody sonríe de oreja a oreja.

—De hecho, ahora trabaja para mí.

—¿¿¿Qué???

—Ah, amigo mío, te has perdido muchas novedades de nuestro querido pueblo. —Me cuenta que Ashley será la encargada de decorar el pequeño hotel en el que piensa convertir su antigua casa, y más tarde la encargada de mantenerlo todo en orden—. No hay nadie mejor que ella.

—Vaya... —comento sorprendido—. En realidad, es muy buena idea. Pero ¿ha aceptado fácilmente?

—Es Ashley, claro que no. De hecho, todavía estamos discutiendo los detalles, pero tú decidiste hacer el capullo y provocar que te detuvieran. Así que tuve que venir a por ti y posiblemente, al volver, ella vuelva a estar cerrada en banda y cabreada por algo conmigo.

—¿Y por qué iba a cabrearse contigo porque vengas a por mí?

—Es Ashley Jones, tío. Nació para cabrearse conmigo con y sin motivos.

Me río, muy a mi pesar. En realidad, el tira y afloja de Ash y Brody siempre me pareció divertido, salvo cuando me enteré de que las cosas habían ido más allá y habían cruzado una línea que, aún hoy, no estoy seguro de que fuese buena idea haber cruzado.

Brody guarda silencio después de nuestra risa compartida y yo hago lo mismo. Creo que los dos estamos de acuerdo en que, por el momento, es mejor no hablar mucho más. Es la primera vez que discutimos tanto en toda nuestra vida y yo, al menos, estoy agotado y nervioso. No me gusta estar así con él. No me gusta el modo en el que me estoy comportando, pero tampoco sé bien cómo frenar.

Necesito tranquilizarme en todos los sentidos. Supongo que, para eso, Rose Lake siempre es bueno. O espero que lo sea.

Vuelvo a sacar el móvil de mi bolsillo y le doy al Play en la lista de reproducción. Esta vez no miro ni elijo nada. Dejo que el modo aleatorio haga su magia y, cuando suena «My Wish» de Rascal Flatts, los dos soltamos una carcajada. Hemos cantado esta canción a coro más veces de las que podemos recordar. Borrachos, sobrios, tristes, contentos y, en una ocasión, mientras yo lloraba y él me obligaba a cantar. La letra rueda con tanta facilidad como este coche se desliza por la carretera y, cuando llega el estribillo, lo sé. Sé que Brody cantará, porque da igual lo enfadados que estemos el uno con el otro. Ninguno de los dos dejaría al otro en la estacada en el estribillo de esta canción. No sé qué me espera en Rose Lake, no sé cómo reaccionaré cuando vea a Maia después de todos estos años, pero ahora mismo, en este instante, lo único que me importa es subir el volumen al máximo y cantar con mi mejor amigo:

My wish, for you,
is that this life becomes all that you want it,
to your dreams stay big,
and your worries stay small.
You never need to carry more than you can hold,
and while you're out there getting where you're getting to,
I hope you know somebody loves you,
and wants the same things too.
Yeah, this is my wish.

24

Maia

Kellan va a volver a Rose Lake.

Vendrá al pueblo. Un pueblo tan pequeño que es imposible que dos personas no se encuentren en un espaciotiempo inferior a una semana a poco que las dos tengan por costumbre salir de casa de un modo razonable. Si uno de los dos sale más de lo normal, lo más probable es que acabemos encontrándonos en uno o dos días. Si él quiere probar de nuevo el chocolate caliente de mi madre o las tortitas de Steve, posiblemente lo vea el mismo día que vuelva, porque paso gran parte de mi tiempo en el restaurante.

En cualquier caso y, sin importar las ecuaciones que haga, voy a verlo en una semana, como muchísimo. Y no estoy lista. Quizá por eso niego continuamente, en shock, mientras Ash cuelga maldiciendo y se acerca a mí como si estuviera intentando calmar a un león antes de atacar.

—No —murmuro en voz apenas audible.

—Maia, tranquila. —Se acerca con paso firme y lento, pero su voz es inestable—. Todo va a estar bien.

—No —repito en un gemido, tapándome la cara con las dos manos.

Siento el cuerpo de Ashley cernirse sobre mí en solo un segundo. Mi cuerpo se agita y sé que estoy llorando mucho antes de que las lágrimas me mojen las manos.

—Todo va a estar bien, te lo prometo.

—¿Cómo? ¿Cómo, Ashley? ¡Él no debería estar aquí! Tendría que quedarse lejos de Rose Lake. Es el único modo. La única forma.

—¿La única forma de qué?

—De no herirme —confieso justo antes de separarme de ella dando un paso atrás y tapándome la boca—. Lo siento. Dios, no debí decir eso, lo siento mucho.

Mi amiga me mira con tanta tristeza que me odio al instante. No quiero la compasión de Ash. No quiero la compasión de nadie porque, en realidad, mi vida es muy buena tal como está. Tengo un novio, aunque el pánico me haya hecho olvidarlo. Tengo un novio bueno, amable y generoso que no se merece que mis impulsos se olviden de él.

—Intenté contener a Brody. Te juro que lo intenté, pero... ya has visto cómo está. Es imposible hacerlo entrar en razón. Se ha vuelto loco. Está hablando de vivir de nuevo aquí, en Rose Lake, y... —Para mi sorpresa, Ashley también se echa a llorar, se sujeta la frente con la mano y me mira desesperada—. Es como una maldita pesadilla.

—Pero ¿por qué? ¿Por qué Brody iba a querer quedarse? ¿Y por qué iba a querer que Kellan vuelva?

—Quiere salvarlo del mal camino. Yo ni siquiera sabía que había un mal camino del que salvarlo —admite Ashley—. Es la razón por la que anoche me enfadé. No era contigo, Maia, era conmigo misma, porque he estado tan perdida en mis propios problemas que no he visto que Kellan se había alejado y necesitaba ayuda.

—Él no... Él... —Intento regular mi respiración—. Parecía distinto. Parecía... parecía otro. No era mi Kellan. —Rectifico en el momento en que hablo—. El Kellan de Rose Lake. No era el Kellan de Rose Lake. Me entiendes, ¿verdad?

—Claro, claro que sí. —Mi amiga asiente, se gira hacia el frigorífico, saca dos botellines de cerveza y me da uno mientras me arrastra al porche, donde nos sentamos en silencio unos minutos.

Creo que las dos intentamos templar los nervios, pero, sinceramente, al menos yo no lo estoy consiguiendo.

—No voy a soportar que vuelva, Ash —admito en voz tan baja que apenas me oigo a mí misma, porque reconocer esto en voz alta está matándome—. Verlo marcharse fue lo más duro que he tenido que soportar en mi vida y no... no puedo soportar que vuelva e invada la calma que me ha costado tanto tiempo construir.

—Claro que vas a poder. —Mi amiga me abraza de inmediato y me acerca mi propia mano a la boca para que le dé un trago al botellín. Cuando lo hago, me aprieta los hombros de nuevo contra ella—. Voy a protegerte, Maia, me cueste lo que me cueste.

—No puedes protegerme. No hay nada de lo que protegerme. No debería, al menos, pero me siento como si fuera otra vez la adolescente temblorosa y hecha mierda que lo vio marchar hace tanto tiempo.

—No eres esa chica. Has crecido, eres más fuerte que nunca. Te has convertido en una gran mujer. Has seguido tus propios sueños, en vez de ir tras los suyos. ¿Sabes cuánta gente estaría orgullosa de tener una personalidad tan potente?

—No es una personalidad potente, es una mezcla de miedo y moralidad que ni yo misma entiendo.

—¿Cómo que no lo entiendes?

Durante unos instantes, no sé qué decir, pero al final las palabras llegan solas, de un modo natural. Confesarme con mi amiga es como hacerlo conmigo misma. No duele más de lo que me duele admitir ciertas verdades para las que, hasta hoy, no estaba lista.

—Durante mucho tiempo deseé que volviera. —Ashley me mira sorprendida—. Yo sabía que era egoísta, pero tardé mucho en aceptar que él no iba a volver a por mí. Una parte de mí siempre soñaba que él... que me necesitaba.

—Pero tu vida está en Rose Lake. ¿Quieres decir que te habrías ido con él?

—No. No lo habría hecho, porque no quiero renunciar a mis propios sueños. Por eso siempre me alegraba que aquello no se cumpliera, pero eso no quita que lo deseara. Yo deseaba que él me quisiera tanto como para volver y pedirme, una vez más, que siguiéramos juntos. No soy buena persona, ni fuerte ni valiente. Soy el resultado de lo que me tocó vivir sin Kellan, Ash. Aprendí a estar sin él porque me negué a verlo en las revistas, redes y programas de televisión. Siempre supe que eso no era sano, que no estaba superándolo de verdad, pero los años pasaron, él no volvió y empecé a creerme que sería así de fácil. Si no lo veo, no existe.

Ash guarda silencio durante lo que me parece una eternidad. No sé en qué piensa, pero mira al vacío y bebe de su botellín mientras yo hago lo propio y pienso en el modo en que esto me va a afectar a mí. Porque lo hará, ya no puedo engañarme más. Y no me refiero solo al hecho de que vuelva, sino al modo en que eso me perturba por dentro. No digo que sea amor, es absurdo, ha pasado demasiado tiempo, pero su vuelta me provoca ansiedad, nerviosismo y... me remueve. Me remueve, y eso es suficiente para que me preocupe.

—Joder, qué asco de vida —murmura finalmente mi amiga. Cuando la miro, ella aún tiene los ojos clavados en el vacío—. Si la vida fuera justa, tú y yo viviríamos juntas, saldríamos de fiesta cada día y follaríamos con un montón de tíos distintos sin importarnos nada más que nosotras mismas. Nos importaría una mierda Brody Sanders, Kellan Hyland y toda la mierda que arrastran, porque seríamos invencibles y no tendríamos responsabilidades más allá de usar condón y no beber tanto como para no recordar nada al día siguiente. —Suelta un gran suspiro y niega con la cabeza—. La vida es demasiado injusta.

Me río, muy a mi pesar. Cuando ella me mira, me encojo de hombros.

—A ver, yo sí tengo novio y follo cuando quiero.

—Ah, sí. Yo ni eso. Lo que solo significa que no puedes hundirte por que vuelva Kellan. Tú, al menos, tienes a Cam para restregárselo por la cara.

—No quiero restregarle nada.

—Pero, si quisieras, podrías. Yo no tengo nada. Una abuela enferma, una casa que se cae a trozos y un montón de rencor acumulado. Soy el sueño de cualquier psicoanalista.

Me río con su humor negro, pero de inmediato me asalta una idea un tanto loca. Pero idea, al fin y al cabo.

—¿Y si me vengo a vivir aquí? —Ella me mira como si hubiera perdido la poca cordura que me queda—. Quiero independizarme, estoy harta de ir dando tumbos entre las casas de mi padre, mi madre y mis abuelos. Tenía pensado alquilar alguna casa en el pueblo que pudiera restaurar. Puedo venirme aquí y alquilarte una habitación.

—Eso sí que es una locura —murmura ella en voz baja, un tanto afectada por mis palabras—. Mi abuela está enferma, no quiero que cargues con nuestras discusiones diarias. Te lo agradezco mucho, Maia, pero te haríamos la vida muy difícil y tú no te mereces eso.

—Tú tampoco —susurro—. No quiero que cargues sola con todo.

—Es mi abuela. Es lo único que tengo y la única persona que luchó por mí cuando incluso mis padres decidieron que no valía la pena lo bastante como para quedarse a mi lado.

—Son unos capullos —siseo con rabia.

—Lo son, pero eso no quita que me hicieran un regalo al marcharse. —Suspira con pesar—. Me encantaría vivir contigo, pero no puedo arrastrarte a esta casa, porque no es un lugar feliz y tú no te lo mereces.

Lo entiendo, pero aun así me da mucha pena que mi mejor amiga tenga que pasar por todo esto. Me frustra no poder ayudarla y me duele en el alma que su vida parezca ser una carrera de obstáculos constantemente.

—Al menos deja que pague las pruebas médicas que necesita. —Ella empieza a quejarse, pero le cojo la mano que no sujeta el botellín y se la aprieto—. Deja que te ayude por lo menos en eso. Hoy me siento como una mierda y te juro, te prometo, Ash, que necesito hacer algo bueno. Algo importante de verdad.

—Maia, es mi responsabilidad.

—Lo sé y lo respeto, pero no lo veas como una limosna. Tómalo como un préstamo. Te dejaré el dinero y tú me lo devolverás mes a mes. Ahora tienes un trabajo en el hotel en el que cobrarás más. Ash, si se hace las pruebas y le confirman la enfermedad, sea la que sea, le pondrán un tratamiento y eso ayudará. Estará mejor y, por tanto, tú estarás mejor.

—¿Por cuánto tiempo? —pregunta con voz ronca—. ¿No lo ves, Maia?

—¿Si no veo el qué?

—Ella se está yendo. —La voz le tiembla y los ojos se le vuelven a llenar de lágrimas—. Sea lo que sea lo que tiene, va tan rápido como un maldito caballo desbocado. Estoy intentando frenarlo, te lo juro, pero no puedo y dudo que una medicación más específica pueda hacer mucho.

—Podemos intentarlo. No te quedes con ese remordimiento, Ashley. No sumes a tu atormentada cabeza un motivo más para ser infeliz. Ya estamos soportando demasiado. Deja que te ayude en lo que sí puedo.

Ella asiente, pero las lágrimas caen de sus ojos y la abrazo, consciente de la impotencia y la tristeza que siente. Se avecinan tiempos duros, lo sé, pero también sé que estamos juntas. Vamos a sobrevivir a esto. A la enfermedad de su abuela, a Brody, a Kellan y a todo lo que venga porque, por encima de todo, está el conocimiento de que estamos aquí la una para la otra.

Y eso nunca va a cambiar.

25

Brody

Cuando por fin diviso el pueblo, más de veinticuatro horas después de salir de Los Ángeles, estoy a punto de estrangular a Kellan. Hemos tenido que hacer noche en un motel de mala muerte porque se negaba a que siguiéramos conduciendo por turnos. En el fondo sé que tiene razón y teníamos que dormir, pero, joder, ¿no podíamos coger un hotel en condiciones? No, en serio, hemos dormido en una habitación con una sola cama de matrimonio, pero ese no es el problema. El problema es que esas sábanas... Solo de volver a pensar en ellas se me eriza el vello. No sé cuánta gente se ha corrido o ha derramado sangre ahí, pero estoy seguro de que no ha sido una sola persona, no me preguntes por qué.

En cambio, a Kellan pareció encantarle. Decía que incluso le inspiraba. No sé yo dónde puede estar la inspiración en dormir como el culo teniendo dinero para ir a un sitio mejor. Pero se ha levantado, se ha tomado un café, se ha puesto sus gafas de sol y me ha sonreído como si el día se presentase prometedor.

—Creo que ahora sí estoy listo para volver a Rose Lake.

No es verdad. Él lo sabe y yo también, pero no le dije nada porque suficientes discusiones hemos tenido ya como para sumar una más a la lista.

Ahora que estamos atravesando el puente de Rose Lake y las casas empiezan a vislumbrarse, soy perfectamente consciente de la tensión que emana de su cuerpo. Y, aun así, apoya un brazo sobre la puerta del coche y se retrepa, como si todo esto no le importara lo más mínimo.

Hay algo en él. No es que se haya convertido en un chico malo, no podría ni queriendo, pero ha dejado de hacer las cosas solo para complacer a los demás. Eso a mí me viene muy muy mal y da fe de lo cabrón que soy. El Kellan de antes anteponía las necesidades de las personas que le importaban a las suyas propias. No se dejaba dominar, pero tampoco luchaba firmemente por lo que quería si intuía que eso podía herir de algún modo a alguien.

Eso ha cambiado. Ahora, si toma una decisión, va con ella hasta el final, aunque le digamos que no. Una pequeña prueba es todo lo que se ha empeñado en que nos quedáramos en el motel de mala muerte.

Otra prueba: lo obstinado que está en tomarse un tiempo para inspirarse y escribir antes de tomar más decisiones que afecten a su carrera, por mucho que tenga a un montón de gente diciéndole que lo ideal sería volver a ponerse en marcha y embarcarse en una nueva gira cuanto antes.

Sí, se ha hecho amigo del tal Ryan, que tiene fama de ser un mierda de alta categoría, pero eso no hace que Kellan esté perdido. Tengo fe en que no es así. No lo he visto echar en falta el alcohol o algo más potente en estas horas y, si tuviera un problema, ya sería evidente, ¿no? Sin embargo, su actitud sí es la de un músico que ya está de vuelta de todo. Está harto de la fama, creo, a juzgar por el modo en que se esconde tras esas gafas de sol. No me extraña, a Kellan nunca le ha interesado ser el centro de atención. Es curioso, porque siempre ha acabado siéndolo de un modo u otro.

Pero era distinto. Convertía en el centro de atención a su música, no a él mismo, y creo que eso es lo que ocurre. Su vida fuera de Rose Lake transcurre entre escenarios, grupis, fiestas en las que todo se descontrola, paparazis y un sinfín de situaciones extravagantes que se salen de madre con demasiada facilidad. Y, aun así, él sigue adorando la música sin dudas ni reparos. No siente la animadversión que siento yo por el fútbol profesional, aunque me encante jugar.

Kellan vive por y para la música y sacrificará lo que sea necesario para que eso siga siendo así. El problema es que empiezo a temerme que lo próximo que sacrificará sea a él mismo, y no estoy dispuesto a que eso ocurra.

No sé cómo, porque no puedo retenerlo en Rose Lake para siempre, pero de alguna manera mis planes de futuro inmediato se han ampliado. Ahora no solo tengo que vengarme de mis padres por todo lo que me hicieron, sino que debo ayudar a mi mejor amigo a encontrar la forma de equilibrar su vida con la música sin perderse en el camino.

Y no nos olvidemos de cierta chica gruñona que me odia y está obstinada en no dejarse ayudar ni aunque la clara beneficiaria de esta situación sea ella.

De verdad, ¿en qué momento mi vida pasó a ser una cuestión de malabares? Como si cada situación de mierda que me rodea fuera una bomba a punto de explotar que rueda entre mis dedos, deseando caer al suelo y mandarlo todo a la mierda.

Si consigo salir medianamente cuerdo de todo esto, va a ser un puñetero milagro.

26

Kellan

Mi primer amanecer en Rose Lake después de tantos años es... raro. Oigo el trino de los pájaros y eso, en sí, ya me parece algo que destacar, porque me doy cuenta de que lo había olvidado. Me he acostumbrado a despertar con el ruido de la ciudad de fondo. O, en el mejor de los casos, despertar en silencio. Lo que seguro que no he oído en siete años es la naturaleza pura y tranquila. Es como si aquí los amaneceres fueran más lentos. De hecho, así es. Me tomo mi tiempo en ducharme y vestirme, me regodeo un poco en la parte buena de estar de vuelta en mi hogar.

Bajo las escaleras de casa y me encuentro con mi madre y mi hermana en la cocina. Chelsea aún está en pijama y se atiborra de tortitas mientras discute con mi madre.

—Irá todo el mundo, mamá.

—Pero ¿quién es todo el mundo?

Mi hermana pone los ojos en blanco y resopla. En realidad, la pregunta de mi madre no tiene nada de malo, pero Chelsea está en plena efervescencia hormonal con esto de la adolescencia. En realidad, no puedo creerme que haya crecido tanto. La he visto con frecuencia desde que salí de Rose Lake, pero aun así me sigue pareciendo raro que al marcharme fuera una niña y ahora ya sea una mujer prácticamente adulta. Está preciosa y me consta que le fue bien en los estudios. Es aplicada y popular, según me cuenta mi madre, porque ella últimamente solo habla de lo que le apetece, que no es mucho.

—Buenos días, ¿de qué va el tema?

—Chelsea me está contando que esta noche hay una fiesta en el bosque.

—¡No es en el bosque exactamente! Lo dices como si fuéramos a hacer una orgía de brujas —se ofende mi hermana antes de mirarme—. Es simplemente una reunión de amigos y amigas. Seguramente estemos entre el muelle y el bosque, pero no sé exactamente el lugar.

—¿Y qué amigos y amigas son esos? —pregunto con curiosidad.

—¡Ja! Lo que me faltaba a mí: ¡otro carcelero! Oye, a mí no me controles, ¿eh? Si has venido para eso, te puedes ir otra vez a tu vida de famoso.

—¡Chelsea! —exclama mi madre.

—¿Qué? Joder, es verdad. Estáis agobiándome por una tontería. Es una maldita fiesta y todos mis amigos van. ¿Por qué tengo que dar tantas explicaciones?

—Decirnos el nombre de algunos de los asistentes, aunque a ti te lo parezca, no es dar una información exagerada. Solo queremos saber que estarás bien —señala mi madre.

—¡Tengo dieciséis años! Soy adulta, sé cuidar de mí misma y todo estará perfecto. Mamá, por favor. Irán todas mis amigas.

Mi madre suspira y asiente.

—Está bien, pero no vuelvas demasiado tarde y que alguien te acompañe hasta la puerta.

—Estamos en Rose Lake, ¿qué podría pasarme?

—Hija, solo te pido eso. ¿De verdad es tan difícil hacer que alguien te acompañe?

Chelsea parece rendirse, y menos mal, porque realmente mi madre no está diciéndole nada malo. Este es un pueblo pequeño, pero no está exento de peligros. Podría tener un accidente o, simplemente, llevarse un susto innecesario. Al final, mi hermana se termina el desayuno y se va a su dormitorio. Yo me quedo mirando a mi madre mientras esta me sirve una taza de café.

—¿Qué ha sido de la hermanita dulce, parlanchina y cariñosa? —pregunto cuando ella se sienta a mi lado.

Mi madre se ríe y se estira la espalda con un par de movimientos.

—Creció, cariño. Te recuerdo que tú también lo hiciste en algún momento y, antes de ser adulto, fuiste un adolescente.

—Nunca fui tan rebelde.

—Eso es porque...

Se queda callada de repente y la incomodidad se instala entre nosotros. Los dos sabemos por qué no ha seguido hablando. Está pensando en la muerte de mi padre y en que, a la edad de Chelsea, yo atravesaba el duelo e intentaba hacerme cargo de nuestra familia. Entré en una espiral de la que era muy difícil salir, pero de eso hace mucho.

Suspiro, me acerco a mi madre y la abrazo.

—No pasa nada —susurro—. Han pasado muchos años, mamá. Y no tenemos que evitar su nombre solo porque en el pasado doliera tanto.

Sé que se emociona, porque veo cómo traga saliva y tarda unos instantes en hablar. Aprieta mi cintura y me insta a sentarme de nuevo, lo que me deja claro que no quiere hablar más de este tema.

—Mejor cuéntame qué planes tienes para hoy. ¿Vas a reencontrarte con tus amigos?

Imagino que mi madre se refiere sobre todo a Ashley, pero mi mente viaja de inmediato a otra persona. Todavía es raro pensar que estoy de vuelta en Rose Lake y Maia está a muy pocos kilómetros de mí. Quizá a solo unos metros, si está en el restaurante de su padre. Sé que mi madre también lo ha pensado, pero no ha dicho nada. En eso se ha mantenido firme todos estos años. Me ha hablado de Vera con asiduidad, incluso me ha contado que a veces hace de niñera de los mellizos, pero no ha nombrado a Maia más que de pasada y en muy muy pocas ocasiones. Me imagino que era inútil hacerlo cuando, en realidad, no había mucho que decir. Yo me fui, ella se quedó. Fin de la historia.

—Me pasaré por la antigua casa de Brody —le digo a mi madre para intentar quitarme este tema de la cabeza—. Me ha hablado tanto de la reforma que tengo ganas de ver cómo está quedando.

—Creo que lo que está haciendo será bueno para el pueblo —admite ella—. Hay quien duda, ya sabes cómo somos en Rose Lake con los grandes cambios, pero, si consigue levantar ese negocio con responsabilidad y coherencia, irá bien.

—Espero que sí. Brody está muy volcado en el proyecto. En realidad..., está raro. Está eufórico, pero no sé si para bien. Supongo que tendré que averiguarlo los días que esté aquí.

Mi madre está de acuerdo conmigo y, después de darle un sorbo a su café, me mira y sonríe de ese modo que solo hacen las madres, como si vieran algo que nadie más puede ver.

—No puedo creer que de verdad estés aquí —susurra emocionada.

—Eh, venga, mamá... —Le cojo la mano por encima de la mesa y ella la aprieta de inmediato.

—Perdón, perdón, es que estoy demasiado feliz por tener a toda mi familia unida.

—Nos vimos hace solo un par de meses —le recuerdo con una sonrisilla.

—No es lo mismo. Estás empeñado en llevarnos de excursión a sitios caros y pintorescos, pero, en realidad, esto es lo que yo más disfruto. Esto es lo que me gusta: estar en casa rodeada de mis hijos.

—Guardo silencio, un poco confuso y mi madre me mira con cara de arrepentimiento—. No quiero que pienses que no valoramos lo que haces por nosotras. Entre lo que tú nos das y el taller vivimos como nunca antes y...

—No te preocupes —la corto, porque entiendo lo que quiere decir.

La única razón por la que siempre hago planes fuera es porque volver me resultaba doloroso. No es solo lo de mi padre. Es enfrentarme a la vida que podría haber tenido de haber seguido aquí. Y la culpabilidad que me trae ese pensamiento.

Creo que la gente tiene una idea equivocada del éxito. En teoría, yo me marché de aquí buscándolo y, en teoría, lo encontré, pero no me siento exitoso. No al cien por cien. He conseguido vivir de la música y eso es increíble, sí, sería de idiotas negarlo, pero he dejado mucho por el camino. Muchas cosas de las que dejé me generan dolor. Me duele, por ejemplo, imaginar cómo sería mi vida si hubiese elegido el otro camino. El de quedarme aquí. Y me duelen todas las preguntas que me hago, como, por ejemplo: ¿habría sido más feliz? ¿Sentiría la falta de la música solo por no dedicarme a ello? Porque es algo que he aprendido también: la música iba a estar conmigo de todas las maneras.

Ahora vivo de ello, genero y gano mucho dinero con mis canciones, pero no me siento más músico de lo que me sentía cuando me sentaba en el muelle de Rose Lake con mi guitarra y cantaba solo para mí.

Ahora tengo fama, sí, pero la fama no me importa. Nunca ha sido una meta en mi vida.

Ahora tengo más dinero y esto sí que es importante. Aunque estoy de acuerdo con eso de que el dinero no da la felicidad, sí facilita mucho la vida. La pobreza tampoco da la felicidad y hacer de eso algo romántico es peligroso. El dinero no te hace feliz, pero te ayuda a quitarte preocupaciones que te hacen infeliz.

En cualquier caso, cuando ajusto mi balanza imaginaria y coloco encima todos los pros y contras..., no tengo claro que una parte gane a la otra. Y eso es lo que de verdad me asusta.

—Cuéntame cómo va el taller —le digo a mi madre, solo porque seguir pensando en esto me lleva a un resultado que pocas veces es satisfactorio.

—Oh, genial. Jack lo lleva de maravilla. Es joven, tiene ganas de trabajar y no le faltan clientes. Deberías pasar a saludarlo.

—Sí, un día de estos.

En realidad, no sé cómo decirle que no quiero acercarme al taller, aunque esté en lo que antiguamente era el garaje de esta casa. No estoy listo para ver que todo lo que un día fue de mi padre ahora es de otro. Y no solo porque mi padre esté muerto, pues ha pasado mucho tiempo, sino porque hubo un día en el que tuve muy claro que mi vida sería esa: reparar motores y jugar con mi guitarra en mis ratos libres.

Eso quedó atrás, pero, aun así, cuando pienso en alguien usando las herramientas de mi familia, siento un resquemor en el pecho. Puede no ser muy lógico, pero los sentimientos rara vez lo son.

Me termino el café, como un poco de lo que hay en la mesa y me despido de mi madre para ir a casa de Brody. Podría ir en la camioneta de mi madre, que antaño fue mía, pero decido dar un paseo. Después de todo, es bueno estar de vuelta y poder saludar a mis antiguos vecinos.

Me sorprende darme cuenta de que, mientras yo sigo sintiéndome como el Kellan Hyland que se fue, solo que más mayor, para la gente que me vio crecer soy algo así como una superestrella. Son varios los vecinos que me piden fotos, firmas y, en el caso de Jason

Butler, el contratista de la obra de la casa de Brody, un vídeo saludando a su hija.

—Se va a volver loca cuando lo vea.

Me río, aunque me siento un poco raro.

—Estaré aquí unos días. Seguro que nos acabamos viendo en el restaurante o algún otro punto en común.

—¿Sabes lo que estaría bien, chico? Que volvieras a cantar en el restaurante para nosotros. Sí, sé que ahora eres una superestrella, pero, bueno, podrías regalarnos un par de canciones, ¿no?

—Claro que sí —contesto riéndome justo antes de que un niño pequeño venga corriendo hasta nosotros.

—Jason, ¿puedo quedarme aquí? Ash y Brody están gritando de nuevo.

Frunzo el ceño y miro a Jason un poco perdido.

—Es el vecino de Ashley. Ella es su niñera y, al parecer, ahora que trabaja aquí, todos vamos a ser un poco responsables del pequeño Parker.

—Hola —saluda el susodicho—. Me llamo Parker, tengo seis años, mi mejor amiga es Kelsie y me encantan los dinosaurios, aunque Kelsie dice que son un rollo. En realidad, a ella también le gustan, pero las chicas son complicadas, o eso dice Brody. Ashley le ha dicho que no sea troglodita y ahora los dos están gritándose. Se gritan mucho. Es como cuando los padres de Kelsie se pelean porque están divorciados y no se soportan, solo que ellos no están divorciados. —Se sube las gafas por el puente de su naricilla—. Es raro.

Jason se ríe abiertamente y sujeta al chico por los hombros.

—Las relaciones de adultos son raras, hijo. Por eso los niños tenéis que aprovechar al máximo que todo es sencillo en vuestras vidas.

—Mi vida no es sencilla, porque soy alérgico a muchas cosas y podría morir muy fácilmente. Lo ha dicho Kelsie.

—Alguien debería tener una charla con Kelsie acerca de lo que puede y no puede decir, ¿no te parece? —Parker no contesta y Jason se ríe mientras me guiña un ojo y se lo lleva a otro punto de la obra—. ¿Por qué no entras y te aseguras de que todavía no hay nadie sangrando?

—Es una gran idea —contesto riéndome.

Entro en la casa y lo primero que me sorprende es percatarme de que ya no hay nada que recuerde especialmente a la familia de Brody. No hay ningún trofeo de caza ni fotos enormes de la familia aparentando ser feliz cuando no era así. Ni siquiera el suelo es el mismo y las paredes ahora son de un color crema bastante más bonito que el gris que había antaño.

Dar con Brody y Ashley es bastante sencillo. Sigo el rastro de los gritos hasta la cocina y los encuentro enzarzados en un debate acerca de lo que es recomendable o no decirle a un niño.

—Pero ¿es que no te das cuenta de que puedes afectar gravemente a su visión del mundo y las mujeres?

—Por el amor de Dios, Ashley, tiene seis años.

—¡No puedes decirle que las mujeres son complicadas, Brody! En su cabecita eso se aplica a todas las mujeres, y eso es machista y retrógrado.

—Será machista y retrógrado, pero también es mi punto de vista. No he tenido cojones en toda mi puta vida de entender a las mujeres.

—A lo mejor deberías eliminar los tacos en tu vocabulario, porque no puedes ser más grosero.

—No sabía que hablaba con la realeza. —Brody se ríe—. Joder, tú dices más tacos que yo.

—Estando Parker delante, no.

—¡Parker no está delante, Ashley!

Me río. Ostras, es verdad que es como ver a un matrimonio viejo pelearse. Mi risa hace que se interrumpan y, en cuanto Ashley me ve, viene corriendo hacia mí. La abrazo con fuerza y le beso la cabeza con cariño.

—Te he echado de menos —susurro.

Para mi sorpresa, la voz de Ashley suena amortiguada por la emoción.

—Y yo a ti, Kellan. Bienvenido a casa.

Sonrío. En realidad, nada hace que una persona se sienta tan en casa como la bienvenida sincera de un buen amigo.

—¿Qué tal si dejáis de pelear y me hacéis un tour por lo que pronto se convertirá en un gran hotel?

—Será un placer —dice Brody—. Pero recuerda una cosa: cuando te dejemos volver a tu vida de superestrella, tendrás que recomendar este sitio a todos tus contactos. Quiero que este invierno Rose Lake se pete de gente famosa.

—Tampoco te pases —refunfuña Ashley—. Será un hotel familiar e íntimo. No vamos a celebrar fiestas como esas a las que últimamente acostumbra a acudir nuestro Kellan.

—Oye, que el dueño del hotel soy yo.

—Y la decoradora oficial y encargada del mantenimiento soy yo. Este hotel no será el paraíso de gente dispuesta a ponerse hasta el culo de alcohol y coca, Brody. Si es la idea que tienes, dímelo, porque dimito ahora mismo.

Brody me mira sonriendo, para sorpresa de Ashley, y la señala con un dedo.

—Sabes que es la trabajadora indicada cuando no teme poner al jefe en su sitio, ¿verdad?

Ashley se muestra sorprendida, pero yo no. Sé bien que, si Brody le ha dado este trabajo, es porque confía plenamente en sus capacidades.

Por eso y porque dudo mucho que Brody haya dejado de tener sentimientos especiales por Ashley. Claro que no pienso sacar el tema, porque entonces él sacará a relucir a Maia y, sinceramente, los dos sabemos que no estoy listo para hablar de ello.

Hago el tour por las instalaciones mientras me cuentan los planes que hay para el hotel. Al acabar, solo tengo clara una cosa: este es el lugar de Brody. Ahora lo entiendo. No es la antigua casa de su familia. Ya no. Ha perdido esa esencia y se ha quedado solo con lo mejor de Brody Sanders. Hará que este lugar sea un retiro para todo el que necesite un respiro de la vida. Y por suerte o por desgracia, hay mucha gente así en el mundo.

Vuelvo a casa después de tomar un par de vasos de limonada casera y charlar con Parker sobre dinosaurios. La verdad es que la visita me ha puesto de buen humor. Ahora estoy mucho más tranquilo que esta mañana y quizá por eso decido que es un buen momento para volver al muelle en el que tanto tiempo medité acerca de mi vida en el pasado.

Recorro los tablones de madera y me doy cuenta de que alguien ha arreglado el que estaba astillado. Es lógico, han pasado siete años, pero de algún modo eso me hace sentir nostalgia. Creo que me habría gustado estar aquí para saber cuándo se arregló exactamente, aunque sé que no es un comentario que deba hacer en voz alta o la gente empezará a ponerse nerviosa a mi alrededor. Después de todo, es raro sentir nostalgia por un tablón astillado.

Me siento al final del muelle, consciente de que el sol no calentará tanto como lo hace ahora este lugar del mundo en cuestión de semanas, cuando el otoño llegue con fuerza y prepare a Rose Lake para el duro invierno. Quizá por eso me tumbo, aún con las piernas colgando, cierro los ojos y dejo que los rayos me bañen.

Ni siquiera sé el tiempo que paso así, respirando, oyendo los árboles moverse y sintiendo el sol en la cara, pero todo eso se va a la mierda cuando una voz, la única voz capaz de erizarme el alma, suena junto a mí:

—¿Qué hace un chico como tú en un sitio como este?

27

Maia

Lo he visto cuando iba camino a casa de Ashley después de una noche en la que dormir ha sido complicado. Podría haber esquivado esta situación un tiempo, pero lo cierto es que, después de mucho pensarlo, prefiero ser yo quien domine el primer encuentro. O, al menos, que no sea a mí a quien le pille de sorpresa.

Se podría resumir diciendo que soy una chica experta en esquivar situaciones dolorosas hasta que no queda más remedio que enfrentarlas. Entonces, prefiero hacerlo de un tirón, como quien quita una tirita sin pararse a contar antes.

Además, cuando lo he visto, ha sido como volver atrás en el tiempo. La primera vez que nos vimos era yo quien estaba en el muelle y fue él quien me sorprendió. Esta vez seré yo y, para ello, incluso rememoro nuestro primer encuentro para poder decirle la misma frase que me dijo él a mí:

—¿Qué hace un chico como tú en un sitio como este?

Kellan se sobresalta tanto que se raspa el codo derecho con el muelle cuando intenta levantarse rápidamente. Aun así, se las ingenia para ponerse en pie con dignidad. Yo en su lugar habría tropezado y ya estaría roja como un tomate, pero él no está rojo, si no contamos el leve color que el sol ha puesto en sus mejillas.

En realidad, es raro verlo así, en persona, después de haber esquivado su imagen tanto tiempo. Y es raro porque puedo ver en él al Kellan de hace años, pero algo en él es distinto ahora. Tiene el pelo más largo y encrespado, ahora mismo le cae por la frente; sus ojos están tapados por unas gafas de sol que no me dejan ver su expresión. Lleva tatuado el dorso de la mano, aunque no alcanzo a ver el dibujo, y un pequeño pendiente en forma de aro resalta en su lóbulo izquierdo. No está más alto, pero sí más fornido. O no, «fornido» no es la palabra. Es evidente que ha entrenado y ahora está más musculado, pero no tiene la anchura de Cam, por ejemplo. Es el mismo Kellan de siempre, pero más hombre y... mejor. Al menos físicamente. Y, con sinceridad, es una mierda, porque siempre imaginé que evolucionaría bien, pero ver que es aún más atractivo que en el pasado no le va nada bien a la Maia que tengo encarcelada dentro de mí, esa que piensa que una parte de Kellan Hyland siempre será nuestra. Dios, detesto a esa Maia.

El corazón me va más rápido de lo recomendable, pero es normal. Tengo que racionalizar toda esta situación si no quiero volverme loca. Perdí la virginidad con este hombre y, durante un tiempo, estuve convencida de que me pasaría la vida entera a su lado y envejecería con él, así que es lógico que mi cuerpo responda con nerviosismo a su presencia. Es un cuerpo que no entiende que la vida real se impuso y ganó la partida hace ya muchos años.

—La chica triste ha crecido, ¿eh?

No reconoceré ni siquiera ante el mismísimo Dios el pellizco que he sentido al oír cómo hace referencia a la Maia que llegó aquí hecha pedazos por la muerte de su abuelo y un cambio de vida radical.

—Es lo que tienen los años, te obligan a crecer, aunque no quieras.

—Nadie te obliga.

—Ah, ¿no? ¿Qué pasa con los años que se cumplen?

—Solo son años. Si no quieres crecer, un número no puede obligarte.

Se mete las manos en los bolsillos y sonríe un poco de lado, cosa que me hace tragar saliva. Maldito Kellan Hyland y su forma de dar la vuelta a cualquier pensamiento lógico.

—Es un buen tema para una canción.

—Podría ser, sí.

—¿Cómo estás? —pregunto, y descubro que de verdad me interesa su respuesta—. Ya he visto que las cosas en Los Ángeles se han descontrolado un poco.

—No deberías hacerle caso a la tele. A menudo se dedican a soltar mierda sacada de contexto.

—¿No te detuvieron?

—Sí, pero...

—¿No llevabas drogas en el coche?

Kellan cuadra los hombros. Es un gesto apenas perceptible, pero es algo que ya hacía en el pasado cuando se sentía atacado. En realidad, no sé por qué sueno tan indignada. Si soy sincera, ni siquiera sé por qué me siento tan enfadada. Es su vida, puede hacer con ella lo que quiera, pero supongo que, después de todo, me gustaba pensar que había renunciado a él por algo importante. Todo había sido bueno si, al final, Kellan lograba cumplir su sueño. No entraba en mis planes que acabara detenido por mierdas relacionadas con drogas y saltarse las normas de tráfico.

—Supongo que ya has decidido que soy el malo de la película, así que no voy a esforzarme en defenderme. Me guardo eso para quien quiera escuchar.

—Lo siento, no debería haberte atacado así. Después de todo, no es asunto mío lo que hagas con tu vida.

—Exacto, no es asunto tuyo. Dejó de serlo hace mucho tiempo porque así lo quisiste, ¿no?

Está en modo pasivo-agresivo y lo entiendo, porque he empezado yo siendo un poco borde, pero me sorprende cómo sus palabras hacen diana y consiguen que un dolor sordo y oscuro se expanda por mi interior.

—Hasta donde yo sé, nadie te obligó a marcharte.

Kellan se ríe con sarcasmo, lo que me hace sentir aún peor. Estoy a punto de seguir hurgando en el tema cuando él lo cambia drásticamente:

—He oído que ahora eres una empresaria de éxito. ¿Qué tal con el aserradero y tus abuelos?

Podría emperrarme en seguir con el tema, pero no nos llevaría a ningún sitio, así que sonrío y dejo que se vaya el resentimiento que ha surgido de sus palabras. Con suerte volverá a marcharse pronto y todo esto no será más que otra anécdota más. Algo sencillo de superar.

—Va todo bien. Mi abuelo ha resultado ser un gran jefe, ¿quién lo diría? Claro que, si le preguntas a él, te dirá que la sorpresa ha sido suya al darse cuenta de lo mandona que soy. —Kellan se ríe y aprovecho el ambiente para resarcirme con mi actitud de antes—. No voy a decirte que he oído que te va bien porque, en realidad, a quien he oído es a ti. En la radio y sin parar.

Kellan sonríe sin despegar los labios, como hacía antes, cuando todo el mundo lo alababa y él se sentía sobrepasado, como si no creyera que la música que hace es en realidad de lo mejor que se oye últimamente.

—Es fácil hacer las cosas cuando me respalda un gran equipo.

—¿Eres feliz, Kellan? —pregunto antes de darme cuenta de lo que hago.

—¿Por qué quieres saberlo?

—Porque necesito que me digas que valió la pena.

Kellan me mira en silencio y, cuando se sube las gafas de sol y se las coloca en el pelo, mostrándome sus ojos por primera vez en siete años, algo dentro de mí reclama con una fuerza inaudita que le pida un abrazo. Es una locura. Todo lo es. Esta situación, que esté de vuelta y el modo en que me mira ahora.

—No lo sé. —Lo miro sorprendida y encoge los hombros—. Me gustaría darte esa tranquilidad. Me encantaría darte las gracias por no querer verme y empujarme a irme, pero la verdad, Maia, es que todavía estoy intentando averiguar si valió la pena. No sé si fue lo mejor que he hecho nunca o la mayor estupidez de mi vida, así que tendrás que vivir con esa respuesta. Los dos tendremos que hacerlo.

—Pero... pero la música era tu sueño —le recuerdo.

—Sí, era uno de mis sueños, pero no el único.

Nos miramos fijamente, y no me preguntes por qué, siento unas ganas de llorar tremendas. Tantas que agradezco que me suene el teléfono y nos saque de este momento. Miro la pantalla y, cuando veo el nombre de Ash, se la señalo a Kellan.

—Tengo que irme. Había quedado con ella para comer y estará preguntándose dónde ando.

—Por supuesto. Que aproveche. Ya nos veremos por aquí uno de estos días.

—¿Cuánto tiempo te quedas?

—No lo sé.

—Pero ¿cuándo te vas?

—No lo sé. —Lo miro sin entender y él se ríe—. Confuso y caótico, ¿no? Bienvenida de nuevo a mi vida.

Trago saliva y me doy la vuelta, lista para recorrer el muelle sin responder a eso ni despedirme. No puedo despedirme porque hay algo en él que no me gusta. Hay algo en todo esto que no debería ser así. Kellan debería estar más feliz que nunca. Debería estar un poco crecido con la fama y sonreír permanentemente porque por fin ha cumplido su gran sueño. Pero por más que lo he mirado, por más que he intentado ver más allá de su apariencia, lo único que he encontrado es al mismo chico roto y perdido de siempre.

Y aunque no debería, una parte de mí solo quiere girarse y gritarle que no perdimos los dos para esto. No renuncié a una vida a su lado para que ahora no esté seguro de qué es lo que quiere o de si tomó la decisión correcta.

No es así como tenían que ser las cosas, pero, por desgracia, si algo estoy aprendiendo a medida que cumplo años es que la vida rara vez es como se supone que debería ser.

Y muy muy pocas veces los sacrificios que realizamos acaban mereciendo la pena.

28

Ashley

Busco a Parker para volver a casa, todavía tengo que dejarlo en la suya y preparar algo de comer para mi abuela y Maia, que se pasará. No pienso hablar más con Brody mientras mantenga esa actitud de mierda conmigo. Bueno, conmigo y con todo el mundo, porque en estos momentos, sin ir más lejos, está gritándole al pobre Kendrick a saber por qué. El buen hombre está desesperado por llevarlo de vuelta a Portland y solo recibe negativas, evasivas y, ahora mismo, unos malos modos que no estoy dispuesta a permitir, básicamente porque no lo merece. ¡Como si hiciera algo aparte de soportar su estúpido ego!

Una vez he cogido la mochila de Parker, me acerco a Brody, con el chico ya a mi lado listo para marcharnos. Nadie se imagina lo agradecida que me siento por tener que cuidar de un niño tan bueno como él. Su madre sigue trabajando y necesitando a una niñera y a mí me sabe fatal que tengan que buscar a otra persona, así que anoche le mandé un mensaje a Brody y le pregunté si le importaba que lo trajera. Él me dio vía libre de inmediato. Pensé que era un avance en nuestra relación, pero hoy está más gruñón que nunca.

Reconozco que no ha ayudado en nada que Kellan apareciera por aquí con una sonrisa, como si no pasara nada, cuando es evidente que parte del mal humor de Brody tiene que ver con él y el viaje que hicieron para volver a Rose Lake. Está preocupado por nuestro amigo y lo entiendo, pero, dejando el drama a un lado, aunque sea por unos segundos, me ha alegrado ver a Kellan y cerciorarme de que no parece enganchado a ninguna sustancia ni al alcohol, al menos a simple vista. Claro que no tendría por qué ser así, lo sé. Soy consciente de que las adicciones, al principio, pueden pasar muy desapercibidas y ese es, en gran parte, el motivo por el que son tan peligrosas, pero ahora mismo no puedo ocupar mi cabeza en preocuparme por Kellan. Lo haré más adelante, estoy segura, pero es que Brody se ha puesto a gritarle a Kendrick y, mira, por ahí no voy a pasar.

—¿Se puede saber qué te pasa? —pregunto a medida que me acerco y a sabiendas de que esto va a llevarnos a otra discusión.

¡No hemos hecho otra cosa en toda la mañana! Y aunque juré no volver a hablarle hoy, hay situaciones que merecen que rompa mi juramento.

—Nada que deba importarte —replica de malos modos.

—Me importa porque te estás portando como un imbécil. ¡No puedes hablarle a la gente así, Brody! —El pobre Kendrick me mira en silencio, sabiendo que es mejor no decir nada en este instante.

—No es asunto tuyo, Ashley —me dice Brody. Juro que casi puedo oír cómo le rechinan los dientes.

De todas las cosas que podría haberme dicho, ha elegido la peor, así que el estallido es inmediato. Era de esperar, la verdad.

—¡Por supuesto que es asunto mío! —Brody hace amago de hablar, pero lo corto—. Es asunto mío porque estás en mi pueblo trastocándolo todo, así que sí, Brody, aunque te joda, voy a meterme en esto. ¡En esto y en todo lo que me dé la maldita gana! —Él chasquea la lengua, cosa que me cabrea más—. Pero ¿a ti qué te pasa?

—Le pasa que está empeñado en hacer el anuncio oficial —me responde Kendrick—. Se le ha metido en la cabeza organizar la rueda de prensa para retirarse de una vez por todas y presentar su renuncia al club que, por cierto, no deja de insistir en que ya es hora de que vuelva y se incorpore a los entrenamientos. Ya tiene una sanción y, a este ritmo, es posible que acaben expulsándolo de algún partido como castigo.

—¡Que no voy a volver! —exclama Brody—. Me importa una mierda si me castigan sin jugar un partido porque, ¡sorpresa!, ¡no voy a jugar ninguno! ¡No voy a volver! Joder, ¿cómo tengo que decirlo?

—Sé sensato, chico —dice Kendrick—. Estás viviendo el sueño de un montón de hombres. ¿Sabes cuántos matarían por estar en tu lugar? —Brody no contesta y Kendrick me mira, un tanto desesperado—. Por favor, habla con él. Intenta que entre en razón. Si hacemos un comunicado oficial, no habrá vuelta atrás.

—Es lo que quiero, Kendrick —masculla Brody enfadado.

—Sé razonable —le pido—. Estás pasando por una época rara y lo entiendo, pero...

—¡Que no es una época rara, joder! Esto es lo que he decidido y tenéis que aceptarlo. ¡Punto!

Aprieto los dientes, consciente de que ya hemos discutido demasiado por hoy delante de Parker. Le pido a Kendrick que se lleve al niño a dar un paseo mientras yo hablo con Brody.

—Van a gritarse otra vez —comenta Parker mientras se alejan.

Cierro los ojos. Dios, espero que no les cuente a sus padres que en el tiempo que pasa conmigo me oye discutir constantemente con Brody. No quiero echar por tierra la buena fama que tanto me ha costado ganar para que Caroline me confíe a mí el cuidado de su hijo.

Una vez a solas, hago que Brody me siga hasta su antigua habitación, donde nadie pueda oírnos. Entrar en este lugar siempre me produce sensaciones extrañas. Me lleva al pasado y, si algo tengo claro, es que no quiero volver al pasado.

—Tienes que parar —le pido a Brody en cuanto la puerta se cierra—. En serio, no puedes pasarte los días gritando a todo el que te dice las cosas que no quieres oír. —Hace amago de hablar, pero lo interrumpo—: Te guste o no, Rose Lake sigue siendo una comunidad pequeña. Si quieres volver, deberías aceptar que todo el mundo va a meterse en tu vida y una gran mayoría va a querer decirte lo que debes hacer.

—No tiene por qué ser así —replica—. Una cosa es el pueblo y otra mi vida privada.

—En Rose Lake, no. Aquí las cosas son distintas y tú lo sabes. Eres uno de los niños mimados del pueblo. Te idolatran. Los maestros hablan de Kellan y de ti como si fuerais grandes estrellas. Os usan de referencia para los niños de nuestro pueblo, Brody. No es cualquier cosa. No puedes actuar como si eso diera igual, porque no es así. Lo quieras o no, tus decisiones, ya sean personales o profesionales, le afectan a todo el mundo.

—Ah, ¿sí? ¿A ti también?

—Sí, Brody —le digo cansada—. Yo entro en el apartado de «todo el mundo».

—¿Cuánto?

—¿Qué?

—¿Cuánto te afectan mis decisiones? —Su sonrisa petulante solo consigue que quiera estrangularlo con mis propias manos.

Él, ajeno a mi estado de ánimo, se acerca a mí con paso firme y seguro. O al menos lo aparenta. La verdad es que con él nunca sé si se siente como finge estar. Es uno de los mayores problemas con Brody. Ha aprendido a guardar sus verdaderas emociones bajo llave y solo muestra lo que quiere. Aun cuando todo el mundo lo ve descontrolado, él siempre se guarda una gran parte para sí mismo. Hubo un día en que pensé que yo había conseguido vislumbrar lo que de verdad sentía, pero aquello era mentira. No fue más que humo y cada vez lo tengo más claro.

—Cuidado, nene. Estás demasiado cerca de traspasar ciertas líneas.

—Pensé que, en lo referente a ti y a mí, ya no había líneas que traspasar. Las quemamos todas hace tiempo.

Sí, recuerdo el modo en que quemamos todas las líneas. Recuerdo perfectamente lo bien que me hacía sentir Brody los días que estaba de buen humor y se olvidaba de todos sus propósitos. Y también recuerdo lo jodidamente mal que me sentía en uno de sus días malos.

—Pensaste mal —contesto—. Quemamos las del pasado, pero en el presente... En el presente he dibujado un millón de líneas nuevas entre nosotros, así que ándate con ojo.

—Igual la que debería andarse con ojo eres tú, Ash.

—¿Yo? ¿Por qué?

—Porque parece que no entiendes que he vuelto para quedarme, digas lo que digas. Diga Kendrick lo que diga. ¡Diga el mundo lo que diga! No pienso ir a ninguna parte y, desde luego, no pienso volver a salir de tu vida.

—¿Qué demonios quiere decir eso?

—Quiere decir lo que quiere decir.

—No te andes con tonterías conmigo —repongo con el corazón a mil por hora.

—No son tonterías y tú eres una chica lista. Dale una vuelta y saca tus propias conclusiones. Y ahora me largo, porque tengo que vigilar de cerca a Kellan. —Abre la puerta y vuelve a alzar el tono de voz—. ¿Qué te parece? ¡Resulta que ahora yo también trabajo de canguro!

Se va mientras me quedo aquí, mareada por su intensidad, trastocada por el huracán emocional que Brody trae siempre con él y pensando en qué diantres habrá querido decir con eso.

29

Kellan

Me acabo el último trozo de pizza mientras Brody me habla de no sé qué estadísticas de fútbol.

—Para querer abandonarlo todo, llevas toda la tarde hablando de fútbol.

Mi amigo me mira indignado.

—Que quiera dejar el fútbol profesional no quiere decir que no me encante el fútbol. ¿O a ti dejaría de gustarte la música si decidieras no subirte más a un escenario? —Abro la boca, pero él alza la mano en señal de stop—. ¿Sabes qué? No me lo digas. No quiero saberlo.

—Solo digo que...

—¡Hasta luego, chicos!

Chelsea baja las escaleras y atraviesa el salón tan rápido que, por un instante, me cuesta ubicarla.

—¡Eh! Espera un momento. —Me levanto y la intercepto cuando casi está en la puerta—. ¿A dónde vas?

—Bradley ha organizado una noche de pelis en su garaje.

—¿Una noche de pelis en un garaje? —pregunta Brody antes de bufar—. Ahora lo llaman así. ¿Quién es ese tal Barney?

—Bradley —recalca Chelsea—. Es un amigo. Vamos todos.

—¿Quiénes son todos? —inquiero.

—Todos son todos, joder. Mis amigos y mis amigas. Los de siempre.

—¿Quiénes son los de siempre? —insiste Brody.

—¡Mamá, estos dos me están interrogando otra vez!

—Nadie te está interrogando —le digo a Chelsea—. Te estoy haciendo un par de preguntas. ¿No puedo hacerte preguntas?

—¡Estás en plan hermano mayor pesado!

—Eh, chicos, dejad a Chelsea en paz. Le he dado permiso y me ha prometido que volverá antes de las dos.

—¿Las dos? Eso es tardísimo —se queja Brody—. ¿Sabes qué, Chels? Cuando acabe la peli, nos llamas y vamos a buscarte.

—Antes muerta.

—Oye, que nosotros hemos sido el alma de la fiesta hasta no hace tanto, ¿eh? Tenías que ver las que organizaba en mi universidad.

—Yo no le daría muchos detalles de eso —le sugiero a Brody, que después de pensarlo unos segundos arruga el entrecejo y asiente.

—¿Por qué no venís aquí? —le propongo a Chelsea—. Podemos ver todos juntos una peli. Justo acabamos de cenar.

—Oíd, chicos. —Mi hermana se retuerce las manos y nos mira con nerviosismo—. No quiero ofenderos, pero tengo dieciséis años, quiero ir con gente de mi edad y hacer cosas que le peguen a la gente de mi edad.

—Uy. —Brody me mira muy serio antes de cruzarse de brazos—. ¿Insinúas que somos viejos? Porque tenemos veinticuatro años, Chelsea.

—Sí, ya lo has dicho.

—¡Porque es verdad!

—Chicos... —Mi madre esconde una sonrisilla—. Dejad que Chelsea salga de una vez o llegará tarde.

—Es que no entiendo qué peli es esa que tiene que verse en el garaje de Braston y no puede verse en nuestro salón —protesto.

—¡Que se llama Bradley! —se queja Chelsea—. ¿Sabéis qué? Sois un par de trogloditas y no tengo por qué daros ninguna explicación más. Mi madre me ha dado permiso, así que ¡hasta luego!

Se va dando un portazo y Brody y yo nos quedamos mirando a la puerta, los dos con la misma cara de idiota.

—¿Qué acaba de pasar? —pregunto confuso.

—Acaba de pasar que una chica de solo dieciséis años os ha puesto en vuestro sitio. —Brody y yo hacemos amago de protestar, pero mi madre nos corta—: Voy a subir a leer un rato y a dormir. Quedaos aquí y sed buenos chicos.

Sube las escaleras y Brody y yo volvemos al sofá, donde intentamos procesar lo que acaba de ocurrir durante unos segundos.

—No me gusta una mierda sentirme así.

—¿Troglodita?

—Viejo.

—Tío, no somos viejos —le digo riéndome.

—Para tu hermana, sí. Y es una mierda, porque yo lo petaría en cualquier fiesta, ¿entiendes? En una de instituto, más. Las tías me adoran, joder.

—Estás hablando de tías menores de edad. ¿Quieres decir...?

—No, no, borra. —Se endereza en el sofá y resopla—. Somos unos pringados. Esa es la realidad. Hemos pasado de ser dos estrellas a ser dos... dos...

—¿Pringados? —repito.

—Pringados —masculla—. ¿Sabes qué deberíamos hacer? Deberíamos organizar una fiesta.

—Una fiesta.

—Sí, una fiesta, ¿es que estás sordo? Haremos que venga todo el mundo. Será una fiesta grandiosa con un montón de gente que nos adore y nos pida fotos y...

—¿Te das cuenta de que quieres organizar una fiesta para bañarte en tu ego solo porque mi hermana pequeña ha ido a ver una peli a un garaje?

—El Branston ese no me da buena espina. —Me río, porque a mí también me preocupa que Chelsea frecuente malas compañías, pero es que mi amigo está muy gracioso en plan sobreprotector—. ¿Qué?

—Nada.

—No, dilo.

—Nada. No es importante.

Brody me mira mal, pero al parecer está de acuerdo conmigo, porque deja el tema de lado.

—Tienes razón. Mejor hablemos de cosas importantes.

Sé perfectamente lo que va a preguntarme y, aun así, me hago el tonto. Joder, lo hago tan bien que por un instante de verdad pienso que va a dejarlo estar.

—Podríamos ver alguna serie de risa. Necesito reírme.

—¿La has visto o no?

Lo pregunta a bocajarro, pero no puedo culparlo. Llegó aquí hace horas, le he hecho que meriende tortitas y cene pizza, que se sienta viejo y he conseguido esquivar en todo momento el tema de Maia. Ha ayudado que mi madre y mi hermana hayan estado rondando toda la tarde por casa, pero ahora que el salón es solo para nosotros, negar la realidad es estúpido, así que me retrepo en el sofá y asiento.

—La he visto —admito.

—¿Y? —Lo miro sin responder—. Joder, habla por las buenas o te voy a reventar y vas a terminar hablando por las malas.

—Siempre digo que eres mi mejor amigo porque tienes una dulzura especial para decir las cosas y...

—Estoy hablando en serio, Kellan.

—Yo también, Brody. —Me mira mal y suspiro—. Está distinta.

—Sí, eso también lo he visto yo. Es lo que ocurre cuando pasan siete años, tío, que la gente cambia. Aunque ahora está todavía más buena. —Lo miro mal—. ¿Qué? Es la verdad. Y tú ya la habías visto por Instagram, así que esa mirada airada no me sirve.

—¿Y de qué te sirve entonces?

—Yo qué sé, tío. Yo qué sé. Hablar contigo de este modo es... raro.

—¿De qué modo?

—De este, como si no te importara nada. Como si te diera igual Maia.

—No me da igual Maia, pero ella tiene su vida y yo la mía.

—Entonces supongo que no te importará encontrarla con su novio, Cam, cualquier día de estos por el pueblo.

Dicen que las heridas sanan con el tiempo. No estoy de acuerdo. Hay heridas que, con el tiempo y las palabras adecuadas, sangran como si acabaran de abrirse.

—¿Para eso me has traído? —pregunto fingiendo estar cabreado, porque es mejor eso que admitir que estoy dolido—. ¿Para que vea a Maia con su novio?

—No, Kellan. —Brody parece sumamente cansado, se levanta, va a la cocina. Al volver, lo hace con unas latas de cerveza. Abre una y deja el resto en la mesa sin ofrecerme. ¡Y eso que estamos en mi puta casa!—. Mira, ¿sabes qué? Déjalo. Vamos a beber. Solo eso.

—¿Solo eso? ¿Por qué no te vas a tu casa?

—Porque en mi casa hay corrientes de aire, tío, está todo en obras.

—Lo he visto, Brody, a tu dormitorio no llegan las corrientes.

—Bueno, pero tenemos que celebrar que volvemos a estar juntos. Tú y yo, ¿eh? Como en los viejos tiempos, solo que ahora tú eres el chico malo.

—No soy yo quien piensa largarse de la NFL. ¿Le has dicho ya algo a tus padres?

—No. Ni pienso hacerlo.

—Brody...

—Deberíamos esperar despiertos a Chelsea e interrogarla cuando vuelva.

Me río y dejo que cambie de tema. Cojo una lata de cerveza y me acomodo en el sofá. Esperar a mi hermana de dieciséis años para interrogarla parece un buen plan. Tampoco es que haya muchos en Rose Lake para un sábado noche. Antiguamente, solía pasarlos en el restaurante, con Maia en cualquier rincón acurrucados y hablando sobre todo y nada a la vez, cantando o, simplemente, reuniéndome con mis amigos cuando no estábamos en alguna fiesta clandestina, pero ahora cada uno tiene su vida. Sav y Wyatt viven en la ciudad y, según sé, apenas vienen; Hunter, también; y Maia vive aquí, pero al parecer tiene su propia vida. Incluso Ash, aun con todos los problemas que acarrea, tiene encauzada su vida. Brody y yo somos, contra todo pronóstico, los que más perdidos estamos. Y eso es una mierda, porque se supone que somos los chicos triunfadores de Rose Lake. ¡Ja! Menuda patraña. Se lo comento a Brody y su respuesta es soltar una carcajada y beberse media cerveza del tirón.

—Entonces vamos a celebrar todos nuestros triunfos.

Y no tiene que decir más. Nos acomodamos más en el sofá y nos preparamos para una noche de autodesprecio en compañía, que siempre es mejor que hacerlo en solitario.

No sé qué hora es cuando alguien me clava el dedo en el costado, pero me quejo y, al moverme, me doy cuenta de que no estoy en mi colchón, sino en el suelo. Miro a un lado, a Brody, tumbado en el sofá del salón. Dios, estamos dando una imagen lamentable y solo espero que no sea mi madre. Claro que ¿quién más podría ser?

—Joder, tío, vuelves a casa y no me esperas para coger el primer gran pedo. Menuda mierda de amigo.

Abro los ojos y me encuentro a Hunter Howard sonriendo.

—Hunter, ¿qué haces aquí?

—¡Hora de levantarse! Tenemos quedada.

—¿Quedada?

—Savannah y Wyatt han vuelto para pasar unos días de vacaciones, así que me he venido de la ciudad para que todo el grupo se reúna hoy. ¡Como en los viejos tiempos! Ash, Maia, Savannah, Wyatt, vosotros y yo. ¡Y he traído un montón de fuegos artificiales! Tíos, va a ser la hostia.

Miro a Brody con el corazón a mil por hora. ¿Todo el grupo reunido de nuevo? A juzgar por su expresión, no está mucho más contento que yo.

Voy a pasarme el día entero con Maia y nuestro antiguo grupo, seguramente rememorando tiempos pasados. Tiempos en los que ella siempre estaba a mi lado, o sobre mi regazo, para ser más precisos. Tiempos en los que todo era más fácil y, a la vez, más difícil que ahora.

Y todo eso con una de las peores resacas de mi vida a cuestas.

Maravilloso. Sencillamente maravilloso.

30

Brody

Estoy seguro de que hay un lugar en el infierno reservado para gente como Hunter. Uno increíblemente caliente donde alguien le azote el culo sin parar con un látigo lleno de chinchetas, por ejemplo. Día y noche, hasta que no sienta el maldito trasero. Es lo que se merece el muy capullo por traerse a esta reunión un saco lleno de fuegos artificiales de su empresa.

¡Su empresa! ¡Hunter tiene una empresa! Joder, ¡si es idiota! ¿Cómo es posible que hasta él tenga claro su futuro? Lo miro mientras hace estallar otro petardo en el cielo y cierro los ojos un segundo, el tiempo que tarda mi cabeza en vibrar por completo. La resaca nunca ha casado bien con los fuegos artificiales.

Busco a Kellan con la mirada, tiene las gafas de sol puestas. Está tirado, más que sentado, en un sillón de madera que construí hace muchos años en un intento de hacer algo que me hiciera sentir que la cabaña de mis padres también era un poco mía. Bueno, en realidad, ahora es toda mía. Mi propia cabaña perdida en el bosque. He sacado fuera todo lo que recuerde a mi familia y ahora la preciosa casita roja y de madera es una propiedad que me da orgullo, porque puedo sentarme aquí y sentirme el dueño del mundo. O quizá no tanto, pero al menos puedo sentirme dueño del bosque. Está completamente rodeada de árboles y, de hecho, para llegar aquí hay que dejar el coche como a diez minutos caminando. Podría haber abierto un camino, mi padre solo quería que estuviera así porque la utilizaba básicamente para cazar y dejar aquí todos sus enseres, pero creo que eso haría que se perdiera la magia. La convertiré en mi refugio y no quiero que nadie acceda fácilmente a él. Si consigo hacer que este sitio sea un lugar acogedor, será la mejor casa del mundo, estoy seguro.

Vuelvo a mirar a Kellan, que está en el otro extremo del porche de madera. Lo veo mover su botellín en círculos, haciéndolo bailar. Al parecer, ha decidido que la mejor manera de superar la resaca es recuperar la borrachera de anoche cuanto antes.

—Se supone que has traído a Kellan de vuelta a Rose Lake para que retome el buen camino y, en lugar de eso, parecéis un par de borrachos trasnochados.

Miro a Ashley. Se ha sentado a mi lado y, según parece, ha decidido que este es un momento tan bueno como cualquier otro para tocarme los huevos. Ella también me mira como si fuera el causante de todos los males del mundo y, en este instante, yo lo único que quiero son unas gafas de sol como las de mi amigo. Si voy a soportar una charla cargada de moralidad, debería tener unas malditas gafas opacas para poder cerrar los ojos y soportar el dolor de cabeza. Lo digo en serio, he tenido más que suficiente con los gritítos de Savannah cuando nos hemos reencontrado y las palmadas cargadas de buena intención de Wyatt que me han dejado la espalda hecha polvo. Para seguir siendo un empollón, tiene una fuerza increíble.

—¿Sabes qué? No tendría que darte ni una mísera explicación, pero lo voy a hacer porque soy una gran persona. Para tu información, no estamos en el mal camino —digo. Kellan aprovecha justo este momento para hacer tambalear su silla sobre las dos patas traseras y reírse como un imbécil cuando está a punto de caerse—. Bueno —rectifico—. Yo no lo estoy. Ese idiota parece ser que sí.

—Está distinto —susurra con voz grave sin dejar de mirarlo.

—Lo está —admito.

—Estoy preocupada.

—Lo sé. —Me froto la cara con brío y la miro. Joder, está guapísima con ese pantalón tejano y esa camiseta vieja anudada sobre el ombligo. Puede que la ropa de Ash no sea de marca ni esté supernueva, pero da igual, porque podría ponerse un saco de basura encima y estaría para comérsela—. Oye, estará bien, ¿vale? Confía en mí.

Ash sonríe con cierta ironía, como si eso no fuera posible y, aunque no quiera reconocerlo, me siento como si me clavara una daga en las costillas cada vez que veo hasta qué punto la cagué con ella.

—Ya, bueno... Veremos cuando llegue Maia. No quiero que esto sea duro para ella.

—Tiene las de ganar.

—¿Y eso por qué?

—Está en su territorio. Cuando llegó aquí hace años, era la chica nueva e ingenua, pero ahora no es así. Es la futura dueña de la empresa que prácticamente mantiene al pueblo. Tiene una relación estable, buenos amigos... Ha conseguido hacer algo que merezca la pena.

—Kellan también ha hecho algo digno de admirar.

—Sí —admito, aunque no tengo ni idea de lo que piensa él al respecto.

Antes era más fácil. Antes Kellan me lo contaba todo y era yo el que me guardaba lo que sentía por miedo a ser juzgado. Sinceramente, esto parece el mundo al revés y no me gusta. No me gusta nada, pero por lo visto no tengo más remedio que aguantarme.

—Tú también —susurra Ashley sorprendiéndome.

—Yo también ¿qué?

—Eres un jugador profesional, Brody. Estás cumpliendo el sueño de muchísima gente, ¿por qué no puedes verlo?

—Lo veo, créeme.

—¿Por qué no lo disfrutas entonces?

—Porque... —Miro sus preciosos ojos y me pregunto durante una milésima de segundo si merece la pena abrirme e intentar explicarle las razones que me han traído hasta aquí. En el pasado le habría negado cualquier tipo de información, pero esa es la cuestión: ya no quiero ser como el Brody del pasado, así que suspiro y me lanzo—: Porque me da igual, Ash. Suena fatal, pero me importa una mierda la liga profesional. Me importa una mierda todo lo que he dejado atrás. Quiero estar aquí. Tienes que creerme cuando digo que solo quiero estar aquí.

—Sigues entregado al máximo a tu venganza, ¿eh?

La miro largo rato, pensando en sus palabras y en lo inexplicablemente herido que me siento. Al final, asiento lentamente y dejo de mirarla a los ojos.

—Sí, mi venganza —murmuro.

No podemos hablar más porque unas voces nuevas me distraen. Me giro justo a tiempo de ver llegar a Maia de la mano de un tío alto, rubio y con unos brazos tan voluminosos como los míos, solo que se nota que no es de hacer deporte. O no solo de eso. He sabido por Ashley que trabaja en el aserradero, pero, si no, lo habría averiguado por mí mismo. Solo le falta el maldito cinturón de herramientas colgado en las caderas para que las tías le hagan fotos y las conviertan en pósteres para los cabeceros de sus camas.

Miro de inmediato a Kellan, que también tiene los ojos clavados en ellos. O eso supongo, porque no se ha quitado las gafas.

—¡Maia!

Savannah sale corriendo y se abraza a nuestra amiga mientras esta ríe y le devuelve el abrazo. Segundos después, es Wyatt quien se acerca a saludarla. Cuando las muestras de afecto y saludos acaban, Maia sube los escalones que la llevan al porche, donde Kellan y yo permanecemos sentados.

—Eh, chicos, he traído a Cam, espero que no os importe.

Savannah y Wyatt son los primeros en saludarlo, tan diplomáticos como siempre. Hunter saluda a Cam como si ya lo conociera, posiblemente porque así es. Ash abraza a su mejor amiga y yo me levanto para que Maia me lo presente, porque seguir sentado sería maleducado. Cuando lo hace, todos miramos a Kellan de un modo bastante descarado, porque es el que falta por levantarse.

Por un instante pienso que no lo va a hacer. Y es un instante muy loco, porque Kellan nunca olvidaría sus modales, por molesto que estuviera. Por eso y porque, en realidad, no tiene motivos para mostrarse hostil, ¿verdad? Él se fue en pos de sus sueños y Maia se quedó aquí buscando cumplir los suyos. No debería haber mal rollo. Lo que tuvieron fue demasiado bonito y...

—Encantado, Carl. Voy a mear.

Savannah parece confusa. Wyatt parece confuso. Ashley parece confusa. Hunter se ríe porque, bueno, es Hunter. El tal Cam se limita a sonreír con educación y pasarle un brazo por los hombros a Maia, que tiene los ojos entrecerrados y puestos en la espalda de Kellan mientras este entra en casa.

Y así, de la nada, el que en el pasado fue el buen chico de Rose Lake acaba de sembrar el mal rollo oficial para lo que resta de día.

Aunque una cosa sí es cierta: nadie podrá nunca, jamás, acusar a mi mejor amigo de no saber poner las cosas interesantes.

31

Maia

¡Será imbécil!

De toda la gente que pensé que podría tener un comportamiento como este jamás habría nombrado a Kellan. Nunca imaginé que alguien que en el pasado fue tan diplomático ahora sea capaz de comportarse como un idiota solo porque... ¿por qué? ¡Ni siquiera tiene una buena excusa para hacerlo! No conoce a Cam, no es nadie para juzgarlo.

Aun así, el modo en que Cam me ha echado el brazo por los hombros tampoco me ha gustado. ¿Eso para qué coño es? ¿Para marcarme? ¿Somos perros o algo? Porque le ha faltado mearme encima y ladrarle a Kellan mientras entra en la casa.

Sacudo los hombros y veo el modo en que Ash sonríe. Seguramente ya sabe lo que estoy pensando, así que no necesito darle explicaciones.

—¿Quieres una cerveza? —le pregunto a Cam. Una cosa es que me haya molestado y otra que nos pongamos de malas. Hoy, precisamente, deberíamos estar más unidos que nunca.

—Claro, nena.

¿Nena? No me ha llamado nena nunca, pero sonrío y entro en casa. De verdad, si el plan de hoy va a consistir en que Kellan sea un capullo y Cam se porte como un «machote», esta quedada se me va a hacer eterna.

Abro la nevera de la cocina y apenas he sacado un par de cervezas cuando Kellan sale del baño y se adentra en el salón. Está unido a la cocina en un espacio abierto, así que nos vemos cara a cara.

—Se llama Cam.

—¿Qué? —Hasta tiene el descaro de fruncir el ceño, como si no entendiera de qué hablo.

—Mi novio se llama Cam, no Carl.

—¿Lo he llamado Carl?

—Sí.

—Joder, perdona. Tengo una resaca terrible.

Parece sincero. En realidad, esto encaja más con el Kellan que conozco. No lo de la resaca, claro, sino lo otro, lo de ser un buen chico. Relajo los hombros y sonrío un poco.

—No importa. ¿Anoche estuviste de fiesta?

—Si se le puede llamar fiesta a beber y ver pelis con Brody mientras esperábamos que Chelsea volviera a casa...

—Oh, vaya. —Me aguanto la risa—. Entiendo que te está costando aceptar que tu hermanita ya no es una niña, ¿no?

—No. Sí. —Frunce el ceño y provoca mi risa, lo que hace que él también sonría un poco—. Es raro, ¿sabes? La he visto mucho estos años, pero siempre fuera de Rose Lake. Supongo que por eso fue fácil para mí asumir que seguía teniendo el mismo tipo de vida aquí.

—Hombre, sería un poco raro que, con dieciséis años, dedicara sus horas a ver dibujos y hacer tartas.

—Le encantaba hacer tartas. Decía que iba a ser una gran pastelera.

—Tenía nueve años —le recuerdo con una sonrisilla—. ¿Qué querías ser tú con nueve años?

La pregunta queda suspendida en el aire y me arrepiento de inmediato de hacerla. Sé muy bien lo que quería ser: justo lo que consiguió.

—En mi caso no cuenta —responde con una pequeña sonrisa.

—Claro, tú sí que cumpliste tu sueño de infancia. ¿Cómo se siente eso?

—¿El qué, exactamente?

—Haber cumplido todos tus sueños. Haber alcanzado la gran meta de tu vida antes de los veinticinco.

Kellan me mira durante lo que parece una eternidad y, posiblemente, solo sean unos segundos. Me encantaría ver qué expresión tienen sus ojos, pero sigue llevando puestas las gafas de sol; casi parece que las tuviera tatuadas y supongo que, con la resaca que tiene, no le apetece mucho dejar que lo vea.

En realidad, me entristece un poco ver que se ampara tras esas gafas. O quizá no lo haga, pero, aun así, no puedo imaginar al Kellan del pasado usándolas tan a menudo. El Kellan del pasado, mi Kellan, iba por la vida sin escudos de ningún tipo, ni siquiera visuales e inofensivos. El hombre que tengo frente a mí ahora parece tener tantos muros y sistemas de protección complejos que me impone. Y odio eso.

—No sé si he alcanzado la gran meta de mi vida —me dice finalmente.

El corazón me palpita con fuerza, lo que es una idiotez y no tiene ningún tipo de sentido, por eso intento acallarlo hablando e ignorándolo.

—Has llegado muy alto en la música.

—Sí.

—Era lo que querías.

—Sí.

—Entonces ¿por qué dices que...?

—¡Ey, nena! ¿Has venido a fabricar la cerveza con tus propias manos?

Cam entra en casa con naturalidad, sonriendo con aparente calma, pero sé que está tenso. Lo noto en su cuerpo rígido y su mirada nerviosa. Frunzo el ceño de inmediato. ¿Qué pensaba que estaba haciendo aquí dentro? Sí, estaba hablando con Kellan, pero puedo hacerlo sin problemas. Que fuera alguien importante en mi vida no significa que vaya a follármelo a la primera de cambio.

Intento serenarme, no quiero transmitirle mi propia tensión a mi novio, así que sonrío y señalo los botellines.

—Aquí están. Solo me he entretenido un poco hablando con Kellan.

Cam no contesta, lo que hace que la situación sea un poco incómoda. Kellan sonríe como si estuviera orgulloso de haberlo cabreado, lo que hace que sea directamente violenta.

—Perdona, Carl, estamos poniéndonos al día como viejos amigos.

—Cam —dice mi novio con voz grave.

—Eso, joder. Tío, perdón, en serio. Debe de ser que te he visto cara de Carl.

Se ríe, pero no es gracioso y los tres lo sabemos. De hecho, por mucho que pida perdón, estoy convencida en un noventa por ciento de que no se arrepiente lo más mínimo.

—¿Y de qué hablabais? —pregunta Cam.

—Oh, nada importante —contesta Kellan de inmediato—. De hecho, yo voy a ir saliendo y así os dejo solos, parejita. —Se acerca a mí y me quita uno de los botellines—. Te lo robo, pero prometo compensarlo. —Sale de la cabaña sin mirar siquiera a Cam, que tiene el ceño fruncido.

—¿No podía coger una maldita cerveza del frigorífico?

Me sorprende un poco lo cabreado que parece.

—Tampoco es para tanto —le respondo abriendo la nevera para coger otra—. Supongo que lo más rápido era coger la mía.

—Ya... —Cam carraspea y sonríe, pero está haciendo un enorme esfuerzo por no discutir y se le nota.

Si fuera una buena novia, intentaría tranquilizarlo, pero al parecer no soy una buena novia, porque considero que no tiene tantos motivos para ponerse así. Kellan ha sido un poco imbécil, sí, pero lo de la cerveza ha sido una tontería sin importancia y de verdad es que lo último que quiero es que esto se convierta en una guerra en la que cualquier tontería, por nimia que sea, contribuya a intensificar el mal rollo. Este pueblo es demasiado pequeño para soportar tanta hostilidad.

Salimos de la cabaña, cogemos un par de sillas y nos sentamos en círculo con el resto. Savannah está contando alguna anécdota graciosa de su trabajo, pero yo solo puedo pensar en que, en el pasado, durante estas reuniones Kellan tenía su guitarra encima o a un lado en todo momento. Y si la tenía a un lado era porque quien estaba encima de él era...

No. Es una pésima idea pensar en eso, así que le pregunto a Hunter si puede dejar de tirar petardos un ratito.

—Es que esto es promoción para mi empresa, ¿sabes? Así en Rose Lake los verán u oirán y sabrán que, cuando lo necesiten, deben recurrir a mí.

—Tío, apiádate de los que tenemos resaca —pide Brody señalando a Kellan y a sí mismo.

—Habla por ti. Yo estoy perfecto. —dice el aludido. Yo creo que, más que perfecto, vuelve a estar borracho—. ¿Sabéis qué? Deberíamos jugar a algo.

—¿Jugar? —pregunta Ashley riéndose.

—Sí, como antes, cuando jugábamos a mierdas de esas con chupitos en la mesa. Nos encantaba.

—Tú eras el que menos disfrutaba —le recuerda Brody.

—No es verdad.

—Sí lo es —añado riéndome—. Siempre estabas preocupado de que no bebieran demasiado.

Kellan me mira y, por un instante, estoy segura de que va a decir algo comprometedor. Algo que hará que el corazón me vaya a mil por hora y Cam tense aún más la mandíbula, pero al final solo se ríe y encoge los hombros.

—Bueno, la gente cambia. Ahora me encantaría jugar.

Sí, definitivamente es cierto que la gente cambia, pero no sé si me gusta que lo hagan del modo en que él lo ha hecho.

Al final, no jugamos a beber chupitos, pero sí que nos ponemos al día en cuanto a cómo nos va. O al menos lo hacemos hasta que llega el turno de Brody. Repite que piensa quedarse en Rose Lake y todo el mundo se le echa encima diciéndole que es un gran error.

—¿Cómo vas a dejar el fútbol profesional? Ni siquiera has tenido tiempo de formarte una carrera lo bastante sólida como para ser recordado como uno de los grandes —se queja Hunter—. Tío, tienes dinero, las chicas se te echan encima y dedicas tu vida a hacer lo que más te gusta. ¿Y te quieres meter en este pueblo de mierda otra vez?

—Oye, no es un pueblo de mierda —respondo ofendida.

—Hace siete años odiabas este sitio.

—Eso fue al llegar, pero ahora soy muy feliz aquí —replico.

—¡Claro que eres feliz! Llevas la única empresa que funciona de puta madre en Rose Lake. Eres la niñita mimada del dueño del lugar y...

—Pero mira que eres cretino —contesto riéndome y haciendo que el resto también se ría.

Todos menos Cam, que no entiende que Hunter, en realidad, no dice todo eso para insultar. Es así de idiota, el pobre.

—El caso es que estoy seguro, así que lo que digáis me da bastante igual —interviene Brody.

—Sí, eso ha quedado claro —afirma Ashley—. Además, ¿qué sería de tu vida sin vengarte de tus padres?

—Bueno, ahí tengo que darte la razón —sigue Hunter—. Ha sido un golpe maestro hacerte con todo lo suyo, destrozarlo y decirles que vas a quedarte aquí. Me extraña que tu padre no haya tenido un infarto ya.

—Eso es porque no sabe que voy a quedarme definitivamente aquí.

—¿En serio? —pregunto.

—Sabe que estoy aquí, que he comprado esto y todo eso, pero no sabe que pienso renunciar al fútbol profesional.

—¿Y cuándo piensas decírselo? —Ashley parece estar de tan mal humor como Cam.

—¿Qué te hace pensar que voy a decírselo? No lo haré. Dejaré que se entere por las noticias cuando lo haga oficial.

—Tienes que estar de coña —dice Kellan antes de romper a reír a carcajadas—. Tío, es genial.

—¡No es genial! —exclamo—. Brody, vas a despertar su furia.

—¿Y qué va a hacer? ¿Pegarme? —Una sonrisa maliciosa baila en sus labios—. Que lo intente, aunque últimamente tiene claro que mis músculos son más y mejores que los suyos...

No sé qué significa exactamente eso, pero un escalofrío me recorre la columna vertebral. Todo esto es demasiado turbio. Demasiado doloroso para Brody, aunque lo niegue. Y no me sorprende lo más mínimo ver el dolor que hay en los ojos de Ash cuando lo mira. Para ella esto es incomprensible y estoy segura de que, si pudiera, alejaría a Brody de sus padres para siempre. De hecho, hubo un momento, tiempo atrás, en que ella habría hecho cualquier cosa por protegerlo de ellos.

El problema es que nada sirvió ni evitó todo lo que Brody tuvo que pasar.

Entiendo sus ansias de venganza y su dolor, pero me pregunto si todo esto no hará que el propio Brody se consuma a la larga.

Por suerte o por desgracia, no tengo mucho tiempo de darle vueltas a esta idea, porque un quejido lastimero llama nuestra atención. Kellan es el primero en ponerse en pie y bajar los pocos escalones del porche de madera. El resto lo seguimos, atentos al sonido para saber de dónde proviene. No tardamos más de tres minutos en encontrar una caja de cartón entre los árboles, rodeada de maleza. En su interior, la cría de perro más bonita que he visto nunca solloza mientras araña el cartón e intenta salir desesperadamente.

—Ey, colega —murmura Kellan cogiéndolo con cuidado—. ¿Desde cuándo estás tú aquí?

No es una caja muy grande y, por el tamaño del cachorro, podría haberla volcado si tuviera más movilidad, pero se nota que es demasiado pequeño. Si no es un recién nacido, no tiene muchos días. Tiene el pelo negro y blanco y tiembla tanto cuando Kellan lo coge que se hace pis en sus manos. Él, en vez de soltarlo, lo abraza con más fuerza y yo, aunque no quiera, me emociono hasta las lágrimas, porque este sí es el Kellan que yo recuerdo. Este sí es mi Kellan.

—Chist, no pasa nada. Tienes mucho miedo, ¿eh? —murmura sin dejar de acariciarlo—. No pasa nada, peque, tranquilo.

—Seguramente los fuegos artificiales lo han tenido acojonado todo el día —murmura Ashley.

—Joder, Ash, no me hagas sentir una mierda de persona. —Hunter parece tan decaído que le acaricio el brazo instintivamente.

Los fuegos artificiales no me gustan en gran medida por esto, porque sé que los animales los sufren muchísimo. Después de todo, Hunter no sabía que había un cachorrito abandonado y, sinceramente, ahora mismo concentro todo mi odio en el ser despreciable que lo ha dejado aquí a su suerte.

—Deberíamos avisar al sheriff —digo enfadada—. Me parece inadmisible que uno de nuestros vecinos haya hecho algo así.

—Hasta donde yo sé, no pueden meterte en la cárcel por abandonar a un perro. —Miro a Cam con la boca abierta, pero él alza las manos en señal de paz—. Solo digo que, quizá, al sheriff no va a importarle esto.

—Le importará —sentencia Ashley—. Como mínimo deberíamos recordar en la próxima reunión vecinal que en este maldito pueblo no abandonamos seres vivos a su suerte. ¡Y mucho menos si son recién nacidos!

No podría añadir ni una coma a las palabras de mi amiga. Regresamos a la cabaña y en apenas unos minutos conseguimos envolver a la cachorra (hemos descubierto que es hembra) en una manta gruesa.

—Voy a volver al pueblo con ella —comenta Kellan, que se ha negado a soltarla—. Necesita leche. ¿Debería ser leche especial o sirve cualquiera? —Nadie responde, porque no tenemos ni idea—. ¿Sabéis qué? La llevo a la ciudad y que la mire bien un veterinario. Ahí van a saber decirme.

—Pero ¿vas a quedártela tú? —pregunta Cam.

Kellan se alza las gafas por primera vez y me impacta ver las profundas ojeras que luce. Aun así, su mirada es determinada cuando mira a mi novio.

—¿Tienes algún problema? ¿La quieres tú?

—No, pero no sé si alguien más del grupo pueda quererla.

—Nosotros no podemos hacernos cargo, aunque nos encantaría —dice Savannah mientras Wyatt asiente.

—Yo tengo una empresa de fuegos artificiales. No creo que sea la persona indicada.

Hunter tiene toda la razón.

—Yo ya cuido de suficientes seres vivos —dice Ash con un puchero—. Aunque me encantaría.

—Un hotel en obras lleno de máquinas mortales, herramientas punzantes y agujeros no parece el mejor lugar para una cría —murmura Brody.

Kellan me mira y eleva las cejas.

—Te toca. ¿Quieres a la cachorra?

Miro al animal y siento un deseo irrefrenable de llorar. Sí, la quiero. Claro que la quiero, me parece adorable y solo quiero abrazarla y consolarla, pero no tengo un lugar propio en el que vivir. Duermo en tres casas distintas, según el día, y ese no parece el mejor modo de vivir para un perro. Además, no puedo obligar a mis abuelos, a mi padre, a Steve, a mi madre y a Martin a aceptar un animal en sus vidas sin antes consultarlo. Aun así, cuando hablo no puedo evitar hacerlo un poco emocionada.

—¿Te la vas a llevar cuando te marches?

Kellan me mira fijamente, como si entendiera lo que estoy preguntando en realidad. Dudo mucho que lo haga, porque ya no tenemos esa conexión, pero, en cambio, cuando responde, dice justo lo único que podría tranquilizarme:

—Se quedará con mi madre y Chelsea. Estoy seguro de que se enamorarán en cuanto la vean y creo que no es mala idea unir una chica más al clan Hyland.

—Eso lo dices ahora. Espera a que esta también empiece a reclamarte cosas —replica Brody.

Todos se ríen y yo lo agradezco, porque no quiero tener que responder y que sepa hasta qué punto le estoy agradecida por cuidarla y, al mismo tiempo, dejarla cerca de mí. Le acaricio la cabecita y, cuando busca mis dedos para lamerlos, le sonrío a Kellan.

—Deberías llevarla ya a la ciudad. Tiene hambre.

Él asiente y se marcha en la camioneta de Brody. Este se irá con alguno de nosotros más tarde.

Volvemos al porche, contentos de haber podido rescatar a la perrita y pensando en la horrible muerte que habría tenido si no llegamos a encontrarla. Incluso Cam parece más calmado. Eso posiblemente sea porque Kellan ya no está, aun así, es bonito sentir que podemos pasar el día entre amigos sin que haya ningún tipo de tensión.

Por desgracia, la tranquilidad dura poco. Apenas unos minutos después de marcharse Kellan, suena el móvil de Ash.

—Es Dawna, está en casa echándole un ojo a mi abuela —dice riendo—. ¿Qué apostáis a que ya sabe lo de la cachorra y llama para quejarse?

Me río, pero cuando Ash contesta el teléfono, su cara pasa de la alegría al impacto en solo un segundo. Se queda lívida y sus ojos se abren tanto que el corazón se me paraliza. Me levanto de inmediato, me acerco a ella y, cuando mi amiga niega con la cabeza una sola vez, a punto de entrar en una crisis nerviosa, sé que, sea lo que sea, esto no es bueno.

Esto no es nada bueno.

32

Ashley

Sé que esto no va bien cuando, al llegar a casa, me encuentro con varios vecinos arremolinados en la puerta. La ambulancia no ha llegado y no me extraña, Brody me ha traído como un loco hasta llegar aquí.

Me miran con lástima. No puedo dejar de darme cuenta, incluso en medio del dolor, de la pena que habita en los ojos de nuestros vecinos, aunque no me detenga a hablar con ninguno. Entro en casa y me encuentro con el médico del pueblo auscultando el pecho de mi abuela que, pese a tener los ojos cerrados, respira. Trabajosamente, sí, pero respira y eso es lo único que me importa.

—¿Qué le pasa? —le pregunto mientras Dawna me sujeta la cintura. No sé si tiene miedo de que me tire encima de él, pero simplemente quiero información. Necesito información y, por el modo en que me mira el doctor, sé que no va a gustarme lo que tiene que decirme.

—La ambulancia viene de camino, pero, Ashley, creo que lo mejor es que le pongamos morfina.

—¿Morfina? —Me siento en la cama y le toco la frente a mi abuela—. ¿Por qué? ¿Para qué?

El silencio de la habitación es tan denso, pese a estar llena de gente, que me cuesta respirar.

—Se está yendo —anuncia suavemente el médico.

—No. —Niego con la cabeza y acaricio la mejilla de mi abuela—. No, está respirando, mírala.

—Está sufriendo mucho, Ashley.

—Pero está viva.

—Entiendo que es difícil, pero...

—¡Está viva! —grito con una voz que ni siquiera parece mía.

Es como si algo se me hubiera desgarrado. Como si todo mi cuerpo por dentro se estuviera haciendo jirones.

—¿Cuánto tardará la ambulancia? —oigo la voz de Brody mientras yo me concentro en acariciarle la cara a mi abuela una y otra vez.

No sé qué quiero. Que abra los ojos y me mire, probablemente. Que deje de respirar como si el aire se hubiera convertido en cemento. ¡Solo es respirar! ¿Por qué no puede hacerlo si hasta los recién nacidos encuentran el modo?

—Viene desde la ciudad y el acceso a Rose Lake no facilita que se den prisa.

—Mierda de pueblo —susurro con rabia—. Abuela, mírame. Abre los ojos y mírame. Escucha, tienes que respirar, ¿de acuerdo? Tienes que hacerlo con más fuerza. Lo llevas haciendo toda la vida, joder, ¿por qué no lo haces ahora?

Quiero que oiga mi rabia. Quiero que abra los ojos al darse cuenta del daño que está haciéndome. Por un instante, parece que funciona, porque abre los ojos y me mira. No sé qué esperaba encontrarme, pero esto... La mujer que me devuelve una mirada completamente hueca y vacía no es mi abuela. No puede ser.

—Solo me arrepiento de todo lo que no hice por miedo —dice en una frase que tarda en pronunciar y sale a medias, con un esfuerzo sobrehumano—. Vive, Ashley. No te dejes nada por hacer. —Un ataque de tos apaga su voz durante unos segundos interminables—. No te dejes nada por vivir.

La tos vuelve como un monstruo que solo daba señales de estar despertando y ahora está listo para arrasar con todo. Es tan fuerte que su cuerpo se convulsiona en la cama. Miro al médico desesperada.

—¡Ayúdala! ¡Tienes que ayudarla!

—Ashley, dame permiso para ponerle morfina.

Grito. Sé que grito porque siento dolor en la garganta y mi abuela vuelve a convulsionarse, como si sintiera estar haciéndome esto. Cierro los ojos, completamente sobrepasada, y siento unos brazos rodearme con tanta fuerza que es como si estuviera envuelta en una manta de piel.

—Pónsela. —La voz de Brody llega tan cercana que sé que es él quien me abraza—. Pónsela.

—Tiene que dar permiso.

—¡Lo doy yo! Seré el responsable de todo, pero ponle la puta morfina.

Una parte de mí quiere gritarle a Brody por meterse en esto. Es una parte egoísta y abrasadora que está empeñada en acabar. Otra, la coherente, que sigue despierta en alguna zona de mi cerebro, agradece que haya tomado una decisión que yo no puedo tomar.

Yo no puedo pedirle a alguien que la duerma.

Yo no puedo... no puedo renunciar a ella, aunque sea lo mejor para ella. No soy tan buena persona y la necesito demasiado. Todavía la necesito demasiado.

—No es el momento —susurro entre lágrimas imposibles de contener—. Todavía no es el momento.

Me callo que, en realidad, no sé cuál es el momento para quedarme sola en el mundo. ¿Existe siquiera un momento para eso? Cuando se trata de una persona a la que quieres tanto, no te paras a pensar que un día va a faltar. Sería insostenible que todos los seres humanos viviéramos con el pensamiento constante de que nuestros seres queridos van a marcharse. No habría cuerpo o alma capaz de soportar tanto sufrimiento. Por eso duele tanto cuando llega la hora, porque, aunque sabemos que es ley de vida, no estamos preparados.

La respiración de mi abuela se ralentiza en cuestión de minutos, los brazos de Brody no me sueltan y, en algún momento, la mano de Maia se suma a la ecuación. Sé que es su mano porque la he sostenido más veces de las que puedo recordar en el tiempo que hace que nos conocemos. La aprieto con fuerza y ella, lejos de quejarse, me devuelve cada uno de los apretones. Mi otra mano sigue en la cara de mi abuela. Está sudando, pero hace frío, y es tan incomprensible que casi resulta gracioso. Como si la puta muerte viniera con una hoguera a cuestas. Una hoguera que solo la calienta a ella.

Una vez leí que la muerte solo es un síntoma de que alguna vez hubo vida. Supongo que debería quedarme con eso, con el recuerdo de la larga vida que tuvo mi abuela. Trabajó como nadie, eligió entre el bien y el mal según sus propios criterios y valores, todas y cada una de las veces dio la cara en las situaciones que consideraba injustas. Por eso cuidó de mí hasta el final y por eso les pidió a mis padres que me dejaran vivir con ella desde muy pequeña. Ella ya sabía que, si quería darme una mínima posibilidad de ser feliz, debía separarme de ellos.

Ella sabía que odio llorar, por eso no me presionó las pocas veces que me vio hacerlo.

Sabía que intentaba salir adelante y, aunque no dijera las palabras exactas, pasaba por el restaurante y se engrescaba con todo el que intentara pasarse mucho conmigo por ser novata como camarera.

Me hablaba del respeto y del trabajo con la misma devoción con que alguien habla de Dios. Para ella, llevar el autobús escolar hasta una edad avanzada fue no solo un trabajo, sino un orgullo. Y si lo dejó fue porque se hizo físicamente imposible que pudiera seguir.

Mi abuela no fue la mujer más lista del mundo ni la más dulce ni la más simpática, pero fue, de lejos, la mejor abuela y persona del mundo.

Siento la pérdida de temperatura en su cara, se va quedando helada por segundos. Aunque el médico ha murmurado algo acerca de que esto puede durar minutos, horas o incluso días, yo sé que no será así. Lo sé. Ella nunca ha sido paciente, no empezará a serlo a la hora de morir.

El pastor Harris llega y me pide permiso para rezar una plegaria por su alma.

—¿A ella le hubiera gustado? —pregunto con sinceridad.

Después de un instante de silencio, el pastor asiente.

—Era una mujer de carácter fuerte, pero tenía una fe inquebrantable, aunque no se jactara de ello.

Es cierto que iba a misa cada semana, pero nunca supe si lo hacía porque de verdad creía en algo o porque le gustaba hablar con los vecinos de Rose Lake. Jamás me insistió para que creyera o dejara de creer en algo. Hasta para eso me dejó elegir libremente.

—Está bien —me oigo decir.

Es raro. En realidad, me siento como si estuviera en una sala llena de eco. Mi voz no suena como siempre y la de los demás tampoco llega a mí de un modo natural, sino como si estuvieran lejos. Muy lejos de mí.

Brody sigue abrazándome, aunque está incómodo. Su cuerpo tiene que estar completamente curvado para adaptarse al mío, que sigue sentado en la cama.

—No te vayas —susurro.

Y aunque no lo miro y esto cada vez está más lleno de gente, todos sabemos a quién me refiero. Él solo aprieta un poquito su abrazo y me besa la coronilla.

—Nunca —murmura como respuesta.

Finalmente, después de lo que más tarde sabré que han sido ocho minutos exactos, mi abuela espira un pequeño aliento y se va de esta vida, de mi vida, para siempre.

La maldita ambulancia llega cuando solo queda certificar su muerte y, mientras el pastor Harris reza y los vecinos de Rose Lake lloran, yo solo puedo sentir su piel fría en una mano, la cálida piel de Maia en la otra y los brazos de Brody que me rodean.

La vida no acaba aquí, pero una parte de mí se ha ido con ella para siempre. Aunque me gustaría decir que lo superaré y todo estará bien, lo cierto es que no lo sé.

Ahora mismo lo único que sé es que Rose Lake acaba de perder a una persona extraordinaria y yo me he quedado oficialmente sola en el mundo.

33

Brody

Maia se mordisquea la uña del dedo índice ansiosamente mientras camina de un lado a otro de la cocina.

—¿Deberíamos obligarla? —me pregunta.

—Yo no pienso hacerlo.

—Pero... está todo lleno de gente.

El entierro de la señora Miller ha sido esta mañana y, después, como manda la tradición, hemos venido a la casa para recibir a los asistentes que quieren dar las condolencias a sus familiares. En este caso, solo a Ashley, porque nadie ha conseguido dar con sus padres. En lo que respecta a información, bien podrían estar muertos y no sabríamos nada. No ayuda en nada que Ash tenga claro que no los quiere aquí, de manera que todos los vecinos quieren darle el pésame oficial a Ashley, pero ella se ha encerrado en su dormitorio en cuanto hemos llegado y no parece estar dispuesta a salir.

—Voy a intentar convencerla de que baje —dice Maia.

—No sé si es buena idea, cielo. —Vera, su madre, la acaricia mientras sonríe de un modo triste—. Ella sabe que estamos aquí y estaremos todos los días que lo necesite, pero obligarla a relacionarse ahora mismo puede ser imprudente.

—Pero no es sano que se encierre, mamá —se queja Maia—. Debería subir y...

—Déjalo, yo me encargo —intervengo.

—Pero...

—Si va a enfadarse con alguien por proponerle algo que no quiere hacer, prefiero que sea conmigo.

Maia relaja los hombros, señal de que, en realidad, le preocupaba justamente eso. Me sonríe para darme las gracias mientras subo las escaleras y me dirijo al dormitorio de Ashley.

No toco en la puerta. Es una falta de respeto a su intimidad, pero sé que ella no hará caso. Desde que su abuela murió hace casi dos días, está como... ida. No sabría explicarlo mejor. Siempre he visto a Ashley fuerte y fría, en muchos aspectos, pero ahora está completamente devastada y, aunque quiera, no sé cómo ayudarla. Ni siquiera sé cómo sobreponerme a la sorpresa de verla así. Joder, ella no debería estar así. No debería llevar dos días llorando. No puede romperse tanto. ¡No debería! Ella es... invencible. Tiene que ser invencible. Es así como la conocí de niña y es así como quiero que siga siendo. Quiero que saque de dentro una fuerza capaz de arrasar con todo, empezando por su dolor, pero por desgracia la vida no es tan sencilla.

No puedo evitar que llore o entre en negación cada pocos minutos. Ni siquiera puedo evitar que se enfade y grite a todo el que pretende aconsejarle cualquier cosa, pero hay algo que sí puedo hacer: puedo estar aquí para ella. Siempre, a cualquier hora que lo necesite. Anoche dormí en el sofá y Maia durmió en su cama con ella. Sorprendentemente, ella no se ha quejado. Hoy nuestros amigos han venido a abrazarla y tampoco lo ha hecho, pero ahora mismo sí está encerrada sola. Aunque no ha dicho nada al respecto, sé que será una de esas ocasiones en las que su temperamento entre en escena cuando intente hacerla salir de la habitación.

Abro la puerta y la encuentro tumbada en la cama de lado, sin llorar, pero con los ojos fijos en... la nada. Juro que ver a Ashley Jones mirar al vacío, como si no consiguiera fijar bien la vista, me abre un puto agujero en el pecho.

Me acerco, me siento en el borde de la cama y le acaricio la mejilla, pero ni siquiera así me mira.

—El salón está lleno de gente. Vera y Martin han traído tu pastel favorito y a Max le encantaría darte un abrazo.

No responde, pero no dejo de acariciarle la piel. Está ahí, sé que me oye, es solo que el dolor ha creado una capa tan gruesa a su alrededor que le cuesta un poco procesar nuestras palabras. Y no pasa nada, lo puedo entender, pero no pienso ir a ninguna parte hasta conseguir limar todo eso lo suficiente como para que me mire cuando le hablo.

—¿Quieres tomar un poco de limonada? Steve ha hecho esa que tanto te gusta, ya sabes, con un montón de endulzante y poco limón.

Pestañea, como si por fin hubiera calado algo, pero entonces sus ojos se llenan de lágrimas y, simplemente, vuelve a las profundidades. Como si se dejara abrazar por el dolor y apenas luchara para salir a la superficie y conectar con los demás.

Quizá por eso, y porque no puedo dejar de imaginar un gran monstruo tirando de ella, me descalzo, subo a la cama y la abrazo con fuerza. Y ese parece ser el interruptor que abre las compuertas y hace que Ashley empiece a agitarse con fuerza. Llora descontroladamente de nuevo, dejando ir todo eso que se la está comiendo por dentro.

Llora durante minutos enteros y eternos. Llora tanto que, en algún punto, me pregunto cómo es posible que no se deshidrate. Cuando por fin se agota, envuelta en mis brazos y con espasmos en la respiración, incluso cuando se duerme, dejo que algo de mi propio dolor salga a la superficie y nos envuelva a ambos.

—Si de algo entiendo es de luchar contra monstruos que no se ven —susurro junto a su oído, aunque no me oiga—. Vamos a salir de esto, Ash, te lo prometo.

Cierro los ojos, ajeno a la realidad que transcurre en la planta inferior de la casa. Cuando vuelvo a abrirlos es porque la puerta se abre y el silencio parece embargar, por fin, este lugar.

Maia entra con sigilo y una mochila colgada del hombro que deja sobre el pequeño escritorio de Ashley. Se mete en la cama por el lado contrario al que estoy yo. Ash se queda en el centro y Maia la abraza por la cintura mientras le besa la frente.

—No pienso dejarla sola.

Sonrío, porque sé que, por mal que esté todo ahora mismo, estamos aquí y eso es lo que importa. No puedo ni imaginar cómo sería todo si yo siguiera en Portland, preparándome para empezar la temporada.

Es como si cada cosa que ocurre en este pequeño pueblo me afianzara en mi idea, más que fija, de permanecer en Rose Lake. Por eso, cuando me llega un mensaje de Kendrick avisándome de que ya ha escrito al club y están preparando mi renuncia oficial, no siento nada más que alivio. Por fin voy a estallar la última bomba y, cuando pase, lo único que quiero es centrarme en lo que tengo aquí. En la vida que puedo tener aquí, lejos de todos los que me hicieron daño y cerca de los que realmente siempre confiaron en mí.

Me levanto aprovechando que Maia está con Ashley y bajo a la cocina con la intención de comer algo. Por fortuna, tenemos táperes con comida casera para alimentarnos durante al menos una semana. Sí, hablo en plural porque algo me dice que no solo Maia y yo pasaremos bastante tiempo aquí. Kellan y los demás irán llegando en cualquier momento y es mejor tener provisiones, porque a ninguno se nos da especialmente bien cocinar.

Recibo un nuevo mensaje de Kendrick mientras me como un poco de lasaña calentada en el microondas. Lo abro y leo.

Kendrick

¿Estás seguro de esto? Estás a punto de
tirar tu vida profesional por la borda.

Pienso en Ash dormida sobre su cama, rota de dolor y sintiéndose más sola que nunca y contengo un suspiro. No, tirar mi vida por la borda fue decirle hace siete años que no iba a quedarme aquí por nadie, ni siquiera por ella.

Tirar mi vida por la borda fue largarme de Rose Lake en busca de algo que no me llenaba solo para poder vengarme de mis padres.

Tirar mi vida por la borda ha sido prestar más atención a mi venganza que a mis buenos sentimientos; esos que siempre provoca ella, aunque también me saque de quicio como nadie.

Tirar mi vida por la borda sería volver a un lugar que no me llena el corazón, con gente que me hace completamente infeliz, y renunciar por segunda vez a mi vida en Rose Lake junto a la gente que sí me importa y por la que sí merece que yo luche.

Junto a Ashley Jones.

Eso no es tirar mi vida por la borda, sino encontrar por fin un faro que alumbra lo suficiente como para servir de guía.

34

Kellan

Días después de la muerte de la señora Miller, con el pueblo más tranquilo y la vida normal retomando el protagonismo, meto a Willow en el trasportín que he comprado especialmente para ella y que odia con todo su ser.

—Te prometo que te suelto en cuanto acabe la misión.

Ella ahoga un sonido lastimero y yo estoy a puntito de soltarla. Entonces recuerdo que no serán más de cinco minutos y es por seguridad, así que cierro la puertecita, la coloco en el porche de Ash y doy la vuelta a la casa.

A diferencia de mi casa, la suya tiene una tubería que no parece muy estable. No hay celosía a la que engancharse, como sí la hay en la parte posterior de mi casa, lo que implica que hace falta tener una buena forma física y gran equilibrio. Lo primero lo tengo, si salvo las numerosas resacas de los últimos tiempos. Lo del equilibrio es más complicado, pero, aun así y sabiendo por quién y por qué motivos lo hago, me lanzo a escalar rezando para no caer. No creo que me mate desde esta altura, pero podría romperme algo y, si resulta ser un brazo y no puedo tocar ningún instrumento, voy a cabrearme mucho. Este mundo no necesita un Kellan con otro motivo para estar cabreado, así que intento tener el máximo cuidado posible.

Subo bien, sorprendentemente bien, pero, una vez arriba, me doy cuenta de que la ventana está cerrada con el pestillo. Pego con los nudillos en el cristal, porque Ash está en la cama. De primeras no me hace caso, pero cuando insisto, se gira y me mira con el ceño fruncido primero y la boca exageradamente abierta después. Se levanta de inmediato y viene hasta la ventana para abrirla.

—Pero ¿qué demonios estás haciendo? —pregunta tirándome de los brazos para ayudarme a meterme en casa.

—¿Cómo que qué estoy haciendo? ¿No se ve claro?

Ella me mira sin entender nada, sobre todo cuando tropiezo con su alfombra y me caigo de rodillas. Era mucho esperar que acabara esta escena con dignidad. Contra todo pronóstico, Ash sonríe un poco y señala la puerta.

—Podías haber usado la entrada principal, ¿sabes?

—Podría, pero tú escalaste mi fachada por mí muchas noches y solo quiero que sepas que yo escalaré la tuya por ti tantas veces como sean necesarias.

Ash se emociona y rompe a llorar de nuevo, aunque esta vez no estoy seguro al cien por cien de que sea de tristeza. Aun así, la abrazo y le acaricio el pelo intentando resultar de ayuda en medio del caos que debe de sentir por dentro. Conozco la sensación, sé lo que ocurre cuando un dolor tan grande se enquista: no puedes pensar en nada más. Condicionas tu vida a la tristeza de haber perdido a alguien imprescindible y, cuando quieres darte cuenta, das pasos en la dirección que crees que tu ser querido consideraría correcta en vez de escuchar realmente a tu corazón.

No quiero que a Ashley le pase eso, pero no sé cómo hablar de ello sin enfrentarme a todo lo que yo mismo he sentido.

—Este sí —susurra ella separándose de mí—. Este sí es mi Kellan.

—¿Acaso hay más de un Kellan? —replico riéndome entre dientes.

—Oh, lo hay y tú lo sabes. Ven, siéntate.

—En realidad, necesito que los dos salgamos de aquí. —Su cuerpo se tensa y no me extraña. Brody ya me ha advertido estos días cuando venía a verla: no quiere salir de su habitación más que lo justo para ducharse o usar el baño. Ni siquiera baja a la cocina para comer—. En serio, Ash. Hay algo en la puerta que no puede esperar.

—¿En la puerta?

—Willow.

—¿Willow?

—La misma. Ya sabes, esa cachorrita que encontramos hace días en el bosque y decidí quedarme.

Sus ojos se abren, como si no hubiera sido consciente hasta ahora de lo que intento decirle.

—¿La has traído? ¿Y le has puesto Willow?

—Sí y sí. Está en la puerta, seguramente llorando por estar metida en el trasport...

Ashley abre la puerta de su habitación tan rápido que tengo que hacer un esfuerzo increíble para no sonreír con cierto ego. Vale, no he sido yo, ha sido Willow, pero... ¿de quién es Willow? Punto para mí.

Bajamos las escaleras y me encuentro a Maia limpiando el salón, que se queda mirándonos a cuadros.

—¿Cómo...? ¿Qué...? ¿Tú qué haces aquí? ¿Y cómo has entrado?

—Por la chimenea, como Santa —le digo sonriendo.

Maia pone los ojos en blanco y yo me reiría de no ser por las enormes ojeras que luce. Ella intenta decirme algo, con toda probabilidad desagradable, pero entonces se fija en Ash, que abre la puerta de casa y se agacha para sacar a Willow de esa horrible prisión en la que la he obligado a vivir aproximadamente cinco minutos. Joder, se me da genial la ironía.

—Hola, cosita. ¿Cómo estás?

Ver a Ash llamar cosita a otro ser vivo es motivo suficiente para celebrar una fiesta o llamar a un exorcista. Adoro a mi amiga, pero no es dulce en su modo de hablar, lo que da una idea aproximada de lo hecha mierda que está.

—¿Es la perrita? —Maia pasa por mi lado ignorándome por completo. Se acerca a Ashley, que aguanta los lametones de Willow con una sonrisa enorme en la cara.

Se deshacen en carantoñas con la cachorra que, a estas alturas, vuelve a ser el ser vivo más feliz de la Tierra. Pasados unos instantes, conseguimos sentarnos todos en el sofá.

No soy idiota. Sé que Ash tiene que recorrer un camino muy largo aún, pero, si escalar por su fachada y traerle a mi perra ayuda a que sonría, lo haré cada día sin pestañear. Después de todo, ella fue de las primeras personas en enseñarme el significado de la amistad verdadera.

—¿Queréis tomar algo? —pregunta Maia.

—Agua estará bien —dice Ash.

—Cerveza.

Maia bufa, va a la cocina y, al volver, sirve agua para Ash y té frío para nosotros.

—Yo quería cerveza —insisto.

—En esta casa no puedes interpretar el papel de roquero desenfrenado, así que no, Kellan, no vas a tomar cerveza.

—Oye, ni que fuera tu casa. Las normas las pone Ash.

—Yo no haría eso —susurra la propia Ash—. Lleva días instalada aquí y a quien más órdenes le da es a mí. No va a pasarte nada por cumplir tú alguna.

Miro a Maia un poco sorprendido, no por lo de las órdenes, que es lógico, sino por la noticia de Ash.

—¿Te has venido a vivir aquí?

—Oh, bueno, yo no diría exactamente eso. La verdad es que... —Frunce el ceño, reflexiona unos instantes y, después de compartir una mirada con Ash, asiente—. Sí, en realidad, creo que sí me he venido, porque llevo durmiendo aquí desde...

La frase queda inacabada y los dos nos tensamos al mismo tiempo. Deseamos que nombrar el día que murió su abuela, aunque sea de refilón, no haga que suba las escaleras y vuelva a encerrarse en su habitación. Sobre todo porque eso haría que Brody se cabreara conmigo.

Me llamó esta mañana desesperado porque no consigue que Ashley se entusiasme con el trabajo, la comida o algo tan básico como darse un buen baño para relajarse. Lo único que quiere hacer es dormir y llorar sobre su cama. Yo no pasé esa fase, porque entré en una especie de mutismo cuando murió mi padre, pero, si algo he aprendido de todo lo ocurrido, es que el dolor tiene distintas formas de manifestarse en las personas. Además, jamás se me ocurriría juzgar a mi amiga por sentirse así. Otra cosa es que me preocupe bastante que no sea capaz de salir del agujero negro en el que ha caído.

—¿Y dónde duermes? —pregunto a Maia—. Porque Brody me ha dicho que hace días que duerme en el sofá o en la cama con Ash.

Esta última no muestra ningún signo de expresividad más allá de la pequeña tensión de sus hombros. No sé cómo están las cosas entre Brody y ella, pero, según mi amigo, no piensa alejarse de ella nunca y según ella... Bueno, nadie sabe lo que piensa ella últimamente, ni de esto ni de nada. Y es algo tan inaudito que todos estamos muy preocupados.

—Duermo en la antigua habitación de los padres de Ash.

—Oh. ¿Has sabido algo de ellos? —le digo a mi amiga.

Ella niega con la cabeza y le da un sorbo a su vaso de agua.

—Ni siquiera sé si están vivos y tampoco es que me importe. La única que sí me importaba ya está bajo tierra, así que...

Cuando éramos solo unos niños, Ash llegó enfadada con su abuela al parque. Habían pasado por el supermercado, ella había querido un pastel y, como no se lo había comprado, se había indignado. «¿A quién le importa ese estúpido pastel?», dijo. Con el tiempo aprendí que, cuanto más triste está, más indiferencia muestra. Así es Ashley y así aprendimos a quererla todos. Así que ahora, cuando habla de estar bajo tierra como si no fuera importante, en realidad está intentando exteriorizar el dolor que siente, por eso ni Maia ni yo decimos nada al respecto.

Solo nos quedamos aquí charlando, hablando de todo y de nada y, en gran medida, mirando a Willow olisquear cada mueble del salón y mearse en varios de ellos.

—Esa perra está buscándose un enemigo en mí —comenta Ash después de un buen rato.

Es mentira. Todos lo sabemos. En realidad, es posible que Willow ayude a Ash del modo en que nadie ha podido hasta ahora. Aunque sería de agradecer que dejara de mearse en todas partes, la verdad.

—¿Dónde está Brody? —pregunto en un momento dado.

—Ha ido a su casa. ¿O debería empezar a llamarla hotel? —Ashley encoge los hombros—. El caso es que ha vuelto para ver cómo van las obras. Yo no he ido a trabajar en estos días y él casi que tampoco.

No da más explicaciones y tampoco las necesitamos. Aunque Maia me mira de una forma que deja claro que hay mucho mucho de lo que hablar. Y me encantaría decirle que esta noche paso por su casa y me cuenta, pero es que su casa ahora es esta y algo me dice que no está muerta de ganas de quedarse a solas conmigo para charlar acerca de nuestros amigos.

Su actitud conmigo es mejor que la del primer día, pero seguimos estando muy distantes. Lo entiendo, ahora mismo lo más importante es Ashley, pero reconozco que me resulta muy raro tratar a Maia como si fuera una extraña cuando, en realidad, es mucho más que eso. O lo fue en el pasado. Supongo que debería dejar de hablar en esos términos en el presente.

El teléfono de Maia suena y esta frunce el ceño antes de contestar.

—Es Hunter. ¿Qué querrá ahora?

—Lleva días llamándome —admite Ashley—. Ponlo en altavoz, seguramente solo quiera hablar conmigo y ofrecerme de nuevo un espectáculo pirotécnico para animarme.

Sonrío. Los fuegos artificiales siguen sin gustarme, sobre todo ahora que tengo a Willow, pero puedo ver la buena intención de Hunter y creo que eso también es de valorar. Maia descuelga el teléfono, pone el altavoz y, cuando todos estamos listos para oír una de sus peroratas, nos sorprendemos al escucharlo notablemente nervioso:

—¡Poned la puta tele ahora mismo! Brody está armándola.

Nos miramos entre nosotros y tardamos más o menos dos segundos en levantarnos y buscar el mando desesperadamente.

¿Y ahora qué?

35

Ashley

No sé exactamente quién da con el canal correcto, si Maia o Kellan, pero sé que Brody aparece en pantalla en apenas unos segundos. Está en el antiguo despacho de su padre, en la que fue su casa. Me consta que Brody recibió muchas palizas ahí y pensé que, quizá por eso, se había negado a que nadie entrara allí. Ahora comprendo que formaba parte de su venganza. Tirar por la borda todo por lo que ha luchado en el santuario de su padre, donde tanto maquinó y tan infeliz hizo a Brody.

Es brillante, aunque estoy segura de que habrá quien piense que tanto odio no puede ser sano. Posiblemente no lo sea, pero como hija de unos padres completamente ausentes, puedo entender perfectamente las ansias de venganza. Y eso que a mí nunca me maltrataron físicamente.

—Parece tan... tranquilo —dice Kellan mientras vemos a Brody dar un discurso acerca de lo agradecido que se siente de haber estado en un gran equipo.

—Creo que está muy seguro de esta decisión —sigue Maia—. Al principio pensé que solo quería molestar a su padre, pero ahora... ahora creo que de verdad ha tomado una buena decisión.

Los miro de hito en hito. ¿Una buena decisión? Vuelvo a centrarme en la pantalla y me concentro en Brody, no solo en sus palabras, sino en su expresión corporal.

—Sé que soy joven y que muchos sueñan con llegar a donde yo estoy. Gano mucho dinero, soy famoso y me he dedicado hasta ahora a hacer algo que me gusta, pero no me llena el corazón. El fútbol siempre ocupará un lugar importante en mi vida y será, con diferencia, el deporte que más ame, pero el fútbol profesional no es lo que quiero. Quiero ir a casa, a Rose Lake, y vivir allí con las personas que realmente me hacen feliz. Las que de verdad me llenan el corazón.

Mis ojos se llenan de lágrimas mientras Brody sonríe. Sí, parece tranquilo y seguro, pero yo no puedo dejar de pensar en cómo reaccionará su padre ahora que todo está destapado. Y, quizá por eso, o por sus últimas palabras, lo único que quiero hacer ahora mismo es ir con él y apoyarlo.

Necesito estar con él ahora mismo, pero sé que, si voy allí, me encontraré con Kendrick y con un montón de gente que intentará persuadirme para que me ponga de su lado y convenza a Brody de volver. Y no voy a hacer eso. Ya no. Es un hombre adulto y ha tomado una decisión en la que no pienso interceder.

—Esto va a traer problemas —dice Maia sacándome de mi ensimismamiento.

—Bueno, aquí estaremos listos para recibirlos —murmura Kellan.

Maia, que ha cogido a la perrita en brazos, asiente con fuerza, pero no deja de mirar el televisor. Acaricia con tanta intensidad a Willow que hasta la cachorra se queja en un momento dado, hecho que hace que Kellan la rescate.

—Estaremos aquí para él siempre, hasta cuando no quiera —responde Maia.

Veo el modo en que Kellan mira a Maia mientras habla y, en realidad, me siento tentada de decir que Brody no es el único que necesita ese tipo de apoyo incondicional. Puede que mi amigo no sepa cómo verbalizarlo, pero necesita ayuda. Estoy segura de que las cosas no marchan bien con él, hay algo y, aunque la llegada de Willow parece haberlo calmado un poco, sigo percibiendo en él una ansiedad que antes no estaba.

—¿Y tú? —le pregunto—. ¿Hasta cuándo piensas quedarte en Rose Lake?

Mi amigo encoge los hombros con desgana, como si la pregunta no le importara mucho y la respuesta, menos.

—En realidad, no lo sé. Supongo que debería volver pronto. Ryan se está poniendo nervioso y amenaza con venir.

—¿Quién es Ryan? —pregunta Maia.

—Un amigo.

—El amigo que hizo que te detuvieran —le recuerdo, porque Brody me ha hablado de él y de lo poco que se fía.

No soy tonta, sé que echarle la culpa a una persona del comportamiento de otra es manido y no debería hacerse, pero Kellan no era así antes. Y no es que quiera librarlo de responsabilidades, es que de verdad pienso que está teniendo algún tipo de influencia negativa en su vida que no ayuda para que tome decisiones correctas.

—Ryan no hizo nada. Me detuvieron por conducir sobrepasando los límites de velocidad.

—Y con drogas —le vuelvo a recordar.

—No eran mías y era Ryan el que estaba puesto. —Lo miro escéptica y se pone a la defensiva—. ¿Qué pasa, Ash? ¿Vas a juzgar a la gente? Porque te he visto borracha cientos de veces y jamás te he dicho nada.

—¿Y consideras que es lo mismo que meterse drogas?

—El alcohol es otra droga, solo que legal.

—¿Consideras, entonces, que yo tengo o tuve un problema de alcoholismo?

—Por supuesto que no. Del mismo modo que tampoco considero que Ryan tenga un problema de drogadicción. Sí, le gusta la fiesta y a veces se excede en las mierdas que toma, pero no es un mal tío y no deberías juzgarlo sin conocerlo de nada. Ese es un comportamiento de mierda.

—Kellan...

—No, es que no tienes razón, Ash. ¿Y sabes qué? Mejor me voy a casa, porque me he puesto de mal humor.

No se va solo por eso. No soy tan tonta como para tragármelo y Maia tampoco. Por eso, cuando Kellan se va, miro a mi amiga y señalo la puerta.

—Tenemos que estar pendientes de él, Maia. Estoy segura de que no está tan bien como finge.

—No puedo hacer de niñera de Kellan —murmura de mal humor—. Trata a Cam fatal.

—Tanto como fatal... Se han visto un total de ¿dos veces?

—No lo soporta. Se nota.

—Eso es cierto, pero de ahí a tratarlo fatal hay un trecho.

—Bueno, pero es mi novio y tiene que respetarlo.

Guardo silencio, pero, en realidad, no puedo evitar pensar que desde que Kellan volvió, Maia apenas ve a Cam y eso no es culpa de nuestro amigo. No sé si será casualidad o no, pero en algún momento ella tendrá que aceptar que no puede culpar a la gente por todo. Debería hacerse cargo de sus propios sentimientos.

Maldita sea, todos deberíamos hacernos cargo de lo que sentimos o este pueblo va a convertirse en una gran olla a vapor rebosando resentimiento y dolor.

No digo nada porque no me corresponde a mí abrirle los ojos y porque, sinceramente, ahora mismo lo único que quiero es que Brody vuelva a casa y poder verlo.

—Voy a darme una ducha —dice Maia de mala gana.

—Bien, yo lo haré después de ti.

No hablamos más. Lo bueno de vivir con Maia es que las dos sabemos cuándo debemos dejar de presionar a la otra. Nos conocemos tan bien que sabemos elegir a la perfección las discusiones que merecen la pena llevarse a cabo y las que no. Eso es algo que ni siquiera muchos matrimonios pueden decir.

Maia se ducha y se va a su dormitorio, que en algún momento debería empezar a decorar, teniendo en cuenta que está prácticamente vacío desde que yo guardara en cajas en el garaje todo lo que un día fue de mis padres. Quiero decirle que puede pintar, si quiere, o hacer lo que le dé la gana, pero estos días he estado demasiado apagada como para iniciar la conversación. Ahora, con lo nerviosa que estoy, no creo que sea la ocasión.

Me doy una ducha, me coloco un pijama fresco, porque el día está especialmente caluroso, y me tumbo en la cama con los auriculares puestos en un intento de hacer que el tiempo pase más deprisa.

No sé cuánto tiempo tarda Brody en volver a casa, pero, cuando lo hace y entra en mi habitación, como cada día, no me ve adormilada o llorando, como viene siendo costumbre, y esa es la primera señal de sorpresa en su rostro.

—¿Por qué no me has dicho que ibas a renunciar hoy? —le pregunto quitándome los auriculares a toda prisa.

—Porque no quería que me lo impidieras.

Me quedo completamente a cuadros.

—¿Tantas ganas crees que tengo de librarme de ti?

Brody encoge los hombros, como si no estuviera convencido y eso, inexplicablemente, levanta una oleada de dolor en mí. Recuerdo nuestros días cuando éramos más jóvenes y él hacía ese mismo gesto cada vez que se veía acorralado. Sufrí mucho, sí, me enamoré perdidamente de él, se lo confesé poco antes de que se marchara y, a cambio, recibí uno de esos encogimientos de hombros y la declaración de que él no iba a quedarse en Rose Lake por mí ni por nadie. Jamás iba a tener hijos, porque se negaba a ser tan mal padre como el suyo y temía que algo en sus genes lo hiciera estar predispuesto a hacer daño. Nunca iba a enamorarse de mí, o eso dijo. Nunca sería más que una gran amiga con la que le encantaba follar.

Cada una de esas palabras se clavó en mí con una fuerza abrumadora. Me dejó devastada porque de verdad pensaba que sentía lo mismo que yo. Y lo odié, puse mucho empeño en odiarlo desde el momento en que se fue. Me sentí de nuevo ignorada y abandonada por alguien a quien yo quería entregarle mi corazón. En mi cabeza, uní el rechazo de Brody al de mis padres y me convencí de que no me merecía un amor verdadero en ninguna de sus formas, ni parental ni romántico, pero, si soy sincera conmigo misma, creo que, aunque se hubiese quedado y me hubiese correspondido, no habríamos sido felices. No era nuestro momento.

Pero ahora está aquí y parece tan... distinto.

O no, no parece distinto, parece el mismo, pero relajado. Ya no hace daño con sus palabras hirientes cuando se enfada ni estalla a la mínima provocación. Es el mismo Brody de siempre, pero distinto, mejor.

Y quizá por eso reúno valor para hacerle la pregunta que me ha martirizado durante muchos muchos años.

—¿Alguna vez sentiste algo por mí, Brody?

Él sonríe un poco. Se mete las manos en los bolsillos y suspira, como si hubiera estado esperando y deseando esta pregunta, y por fin estuviera listo para responderla. Cuando lo hace, utiliza una frase que, en el pasado, ponía de coletilla a todo lo que para él resultaba obvio.

—¿Sigue siendo el sol una estrella, Ashley Jones?

36

Kellan

De camino a casa, estoy tentado de coger en brazos a Willow para llegar antes. En serio, esta perra tiene por costumbre parar cada cinco segundos a olisquear algo, mear o, simplemente, tumbarse. Pensé que era porque es una perra tranquila, pero ayer la llevé al muelle para que tomara el sol conmigo en los tablones de madera y estuvo a punto de saltar al lago dos veces. ¡Dos! O es una kamikaze o sabe nadar muy bien y no me lo ha dicho. En cualquier caso, no vamos a comprobarlo de momento.

—En serio, me sale más a cuenta comprarte un orinal —murmuro—. O ponerte pañal. ¿Quieres que te ponga pañal, pequeña?

Willow ladra y me hace reír. Sé bien que los perros no hablan, pero yo he entendido: «El pañal puedes metértelo por el culo».

Hace pipí, después popó y, cuando recojo sus cosas y estoy listo para volver a casa, me encuentro de frente con Cam, el novio de Maia, caminando justo hacia mí. Bueno, a ver, vamos los dos por la calle, así que me imagino que va a ver a Maia o a comer mierda a algún otro lugar. Pero, a pesar de la anchura de la calle, parece venir de frente por donde yo estoy. Mi intención es clara, no tengo nada que hablar con él y quiero llegar a casa, mi humor no es el mejor después de mi pequeña discusión con Ashley y Maia, pero la suya parece ser totalmente opuesta, porque se para y me sonríe. Es un gesto amable, así que me recuerdo a mí mismo ser educado. Puedo darle un poco de charla a un imbécil de vez en cuando. No me gusta, pero no va a matarme.

—¿Dando un paseo? —pregunta.

—Estamos intentando enseñarle rutinas —digo señalando a Willow.

Por alguna razón, no sé hasta qué punto es bueno decir que vengo de casa de Ash. Es decir, me encantaría cabrearlo, pero no quiero causar malos rollos innecesarios entre Maia y él, pese a que no me caiga bien, así que limito la información al máximo.

—¿Te han dicho en el veterinario qué raza es exactamente?

—Sí, es un perro. Yo ya lo intuía, porque ladra.

—Me refiero a qué raza es.

—Muchas y ninguna. Es una adorable y preciosa perra callejera. —Como creo que Cam no ha preguntado de mala fe, intento sonar más amable—. Me han dicho que tendrá un tamaño grande, cosa que intuía, porque apenas ha nacido y ya pesa lo suyo, pero poco más.

—Bueno, lo importante es que esté sana, ¿no?

—Exacto.

Tengo que reconocer que, al menos en este sentido, no es un capullo. La gente que desprecia a los perros mezclados o callejeros automáticamente entra en un apartado de gente que no me cae bien.

—¿Te la llevarás a Los Ángeles cuando te vayas?

—No lo sé —contesto con cautela—. ¿Por qué lo preguntas?

—Bueno, no sé hasta qué punto es bueno que estés a cargo de un ser vivo llevando ese tipo de vida. —Lo miro entrecerrando los ojos y se retracta sonriendo—. No me entiendas mal. Me refiero a que ser una estrella conlleva ciertos... riesgos. Quizá es mejor que la cachorra se quede en un ambiente más sano.

¿Un ambiente más sano? ¿Dónde se cree que vivo? ¿En la jodida cárcel? Intento que no se me note lo profundamente mal que me cae, pero, con sinceridad, creo que no hago un buen trabajo y echo de menos mis gafas de sol. He debido de olvidarlas en casa de Ashley.

—Pues todavía no lo he decidido, pero yo diría que puedes estar tranquilo. En caso de llevármela, me aseguraré muy bien de guardar el saco de pienso en un armario distinto al de la cocaína.

Por un instante me mira tan serio que creo que el muy imbécil está tomando en consideración lo que digo. Al final sonríe, pero no es una sonrisa sincera. No puedo juzgarlo, yo estoy haciendo exactamente lo mismo.

—No quería ofenderte. Es solo que pensé que sería más feliz aquí, en Rose Lake.

No quiero discutir con él, no creo que merezca la pena y tampoco creo que me haga ningún favor. Según parece, Cam tiene fama de trabajador y buen hombre. A mí me quieren mucho en el pueblo, pero hay una parte de nuestros vecinos que piensan que he elegido el mal camino; si me pongo a atacar a Cam por la cara, esa parte se agrandará. No quiero ser un paria en Rose Lake, así que encojo los hombros y procuro sonar amable:

—Se quedará con mi madre y mi hermana, pero porque creo que es bueno que tengan una mascota en casa. Y están enamoradas de ella.

—Creo que es buena idea. Podrá defender la casa y así tú seguirás sin tener responsabilidades allí. Solo tendrás que ocuparte de vivir la vida al máximo, como hasta ahora. —Se ríe de un modo un tanto sádico—. Bueno, eso siempre y cuando no te pases disfrutando.

—¿A qué te refieres exactamente?

—Ya sabes, sería una pena que entraras a formar parte del club de los veintisiete.

Guau. Ese es, posiblemente, el comentario más malicioso que me han hecho nunca, y eso que la prensa se ha encargado de hacer unos cuantos para poder colar sus bulos y mentiras. Cam se refiere a la lista de cantantes y artistas que murieron a los veintisiete años, desgraciadamente, muchos de ellos presas de los excesos.

—No veo cómo entraría yo a formar parte de ese club.

—Oh, no quería ofenderte. Lo digo por eso que dicen los medios de tus coqueteos con las drogas y... —Carraspea, como si estuviera incómodo, pero es una mierda que hace para quedar de niño bueno cuando no lo es—. Lo siento, no debí decir eso.

—No, no debiste —atino a responder. Decirle que me encantaría meterle el puño hasta la garganta quizá sería demasiado—. Aun así, no te preocupes, no tengo intención de morir joven. O no tan joven, al menos. De todos modos, tengo veinticuatro. Todavía tengo tiempo antes de llegar a, según tú, el final de mi vida.

—Bueno, siempre y cuando te cuides más. —Se ríe—. En fin, nunca se sabe, ¿no?

Creo que le falta decirme que, si por él fuera, me iría de este mundo ya.

—¿Es algún tipo de amenaza? —le pregunto sin rodeos.

—Por Dios, no —contesta riéndose abiertamente—. No necesitas que yo te amenace, Kellan. Vamos, seamos realistas. Por lo que he visto, creo que serás capaz de joderte a ti mismo tú solito.

Se agacha, dedica una leve acaricia a Willow y se marcha antes de que yo pueda reponerme lo suficiente como para replicarle.

La rabia burbujea en mis venas y trago saliva, consciente de que no puedo dejar que me domine, pero, cuando llego a casa, lo único que puedo hacer para calmarme es encerrarme en mi dormitorio con mi guitarra y una libreta y garabatear lo que sea, cualquier cosa. Me sirve cualquier mierda que me ayude a olvidar lo enfadado que estoy ahora mismo.

Pienso en Maia, en Cam y en lo jodidamente felices que parecen. Joder, lo odio. Le arranco un par de acordes a la guitarra que suenan desafinados por el exceso de fuerza y chasqueo la lengua. Eso no es cierto, no lo odio, pero sí odio lo mala persona que es. Quiero que Maia sea feliz, pero ver que es feliz con un imbécil así me duele. Y al ser consciente de mi dolor, me siento como un cabrón, porque yo me fui a cumplir mis sueños. Era lo que quería, ¿no?

Y también lo que ella quería.

¿Qué derecho tengo ahora a quejarme?

Además, ¿qué más da? Reflexiono mientras escribo algo acerca de convertir las malas palabras en un impulso para seguir adelante. Si ella es feliz con ese idiota, bien, me alegro, pero no voy a permitir que me hagan sentir como si yo hubiera hecho algo malo. No es así.

Aprieto los dientes, vuelvo a tocar. Vuelve a sonar desafinado. ¡Joder!

No voy a ir por el mal camino solo porque él lo diga. No me conoce, no tiene ni idea, pero una parte de mí se pregunta si Maia también piensa así. ¿También ella cree que acabaré muerto antes de los treinta? Mierda, eso sí que me dolería.

En medio de mi diatriba, recibo un mensaje de Ryan. Es un vídeo que me descargo enseguida. Lo abro con curiosidad y lo veo en una fiesta, en su casa. Está rodeado por dos chicas, pero parece estar bien. Sus pupilas, al menos en el vídeo, se ven de un tamaño normal. Está un poco achispado, pero eso puede ser por la bebida.

—¡Eh, Kellan! ¿Has decidido ya dejar ese pueblo de mierda y volver aquí? ¡Te echamos de menos, tío! ¿Verdad que sí, chicas? Decidle a mi amigo cuánto lo echamos de menos.

Las chicas se ríen y me piden que vuelva, lo que es ilógico porque no las conozco de nada. Ellas sí saben quién soy yo, claro, pero aun así... es raro.

—Te prometo guardarte algo de todo esto para cuando vuelvas —dice mirando a las chicas de un modo que es del todo inapropiado.

Bufo levemente y dejo el móvil a un lado. Ryan es un poco creti-no, sí, pero Cam es mucho peor y Maia sale con él, así que no creo que esté en posición de recriminarme nada.

Miro la pantalla en negro de mi teléfono y frunzo el ceño. En realidad, ¿qué puedo decirle? ¿Cuándo voy a volver? ¿Debería hacerlo ya? Brody ha renunciado, Ash parece estar saliendo de la peor parte del duelo y Maia... Bueno, es evidente que Maia es feliz.

La pregunta es: ¿qué demonios pinto yo aquí?

37

Brody

Es la primera vez desde que he vuelto que veo un atisbo de esperanza en los ojos de Ashley, o quizá sea mi propia desesperación intentando dejar paso a la ilusión de que ella, por fin, esté lista para creerme.

La rueda de prensa ha sido infernal, con todas esas preguntas de periodistas que, por videollamada, pretendían hacerme sentir como si estuviera rechazando un boleto de lotería premiado. Me ha costado mucho no ponerme borde o acabar perdiendo la compostura, pero la mirada constante y pacífica de Kendrick ha ayudado en este sentido. Reconozco que, una vez que ha comprendido lo seguro que estoy de esta decisión, se ha portado bastante bien conmigo. Me ha apoyado y, cuando las preguntas se han vuelto demasiado incómodas, se ha ocupado de acabar con la pantomima.

Ahora me siento pletórico. De verdad. Sé, por primera vez en la vida, cómo es sentirse el jodido rey del mundo. Soy libre para vivir donde quiero, tengo dinero suficiente como para no depender de mis padres y les he dado donde más les duele comprando sus casas en Rose Lake y renunciando al fútbol profesional. Casi puedo saborear la rabia de mi padre. Solo de imaginarlo, siento un dulce regusto en el paladar.

Y ahora, mirando a Ashley a la cara, me doy cuenta de que, en realidad, cómo se sienta mi padre tampoco me importa tanto. No, si lo comparamos con lo mucho que me importa lo que ella piense de mí.

—Dijiste un montón de cosas horribles la última vez que nos vimos. Aunque yo no sea una mujer dulce a la que haya que cuidar como a una flor delicada, me hiciste mucho daño, Brody —me dice en un tono tan suave que me eriza el vello. Cuando se habla con la verdad absoluta no hace falta alzar la voz.

Me acerco lentamente, como si temiera que fuese a salir corriendo en cualquier momento, y me siento a su lado en la cama.

—Sé que no hice bien las cosas, pero te prometo, Ashley, que lo que sentía por ti era algo increíblemente fuerte y poderoso.

—No lo suficiente como para quedarte aquí.

Sus palabras me duelen, pero entiendo de dónde nacen. La inseguridad y el dolor que provoqué no fue poco, pero espero poder compensarlo con creces.

—Lo suficiente como para no haberlo olvidado en todos estos años. Lo suficiente para haber vivido por y para mi venganza... y para ti. —Ella me mira a punto de llorar y eso me impacta más. Por mucho que la haya visto llorar por su abuela estos días, saber que derrama lágrimas también por mí es doloroso—. No podía quedarme aquí, Ash. No era bueno para ti entonces. Tampoco es que ahora sea una joya, pero he conseguido alcanzar el modo de librarme de mis padres para siempre.

—Todo esto solo es por tu venganza y...

—A la mierda mi venganza. Tiene que ver, sí, porque necesitaba desvincularme de ellos. Lo único que he querido desde que tengo uso de razón es librarme de ellos para poder ser feliz de verdad. Decidir por mí mismo. Si me hubiese quedado, él habría acabado conmigo. Y también contigo. Es un hombre poderoso y nosotros no teníamos recursos. —Ash traga saliva y me atrevo a acariciarle la mejilla—. Eso no significa que no tuviera en mente esto todo el tiempo.

—¿Esto?

—Volver a Rose Lake. A ti, porque siempre guardé la esperanza, aunque fuera mínima, de que al volver siguieras aquí y, por imposible que parezca, me quisieras. Que quisieras creer en nosotros.

—¿Hay un nosotros? De adolescentes discutíamos con la misma facilidad con la que nos encerrábamos en cualquier armario a echar un polvo. ¿Eso es sano?

—No lo sé, pero me gusta pensar que ya no soy el Brody adolescente.

—Todavía eres impulsivo e irascible.

—Y tú todavía sabes cómo ser una gran tocapelotas, pero ahora no se me ocurriría faltarte el respeto o hacerte daño para alejarte de mí.

—Sí, te encantaba eso... —Chasquea la lengua—. No pretendo ser cruel, pero...

—Tienes derecho a serlo.

—No. Esa es la cosa, Brody. Tú no tenías derecho a hacerlo en el pasado y yo no tengo derecho a hacerlo ahora, ni siquiera como contraataque. No quiero atacarte, maldita sea, pero no sé si todo esto va a quedarse en humo cuando...

—¿Cuando...?

—Cuando ellos se enteren y reaccionen. Porque van a reaccionar, lo sabes, ¿verdad?

Me quedo en silencio. Lo sé, claro que lo sé. Mi padre no va a conformarse con aguantar todo esto en silencio y agachar la cabeza. Ha luchado toda su vida para llevarme a lo más alto, incluso a base de golpes, y no va a permitir que le robe el que, en realidad, es su sueño. No va a renunciar a vivir sus triunfos a través de mí tan fácilmente. Y, aun así, todo lo que puedo hacer ahora mismo es envolver las manos de Ashley en las mías y mirarla fijamente a los ojos.

—¿Tú estás dispuesta a confiar en mí?

—Brody...

—Sí o no, Ash. ¿Estás dispuesta a jugártela por mí?

Después de un segundo que a mí se me hace eterno, ella asiente.

—Sí —susurra.

—Entonces ya está. ¿No lo ves? Tú confías en mí y yo me vuelvo invencible, así de fácil.

Ella sonríe. Lo hace de verdad y no con una mueca, como estos días atrás. Me abraza y entiendo de golpe eso que dicen de encontrar la luz en los momentos oscuros.

Me he pasado toda la vida intentando abrir una ventana por la que huir y resulta que era tan fácil como abrazar a Ashley Jones y dejar que su luz me envolviera.

38

Maia

Los besos de Cam se intensifican y, cuando una de sus manos se cuela bajo mi camiseta, sé lo que pretende.

Llegó hace un rato a casa y, después de charlar un poco, me propuso ver una peli en mi portátil o ir a su casa para estar tranquilos. Tenía que haber imaginado el tipo de tranquilidad que andaba buscando. Y no me importaría, de verdad, en otro momento estaría encantada de acostarme con él porque, joder, ¿quién no querría tirarse a Cam? Pero hoy no tengo el día. Estoy tensa y preocupada por Brody, así que me siento en la cama y me separo de él.

—No me apetece demasiado, cielo.

—Qué novedad —dice él en un tono irónico que me deja confusa.

—¿Perdón?

—¿Qué pasa, Maia? ¿Qué tengo que hacer para que mi novia quiera acostarse conmigo?

Me quedo completamente estupefacta. Cam jamás ha sido así. No es un decir, él nunca ha tenido este tipo de comportamientos. Es un hombre centrado y de pensamiento bastante adelantado para lo que se encuentra por aquí. Tiene la mente abierta y no... no es de los que se enfada si su chica no quiere tener relaciones, pero eso es justamente lo que está ocurriendo. Nunca antes ha sido así, cierto, pero tampoco nunca antes hemos estado tanto tiempo sin acostarnos.

—Mira, Cam, no es que tengas que hacer nada, ¿de acuerdo? Es, simplemente, que no me apetece.

—Es por Kellan, ¿verdad?

Es como si me clavaran un puñal en el pecho.

—¿Qué? ¿Cómo puedes decir eso? —Él me mira muy serio, como si yo no acabara de decir una maldita burrada—. En pocos días he visto volver a dos amigos que están pasándolo mal, la abuela de mi mejor amiga se ha muerto y la ha dejado destrozada, y ahora uno de mis amigos acaba de renunciar a su futuro. Todavía no sé si lo ha echado por la borda o ha tomado la mejor decisión de su vida. Creo, solo creo, que tengo un mínimo derecho a sentirme cansada emocionalmente y a no querer echar un maldito polvo. Perdón por tener sentimientos, Cam.

Me levanto de la cama y, entonces, por fin, su rostro cambia completamente de uno de enfado a uno de arrepentimiento.

—Eh, Maia, vuelve aquí, por favor. —Se frota los ojos, como si estuviera agotado—. Perdóname por sentirme un poco inseguro ahora que tu primer amor ha vuelto y la pandilla parece querer reunirse de nuevo.

—¿Qué problema tienes con mis amigos? —pregunto exasperada.

—Ninguno, pero me dejan fuera de todo. Me siento apartado.

—Eso es una estupidez. Has estado presente las pocas veces en que nos hemos juntado todos.

—Brody, por ejemplo, apenas me habla.

—Brody apenas habla con nadie, Cam.

—Hunter es un idiota conmigo.

—¡Hunter es idiota con todo el mundo! Y, de todos modos, no puedes juzgar a una persona por el comportamiento de un par de veces.

—¿Y qué hago, entonces? ¿Me guardo mis sentimientos para mí? Porque no puedo evitar sentirme así, Maia. Lo siento si no te gusta, pero te aseguro que a mí me gusta aún menos.

Intento entenderlo. De verdad que lo intento, pero todo este drama por una cuestión tan básica y superficial como el sexo escapa a mi control. ¿De verdad es tan grave que lleve unos días sin querer sexo? ¿Debería ceder, aunque no me apetezca? Quiero decir, si ahora mismo yo dijera: «OK, de acuerdo, hagámoslo», ¿él estaría de acuerdo? ¿Incluso sabiendo que no lo hago por mí, sino por él? Porque yo jamás querría acostarme con alguien sabiendo que a la otra persona no le apetece. Me resultaría incómodo y hasta violento, pero, al parecer, Cam ve de lo más normal que yo ceda y le dé el gusto, porque sus próximas palabras lo dejan bastante claro:

—Entonces ¿no vamos a follar?

Ya ni siquiera es que siga intentándolo, sino el modo tan sórdido que tiene de decirlo. Como si no importara o como si fuera algo sin importancia.

—¿En serio eso es lo único que tienes que decir después de lo que hemos hablado?

—Pensé que ya lo habíamos solucionado. Te he confesado mis sentimientos y te he dicho que me siento mal, y...

—¿Sabes qué? Es mejor que te marches, Cam.

Su cara de sorpresa me da una idea de lo confundido que está. De verdad cree que aquí, de los dos, la que está haciendo las cosas fatal soy yo.

—Venga, Maia, sé razonable. Soy un hombre, es normal que me apetezca follar con mi preciosa novia y...

—Si pretendes que eso sea un halago, te está saliendo fatal. Vete, Cam.

—¿En serio?

—Totalmente. Quiero que te vayas.

—Joder... —Se pone una gorra de malos modos y antes de irse se gira para mirarme mal—. No sé qué mierda de actitud es esta, Maia, pero no me gusta.

Sale de mi habitación dejándome patidifusa. ¿Yo tengo una mierda de actitud? Pero ¿de qué cojones va? Estoy tentada de ir tras él y dejarle claras todas las razones por las que aquí el único capullo hoy ha sido él, pero justo cuando estoy decidiéndome, Ashley aparece en el quicio de mi puerta.

—Menos mal que lo has echado tú, porque te juro que estaba a punto de patearle el trasero, por muy bonito que lo tenga.

Soy consciente de que Ash lo ha oído todo y no sé cómo sentirme al respecto, pero es evidente que todo esto empieza a sobrepasarme.

—¿Dónde está Brody? —pregunto en un intento de desviar el tema de Cam.

—Ha ido al restaurante a por unas hamburguesas. Le he dicho que te coja la vegetal. —Carraspea, incómoda—. Hemos estado hablando...

—Ajá.

—Hemos... hemos llegado a una especie de entendimiento, creo.

—¿Entendimiento? —repito sonriendo—. ¿Qué significa eso?

—No me pongas tu risa de listilla.

—¿Qué risa de listilla?

—¡Esa que tienes ahora mismo! —Me río y ella, lejos de ofenderse, chasquea la lengua y disimula una sonrisa—. Creo que quizá, después de todo, es bueno que haya vuelto...

—Ay. —Me emociono y la abrazo—. Es tan bonito ver que sientes algo de ilusión.

—Bueno, bueno, no hace falta que seas pegajosa —dice despegándose de mí. Me río, porque sé que, en el fondo, me adora—. Ya veremos cómo avanza la cosa. Primero nos tratamos como si nos odiáramos, luego mi abuela se murió y él me ha estado tratando como si fuera alguien sumamente importante y ahora... Ahora no sé en qué punto estamos, pero supongo que comer unas hamburguesas juntos y sin discutir es un buen comienzo.

—Definitivamente lo es —convengo.

—No me mires así, Maia.

—¿Así cómo?

—Como si estuvieras pensando en las flores de mi maldita boda —dice entre dientes. Suelto una carcajada y Ash chasquea la lengua—. Hablemos de cosas serias. ¿Qué pasa con Cam?

—¿Qué pasa con él? —Ash eleva la ceja y suspiro, acepto que es imposible ocultarle nada—. No quiero hablar de ello, Ash, de verdad.

Ashley se sienta en la cama y, tras unos segundos pensando en algo sin mirarme, habla:

—¿Recuerdas cuando Kellan se fue? Fue el primero y yo intenté animarte, pero, cuando Brody se marchó poco después, caímos en un pozo bastante deprimente.

—No fueron buenos tiempos —admito—, pero los pasamos juntas.

Ella sonríe un poco, pero retoma el tema:

—A veces, cuando conseguíamos robar alguna botella por ahí, nos la bebíamos en el tejado de casa, a escondidas de mi abuela y de tu familia. ¿Te acuerdas?

—Es difícil olvidarlo. Un día el tío Martin tuvo que bajarme de ahí muerta de risa y a punto de matarme.

—Pues para nuestra buena suerte, ahora no tenemos que robar nada. —La miro sin entender y Ash se ríe—. Mi abuela está muerta y tu novio es un capullo. ¿Se te ocurre una ocasión mejor para beber encima de un tejado?

—Pero Brody ha ido a por comida...

—Bueno, pues muy bien. Cuando venga bajaremos de él y comeremos si tenemos ganas. O no. Pero ahora mismo tú y yo vamos a salir al maldito tejado y vamos a brindar.

—¿Brindar? ¿Por qué?

—Por la vida. Por lo asquerosa, deprimente, intensa, sorprendente y maravillosa que puede ser.

—Todo eso es muy contradictorio, Ashley.

—Lo es. Y por eso es aún mejor.

No entiendo nada y quiero decirle que no, que me parece una locura, pero lo cierto es que es la primera iniciativa que tiene Ashley en muchos días que no consiste en llorar, dormir y ausentarse del mundo, así que la sigo hacia la cocina, primero, y el tejado después.

Brindamos con nuestros botellines, nos tumbamos y, por primera vez en muchos días, conseguimos mantener cierta calma.

Quizá, después de todo, Ashley tenga razón. Quizá, al final, la vida consista en esto: en estar triste, enfadado, pletórico, enamorado, despechado, alegre y desesperado y comprender que, en el fondo, ningún sentimiento es eterno y todos pasan. Aunque a veces nos parezca que no.

Sobre todo cuando nos parece que no.

39

Kellan

Dos semanas después de mi altercado con Cam, estoy en el muelle con Brody. No sé si tirarnos al lago ha sido la mejor idea de nuestra vida. El día no es de los más calurosos, pero ahora tumbados sobre los tablones, sintiendo el calor de la madera en la espalda y el del sol en la cara, pienso que da un poco igual lo que hagamos siempre que podamos pasar el rato juntos.

Mi amigo está más relajado que nunca. Creo que tiene que ver con que, sorprendentemente, su familia no ha dado ningún paso aún. Ni siquiera lo han llamado por teléfono. A ver, no somos tontos y Brody menos. Sabe que no será tan fácil como olvidar que existen, pero lo veo tan relajado y feliz que no me atrevo a insistir en el tema.

Por otro lado, las cosas con Ash marchan bien, o eso dice. En realidad, se tratan como amigos, o al menos eso es lo que veo, pero hay algo más... Buen rollo, complicidad, nada de peleas. La verdad es que es una gozada estar con ellos sin que salten a la mínima. Ella ha retomado su vida y, aunque tiene ratos en los que la tristeza parece comérsela, va dando pasos hacia delante. Eso no evita que estemos pendientes de ella o tenga bajones bastante pronunciados, pero es parte del proceso de superar la muerte de un ser querido.

Yo, por mi lado, he pasado mucho tiempo con mi familia, que no deja de preguntar si voy a volver y cuándo. Lo hacían, al menos, hasta que acusé a mi hermana y a mi madre de que parece que estén deseando perderme de vista. No fue buena idea jugar al chantaje emocional, lo reconozco, pero momentos desesperados requieren medidas desesperadas; ya no sabía cómo explicarles que ni siquiera yo sé qué hago aquí todavía.

También he pasado bastante tiempo con todo el grupo, sobre todo mientras Savannah y Wyatt estuvieron en el pueblo. Ellos tampoco han dejado de preguntar por mi futuro inmediato.

Y he hablado bastante con Ryan por teléfono, que no deja de mandar mensajes acerca de lo mal amigo que soy por no volver ya.

En realidad, irónicamente, la única persona que no me pregunta constantemente cuándo voy a volver es Maia. Claro que también es la única que hace todo lo posible por no pasar demasiado tiempo conmigo. Me sentía mal por ello hasta que en el grupo todos comentaron el otro día que, al parecer, está alejándose de todo el mundo. Me preocupa que mi vuelta haga que se separe de nuestros amigos que, siendo sinceros, ahora son más suyos que míos. Por eso, después de despedirme de Brody, volver a casa y darme una ducha, decido escribirle a Ashley para preguntarle si Maia estará en casa esta noche. Ella me lo confirma enseguida, así que ceno tranquilamente con mi madre y con Chelsea. Cuando ellas se sientan a ver un programa de televisión, yo aprovecho para ir a casa de Ash dando un paseo.

Ni siquiera necesito entrar. La encuentro en los escalones del porche con un bote enorme de helado entre las manos. Sonrío por inercia y ella, al darse cuenta de mi presencia, se ruboriza un poco, lo que provoca que mi sonrisa se ensanche.

—¿Todavía eres adicta al helado?

—Por supuesto. Me da igual lo que digas. El helado sigue siendo el mejor antidepresivo del mundo.

—¿Todo bien? —pregunto frunciendo el ceño.

—¿Por qué lo preguntas?

—Porque, si mal no recuerdo, comer helado directamente del bote es lo que hacías cuando sentías que todo se descontrolaba.

Ella valora la posibilidad de negarlo, pero la he pillado infraganti. No tendría mucho sentido y los dos lo sabemos.

—No estoy de humor, eso es todo.

Bueno, de cualquier otra persona lo creería, de ella, no. Con Maia las cosas siempre son más complicadas de lo que parece a simple vista, así que me siento a su lado. Apoyo los antebrazos en las rodillas y la miro a través del pelo que me cae por la frente. Creo que es hora de cortarlo de una vez.

—¿Ha hecho algo el bueno de Cam para ponerte de mal humor?

Maia clava con furia la cuchara en su cubo de helado y entiendo, sin necesidad de palabras, que no se ha tomado bien que mencione a su novio. De hecho, no pensaba hacerlo, pero mi cerebro y mi boca parecen sufrir complicaciones muy serias a la hora de comunicarse.

—¿Por qué todo el mundo está obsesionado de pronto con Cam?

La verdad es que esperaba un ataque más directo hacia mi persona y, lejos de tranquilizarme, sus palabras me tensan un poco más. Nadie en el grupo me ha contado que creen que Maia tiene problemas con Cam. Ni siquiera Hunter, que es el único que ha manifestado abiertamente que le cae mal. Aun así, como no tengo ni idea de lo que realmente está ocurriendo, decido ser franco a la vez que cuidadoso con mis palabras.

—No quería molestarte. Es solo que me preocupa que no seas feliz.

—Soy muy feliz, gracias. Y, si no fuera así, tampoco sería tu problema.

La miro serio, pero intento que no se dé cuenta de que sus palabras me han dolido más de lo que deberían. ¿A dónde ha ido la complicidad que parecíamos tener en el pasado? ¿De verdad nuestra relación tiene que reducirse a esto después de tantos años?

—Perdóname, Maia —digo mirando abajo, a los escalones—. No quería meterme en tu vida.

Ella me mira de una manera un poco extraña, como si se arrepintiera de su arrebato. O quizá eso es lo que me gusta pensar. De cualquier modo, nunca sabremos la verdad, porque justo cuando Maia abre la boca, la voz de Cam nos interrumpe.

—Vaya, vaya... ¿A quién tenemos aquí? —Es imposible pasar por alto la frialdad con la que me mira, pero no es nada en comparación con la forma en que mira a Maia—. ¿Tú no estabas tan cansada que ibas a irte a dormir de inmediato?

—Así es —contesta ella con sequedad.

—Pues no te veo durmiendo, Maia.

Ella, lejos de defenderse, contraataca.

—¿Y tú? ¿No ibas a salir con los chicos del aserradero?

—Iba, hasta que Dean me ha dicho que os ha visto aquí sentaditos, charlando como grandes amigos.

Hay algo en su tono que no me gusta una mierda. Es como si estuviera reclamando a Maia que hable conmigo. Tanto como puedo entender que tenemos una historia, no estamos haciendo nada malo. Joder, ni siquiera estamos en un sitio íntimo. Es un maldito porche a la vista de todo el mundo.

—Oye, Carl, calma —le digo llamándolo mal a conciencia solo para cabrearlo. Prefiero que esté a malas conmigo antes que con Maia—. Ella no sabía que vendría porque no he avisado.

—Oh, ¿y qué es tan importante como para visitar a mi novia sin avisar?

«¡Será cretino!», pienso mientras me levanto, porque estoy harto de que me mire como si fuera una muralla hecha de músculos y yo no fuera más que un enclenque. Me recuerda demasiado a los imbéciles que se reían de los más débiles físicamente en el instituto y no estoy dispuesto a vivir esa mierda. No lo permití en el pasado cuando veía algo así, mucho menos voy a tolerarlo en mi propia piel.

—Lo que yo hable con Maia no es de tu incumbencia.

—Todo lo que tenga que ver con mi novia es de mi maldita incumbencia.

—Ella no te pertenece.

—Kellan, Cam, ya basta —interviene Maia—. Cam, por favor, márchate a casa. Hablaremos mañana cuando estés más tranquilo.

—¿Que yo me vaya a casa? ¿Y qué pasa con él? ¿No vas a echarlo o es que solo te molesto yo?

—Por favor, Cam —sisea Maia.

Puedo sentir su tensión. Joder, si Cam tuviera un mínimo de conocimiento, también la sentiría, pero no. Y no solo actúa como si fuera la víctima de alguna especie de plan, sino que arremete contra ella sin pensar.

—Joder, no puedo creerme que estés comportándote así.

Cuadro los hombros. Me siento completamente incómodo, violento y como una puta mierda, pero no por el comportamiento de Cam, sino por el modo en que Maia lo permite.

—Me voy yo. En cualquier caso, tengo cosas que hacer.

—Ah, ¿sí? ¿Y qué cosas son esas que pueden hacerse por la noche?

—Bueno, mi trabajo no tiene horarios.

—No, ni horarios ni una agenda apretadísima, teniendo en cuenta que llevas aquí unas semanas y todavía no hablas de volver a tu gran vida de estrellita del rock.

—Por Dios, Cameron. —Maia alza la voz, por fin.

Aun así, creo que lo mejor es que los deje a solas. Estoy llegando al límite de mi paciencia y no puedo soportar que Maia esté saliendo con un tipo como Cam. Es que no... ya no es que sienta o no celos, es que él no tendría que salir con nadie, teniendo en cuenta el modo que tiene de comportarse.

—¿Sabes qué? Mejor me voy —le digo a Maia.

—Sí, mejor —conviene Cam sonriendo, sin importarle lo evidente que es que Maia está pasándolo mal.

Me alejo del camino y, justo antes de girar en la calle, me vuelvo para ver si aún siguen ahí. Cam gesticula y Maia... Maia tiene la cabeza gacha, por lo que solo me dan ganas de reventar al puto Cam por lo que sea que esté diciendo.

Llego a casa, me encierro en mi cuarto y cojo la guitarra. Últimamente mi único modo de componer es a través de la ira. Por fortuna, gracias a Cam tengo la suficiente como para sacar un puto disco en cuestión de días si sigo así.

Cam es un gilipollas, sí, pero es un gilipollas lo bastante listo como para controlar a Maia, aunque ella no se dé cuenta. Si puede dominarla así cuando los demás los vemos, ¿cómo no va a convencerla de que soy un mierda? ¿Un famoso enganchado a las fiestas y a la droga, aunque no sea así? Maia no me lo ha dicho, pero sé que lo piensa. Lo piensa cada vez que me ve tomar un botellín, porque estrecha sus ojos como si intentara determinar a cuántas cervezas más estoy de convertirme en un alcohólico sin retorno. Lo piensa cuando me pregunta a cuántas fiestas he ido y en cuántas de ellas he visto a la gente fuera de control. Lo piensa cuando me mira como si, de los dos, yo fuera el único que ha cambiado.

Ryan vuelve a escribirme. Últimamente se ha vuelto una costumbre que interrumpa mis pensamientos, sobre todo cuando son malos. En esta ocasión, ver su nombre en la pantalla no me genera otra cosa más que ansiedad, porque ha ido subiendo el tono conforme pasaban los días y ya imagino lo que viene.

—Tío, en serio, ¿qué demonios pintas allí? No te imaginas lo que te estás perdiendo. ¡Vuelve, Kellan! ¡Vuelve a tu vida aquí, con nosotros!

La puerta se abre y entra Chelsea, así que no respondo a Ryan porque, de todos modos, ¿qué voy a decirle? ¿Que aquí estoy bien? No es verdad. No me siento bien. De hecho, odio tener la sensación constante en el pecho de que gran parte del pueblo espera que haga cosas icónicas mientras otras personas, como Cam, están convencidas de que acabaré hasta el cuello de drogas y mierdas. Y tanto una cosa como la otra hacen que sienta que tengo la cabeza a punto de explotar.

Las expectativas. Las malditas expectativas.

—Eh, hermanito, estoy aquí. —Chelsea chasquea los dedos frente a mi cara—. ¿Qué tal si me cantas algo y dejas de evadirte?

—¿Qué quieres que cante?

—«I Choose», de Alessia Cara.

Me río y elevo una ceja.

—¿No prefieres una mía?

—Adoro esa canción. Y te adoro a ti, ¿por qué deberías negarte?

—No puedo, está claro —digo sonriendo y sintiendo cómo mis niveles de ansiedad bajan poco a poco.

Es el efecto Chelsea. Es lo bastante dulce como para que, incluso en plena adolescencia, consiga hacerme sentir como poca gente en el mundo. Toco los primeros acordes y comienzo a cantar. Con suavidad al principio y más alto al tiempo que la música me envuelve y la letra se adueña de mi voz. Cierro los ojos, me apoyo en la pared y canto como si no importara nada, salvo la música y mi hermana pequeña.

Through the lows and the highs, I will stay by your side.
There's no need for goodbyes, now I'm seeing the light.
When the sky turns to grey and there's nothing to say
at the end of the day, I choose you.

La voz se me rasga por alguna razón inexplicable y, al abrir los ojos para mirar a mi hermana, me encuentro con que se ha sentado en la cama conmigo y quien está en el quicio de la puerta es otra persona.

Las lágrimas de Maia mientras canto consiguen que mis dedos y mi voz se paralicen, se niegan a seguir con la canción, pero eso no me sorprende.

De entre todas las personas para las que he cantado, ella siempre será la única que tenga el poder suficiente para hacerme enmudecer.

40

Ashley

Después de oír a Maia discutir con Cam y verla a ella marcharse, Brody y yo nos quedamos en el salón, en silencio y cada uno perdido en nuestros pensamientos.

Yo, personalmente, en lo que más pienso, además de mi preocupación por Maia, es en lo bueno y malo que es que Brody y yo nos hayamos quedado solos. Es bueno porque añoro los momentos en que solo estamos nosotros y es malo porque, con cada día que pasa, nuestra situación se vuelve más y más rara. Tuvimos una conversación en la que él admitió que había vuelto, en gran medida, por mí. Pero después de eso y de que nos abrazáramos, ninguno de los dos ha hablado más del tema. No entiendo por qué. En realidad, sí sé por qué no lo hago yo: me da miedo que todo haya sido una ilusión.

Es estúpido, ¿no? Pero en estos días mi cabeza no está al cien por cien y temo que, en medio de la niebla mental que sufro, haya modificado un poco lo que Brody me dijo para convencerme de cosas que, en realidad, no son. Es una locura.

No ayuda en nada que Brody tampoco diga ni una palabra. Eso sí, llevamos dos semanas yendo a cenar solos, jugando a las cartas, paseando. Lo más lejos que hemos llegado ha sido a entrelazar nuestros dedos en alguno de esos paseos, pero ni siquiera en esos momentos hablamos gran cosa.

Es desesperante, porque quiero que inicie la conversación y no entiendo por qué no lo hace.

—¿A dónde crees que ha ido? —pregunta Brody refiriéndose a Maia. No contesto de inmediato y él eleva las cejas—. ¿Crees que ha ido a casa de Kellan?

Maldito Brody, qué bien me conoce.

—No lo sé. No tengo ni idea de nada de lo que ocurre últimamente —admito—. Por ejemplo, ¿por qué sigues durmiendo aquí? Se supone que tienes una casa prácticamente convertida en un hotel precioso. Y lo sé porque está quedando precioso gracias a mí.

—Me encanta tu modestia.

—Lo sé. —Me río, pero me pongo seria cuando veo que Brody se retrepa en el sofá y evita mi mirada—. ¿Qué ocurre?

—¿Te molesta de verdad que me quede aquí?

Me mordisqueo el labio, nerviosa. ¿Admitir la verdad o jugar a fingir? Lo último es lo que mejor he hecho en los últimos años y lo primero sería... como un ejercicio de valentía, ¿no? Me gusta pensar que soy valiente.

—No, sabes que no tengo ningún problema con que estés aquí.

—¿Y tienes alguno con que duerma contigo todas las noches?

Por fin saca el tema. Desde que mi abuela murió hace casi un mes, Brody ha dormido en el sofá o conmigo casi cada noche. Bueno, para ser fiel a la realidad, ha dormido conmigo en las últimas semanas todas las noches. Y... nada más. Eso es todo. Dormimos juntos, cada uno en su lado de la cama o él me abraza si tengo alguna pesadilla o la tristeza se adueña de mí, pero nada con carácter sexual. Empiezo a preguntarme si es normal, la verdad. Todo el que me conoce sabe que he sido una mujer activa sexualmente y Brody... Bueno, no hace falta decir que a Brody le encanta el sexo. Todo esto es muy raro. La tristeza que a veces me acompaña, la actitud de Brody y la calma que parece sentir desde que ha renunciado oficialmente, el modo en que me invita a comer o al cine de la ciudad... Es como si hubiéramos empezado a hacer vida de pareja, pero sin ser una pareja y sin haberlo hablado siquiera.

—Me gusta que duermas conmigo todas las noches —admito—. Aunque...

—¿Aunque?

—Aunque me gustaría saber en qué punto estamos.

—¿En qué punto...?

—¿Vas a hacer que lo diga? —Brody me mira como si no tuviera ni idea de qué hablo y me molesto, porque ya sabemos que soy de mecha más bien corta—. Tú dijiste ciertas cosas hace unas semanas.

—Ajá.

—Dijiste que... —Dejo la frase en el aire para que la acabe él y casi suspiro de alivio cuando lo entiende.

—Dije que de adolescentes sí sentía algo por ti, aunque juraba que no, y que he vuelto con la firme intención de intentar ganarme tu amor. No con esas palabras, pero más o menos...

—Sí, eso. —Jadeo sobrepasada al darme cuenta de que, en efecto, no lo había imaginado yo—. Pero no has vuelto a sacar el tema. Dormimos juntos, tenemos citas, paseamos, pero todo es como muy... aséptico. —Brody entrecierra los ojos y me apresuro a corregirme—: No quiero decir que sea malo, no me entiendas mal. Es solo que... no sé en qué punto estamos y...

Sus labios encuentran los míos con tanta rapidez y suavidad que mi primer impulso es alejarme, lo que hace que Brody sonría.

—Perdón, perdón, es solo que me ha cogido por sorpresa.

No contesta, pero sus labios vuelven a los míos. Esta vez no me aparto, dejo que me acaricien de un modo que no conozco, no en Brody. Lo nuestro era besarnos con deseo y rabia, como si quisiéramos darnos placer y hacernos daño al mismo tiempo. Posiblemente porque así era. No teníamos una relación sana, pero es que los dos venimos de familias muy tóxicas y supongo que, después de todo, necesitábamos crecer por separado.

A veces el amor es así. No es que haya un amor imposible, sino un amor fallido en el tiempo.

No sé si Brody y yo conseguiremos hacerlo funcionar esta vez, pero sé que, cuando se separa de mí sonriendo, con los ojos nublados y sus hoyuelos más marcados que nunca, entiendo lo mucho que merece la pena intentarlo.

—¿Qué te parece este primer punto para situarnos?

Me río, subo a su regazo, cosa que le sorprende, y enlazo las manos por detrás de su nuca.

—Es un gran punto, pero creo que podemos mejorarlo.

—¿Estás segura? —pregunta él con la respiración acelerada.

Que sea capaz de preguntar, aun cuando soy plenamente consciente de su excitación, es motivo más que suficiente para seguir adelante.

—Quiero hacer lo que hacíamos antes, solo que dejando fuera la rabia y el dolor. ¿Crees que podemos lograrlo?

Brody se levanta conmigo en brazos y, haciendo gala de su fuerza, sube los escalones de la casa sin soltarme y sin dejar de mirarme a los ojos.

—Tú y yo podemos lograr lo que sea, Ashley Jones. Estoy jodidamente seguro.

Llegamos a mi habitación, me tumba en la cama y me doy cuenta de lo distinto que será todo esta vez solo por eso: tenemos una cama. Sorprendente que un elemento tan básico marque tanto la diferencia, ¿no?

Y no es la única diferencia, a juzgar por la lentitud con la que Brody me desviste. Es como si quisiera grabar a fuego en su mente cada tramo de piel que deja al descubierto. Sopla, besa y mordisquea tanto que, cuando por fin me quedo solo en braguitas, estoy tan excitada que duele. Me arrodillo en la cama, tirando de su mano hacia mí para que se quede de pie, pero a mi alcance.

—Me toca —susurro.

Sé lo que hay bajo la camiseta. Yo no soy Maia, que ha evitado mirar fotos y vídeos de Kellan estos siete años. Yo soy lo bastante masoquista como para haber buscado un millón de vídeos y saber que, bajo su camiseta, hay unos abdominales fuertes como el acero. Y aunque Brody no es el hombre más corpulento del mundo, cada músculo que tiene está desarrollado al máximo. Es fibra pura moviéndose con elegancia y chulería. Lo he visto en pantalla y, aun así, cuando le quito la camiseta y los tejanos, no puedo evitar pasar mis uñas por su estómago y maravillarme con lo mucho que ha cambiado en estos años.

Es él y, al mismo tiempo, no. Es el Brody de siempre en esencia, pero es más maduro. Más... más hombre. Oigo su jadeo y lo miro a los ojos.

—Si sigues rozando así tus uñas contra mí, esto va a durar muy poco.

Me río, pero solo hasta que Brody vuelve a tumbarme en la cama y se coloca sobre mí. Su pecho aplasta el mío y el roce es tan excitante que no puedo evitar gemir. Su erección se clava entre mis piernas y, de no ser porque los dos seguimos en ropa interior, ya estaría desesperada por sentirlo dentro de mí. Lo rodeo con las piernas y, mientras me besa, muevo las caderas, como si él ya estuviese totalmente acoplado a mi cuerpo. Brody se aparta, se arrodilla y me besa el cuello, me lame los pechos y desciende con su lengua hacia mi ombligo, donde se entretiene tanto que, por un instante, dudo que vaya a seguir descendiendo.

Pero lo hace. Sus manos me bajan las braguitas con dulzura. Su lengua entreabre mis pliegues y me saborea con tanto ahínco que encorvo la espalda sobre la cama, intentando tener más de eso que acaba de darme. Él me sujeta con firmeza los muslos, me besa las ingles y vuelve a la carga, ocupándose a la perfección de mis necesidades.

Podría decir que se nota que ha mejorado mucho, pero la verdad es que Brody ya era un gran amante a los diecisiete años. Eso, y que me conoce lo suficiente como para saber qué puntos exactos me vuelven loca. Sabe, por ejemplo, que succionarme el clítoris mientras cuela dos dedos en mi interior es recorrer un camino de no retorno, por eso no se sorprende cuando gimo su nombre, me contorsiono y, después de unos minutos, me corro en su boca entre jadeos nada disimulados que hacen que Brody me mire con una sonrisa.

—Sigues estando muy pagado de ti mismo, ¿no? —pregunto con la respiración agitada.

Él se ríe entre dientes. Me mordisquea uno de los muslos y se pone a cuatro patas, listo para volver a situarse sobre mí. Pero justo cuando está a punto de hacerlo, ruedo sobre mí misma y me las ingenio para hacer que se caiga al colchón.

—Me toca. —A duras penas contengo la sonrisa, porque sé que, en este juego, él va a sufrir más que yo.

Brody se baja el bóxer él mismo, se acaricia un poco mientras me mira y, cuando le aparto la mano, se ríe y se coloca los brazos detrás de la cabeza.

—Vale, fiera, soy todo tuyo.

Su sonrisa se elimina en el momento en que mis labios le rozan el glande. Si de verdad lleva años soñando con volver a estar conmigo, esto va a ser una tortura para él. Lamo, chupo y acaricio hasta que Brody prácticamente suplica que pare.

—Venga, nena, no quieres que me corra así, ¿no? —Le lamo la base hasta el glande y él gruñe—: Joder, voy a hacer el ridículo.

Me río, pero me apiado de él y salgo de la cama pese a sus protestas. Abro el cajón en el que guardo los condones, cojo uno y se lo lanzo.

—Yo no puedo más y tú, tampoco. ¿Por qué alargarlo?

Brody me besa cuando vuelvo a subir a la cama.

—Quiero que sea especial para ti.

—Eres tú y ya me he corrido una vez; te aseguro que será especial. —Acaricio su mejilla y muevo las caderas, buscando la fricción con él—. Te necesito, Brody.

Puedo ver lo que mis palabras provocan en él y me siento tan orgullosa de ver cómo su mirada se vuelve más oscura que solo dejo de tocarlo el tiempo que tarda en ponerse el preservativo. Lo abrazo, enlazando mis piernas en sus caderas, y cuando entra en mí, siento que estoy en el único lugar en el que no hay dolor ni rabia ni tristeza. Aquí, en mi cama, con Brody entre mis brazos y dentro de mí, lo único que hay es amor y calidez.

Nos movemos al unísono. Somos conscientes de que no podemos alargar esto eternamente, pero deseamos hacerlo un poquito más. Brody me besa la frente, las mejillas, el cuello y los labios una y otra vez, hasta hacer que me sienta completamente colmada de caricias y besos.

—No aguantaré mucho más —gime en mi boca.

—Déjate llevar.

Acepta con un gemido, rueda en la cama y deja que me acople sobre él. Me encanta esto de Brody: no espera ser quien se ocupe de todo. Tiene mucho ego, pero no del malo. No tiene ningún problema en que me ocupe de llevar el mando y nos asegure el orgasmo a los dos. De hecho, cuando ve el modo en que me acaricio el clítoris, noto el espasmo que tiene dentro de mí. Le encanta verme así, libre y decidida, exigiendo lo que quiero. Se sienta en la cama, incapaz de soportar no hacer nada, y me lame los pezones como si necesitara acompañarme así en mi subida hasta la cumbre. Mi orgasmo empieza a desatarse en cuestión de minutos y sé que la intensidad será tal que lo arrastraré conmigo sin ningún tipo de dudas.

Mi espalda se arquea, mis manos se aferran a su nuca y tiro de él para que sus labios vuelvan a los míos. Alcanzo el orgasmo entre espasmos, gemidos y unos brazos firmes y fuertes que me abrazan y recuerdan que está aquí, conmigo, y no piensa ir a ninguna parte.

Brody alcanza el clímax conmigo, tal como yo pretendía. Cuando por fin los estertores paran y podemos volver a mirarnos a los ojos, lo único que podemos hacer es sonreír.

—Esta cama acaba de convertirse en mi lugar favorito del mundo —susurra él besándome.

Me río, me dejo caer sobre su cuerpo y me tumbo a su lado. Brody se deshace del preservativo, lo anuda y lo deja en el suelo, para no tener que despegarse de mí. Me besa la frente y me acaricia la espalda y la cadera sin dejar de sonreír.

—¿Estás bien?

—Sorprendida —confieso.

—¿Sorprendida? Espero que para bien.

Sonrío y asiento.

—Sí, por supuesto. Es solo que... Siempre pensé que, cuando volviéramos a follar, lo haríamos llenos de furia y en medio de un montón de insultos.

Brody guarda silencio unos instantes, piensa en ello.

—No sé qué pregunta hacer primero para saciar mi curiosidad, pero apostaré por esta: ¿tenías claro que follaríamos de nuevo?

Suelto una carcajada seca, incapaz de contenerme, y le beso el torso antes de mirarlo a los ojos.

—Somos tú y yo, Brody, por supuesto que lo tenía claro.

41

Maia

Las lágrimas actúan por su cuenta cuando lo veo cantando de nuevo en directo y en la intimidad de su habitación.

Cuando Kellan me mira, siento que el mundo, después de todo, sí ha conseguido pararse. Chelsea se levanta y sale de la habitación sin decir ni una sola palabra y yo... Yo me quedo aquí, con el corazón roto por tantos motivos que no sabría por dónde empezar a enumerarlos.

Kellan me mira sin soltar su guitarra, como si fuera un escudo que necesita conmigo.

—¿Qué haces aquí, Maia?

—Yo... siento mucho cómo se ha portado Cam contigo.

—¿Conmigo? —Kellan chasquea la lengua y se levanta—. Me importa una mierda cómo se porte conmigo, pero no me gusta que a ti te trate así. Y menos aún me gusta ver que tú lo permites.

Tiene razón. Sus palabras duelen como si me derramara ácido en el pecho, pero tiene toda la razón del mundo. El comportamiento de Cam ha ido de mal en peor y no lo entiendo. Se ha vuelto tóxico y dañino. Dice cosas horribles cuando se enfada y, aunque más tarde se disculpa, en el momento siento que no conozco al hombre con el que decidí comenzar a salir. Hemos hablado mucho en estas semanas y siempre volvemos a lo mismo: sus celos. Sus enfermizos celos. Incluso me ha dicho que, si siente celos, es porque me quiere de verdad. Es una

declaración que siempre me ha parecido horrible en libros y películas, pero cuando me lo dijo Cam, solo pude mirarlo sin reaccionar.
Como si no comprendiera absolutamente nada, porque en realidad
así es.

Aun así, tener que admitirlo frente a Kellan es complicado. Nos
enseñan desde pequeños a cuidarnos de lo que otros puedan hacernos y siento que yo estoy fallando en un montón de cosas que no
debería.

—No es mala persona. Es solo que no entiende que estés de vuelta. Y no puedo culparlo de esa parte porque yo tampoco lo entiendo.

La irritación en la voz de Kellan me sorprende.

—Este es mi hogar, Maia.

—Llevas siete años sin venir. ¿Por qué ahora? Y más importante aún:
¿habrías venido si Brody no te hubiese traído asustado por las noticias?

—Las malditas noticias lo exageran todo.

—¿Sí? ¿De verdad?

—¿Qué quieres decir? ¿Y por qué hemos pasado de hablar de
Cam a hablar de mí?

Trago saliva. Tiene razón. He desviado el tema y no me siento
orgullosa, pero no sé... Dios, no sé qué pretendo. Esa es la verdad: ni
siquiera sé qué tengo que hacer o decir. Pero sé que hay preguntas
dentro de mí que necesitan una respuesta.

—Solo quiero comprender por qué te comportas como si todo te
diera igual.

—No es así.

—Lo es. Hasta yo, que he hecho lo posible por no verte en televisión ni redes, he oído los rumores un montón de veces. Cada día
una chica, cada noche una fiesta y de madrugada los excesos y...

—No he tenido excesos.

—¡Estás en la fase de negación, Kellan! —exclamo dolida.

—No, joder, yo no estoy en la fase de negación. ¡Sois vosotros! Que estáis empeñados en convertirme en un puto cliché con patas. ¿O vas a decirme que tú no piensas lo mismo que tu novio?

—¿Qué? ¿Qué se supone que piensa Cam? —pregunto sorprendida.

Kellan suelta la guitarra, se levanta y se mueve por el corto espacio que tiene mientras se despeina y respira agitadamente, como un león en una jaula.

—Ah, ¿no te ha contado nuestra charlita? —Mi silencio debe de ser lo bastante esclarecedor, porque él se sienta en el borde del colchón, cruzado de brazos, pero en actitud desafiante—. Al parecer, está convencido de que antes o después voy a acabar en el famoso club de los veintisiete. Pero no sin que antes múltiples medios den fe de mis muchísimos excesos y mala vida.

—¿Cam ha dicho eso? —El horror hace que apenas me salga la voz del cuerpo.

—Es un hombre de pensamientos interesantes, tu Carl.

—No es mi Carl.

—Lo que sea. Estoy harto, Maia. ¿Eso quieres que te diga? —Vuelve a levantarse, vuelve a pasear y yo vuelvo a sentirme como si me estuvieran desgranando por dentro—. Estoy harto de que tú dieras por supuesto hace siete años que yo no quería despedirme de ti y me obligaras a marcharme sin hacerlo. Estoy harto de que tu novio piense un montón de mierdas que posiblemente te meta también a ti en la cabeza. Estoy harto de que el noventa por ciento de este pueblo espere que me consagre como una superestrella y el otro diez por ciento esté apostando a ver cuánto tiempo tarda mi madre en recibir una llamada en la que le informen de que estoy muerto. ¡Estoy harto! ¿Querías que te contara cómo me siento? ¡Pues aquí lo tienes!

Su respiración está agitada, sus ojos inquietos y sus manos no parecen poder estar quietas.

—Yo no te obligué a nad...

—Tú me escribiste una preciosa carta en la que te desvinculabas de mí y de lo nuestro sin darme opción a replica. ¡Y no pasa nada! Estabas en tu derecho y lo respeté, pero no hagas como si me hubieras perdonado la vida con ello. Yo quería luchar, quería encontrar un modo de hacer las cosas mejor y tú me cerraste la puerta en las narices.

—No es así, Kellan —digo con voz temblorosa.

—¡Te saqué medio muerta de un lago congelado y ni siquiera me permitiste visitarte en el hospital! ¿Cómo demonios es, Maia? Te juré que no dejaría de quererte nunca y tú solo... me obligaste a hacer como si no hubiéramos existido juntos. Como si lo nuestro no mereciera que, al menos, planteásemos la lucha.

—Solo quería que cumplieras tus sueños...

—Y lo hice, pero podríamos haber hecho las cosas de muchas maneras y tú elegiste la más sencilla.

Las lágrimas que brotan de mis ojos se multiplican, en parte de rabia y en gran medida de dolor. Dolor por lo que fuimos, pero sobre todo por lo que pudimos haber sido.

—¿Sencilla? ¿Crees que para mí fue fácil? Te vi marcharte en un coche mientras lloraba desolada. Tú fuiste a convertirte en una estrella y yo me quedé aquí, viviendo con los recuerdos que habíamos creado juntos.

—Porque así lo quisiste —me reclama.

—¡No luchaste!

—¡No me diste ni una maldita arma! ¿Y todavía quieres que yo cargue con la culpa? No, Maia. Hice muchas cosas mal, estoy seguro, pero tú tampoco fuiste perfecta.

Lo miro completamente consternada. El modo en que se ha desatado es tan impropio de él... Aun así, no puedo evitar preguntarme si de verdad lo he hecho tan mal. Si de verdad le hice tanto daño, aunque mis intenciones fueran otras.

—Yo pensé que te estaba haciendo un favor —le digo con la voz rota.

—Y yo pensé que habíamos prometido querernos hasta que el cielo se rompiera y cayeran las estrellas, pero me fui de aquí y, meses después, cuando intuí que habías prohibido a todo el mundo hablarme de ti, por más que yo preguntara, entendí que, en realidad, no es que se rompiera, es que tú decidiste rasgarlo.

—Empezaste a salir con otra gente —susurro.

—Tardé un año.

—Pero tú...

Se ríe, pero no es una risa alegre, sino dura y dolida. Es la risa de alguien que ha perdido la paciencia y, posiblemente, la esperanza. Eso me duele aún más.

—Sí, Maia. Yo. Yo. Yo. Yo. Repítete muchas veces a ti misma que yo me porté fatal. Entra en negación todo lo que tú quieras, pero, al final, la que no me permitió tener una conversación y una despedida fuiste tú. La que le prohibió a todo el mundo hablarme de ti fuiste tú y la que fue sumando prejuicios basándose en las pocas noticias que llegaban a sus oídos fuiste tú. He cometido muchos errores en la vida, muchísimos, pero me niego a cargar con los que son tuyos.

Lo miro completamente estupefacta. Nunca habría imaginado que Kellan estallara así, pero supongo que es lo que ocurre cuando te guardas para ti mismo lo que de verdad sientes durante años. Al final acumulas tanto que revientas y, cuando eso pasa, no hay un modo bonito de salpicar a los demás.

No sé qué decir, y como no sé qué decir, hago lo que posiblemente sea peor: me doy media vuelta y me voy de su casa mientras él repite mi nombre en una letanía, pero no me sigue.

Porque si algo ha quedado claro es que, esta vez, es Kellan quien decide a dónde va y a dónde no piensa volver nunca.

42

Brody

Lo bueno de dormir en una casa donde por fin habita el buen rollo y la armonía es que suelo levantarme de buen humor. Parece tonto, ¿no? En realidad, si te paras a pensarlo, todo el mundo debería vivir así. Nadie debería levantarse de buen humor solo porque el resto de las personas que viven en la casa conviven en paz y no son agresivos, pero, para mí, que solo he conocido la convivencia con mis padres o solo, no deja de ser sorprendente.

Aquí no tengo la tensión constante por saber que alguien se pondrá a dar gritos si se me ocurre pasar una línea que ni siquiera sé dónde está. Bueno, miento, posiblemente alguien sí grite, pero no serán gritos malos, porque sabes que no llegarán los golpes y eso ya es suficiente.

Soy consciente de que mi infancia me ha dañado en muchos aspectos, pero este está sanando de un modo brutal. Quizá tenga mucho que ver que tengo a Ashley abrazada por detrás mientras ella intenta concentrarse en la cocina.

—¿Vas a volverte de esos tíos pegajosos solo porque hemos echado un polvo? —Parece arisca, pero, en realidad, soy perfectamente consciente de la sonrisa que baila en su cara.

—Absolutamente —confieso—. Y no fue solo un polvo. —Ella se ríe y yo le mordisqueo el cuello—. De hecho, si tuvieras algo de corazón, ahora mismo volveríamos a la habitación y probaríamos a ver qué tal se nos da el sexo matutino.

Ash suelta una risa tan espontánea que algo se funde en mi interior. No soy idiota, sé que el duelo por su abuela sigue presente, pero ver que empieza a sonreír y que ahora no todos los momentos son malos me hace sentir bien. Muy bien. Jodidamente bien, en realidad.

No sé en qué punto estamos realmente, pero han tenido que pasar muchos años para poder abrazar a Ashley así, sintiéndome libre, sin que mis planes futuros me atosiguen por completo o tenga la certeza de que lo nuestro es imposible. Ahora por fin tengo esperanza para nosotros y solo espero que ella, en el fondo, piense igual. Aun así, no pregunto. Soy consciente de que hay cosas que es mejor no preguntar con demasiada antelación.

Ash se gira en mis brazos, a punto de decir algo. Sinceramente, espero que sea que está de acuerdo en subir arriba, pero entonces la puerta de la cocina se abre y aparece el pequeño Parker con sus gafas torcidas, una gorra roja con un dinosaurio pintado sobre la visera y una sonrisa mellada que hace que no pueda enfadarme por haber sido interrumpido en mi propósito mañanero.

—Buenos días, ¿estáis haciendo tortitas?

Ash se gira, separándose de mí, lo que me lleva a hacer un mohín, y le guiña un ojo a Parker.

—¿Sabe tu madre que estás aquí?

—Sí, me ha dicho que puedo comer tortitas si las estáis haciendo, pero que no las pida yo, porque es maleducado. Por eso pregunto, porque no quiero ser un niño maleducado.

Ash y yo nos reímos. En realidad, él no entiende que en cierto modo sí está pidiendo tortitas.

—¿Qué te parece si te las preparo yo? —le pregunto.

No es que quiera dármelas de buen samaritano. Es que, desde que llegué aquí, Parker ha visto partes de mí de las que no me siento muy orgulloso. No sé qué opinión tiene el niño de mí, pero no quiero que piense que siempre estoy gritando o soy, de algún modo, violento. Puede que no lo reconozca, pero me aterra esto último, que alguien crea que yo podría llegar a ser violento.

Quizá porque, en el fondo, una parte de mí sabe que eso podría ocurrir, aunque odie pensarlo.

—Vale, pero acuérdate de no poner leche de vaca, porque podrías matarme.

Me río, aunque me sigue pareciendo un poco impactante la forma tan natural con la que Parker trata sus múltiples alergias.

—Lo sé, colega, me lo dices mucho.

—Es que de verdad podrías matarme, ¿sabes?

Intento no reírme de nuevo, porque no quiero que se lo tome a mal. De verdad, este crío es genial. Al principio, después de la muerte de la señora Miller, Ashley se negó a verlo. No quería mostrarse triste y no encontraba la manera de fingir estar alegre, así que Parker vino a casa cada tarde a preguntar por ella durante unos días, pero, al final, aburrido de no tener respuesta, dejó de hacerlo. Y eso me partió el corazón, porque es un niño increíble y sé que Ashley jamás querría que pensara que había algún problema con él. Por eso, cuando mi chica (joder, qué bien suena esto) se recompuso lo suficiente, fue a buscarlo, se sentó con él en los escalones de su porche y le explicó que había estado muy triste porque su abuelita se había ido al cielo. Parker le dijo que él también se puso triste cuando su pececito murió y los dos lloraron. Lo sé porque lo vi desde la ventana de esta casa.

Desde ese día, el pequeño Parker viene muchas tardes o, si es fin de semana, por la mañana a desayunar. Y desde ese día, cada vez que intento ofrecerle algo de comer, me pone al corriente de sus muchas alergias y el altísimo riesgo que tiene de morir si cometo el más mínimo fallo.

Abro un brik de la leche que solo él toma en esta casa y me pongo con la tarea de las tortitas. Parker se queda a mi lado, vigilando que eche correctamente todos los ingredientes. Eso convierte el desayuno en una puñetera hazaña porque, de pronto, me siento sometido a examen y solo quiero que no ponga pegas. Cuando por fin nos sentamos alrededor de la mesa y prueba las tortitas, sube la nariz, como si a través del olfato también evaluara mi trabajo, y levanta su pequeño dedo pulgar.

—¡Muy bien, Brody!

Ash y yo nos reímos justo antes de que ella le haga quitarse la gorra.

—Es de mala educación sentarse a comer con la gorra puesta.

—Yo no lo veo así —rebate el pequeño.

Ella está a punto de contestar algo, pero entonces Maia baja las escaleras y entra en la cocina con los ojos y la nariz hinchados. La tensión llena el ambiente de inmediato.

—¿Todo bien? —pregunto.

Ella niega con la cabeza y sorbe por la nariz. Es evidente que la tiene tan congestionada que ya no puede, así que Ash le ofrece una servilleta de papel.

—Cam me ha dejado por mensaje.

—¿Qué? —preguntamos al unísono.

Ashley sigue, ofendida al máximo.

—¿Después de lo que hizo anoche todavía se ha atrevido a dejarte él a ti?

Maia encoge los hombros, como si no entendiera nada. ¿Quién puede culparla? Esto es... inaudito.

—Dice que él quiere estar con una mujer que tenga claras sus prioridades. Me lo dijo de madrugada, justo cuando yo ya estaba tocada porque fui a casa de Kellan y, después de siete años, me ha dejado claro lo que realmente piensa de mí y...

—Espera, espera, ¿fuiste a casa de Kellan? ¿Y por qué no dijiste nada? —pregunto.

—Bueno, Brody, interrumpir vuestra sesión de gemidos no me parecía una gran idea.

Si tuviera pudor, me pondría rojo como un tomate. Por fortuna no lo tengo y Ashley menos, porque se limita a bufar, levantarse y abrazar a Maia por el costado.

—Siempre dejaré de gemir por ti, amiga.

—¿Qué es gemir? —quiere saber Parker.

—Quizá deberíamos tener esta conversación en otro momento —digo intentando no reírme—. Siéntate, Maia. Cómete unas tortitas, te haré un buen café y luego hablaremos largo y tendido del asunto.

—No hay mucho que decir, en realidad.

Pero después de desayunar y hablar con Parker de los dinosaurios menos peligrosos del planeta, cuando se marcha a casa porque su madre va a llevarlo a jugar con Kelsie, nos sentamos en el sofá con Maia y nos cuenta, por fin, todo lo que pasó ayer con pelos y señales.

Cuando acaba, estamos con la boca abierta y no sabemos qué decir. Joder, todo esto es demasiado. Los cambios no dejan de sucederse. Que Kellan se haya abierto de este modo es brutal, porque antes él nunca habría dicho nada que pudiera dañar a alguien. Mucho menos a Maia. Sé bien la devoción que llegó a sentir por ella.

Por eso, cuando Maia acaba de hablar y la hemos animado un rato, salgo de casa con la excusa de pasarme por el hotel. Por cierto, las obras están listas, aunque aún falta el jardín, pero Ash está haciendo un trabajo brutal como decoradora. Con suerte, podremos abrir muy pronto.

Lo primero que hago nada más salir es ir a casa de Kellan. Tengo que ir al hotel, sí, pero será después de ver cómo está. Por mucho que quiera a Maia y odie verla sufrir, algo me dice que mi mejor amigo no estará mucho mejor que ella.

Llego a tiempo de ver a Dawna discutiendo con Chelsea en la cocina. Las dos parecen alteradas, sobre todo la más joven, que se limpia la cara de inmediato, como si no quisiera que la viera llorar. Joder, pues sí que va bien el día hoy.

—¿Todo bien? —pregunto.

—Es Kellan —dice su madre.

—¿Qué ha pasado?

—Él... —Dawna se emociona y yo aprieto los dientes—. Es mejor que lo veas. Está en su habitación.

Subo las escaleras sin decir nada más y, conforme me acerco a su cuarto, un olor nauseabundo me invade las fosas nasales. Contengo una arcada y abro la puerta. Descubro a Kellan dormido boca abajo en su cama y en el suelo, junto a un montón de botellines de cerveza, hay un charco de vómito sin limpiar.

Joder, voy a matarlo.

43

Kellan

Gruño cuando siento unos brazos fuertes tirar de mí. Joder, no quiero levantarme. Ahora mismo daría todo el dinero que tengo, que es mucho, para poder quedarme aquí tumbado todo el día. Siento la boca seca, la garganta áspera y la cabeza embotada, y, aunque parezca una mierda, no es nada comparado a lo que sentí ayer cuando ella se fue de aquí.

Soy un idiota. Un jodido idiota.

—Vamos, imbécil. —La voz de Brody llega de fondo, pero se nota lo alterado que está—. Hora de darte un baño, limpiar esto y recompensar a tu madre y a tu hermana por obligarlas a ver este espectáculo de mierda.

Me encantaría hacerle caso, levantarme de un salto y demostrarle que no tiene motivos para hablarme así, pero lo único que consigo es que me dé una arcada y obligarme a sacar la cabeza por el lateral del colchón lo justo para vomitar en el suelo y no en la cama.

—Joder, tío, qué paliza voy a darte cuando te pongas bien, te lo juro.

Ojalá pudiera responderle como se merece, pero, seamos serios, es posible que el único que se merezca toda esa mala hostia sea yo. Brody me tira de los brazos con fuerza, no en vano es jugador de fútbol profesional. Me lleva hasta la ducha, me desviste entre amenazas, insultos y un par de empujones que teóricamente evitan que me caiga. En el fondo, los dos sabemos que sirven para que se desahogue, y me mete en la ducha solo con el bóxer.

—El agua fría no —masculo justo antes de que el agua, evidentemente fría, me golpee la cara.

—Agradece que no voy a por cubos de hielo. Y ni se te ocurra caerte, te lo aviso. —Me pasa la esponja llena de jabón y me la estampa en el pecho—. El pelo es cosa mía, pero el resto te lo haces tú.

Por un momento pienso que es todo un detalle que quiera lavarme el pelo, pero eso solo lo pienso hasta que noto los tirones que me da.

—Joder, tío, cuidado.

—¡«Cuidado»! Esa es una gran palabra. ¡Hay que tener cuidado! —Está enfadado, me va quedando claro, sobre todo ahora que el agua fría se está llevando el embotamiento. Es una suerte y una desgracia a partes iguales—. Deberías cortarte el pelo. Esto ya no hay por dónde cogerlo. —Aprovecha la última frase para, evidentemente, volver a tirarme de él, lo que me hace gruñir.

—Mi pelo está perfectamente, gracias.

No hablamos mucho más. Brody está más enfadado de lo que lo he visto en mucho tiempo, incluyendo el día que se presentó en Los Ángeles para traerme aquí de vuelta. Yo, por mi parte, estoy tentado de preguntarle qué demonios espera de mí. Él fue quien me trajo para enfrentarme al pasado. ¿Cómo se supone que tengo que hacerlo? ¡Nadie me ha dado instrucciones! Nunca sé si estoy actuando bien o mal. Ayer mismo le grité a Maia cosas horribles. ¿Las sentía? Sí, por supuesto, pero ¿de qué sirve ya decirlas? ¿Qué arreglo con eso? He hecho un ejercicio de contención inmenso durante años para tirarlo todo por la borda solo porque... ¿Por qué? ¿Porque no soporto a su novio y creo que es un cretino, no solo conmigo, sino con ella? No es excusa. No debería meterme en su vida. Deberíamos ser capaces de mantenernos alejados el uno del otro y, teniendo en cuenta la longitud y población de Rose Lake, lo mejor para lograrlo es que yo me marche de una vez por todas.

—¿Me puedes explicar qué cojones hiciste anoche para acabar así? Porque te juro que si es por la discusión con Maia...

—No, joder —miento. Decir la verdad hará que Brody se enfade y, sobre todo, todavía no estoy listo para asimilar ciertos pensamientos—. Ryan me hizo una videollamada. Estuvimos componiendo y charlando un rato y quizá tomé algunas cervezas que me sentaron mal porque no cené, nada más.

—Eso que tú haces últimamente no es componer, Kellan. Es echar la vida a perder.

—Ryan estuvo...

—Estoy hasta los huevos de Ryan, te lo juro, como vuelvas a nombrármelo voy a estallar. —Me tira del brazo para sacarme de la ducha y me lanza una toalla—. Te espero en tu dormitorio. Intenta caminar derecho, si es que consigues encontrar la maldita dignidad.

Por un instante estoy tentado de defender a Ryan, pero lo cierto es que yo también estoy un poco cansado de los mensajes, las videollamadas incesantes y el agobio al que me somete cada día para que vuelva. Quiere organizar una nueva gira. Para él la carretera lo es todo, quiere volver a subir a los escenarios y la rutina está acabando con él. Lo puedo entender, pero lo cierto es que solo estoy intentando averiguar cuál es el camino que quiero seguir desde ahora. Aun así, sé que él no tiene la culpa de lo que yo haga. Ryan nunca me obliga a beber, aunque lo sugiera. Soy yo quien se deja convencer porque... No sé, porque últimamente tengo una especie de don para elegir las cosas que más daño me hacen. Como si me encantara boicotearme a mí mismo.

Salgo de la habitación y me encuentro con Willow lloriqueando en el pasillo. Me agacho a cogerla y solo ese movimiento, por leve que sea, me marea.

—No llores, pequeña. Vamos a limpiar el cuarto y luego te saco a pasear, prometido.

Entro en mi dormitorio y entiendo todos los motivos por los que Brody me odia ahora mismo. Por eso, cuando entra y me encuentra ya vestido con un pantalón tejano y una camiseta negra de manga corta, solo puedo mirar a Willow, que sigue entre mis brazos, y rascarle detrás de las orejitas.

—Eres un buen amigo y... bueno, siento que hayas tenido que ver esto.

Brody tarda tanto en contestar que, por un instante, me pregunto si se habrá marchado. Sigo mirando a mi perra, pero al final siento su presencia a solo un par de pasos de mí.

—No sé qué está pasando en tu vida o en tu cabeza, pero sé algo, Kellan: tú no eres así. Tú no eres esto en lo que estás convirtiéndote y solo espero que todavía no sea muy tarde para que puedas verlo.

—Oye, sé que parece que estoy descontrolado, pero...

—No, no lo parece. Has perdido el control de tu vida y ya es un hecho.

Me gustaría quejarme, decirle que no es así y que solo es una mala racha, pero empiezo a plantearme que quizá, después de todo, es hora de cambiar de actitud. Hacerlo de verdad. No ayuda en nada que la pantalla de mi móvil, que sigue sobre la cama, se ilumine mostrando un mensaje de Ryan. No estamos tan lejos como para no leerlo en la previsualización, por eso no me sorprende ver a Brody bufar.

—Me voy al hotel. Si quieres hablar en serio, búscame. E independientemente de lo que hagas, limpia esto y pídeles perdón a tu madre y a tu hermana. No se merecen esta mierda.

Se marcha sin que pueda replicar. Cojo el móvil, leo el mensaje de Ryan, que básicamente consta de una foto con un porro que está consumiendo a modo de desayuno, y decido que Brody tiene razón en una cosa: soy yo quien decide hasta dónde llega la gente. Soy yo quien marca los límites y ya es hora de dejar de tenerlos difusos.

Bajo las escaleras, dejo a Willow en el sofá y me ocupo de limpiar el dormitorio hasta que no queda ni rastro del olor a vómito. Para cuando acabo, Chelsea y mi madre están en la cocina guardando un silencio tan inusual que, cuando me siento junto a ellas, tengo que tragar saliva para soportar la tensión.

—Sé que he cometido un error. Lo sé, pero no va a repetirse más —murmuro mirando el tablero de la mesa.

—Ya, claro...

Chelsea se levanta y se va, lo que me hace suponer que no va a perdonarme con facilidad. Mi madre, en cambio, estira la mano y envuelve la mía con suavidad.

—Si necesitas ayuda, pídela, Kellan. Si necesitas hablar, búscame. Si necesitas que te grite, dímelo. Quiero ayudarte, hijo. Te prometo que no hay nada que quiera más, pero, si tú no me dices cómo hacerlo, si no me das una guía, va a ser completamente imposible.

Cuando su voz se rompe, algo dentro de mí se resquebraja con fuerza.

—Mamá...

—Ya perdí a tu padre, Kellan. No me obligues a perderte a ti. No lo soportaría, hijo.

Me suelta la mano y sale de la cocina mientras yo trago saliva y me retiro el pelo de la frente.

Ryan vuelve a escribirme y, esta vez, bloqueo su número. Sé que sigue estando en mi banda y sé que sigue siendo parte de mi vida, pero ahora mismo tengo que centrarme en mí y en demostrarles a mis seres queridos que, aunque lo crean, no todo está perdido conmigo.

44

Maia

Observo el modo en que Ashley intenta disimular las lágrimas y se me encoge el corazón. Llevamos un rato metiendo en cajas la ropa de su abuela. Hasta ahora, Ash ni siquiera había tocado el tema, pero hoy, en un intento por distraerme, me pidió ayuda para vaciar armarios y seleccionar qué se puede donar y qué es mejor tirar. Entiendo lo que la motivó, pero al final yo sigo siendo un desastre emocional y ella se ha sumado. Cada una tenemos nuestras razones.

—Siempre pensé que lo peor sería verla morir, que la peor parte sería enterrarla y ver cómo su cuerpo encerrado en una caja acababa bajo tierra, pero no es así. Lo peor es esto, lo cotidiano. Tener que seguir cada día sin ella. Tener que donar su ropa y deshacerme de sus cosas porque, aunque me niegue, ella ya no está. Mantener la casa intacta, tal como ella la tenía, no va a traerla de vuelta —murmura cuando la abrazo sin decir nada.

—Es normal que la eches de menos y tienes todo el derecho del mundo a sentirte triste y a llorar. Cuando llegué aquí, acababa de perder a mi abuelo y ¿sabes de lo que me di cuenta? De que los momentos más dolorosos llegaban entre los más felices. Cuando me pasaba algo bueno y quería descolgar el teléfono y llamarlo. Cuando estaba triste y pensaba en sus abrazos. Oler su colonia en la ropa antes de donarla y saber que, sin importar el perfume que fuera, nunca más olerá igual. —Ash solloza y la abrazo con más fuerza, emocionada—. No tienes que ser fuerte siempre. Es algo que entendí con el tiempo. Algunos días solo vas a querer llorar porque no está contigo y la echas de menos, Ash. Es humano, es parte del proceso.

—¿Y qué pasa con los días que me siento culpable por ser feliz con Brody? —pregunta en voz baja, como si temiera que nos oyeran—. Siento que estoy siendo un ser humano de mierda. Es como si... como si no hubiera podido esperar para meter a Brody en mi cama y...

—No le estás faltando el respeto a nadie —le aseguro—. Tu abuela, aun con lo cascarrabias que era, solo quería que fueras feliz y estoy completamente segura de que, si puede verte desde alguna parte, solo siente felicidad al ver que no estás sola y no te anclas todo el tiempo en el dolor.

—Pero ha pasado tan poco...

—Piénsalo, Ash. ¿Qué ser humano querría que, después de morir, sus seres queridos estuvieran sufriendo, llorando y encerrados en vida constantemente? —Ella hipa y yo le beso la frente—. Mira, no sé si existe algo en el más allá, pero, si así es, estoy completamente segura de que tu abuela aprueba todo esto. De hecho, estoy segura de que lo que no aprueba es que te culpabilices por algo tan lógico como seguir viviendo.

—Dios, me maldeciría muchísimo. —Nos reímos y le aprieto el costado—. Creo que tienes razón, pero, aun así, es muy duro.

—Lo sé.

—Y me encantaría haber tenido más tiempo. Sé que estaba mayor y enferma, pero... solo un poco más de tiempo.

—También lo sé —contesto emocionada, porque me sentí exactamente igual cuando mi abuelo nos dejó.

—En fin... —Sorbe por la nariz y mira el abrigo que tiene entre las manos—. Creo que el pastor agradecerá mucho estas cajas.

Sonrío, contenta de ver que el pequeño momento de crisis ha pasado. Seguimos metiéndolo todo en cajas mientras pienso en mis propios problemas y sentimientos. Sinceramente, no sé si estoy más dolida por el hecho de que Cam me haya dejado o porque lo haya hecho por mensaje. Es que, ¡joder! Al menos ten la decencia de decírmelo a la cara. Y eso sin contar que, de este modo, él queda como víctima cuando creo, sinceramente, que es quien tiene que pedir perdón. Me siento estafada, eso es. Como si yo hubiera hecho algo malo cuando no es así.

Intento concentrarme en la tarea con Ash y, para la hora de comer, cuando Brody vuelve, tenemos los armarios vacíos y el dormitorio de su abuela completamente despejado. Nadie lo ha usado, porque yo duermo en la antigua habitación de los padres de Ash y Brody duerme con ella, pero creo que sería una buena idea que el espacio se convirtiera en una especie de santuario para Ash en el futuro. Un despacho, una sala de yoga o quizá una pequeña biblioteca. No se lo digo a mi amiga, creo que aún es pronto para pensar en ello. De momento, seguirá siendo la habitación de su abuela y solo el tiempo dirá cuándo se encuentra lista para hablar de este tema.

Estamos comiendo juntos mientras Ash habla con Brody de algunos remates de la decoración del hotel cuando llaman a la puerta. Me levanto yo, para que no interrumpan su conversación, y me quedo a cuadros cuando veo a Cam de pie y sonriendo al otro lado del umbral.

—Hola, nena.

Me besa en la mejilla y entra en casa como si nada, dejándome completamente estupefacta. Eh, ¿hola? ¿Alguien podría explicarme qué demonios está pasando?

—Cam, ¿qué...?

—He salido un poco antes del trabajo y he pensado que podría invitarte a comer en el restaurante de tu padre.

—Pero...

—Me apetece comerme un buen chuletón. —Lo miro anonadada y se ríe—. Lo sé, sé que, como vegetariana, no te resulta atractiva la idea, pero podrías comerte una de esas lasañas vegetales que prepara tu madre.

—Eh... justo estábamos comiendo —atino a decir.

Frunce el ceño, como si eso fuera lo raro de toda esta escena.

—¿Tan pronto?

—Siempre como a esta hora.

—Bueno, si hay sitio para mí, puedo unirme.

No es que no haya sitio, lo juro, es que... no sé a qué viene esto. Quizá debería hacer como si nada, comprender que, por lo que sea, Cam ha decidido que seguimos juntos y ni siquiera piensa mantener una conversación al respecto, pero yo no soy así. No soporto ver hasta qué punto él decide qué hacemos y qué no. Cuándo sí y cuándo no. Maldita sea, me dejó anoche por mensaje, he pasado una madrugada horrible y una mañana pésima, ¿y ahora vamos a hacer como si nada? No, lo siento, pero no soy así. Por fortuna, a mí me enseñaron a hablar de las cosas que me afectan y eso es lo que hago.

—Cameron, anoche me dejaste por mensaje.

Me repatea que tenga que recordarle algo así, pero no es nada en comparación con lo que siento cuando lo veo reírse.

—No, lo de anoche fue una tontería. Una riña sin importancia.

—No, no lo fue —replico—. Dijiste cosas durísimas. Me acusaste de abrirme de piernas para Kellan en cuanto él lo insinuara. Para mí, eso está muy lejos de ser una riña sin importancia. Me faltaste el respeto.

—Oh, joder, Maia. ¿Vamos a seguir hablando de ese tema?

—¿Seguir? Para seguir tendríamos que comenzar. ¿Te das cuenta de lo irracional que es todo esto? No puedes decirme cosas tan horribles y presentarte aquí como si no ocurriera nada. Me hiciste daño.

—¿Y tú a mí no? —rebate—. Te recuerdo que llevamos prácticamente un mes sin acostarnos y, encima de aguantarme, he tenido que ver cómo quedas con tu exnovio y...

—Dios mío, Cam, esto ya pasa de castaño oscuro —mascullo—. ¿De verdad estás insinuando que tú eres la víctima en todo esto?

—No es mi exnovia la estrellita que ha aparecido por aquí para joderlo todo.

—Kellan no ha jodido nada. Es un amigo, nada más, y no está relacionado en absoluto con que tú y yo no nos acostemos. Eso más bien se debe a que, en las últimas semanas, han pasado muchas cosas que me tienen abrumada y tú estás siendo un capullo. Desde luego, eso no ayuda en nada a tener la libido alta.

—¿La culpa de que te estés volviendo fría como un témpano es mía?

Fría. ¿Soy fría por no querer follar durante una temporada mínima de tiempo al estar pasándolo mal? Odio esto. Odio sentirme mal por respetar mis propias necesidades. Y odio, aún más, que para Cam el sexo sea lo bastante importante como para meternos de lleno en una crisis. Si hace unos meses me hubiesen dicho que íbamos a acabar así, me habría reído a carcajadas, lo que me hace pensar en que, realmente, nunca llegas a conocer bien a alguien. Puedes dormir cada noche al lado de un chico que te parezca perfecto y que, de pronto, de la nada, empiece a ser un cretino y muestre una personalidad que tú habías jurado que no tenía.

Tanto es así que comienzo a preguntarme si, en realidad, Cam siempre ha sido una persona tóxica y yo no he sabido verlo hasta ahora. ¿Había indicios? ¿Cómo puedo saberlo? No estuve pendiente de los detalles. Vivía el momento, como se supone que debe ser, pero esto... Esto no es bueno para mí. De ninguna de las maneras es bueno para mí.

—Creo que tienes razón en algo, Cam. Me estoy volviendo fría con respecto a esta relación. No voy a buscar culpables, ¿sabes? Quizá yo no hice las cosas de un modo perfecto, pero estoy bastante segura de que, si hubiera sido al revés, te habría dado tanto espacio como necesitaras para volver a la calma.

—¿Qué calma, Maia? ¿Me estás dejando de verdad por querer follar con mi novia después de un mes?

—No, te estoy dejando por pasarte un mes presionando, teniendo celos absurdos, mostrando actitudes tóxicas y...

—Ah, ¿yo soy el tóxico? —me interrumpe—. ¿Yo, que tengo un buen trabajo, una casa y toda la estabilidad del mundo? Porque hasta donde yo sé, el que acabó en el calabozo por drogas y saltarse las leyes fue tu querido amigo.

—¡Deja de nombrar a Kellan! —exclamo fuera de mí—. ¡Se acabó, Cam! ¿De acuerdo? ¡Deja de nombrarlo porque él no tiene nada que ver en esto!

—Eres una falsa —escupe con maldad—. Eres tan jodidamente hipócrita que te has convencido de que lo has hecho todo bien cuando, en realidad, te has comportado como una...

—Hora de irte, amigo. —La puerta de la cocina se abre y muestra a un Brody claramente enfadado. Ash está tras él, con peor cara aún—. Tienes exactamente tres segundos para salir de esta casa por tu propio pie.

—¿O qué?

—O te saco yo sin que pongas los malditos pies en el suelo.

—Me gustaría ver eso.

La tensión invade mi cuerpo. Brody tiene muchísima fuerza, pero Cam no se queda atrás. No quiero ver una pelea entre ellos. ¡Eso es lo último que quiero!

—Cam, por favor —suplico—. Tienes que marcharte. Esto se ha salido de madre.

—O sea, que me dejas, ¿no? Así de fácil es para ti.

—¡Tú me dejaste anoche!

—¡Era una maldita discusión! Las personas discuten, Maia. Que tú seas una niña mimada y no lo hayas experimentado nunca no significa que...

—¿Niña mimada yo? —pregunto estupefacta—. No lo soy.

Cam se ríe despectivamente y algo dentro de mí se agrieta. Nunca ha hecho referencia a mis abuelos, que son los únicos que tienen dinero en mi familia. Mi madre trabaja como pinche de cocina, mi padre tiene un restaurante. Por el amor de Dios, si hasta me negué a aceptar un puesto importante en la empresa hasta que no acabé la carrera por miedo a que los trabajadores pensaran justamente que soy una niña consentida que no se merece el trabajo. ¿Y todo para qué? Para que Cam, mi propio novio, me hable así. Y, si él lo dice, ¿cuántos más lo piensan?

Brody da un paso hacia nosotros y Cam toma, por primera vez, una buena decisión. Retrocede y se dirige hacia la puerta, no sin antes mirarme como si fuera una cucaracha.

—Vas a arrepentirte de esto, Maia. Estás tirando tu vida por la borda por un polvo con un cantante famoso. ¿Te crees que él se va a quedar aquí contigo? Eres aún más estúpida de lo que pareces si piensas que esta vez te pondrá por encima de su música. No lo hizo en el pasado y no lo hará ahora.

Intenta evitar a Brody, que se abalanza sobre él, pero no lo logra. Por fortuna mi amigo consigue controlarse y solo lo agarra de la camiseta lo justo para sacarlo de la casa de un empujón. Cuando la puerta se cierra y Ash y Brody fijan sus ojos en mí, la vergüenza me inunda. Subo las escaleras a toda prisa y me encierro en mi dormitorio como si hubiera cometido el peor crimen del mundo. No puedo creerme todas las cosas horribles que hemos dicho.

En realidad, no puedo creer que dos personas que supuestamente se quieren acaben tratándose así. Toda esta situación me supera y, cuando Ash entra en mi dormitorio, se tumba a mi lado y me abraza, dejo que las lágrimas rueden libres. Tiemblo y lloro hasta quedarme exhausta y lo bastante cansada como para dormir un poco.

Los problemas no acaban aquí, estoy segura, pero ahora mismo... Ahora mismo no puedo con más.

45

Kellan

Días después de jugar a ser la niña del exorcista en mi dormitorio, decido salir a correr por el bosque. Quizá ya va siendo hora de liberar endorfinas con el deporte y no con mierdas autodestructivas. Willow se ha quedado en casa porque aún no corre lo suficiente como para que vayamos juntos, pero estoy deseando que crezca un poco para que me acompañe.

A la vuelta, antes de regresar a casa, decido pasarme por el restaurante y coger cena para mi madre, Chelsea y para mí. He corrido más de una hora, así que creo que me merezco una hamburguesa completa con patatas bien mojadas en salsa barbacoa. Mando un mensaje a mi madre y, cuando me da el OK, entro en el restaurante.

Justo antes de guardar el teléfono en mi bolsillo me llega un mensaje con un número desconocido:

¿Me has bloqueado? ¿Pero qué mierda de amigo hace eso?

El remordimiento me mordisquea la nuca. Por eso vuelvo a salir, marco el número y, cuando descuelga, me preparo para su ira. Ryan es un gran músico, de verdad, de los mejores, pero su temperamento es tan voluble como su arte. Un día puede trabajar doce horas seguidas y al siguiente no consigues que se despegue del alcohol o de las drogas lo suficiente como para hacer algo en el estudio. En cuanto oigo su voz, sé que hoy es uno de los últimos días.

—Me has fallado, tío. Me has fallado muchísimo.

—Oye, Ryan...

—¡Se supone que somos amigos!

—Y lo somos.

—Entonces ¿dónde demonios estás? Te necesitamos aquí, Kellan. Es hora de componer, de hacer música y de volver a la carretera, joder.

Trago saliva. Mis recuerdos de la última gira no son tan buenos como los de Ryan. Es lo que ocurre cuando eres de las pocas personas que no se emborrachan diariamente o se meten mierda para soportar la presión. Sé que tengo que volver, de verdad soy muy consciente, pero cuantos más días pasan, más desagradable me resulta la idea de encerrarme en una furgoneta con Ryan y los demás para recorrer el país. Los aviones a deshora, los cambios horarios y el jet lag permanente. Vivir en una resaca emocional continua, a veces, no compensa.

Adoro la música, me encanta componer, pero, si soy sincero, la perspectiva de volver a subir a un escenario abarrotado de gente no me resulta atractiva. Me recuerda la presión, la ansiedad, el pánico descontrolado antes de cada concierto por no poder cumplir las expectativas. Las críticas constantes. Las exigencias. El descontrol. Todo eso... Todo eso no es música. Es lo que la acompaña. Sé que es la parte que acepto a cambio de cumplir mi sueño, pero empiezo a preguntarme si de verdad me compensa.

Mientras tanto, Ryan despotrica sobre lo mal amigo que soy, mi madre y mi hermana me miran decepcionadas, mis amigos hacen su vida sin dudas importantes y Maia... Maia también sigue su vida sin mí, claro, es normal. ¿Qué esperaba?

—Pronto —murmuro al teléfono—. Te juro que volveré pronto.

—¿Pronto cuándo es?

—Unos días más.

—Hazlo, Kellan. Te necesito aquí. —Su voz suena rasgada, ronca. No está en sus cabales ahora mismo, ya lo conozco bien—. Espero que al menos vengas cargado de letras nuevas.

—Sí, tengo algunas cosas...

—Bien, bien, vale. Bueno, entonces te dejo ya. Exprime al máximo tu tiempo ahí y vuelve. En serio, ya no es una petición, el grupo te necesita.

Cuelga y me meto el teléfono en el bolsillo trasero del pantalón mientras pienso en lo que debería hacer. Después de todo, ¿qué me retiene aquí? No tengo nada que hacer. Es hora de volver y, aun así...

Un poco más. Solo un poco más.

Entro en el restaurante de nuevo y me encamino hacia la barra, no sin antes fijarme en que Cam y sus amigos, trabajadores del aserradero a juzgar por sus indumentarias, están en una mesa grande del fondo.

Me siento en un taburete junto a la barra, pero, en cuanto Max me ve, sonríe y me guiña un ojo. Solo con eso ya sé lo que viene.

—Lo prometiste, ¿eh?

Me río. Hace días le prometí subir al pequeño escenario un día de estos para cantar. Antes solía hacerlo. No siempre eran canciones mías. De hecho, la mayoría de las veces versionaba canciones famosas. Ahora mis letras son las famosas y podría hacerlo. Podría subir y cantar algunas letras, pero me basta echar una mirada en derredor para ver que es un día tranquilo. No hay muchos vecinos, no están ni mi familia ni mis amigos. En cambio, sí que están los capullos de Cam y sus amigos, que han empezado a burlarse de mí, a juzgar por los gritos que dan como si cantaran con voz de chica y tocaran la guitarra. Es bastante infantil y me gustaría decir que no me afecta lo más mínimo, pero sería mentira. Además, me he propuesto mantenerme al margen de la relación que Maia tiene con su novio, aunque tenga una opinión muy clara al respecto.

—Te prometo subir antes de irme —le digo a Max—. De momento, ¿podrías prepararme tres hamburguesas completas con patatas para llevar?

—¿Cena en casa?

—Sí, pensé que sería buena idea ver alguna peli los tres juntos. Intento aprovechar al máximo el tiempo con ellas.

—Haces muy bien, chico. Me imagino que las echas de menos cuando estás fuera. —Asiento, algo avergonzado. Soy consciente de que Max también habrá oído las cosas que la prensa amarilla dice sobre mí—. Estoy contento de verte de nuevo.

Y ya está. Eso es lo único que tiene que decir el padre de Maia, demostrando una vez más el enorme corazón que tiene. Carraspeo, agradecido y algo emocionado, aunque no deje que nadie lo vea.

—Yo... me gusta estar en casa —admito en voz baja.

Max me palmea el hombro y me lo aprieta un poco justo antes de ir a ocuparse de mi pedido y otros clientes.

Apenas llevo un par de minutos solo cuando alguien se pone a mi lado. No necesito ver de quién se trata. Lo he visto acercarse con el rabillo del ojo.

—Al final parece que vas a ganar, ¿eh?

—No sé de qué hablas —contesto.

—Sí, hombre, me refiero a la chica. Toda para ti, como a ti te gusta.

No respondo. En realidad, no sé qué decir porque no tengo ni idea de a qué se refiere. Cam está bastante bebido y sé que no tiene sentido seguirle la corriente. Además, hace días, en una charla bastante seria, les prometí a mi madre y a Chelsea que no me metería en más líos. Por más que me encantaría ponerme a la altura de Cam y desfogarme con él de mis muchas frustraciones, ellas son más importantes, así que no contesto.

Por desgracia, eso no parece desanimarlo.

—Debes de follar muy bien, tío. Si no, no me explico que siempre salga corriendo detrás de ti.

Las ganas de darle una paliza son tantas que me agarro a la barra del bar.

—Vete a casa, Cam.

—Vete tú, joder. Vete tú a casa, Hyland, pero a la de Los Ángeles. Aquí ya no tienes nada que hacer. ¿Es que no lo ves? Estás jodiéndole la vida a toda la gente que te importa.

—Eh, Cameron, creo que deberías salir a tomar un poco el aire.

Me giro sorprendido ante la voz de Ronan Campbell, el abuelo de Maia. Se ha acercado a nosotros tan sigilosamente que no lo he visto hasta que ya está apenas a dos pasos de nosotros. Cam endereza los hombros y sus mejillas se tiñen de rojo mientras yo soporto las ganas de bufar.

—Señor Campbell, yo no...

—Vamos, hijo. No hagas que te acompañe a la puerta. Ya te has puesto suficientemente en ridículo.

Cam lo mira sorprendido, pero Ronan es su jefe, incluso por encima de Maia y, además, todos en el pueblo le tienen mucho respeto. Incluso cuando hacía las cosas mal con su familia, era querido en la localidad, porque siempre se ha desvivido por Rose Lake. Por eso no me extraña nada que, finalmente, Cam salga del restaurante, no sin antes mirarme como si yo también tuviera la culpa de esto.

Por suerte, no me da tiempo de pensar mucho en ello. Ronan me palmea el hombro y señala la botella de agua que yo mismo traía.

—¿Quieres una copa? Yo invito.

—No, señor, gracias. Estoy esperando la cena para irme a casa.

—Bueno, entonces deja que me siente unos minutos contigo, hijo. Hace mucho que no nos vemos.

La perspectiva de sentarme con Ronan Campbell no es la más agradable del mundo. El hombre sabe cómo imponer, pero negarme sería grosero. Después de unos segundos, asiento y lo sigo hasta una mesa alejada del escenario y los pocos vecinos que hay esta noche en el restaurante.

—¿Y cómo van las cosas por tu vida? He oído que todo está un poco... alterado. —Carraspeo, incómodo, pero eso no lo detiene—. ¿Todo bien?

—Sí. Sé que genero muchos rumores, pero todo está bien, señor Campbell. He tenido algunos problemas, eso es todo. Estoy intentando solucionarlo.

—Me alegra oír eso. —Guarda silencio un instante y una parte de mí, una muy ilusa, piensa que ya ha acabado con el tema, pero obviamente no es así—. No voy a andarme con rodeos, sé que no te interesa que te dé una charla acerca de perder el rumbo, pero sí voy a decirte algo, porque nunca se sabe cuándo una persona necesita oírlo: si necesitas ayuda, del tipo que sea, solo tienes que buscarme. —Lo miro sorprendido, pero la expresión de su cara no cambia—. Sé lo que es estar perdido en el dolor y la rabia, Kellan. Entiendo cada sentimiento complicado que puedas estar teniendo y no estoy dispuesto a juzgarte, así que hazme caso cuando te digo que puedes venir a mí siempre que lo necesites, ¿de acuerdo?

Asiento, pero estoy tan aturdido que, cuando Max me avisa de que mi comida está lista, la recojo y salgo del restaurante despidiéndome solo con un montón de gestos y sin decir ni una sola palabra. Es mejor no decir nada que decir algo inapropiado. Y por detrás de todo eso, está saber que prácticamente todo el mundo cree que estoy tan perdido como para necesitar ayuda.

Entiendo las palabras de Ronan Campbell y las agradezco, pero reconozco que me gustaría más que viera en mí a un hombre del que sentirse orgulloso, no a uno que necesita una guía.

Por suerte o por desgracia, no tengo tiempo de meditarlo mucho. Apenas me he adentrado en la pequeña vereda de árboles por la que atajo para ir a mi casa cuando un puño se estampa en mi cara.

—A ver si aquí puede ayudarte el viejo, cabrón.

46

Ashley

Debería ponerme boca arriba en algún momento, pero estoy desnuda en la cama y Brody me besa la espalda con tanta suavidad que, en realidad, estoy pensando seriamente hasta qué punto sería aceptable obligarlo a no dormir y que se pasara toda la noche así. Sin embargo, si hay algo que me interesa más que recibir sus besos y caricias, es hablar el tema que dejamos a medias cuando Brody decidió que prefería follar a hablar de cosas que lo hacen sentir incómodo. Ahora, cada uno con nuestro orgasmo a cuestas, es hora de retomarlo.

—¿De verdad te da igual?

Sus labios se paralizan sobre mi piel y, aunque no lo veo, sé que ahora mismo su cuerpo está tenso.

—¿Tenemos que hablar de eso ahora?

—Sí, por supuesto —digo. Me giro muy a mi pesar y me siento en la cama.

Los ojos de Brody se desvían hacia mi pecho desnudo, pero no me tapo. Nunca he sido pudorosa y no voy a empezar a serlo hoy. Además, tengo bastante claro que no voy a permitir que se desvíe del tema de nuevo.

—Me han desheredado, sí, ¿y qué? Ya tengo todo lo que quería de ellos. Por mí pueden quemar todo lo que tienen.

—Pero es tu herencia...

Gracias a una llamada de teléfono de su abogado, Brody se ha enterado de que sus padres han tomado la decisión de desheredarlo oficialmente. Según él, es lo mejor que podía ocurrir. Yo no estoy tan de acuerdo. Conozco a sus padres, sobre todo a su padre, y dudo mucho que se conforme solo con esto. Después de lo que Brody ha hecho renunciando al equipo, estoy convencida de que va a querer hacerle daño. Él está seguro de que no, porque no puede, pero yo... yo no estoy tranquila.

—Tienes que confiar en que no todo el mundo es tan malo como en las películas.

—Tu padre sí. Tu padre es un cabronazo.

Brody se ríe y me abraza.

—Lo es, pero no puede hacer más. No puede obligarme a volver, no puede meterse en mis finanzas porque me desvinculé antes de llevar a cabo mi plan y, desde luego, no puede ponerme una mano encima como hacía antes. Sabe que ha perdido y lo único que le queda es asimilarlo y seguir viviendo, hacerse a la idea de que nunca tuvo un hijo.

—Eso suena... frío.

—Es la realidad. En lo que a mí respecta, tampoco he tenido padres nunca. Me considero huérfano de todo, menos de ti.

El corazón se me ablanda, como siempre que Brody dice ese tipo de cosas. Estoy a punto de confesarle que yo me siento exactamente igual cuando su teléfono suena. En un principio se plantea no contestar, pero al ver que se trata de Kellan, descuelga.

—¿Sí?

Sé que es serio cuando Brody sale de la cama de un salto, sin siquiera mirarme. Lo imito, no sé qué ocurre, pero, si es Kellan y Brody está así de tenso, es grave.

—No te preocupes —le dice al teléfono—. No te muevas de ahí, ¿de acuerdo? Voy enseguida.

Kellan dice algo que hace resoplar a Brody. Cuelga y me mira.

—Le han dado una paliza, Ash.

—¿Qué? ¿Quién?

Brody se viste a toda prisa, igual que yo.

—Cam y algunos compañeros, según me ha dicho. Debe de tener el labio partido porque se le entiende a medias. Está en el sendero que va del restaurante a su casa.

La sangre se me congela. ¿Cam le ha pegado a Kellan? ¿Qué sentido tiene eso? ¿De verdad ha perdido la cabeza hasta ese punto? Me asaltan todo tipo de pensamientos intrusivos. ¿Cómo es que no vimos que Cam podía llegar a ser así? ¿Hasta qué punto puede una persona ocultar su verdadera y oscura personalidad? ¿Y por qué no pudimos ver nada de esto cuando empezó a salir con mi amiga? ¿Qué habría pasado si ella siguiera con él y...?

Aprieto los ojos con fuerza cuando empiezo a ver chispitas blancas. No es la primera vez que me pasa, la ansiedad hace que se me desenfoque la vista a menudo. Intento respirar hondo y, cuando Brody me sujeta por los hombros, los abro para obligarme a mirarlo.

—Voy contigo.

—¿Segura?

—Por supuesto. Es nuestro amigo, no vamos a dejarlo solo.

Brody asiente y me tira de la mano hacia las escaleras. En algún momento debería reflexionar acerca de lo bonito que es tener a alguien que me dé la mano ante el peligro, que me invite a acompañarlo en vez de intentar protegerme por creerme débil o incapaz de aguantar ver a Kellan golpeado.

No sé si es el modo en que bajamos las escaleras, con evidente tensión y prisa, o nuestros cuchicheos, pero cuando ya estamos en la puerta Maia nos mira desde el salón y se preocupa de inmediato.

—¿Qué ocurre?

Miro a Brody, pero él solo se frota la cara. Se ve que frustrado por toda esta mierda y encoge los hombros.

—Tú la conoces mejor. Tú decides.

—¿Ella decide el qué? —insiste Maia levantándose del sofá y acercándose a nosotros—. ¿Qué ocurre, Ashley?

Vuelvo a apretar los ojos. Malditas chispitas. Maldito Cameron. Maldita sea la vida algunas veces.

47

Maia

El punto en el que se encuentra Kellan no está lejos de la casa de Ashley. En realidad, en Rose Lake todo está cerca. Incluso las casas de mis padres, que están a las afueras, están relativamente cerca si corres lo bastante rápido. El problema es que, aun yendo en coche, siento que no llego lo bastante deprisa hacia donde está él.

«Cam le ha dado una paliza».

Las palabras de Ashley resuenan en mi cabeza una y otra vez. Intento comprender y entender el motivo por el que mi exnovio llegaría a ser violento. Lo conozco y habría jurado infinidad de veces que él no era así, pero la verdad es que ya no tengo ni idea de cómo es. Ya no sé si el Cam que yo conocí realmente existe o fui tan imbécil como para ver solo lo que me interesaba.

Llegamos, por fin. Aparcamos en el restaurante y nos dirigimos a la arboleda que hay entre el restaurante y el muelle. Hay un caminito de tierra que ataja para ir de un lado a otro y tanto Kellan, que vive enfrente del muelle, como todos los demás lo hemos usado muy a menudo. No es peligroso, está iluminado y, de todas formas, esto es Rose Lake. Aquí los vecinos no son perfectos, pero nadie agrede a nadie. No hay grandes altercados más allá de las típicas borracheras o rencillas vecinales. En el Festival de Otoño la gente se pone más intensa, claro, es lo que tiene competir por todo, incluso por quién tiene la calabaza más grande. Ah, sí, eso me lleva al concurso de buzones de Navidad. Ver a los vecinos competir por el premio puede llegar a ser mejor que cualquier reality basura. Y, aun así, nadie ha llegado a las manos. Nadie desde que yo vivo aquí, salvo el padre de Brody cuando pegaba a su hijo y todos lo sabían, pero nadie hacía nada. Incluso él, al salir de Rose Lake, se convirtió en *persona non grata*.

Esto es... inaudito. Inaudito y horrible. Dios, no puedo esperar a ver a Kellan. Cuando por fin lo encontramos, sentado a un lado del sendero de tierra, apoyado contra un árbol, me obligo a respirar, porque está claro que le han golpeado, pero no parece que se esté muriendo. Que ese pensamiento me alivie es horrible, ¿no?

Brody es el primero que se adelanta, se acuclilla frente a él y le sujeta sus mejillas. Tiene el labio inferior hinchado, aunque no parece partido, la nariz le sangra y mañana tendrá el ojo derecho negro como la noche. Es... Nunca imaginé que llegaría a ver a Kellan así. O sea, nunca imaginas ver golpeado a nadie de tu entorno, pero a él menos. Supongo que siempre tuve claro que es tan pacífico que no tendría problemas con nadie. No puedo evitar pensar que, en realidad, si no fuera por mí, ahora mismo estaría sano y salvo.

—¿Cómo estás, colega? —pregunta Brody.

—He tenido días mejores. —Intenta sonreír, pero el dolor es tan grande que se queda en una mueca—. No quiero ir a casa así.

—No te preocupes. —Ash se coloca a su lado, también en cuclillas, y le acaricia el brazo—. Te vienes con nosotros, ¿de acuerdo? Le mandaremos un mensaje a tu madre desde tu móvil diciéndole que se nos ha hecho tarde y te quedas a dormir.

Kellan cierra los ojos, visiblemente aliviado, y se apoya en el tronco del árbol. Cuando vuelve a abrirlos, lo primero que ve es a mí. No sé qué decir. Me encantaría tener las palabras que hagan que se sienta mejor, pero, en realidad, soy la causante de todo esto, así que debería disculparme. Consigo murmurar un «lo siento», pero o Kellan no me oye o no le interesa lo que tengo que decir. Vuelve a cerrar los ojos e inspira hondo antes de intentar levantarse, no sin dolor. Brody y Ashley lo ayudan y no necesito levantarle la camiseta para saber que la peor parte se la ha llevado su torso, de ahí que no estuviera de pie cuando llegamos.

Conseguimos llevarlo hacia el coche y ponernos en marcha sin que ningún cliente entre o salga del restaurante y nos vea. Esto será la comidilla de Rose Lake mañana, pero ahora mismo lo más importante es que Kellan descanse. El trayecto es tenso y silencioso. Él tiene los ojos cerrados y la mano sobre el vientre, así que empiezo a imaginar todas las cosas horribles que Cam le ha hecho. ¿Le ha dado patadas? ¿Ha empleado solo los puños? Es todo demasiado... violento. Demasiado... demasiado. Eso es, todo esto es demasiado.

Ya en casa, cuando Brody lo tumba en el sofá y le levanta la camiseta, descubrimos su torso completamente rojo y aporreado. No hay heridas abiertas y eso me tranquiliza, aunque sea un poco, no sé cómo reaccionaría a algún tipo de lesión profunda. Joder, ya es espantoso ver esto.

—¿Estaba bebido? —me oigo preguntar en un momento dado, mientras Ash le pone una bolsa de guisantes congelados sobre el ojo y le inspecciona su nariz—. Me refiero a Cam, ¿estaba borracho?

Los tres me miran, pero es Brody quien peor lo hace.

—¿Si lo estaba, deja de ser grave lo que ha hecho?

—Por supuesto que no —murmuro sintiéndome fatal en el acto—. No pretendía justificarlo. Solo...

Ellos vuelven a prestar atención a Kellan, que está mirándome hasta que mi mirada se posa en él y cierra los ojos. Al parecer, no tiene nada que decirme y es lógico. Seguramente ahora mismo me odia y no puedo culparlo por ello. Quiero decirles que no me he expresado bien, que jamás querría dar a entender que Cam tenga justificación, porque no la tiene, pero algo me dice que abrir la boca lo empeorará todo, por eso me limito a callarme.

Guardo silencio mientras mis amigos llaman al médico, y este viene. Le manda unos calmantes y reposo. Cuando se despide, una vez de nuevo a solas, cojo mi chaqueta y me dirijo a la puerta. Ash me frena cuando solo me faltan un par de pasos para llegar.

—No se te ocurra ir a un lugar en el que ya no estás segura —me advierte.

Sostengo el pomo de la puerta y, por un instante, me pregunto hasta qué punto es bueno que me conozca tan bien. Me giro, lista para enfrentarla.

—Cam no me hará nada a mí.

—Cam ha hecho esto, Maia —dice señalando a Kellan, que sigue en el sofá, aún con los ojos cerrados—. Se ha destapado como un ser tóxico y celoso, y de ninguna maldita manera voy a permitir que vayas allí. Mucho menos sola.

—En realidad, tú no puedes permitirme o prohibirme nada. No eres mi madre, Ashley.

No sé de dónde sale mi tono rencoroso, pero sé que estoy harta de quedarme aquí quieta, mirando el modo en que todos juegan a algo peligroso y me dejan fuera. Estoy cansada de que Cam piense que puede ir pegando a la gente solo porque no se ha salido con la suya y estoy harta de que me digan lo que puedo o no puedo hacer.

—Maia... —empieza a decir mi amiga.

—No vayas —murmura Kellan desde el sofá sin abrir los ojos—. No vayas.

Es la primera vez que se dirige a mí en toda la noche y siento tantas ganas de llorar que tiemblo antes de poder contestar:

—Solo quiero hablar con él. Preguntarle por qué ha hecho algo tan horrible.

Kellan niega con la cabeza y, por más que deseo que me mire, permanece con los ojos cerrados.

—Si alguna vez te importé algo, no vayas, Maia. Quédate aquí, a salvo.

Brody y Ashley parecen estatuas mientras esperan que tome una decisión. Claro que no hay mucho que decidir, ¿no? Es Kellan quien se ha llevado una paliza por mi culpa. Lo mínimo que puedo hacer es ayudar a que esté tranquilo quedándome en casa, aunque eso me suponga aguantarme las infinitas ganas que tengo de ir a enfrentar a Cam.

Vuelvo al salón y me siento en el sofá. Kellan es tan alto que sus pies sobresalen por el reposabrazos, así que estoy justo delante, en el borde, mirándolo sin que me corresponda. No digo nada. No creo que haya mucho que decir. Si me quedo es por él, no por mí. Observo cómo su respiración se va ralentizando con el paso de los minutos y, cuando me doy cuenta de que el calmante ha hecho su efecto y se ha dormido, me siento en el sillón que hay al lado.

—Idos a dormir —les murmuro a Ash y Brody—. Yo me encargo esta noche.

—No puedes dormir en el sillón —dice mi amiga.

—Claro que puedo.

—Oye, Maia...

—No voy a dejarlo aquí abajo solo. —Miro a Ashley y sé, sin necesidad de expresarme, que lo ha entendido todo—. Buenas noches.

Ella sujeta la mano de Brody y tira de él escaleras arriba. Cuando por fin desaparecen, vuelvo a mirar a Kellan. Con la libertad que da saber que él está dormido y mis amigos en su habitación, me permito derramar las lágrimas que he estado aguantándome todo este tiempo. Lloro del peor modo posible: en silencio y con la culpabilidad arañándome la nuca. Me siento tan culpable que hasta la respiración se me corta por momentos. Toda esta situación es tan injusta. Tan tremendamente surrealista. ¿Por qué ha cambiado todo en tan poco tiempo? ¿Por qué Cam se ha destapado como un ser horrible y tóxico? ¿Por qué Kellan no pidió ayuda? Podría haber gritado. Dios, podría haberle devuelto cada golpe. Cam está fuerte, pero Kellan no es ningún niño.

Me tapo la boca, horrorizada por mis propios pensamientos. No sé ni por qué los tengo. No sé si me sentiría mejor al pensar en Kellan pegando a Cam. Posiblemente no, porque la violencia nunca ha sido parte de su carácter. Puede que Kellan haya perdido el rumbo en algunos sentidos, pero él nunca pegaría a nadie, bajo ninguna excusa, y desde luego no se merece lo que le ha pasado.

Al final, por más vueltas que le dé, la realidad es que mañana todo habrá cambiado en mi vida de un modo determinante, otra vez. El problema es que no me siento lo bastante fuerte como para soportar todo lo que viene ahora. Ni siquiera me siento fuerte para soportar una noche entera al lado de Kellan sin poder abrazarlo. Y es la verdad de ese pensamiento lo que me hace pasarme la noche en vela derramando lágrimas por lo que fue, lo que pudo haber sido y lo que nunca será.

48

Brody

No funciona. El masaje de Ashley no funciona y posiblemente sea porque ella está igual de tensa que yo.

Me levanto de la cama y comienzo a dar vueltas por el pequeño espacio que hay alrededor.

—Sabes que no serviría de nada —me dice ella, consciente de lo que estoy pensando.

—Serviría para quedarme más tranquilo.

—No es verdad. Solo sentirías una calma momentánea.

—¿Cómo lo sabes?

—Porque tú no eres así —contesta sonriendo.

Que sea capaz de sonreír en medio de todo este drama me da una idea de por qué la quiero tanto. Porque la quiero, joder, la adoro, pero no sé qué momento es el apropiado para decirle que, desde que tengo uso de razón, una de mis metas más importantes ha sido convertirme en alguien digno de ella. Alguien que consiguiera sanar el dolor que le causé al marcharme y hacerle creer que no era lo bastante importante para mí, que nunca querría formar una familia a su lado. Supongo que decirle todo esto la noche que le dan una paliza a mi amigo no es adecuado. Sobre todo porque una parte de mí, una muy grande, siente tal rabia por dentro que incluso estoy sorprendido y un poco asustado, no lo voy a negar.

—A lo mejor es una cuestión de genes —murmuro.

—¿Qué?

Lo digo en voz alta porque, de todos modos, Ashley Jones tiene la capacidad de leerme la mente, o eso parece, a juzgar por lo bien que me conoce.

—Quiero ir a pegarle a Cam, Ash. No es que sienta rabia, es que tengo tal necesidad de hacerle daño que apenas consigo contenerme a mí mismo —confieso—. De verdad, tengo tantas tantas ganas de hacerle daño físico que me pregunto si es una cuestión de genes. En realidad, soy el mismo monstruo que mi padre, aunque yo me quiera convencer de lo contrario.

La forma en que la mirada de Ashley pasa de intriga a preocupación hace que algo se me encoja por dentro.

—Por supuesto que no, Brody. ¿Cómo puedes pensar algo así?

—Él era violento y...

—La violencia no es una cuestión de genes.

—No lo sabes. No lo sabemos. Estoy seguro de que debe de haber estudios al respecto. ¿Y si...? ¿Y si todo indica que estoy predestinado a seguir sus mismos patrones? ¿Y si, una vez que le dé una paliza a alguien, todo cambia para siempre?

—Pero ¿qué dices? ¿De verdad te estás planteando esa locura?

—Tanto como para que lo único que me contenga de ir a pegarle a Cameron sea la duda de no saber si luego no voy a poder parar. No sé si, una vez sacie el deseo de ser violento que siento ahora mismo, conseguiré calmarme lo suficiente como para no querer usar los puños la próxima vez que alguien me cabree —le confieso angustiado—. A lo mejor soy un puto maltratador, como él.

Ashley se levanta de la cama, se dirige hacia donde estoy y me sujeta las manos.

—No eres un maltratador.

—Tú eso no lo sabes —insisto.

—Lo sé. Si lo fueras, no serías capaz de contenerte en estos momentos. Le han dado una paliza a tu mejor amigo y tú estás aquí, analizando todos los motivos por los que no es buena idea ir a darle una paliza a Cam, aunque te apetezca.

—Me apetece mucho.

—¡A mí también! —dice, cosa que me sorprende—. ¿Crees que las personas no tienen instintos violentos? No eres el único, Brody. Tener ganas de estrangular a alguien que hace daño a un ser querido no es ser un maltratador. Maltratador sería ir y hacerlo. Tú estás eligiendo quedarte aquí.

—Porque tú estás conmigo. Si tú no estuvieras aquí... —Trago saliva—. No sé qué haría sin ti a mi lado para que me contengas.

—Estoy aquí, sí, pero no te estoy conteniendo. —Sonríe, pero es una sonrisa un tanto triste—. Los dos sabemos que, si la motivación es lo bastante fuerte, eres capaz de pasar incluso de mí.

No lo dice claro, pero sé que se refiere al momento en que la abandoné para ir a cumplir mi venganza. Aunque me haya perdonado, sé que todas las cosas horribles que dije siempre estarán en un rincón de su mente, acechando para cargarla con un montón de inseguridades en el momento más inoportuno. No pasa nada, no puedo sentirme insultado u ofendido por eso, porque comprendo que, a veces, aunque no queramos, las palabras hieren más que cualquier golpe físico.

—No eres un maltratador porque estás sintiéndote mal solo por el hecho de tener pensamientos violentos —susurra ella—. Tu padre ni siquiera mostró ese arrepentimiento al pegarte. Te daba una paliza y luego iba a misa los domingos y rezaba como si fuese el ser humano más bueno del mundo. Eso sí es terrible. Eso sí es ser un maltratador.

Me lleva hasta la cama, me hace tumbarme a su lado y, después de unos instantes acariciándome el pecho, consigo calmarme lo suficiente como para reflexionar acerca de sus palabras, lo que me lleva a un pensamiento que ha sido recurrente toda mi vida. Algo que no he dicho nunca en voz alta, pero es hora de expresarlo si no quiero que se convierta en un problema.

—No sé si quiero tener hijos —murmuro. Ella me mira, se levanta apoyándose sobre un codo en el colchón, pero no me detengo—. No sé si puedo ser un buen padre y no soporto la idea de hacerlo tan mal como él.

Ella me acaricia las sienes, impasible, como si no hubiera dicho algo que nos afecta de manera directa.

—Lo entiendo.

—¿Y ya está? ¿No te sientes triste ni mal?

Ash sonríe un poco y encoge los hombros.

—A mí siempre me ha dado pánico pensar que podría ser igual de pésima como madre que mis padres, pero entonces ellos se largaron y yo me quedé a cargo de mi abuela. Más tarde se sumó Parker algunos días y entendí, con el tiempo, que se me da muy bien cuidar a las personas. Se me da increíblemente bien, pese a que me abandonaran. En algún momento de tu vida, entenderás que no tienes por qué repetir el patrón de tu padre y, mientras eso ocurre, yo estaré a tu lado, siempre que tú quieras.

—¿Aunque nunca llegue a la conclusión de querer tener hijos?

Ash vuelve a sonreír.

—Supongo que siempre podemos adoptar un perrito. —Me río, un poco extrañado, pero ella se explica enseguida—: Lo que quiero decir es que llevo toda la vida enamorada de ti, Brody. Te he querido incluso cuando pretendía odiarte. Nunca fui una niña enamorada de Disney ni de un final de cuento de hadas. Nunca creí en los finales felices y, cuando te marchaste, me reafirmé en esa idea. Ahora estás aquí y el ideal de una familia, tener hijos o una casa más grande me sigue dando un poco igual. Sigo enamorada de ti, pese a todo el sufrimiento que atravesamos juntos, y creo que eso es lo único que importa. Venimos de familias tan desestructuradas que, sinceramente, me basta con que consigamos mantener nuestra relación a flote. Me sobra con que elijas quererme alguna vez del modo en que yo te quiero.

La miro completamente hipnotizado. Su pelo rubio me roza los hombros y su sonrisa es el acto de generosidad más grande que he visto nunca. Le fallé de un millón de maneras y, aun así, siguió queriéndome.

—Eres la forma que tiene la vida de compensarme por todo lo que he sufrido hasta ahora —murmuro con voz ronca—. Te quise, Ashley Jones, aunque no lo creas. Te quise como se quieren a las cosas preciosas e inalcanzables. Te quise mal, también, por eso te hice daño, pero tengo fe en haber aprendido algo en estos años. Solo espero poder quererte bien y tanto como mereces de aquí en adelante. —Ash se emociona y yo sonrío—. Si te echas a llorar por una declaración de amor, me sentiré muy decepcionado. ¿Qué ha sido de la chica capaz de reinventar el libro de los insultos?

—Se ha tomado un respiro, imbécil —dice limpiándose una lágrima de la mejilla, lo que me hace reír—. Si le cuentas a alguien que he llorado mientras hablábamos de nuestros sentimientos, no te lo voy a perdonar jamás.

La risa reverbera en mi garganta, algo que la cabrea más. La beso, solo porque puedo, porque es extraordinaria y tengo la jodida suerte de que corresponda a mi amor. Mientras ella me abraza, pienso que quizá tiene razón y no tenemos por qué repetir los patrones de nuestras familias.

A lo mejor no tenemos hijos nunca. O tal vez los tenemos y conseguimos ser los mejores padres del mundo. No lo sé, no tengo ni idea de lo que nos depara el futuro y ahora, por fin, estoy listo para que tampoco me importe demasiado.

Lo que sí me importa, lo único que de verdad me interesa, es que Ashley Jones estará conmigo de todos modos. Partiendo de esa base, que venga la vida con sus cientos de fases y sorpresas, estamos listos para enfrentarnos a lo que sea.

49

Kellan

La noche es un maldito infierno. El dolor físico es malo, no voy a mentir, pero no es nada comparado con lo otro, lo que produce. El recuerdo constante del orgullo herido y la certeza de que, por más que quiera, en Rose Lake ya no hay nada para mí, salvo infelicidad.

Me gustaría decir que no recuerdo nada de mi altercado con Cam, pero sería mentir. Lo recuerdo todo. Eso es lo peor de que te den una paliza: el recuerdo que te queda. Pensar una y otra vez en todas las formas que tenía de escapar o defenderme. No usé ninguna, tampoco me esforcé. Simplemente me quedé ahí, recibiendo golpes e insultos porque, siendo sincero, una parte oscura y autodestructiva de mí estaba convencido de que me lo merecía. Y eso asusta más que cualquier puñetazo o patada.

Hay algo en mí, hay una voz en mi cabeza que, ante lo malo, se asegura de regodearse y recordarme que lo merezco. Ni siquiera puedo intentar excusarme en un posible caso de locura. No lo es. Es mi propia voz, un eco lejano y repetitivo que se revuelca en las partes oscuras de mi vida. La misma que me animaba a no salir adelante cuando mi padre murió. La misma que me recuerda antes de subir a cada escenario que no soy lo bastante bueno, por alto que llegue. La misma voz que anoche me gritaba que me merecía cada golpe por idiota. Por no aprender.

Intento levantarme del sofá, asqueado conmigo mismo. Quiero darme una ducha y tomarme otra de esas pastillas que me recetó el médico, pero el dolor me hace gruñir y las manos de Maia me devuelven a mi lugar sujetándome por los hombros.

Quiero decirle que me deje ir al maldito baño, pero al mirarla me quedo tan impactado que, por un instante, ni siquiera me salen las palabras. Tiene los ojos rojos y unos surcos negros debajo de estos que indican lo poco que ha dormido. Tiene la nariz hinchada y la piel más blanca de lo normal. Ha llorado lo indecible y, aunque lo siento muchísimo, no sé qué decirle.

—Sé que me odias y sé que lo merezco, pero tienes que tratar a tu cuerpo con calma ahora, Kellan.

Frunzo el ceño inmediatamente.

—No te odio. —Sus ojos se desvían y ese gesto, automáticamente, hace que sienta una punzada en el pecho. Le sujeto la mano y la aprieto para que me mire. Cuando lo hace, repito con más firmeza—: No te odio. ¿Por qué iba a hacerlo?

Maia me mira como si estuviera loco, lo que me descoloca aún más.

—Mi ex te ha dado una paliza por mi culpa.

—Él no... ¿Tu ex? —pregunto desconcertado. Entonces rememoro algunas de las palabras de Cam:

«Al final parece que vas a ganar, ¿eh?».

«... me refiero a la chica. Toda para ti, como a ti te gusta».

«Debes de follar muy bien, tío. Si no, no me explico que siempre salga corriendo detrás de ti».

El abuelo de Maia nos interrumpió, así que no presté más atención y más tarde, cuando él y sus amigos se ensañaron conmigo, no se entretuvieron en charlar demasiado.

—¿Has cortado con Cam?

Maia no consigue retener sus emociones lo bastante como para impedir que sus ojos se carguen de lágrimas que se esfuerza en no dejar caer.

—No quería que te hiciera esto. Ni siquiera tienes la culpa de nada. Entiendo que estés enfadado y decepcionado conmigo porque es horrible, pero tienes que creerme, Kellan. Jamás quise esto.

—No estoy enfadado ni decepcionado —le aseguro.

—Anoche ni siquiera querías mirarme —susurra.

—Estaba avergonzado, Maia. —Ella me mira sorprendida—. No sabía cómo enfrentarme a ti después de que tu novio y sus amigos me dieran una paliza.

—¿Amigos?

—Cam no estaba solo. Iba con otros trabajadores del aserradero.

—Quiero los nombres.

—¿Para qué?

—Para que paguen, obviamente. Esto no va a quedar así —responde con voz acerada—. Te lo juro, Kellan. Nadie que esté implicado en algo así saldrá indemne en la empresa.

Me sorprende que hable de tomar represalias laborales, porque ni siquiera había pensado en eso.

—No puedes hacer mucho. Lo que hicieron no tiene nada que ver con...

—El aserradero es una empresa cargada de valores familiares. Estoy segura de que ni mi abuelo ni yo queremos contar con unos trabajadores violentos.

—Uno de ellos es tu novio.

—Exnovio. Y eso debió pensarlo antes de cruzar una línea tan peligrosa. No se trata solo de que te hayan hecho daño a ti —dice un poco nerviosa—. Actuaría igual aunque se tratara de alguien que no me importara tanto.

La miro boquiabierto. Le importo. No me quiere, claro, imagino que no lo hace porque han pasado años, pero le sigo importando...

Aun así, lo que más me impacta es que es la primera vez que me doy cuenta de hasta qué punto Maia ha dejado de ser la adolescente triste y solitaria que llegó a Rose Lake. Ha crecido en todos los sentidos, no solo en el literal. Es una mujer decidida, empoderada y valiente que en algún momento tomará las riendas de la empresa más importante del pueblo. De pronto, sin venir al caso, me invade un orgullo un tanto absurdo, porque todo se está desmadrando, pero Maia saldrá adelante. Siempre lo hace. Tan jodido como estoy y tanto como se está descontrolando todo en mi vida, esa certeza siempre será un motivo de alegría para mí. Si eso significa que estos años no han servido de nada y estoy destinado a tenerla siempre en un rincón de mi mente, que así sea.

Después de todo, quizá sea la hora de aceptar que todas mis canciones serán, en mayor o menor medida, una respuesta a todo lo que Maia ha provocado en mi vida. Todas mis letras hablarán de ella, aunque yo no lo diga.

—Tienes que hablar con el sheriff Adams —dice ella, lo que me saca de mis pensamientos.

—¿Para qué?

—Para que sepa lo que ha ocurrido, obviamente.

—No, ni hablar. —Esta vez consigo sentarme, pese a las protestas de Maia—. No voy a ponerme en evidencia aún más en el pueblo.

—No se trata solo de ti, Kellan. —La miro sin entenderla y ella se explica enseguida—: Cuando el padre de Brody le pegaba, nadie lo denunció. Lo he hablado muchas veces con mi abuelo, ¿sabes? Es, para muchos vecinos, uno de los grandes fracasos de Rose Lake. Los adultos deberían haber protegido a Brody, solo era un niño indefenso y todos sabían lo que ocurría, pero el dinero y las donaciones de su padre sirvieron durante años para callar bocas. Quiero pensar que este pueblo ha aprendido de sus errores. No puedes permitir que un grupo de personas violentas se salgan con la suya, porque anoche fuiste tú, pero mañana puede ser alguien más. Rose Lake no debería empezar a convertirse en un lugar inseguro para la gente que camina sola por el bosque.

Tiene razón. Tiene toda la razón del mundo y, aun así, quiero asegurarme de que sabe bien lo que implicaría algo así.

—Si denuncio a Cam y los demás, no habrá marcha atrás. El escándalo se desatará y empezarán a hablar de todo... Y cuando digo «todo», me refiero a que estarás en boca de todo el mundo y empezarán las especulaciones. Sabes a lo que me refiero.

Ella se endereza en el sillón en el que está, ojerosa, pálida y emocionada, pero con más fuerza que nunca.

—Que hablen cuanto quieran. Tú y yo sabemos la verdad. No hemos hecho nada malo. Y, aunque así fuera, nada le da derecho a Cam a volverse un maltratador.

—Siento que tengas que pasar por esto —confieso en un arranque de sinceridad—. De verdad siento que, por mi culpa, tu vida se haya vuelto a convertir en un caos.

—No voy a negar que tu vuelta haya contribuido a desestabilizarlo todo —admite ella con voz suave—, pero creo que, en realidad, es mejor haber descubierto ahora la verdadera naturaleza de Cam. No sé si, en un futuro, se hubiese vuelto violento conmigo. —Su gesto se contrae de dolor—. Me gusta pensar que no, pero hace unos meses habría jurado que Cam era el ser más pacífico del mundo y ahora...

La culpabilidad me corroe un poco por dentro.

—Tenía que haberme quedado en Los Ángeles. —No lo digo para hacerme la víctima, puesto que de verdad empiezo a pensar que nunca debí permitir que Brody me trajera de vuelta—. En realidad, es hora de ir pensando en volver. Ya no sé bien qué hago en Rose Lake. Qué pinto yo aquí.

Maia se levanta del sillón, está claro que está tensa. Da algunos pasos frente al sofá y, finalmente, se sienta a mi lado. Parece nerviosa, pero eso no la detiene a la hora de hablar. Es una de las cualidades que más me gustan de ella.

—Tú siempre pintarás algo aquí, Kellan. Este es tu hogar y, aunque mi vida se haya puesto patas arriba, aunque tu vuelta suponga un tsunami emocional y aunque durante mucho tiempo pensara que lo mejor era no saber nada de ti, me alegra que hayas vuelto.

—¿Significa eso que dejarás de evitar ver noticias mías? —pregunto un tanto curioso.

Saber que ha evitado incluso eso ha sido un golpe duro. Yo, desde el otro lado, no puedo negar que me he intentado mantener al día de su vida a través de las redes sociales y lo poco que lograba sacarles de ella a mis amigos y familiares.

—Tenías razón en lo que me dijiste, ¿sabes? Te obligué a marcharte y no te di la oportunidad de despedirte. Decidí lo que consideré mejor y no pensé en tu opinión ni conté contigo. Siento mucho eso. Tenía tantas ganas de que persiguieras tu sueño y lo cumplieras que olvidé que, en realidad, no puedes obligar a las personas a hacer algo, aunque consideres que es lo mejor para ellas. Me arrepiento de eso, pero también quiero que sepas que, cuando oigo tu música, una parte de mí siente un orgullo difícil de explicar. Me gusta pensar que algo, al menos una mínima parte de lo que has logrado, es gracias a mí.

Me quedo mirándola, intentando encontrar palabras que estén a la altura de lo que me ha dicho. Quiero que entienda que, en cada cosa que hice, imaginé cómo sería que ella me dijera algo así; cómo sería sentir su orgullo. Pero no lo hago. No se lo digo porque, aunque las cosas por fin estén aclarándose un poco, siento que todavía es mejor guardarme algunos pensamientos para mí. Por eso y porque no sé hasta qué punto es sano que empecemos a cargarnos de armas que poder usar contra el otro cuando yo me vaya y todo vuelva a descontrolarse.

Porque una cosa es segura: yo tengo que marcharme y ella... ella nunca ha pertenecido a Rose Lake tanto como ahora.

De modo que hago lo único que creo que no nos meterá en más problemas de los que ya tenemos: estiro una mano hacia ella y sonrío.

—¿Amigos? —pregunto.

Maia me mira la mano unos instantes, sonríe y, tras apretarla, asiente una sola vez con la cabeza.

—Amigos.

Es un problema que el corazón me estalle en millones de partículas solo con sentir sus dedos entre los míos. Un problema del que, antes o después, debería hacerme cargo.

50

Maia

Hay algo en él... Algo distinto. Algo que me llama.

Observo las escaleras por las que ha subido hace unos minutos para pedirle ropa a Brody y poder darse una ducha. No camina erguido, pero no se ha quejado ni una sola vez por los golpes. Podría decirse que sigue siendo un tanto hermético, pero creo que por fin he entendido que, para Kellan, es normal no quejarse si sabe que con eso preocupará a alguien. Está en su naturaleza cuidar en vez de ser cuidado.

Podría decir que sigue siendo el chico atormentado que me llegó tan hondo hace años, pero no lo es. Es un hombre distinto, más fuerte y decidido. Aquel Kellan estaba triste por la pérdida de su padre y manejaba un duelo enorme. Este... no parece tan triste como perdido. Parece como si no acabara de encontrar su camino por más que se empeñe en trazarlo.

Siempre he pensado que era feliz, que habíamos hecho lo correcto, pero con el paso de los años y todo lo que hemos hablado empiezo a plantearme hasta qué punto nuestras decisiones marcan nuestro futuro de un modo irreversible.

Kellan y yo podríamos haber tenido otra vida. Podríamos haber acabado juntos, con hijos y siendo vecinos de Rose Lake como una unidad familiar. Tal como le ha ocurrido a mi madre. Habríamos hecho barbacoas los domingos, nos habríamos apuntado al concurso de buzones de Navidad y, posiblemente, incluso habríamos competido con los vecinos por ver quién cortaba mejor el césped. Habríamos dado largas caminatas por el bosque y habríamos esquiado en invierno. Nos habríamos lanzado al agua del lago en verano, sabiendo que los días cálidos por estos lares duran poco y hay que aprovecharlos.

En una vida distinta y paralela, Kellan y yo habríamos hecho el amor infinidad de veces en todos los lugares imaginables de Rose Lake. Habríamos visto madurar nuestros cuerpos juntos, inspeccionándonos el uno al otro. Nos habríamos querido para siempre.

O no.

También existe la posibilidad de que la frustración por los sueños sin cumplir hubiera acabado con nosotros. Podríamos haber terminado divorciados, supongo, al darnos cuenta de que ninguno había luchado por sus sueños. Él, al menos, no.

Ya no sé si lo correcto fue dejarlo marchar, aunque los pasos no hayan sido los esperados, o tendría que haberle permitido que se quedara a mi lado. Cuando pienso en mí en aquella época solo siento dolor. Estaba tan herida por el hecho de que Kellan no me hubiese contado de inmediato la oferta que había recibido, que me ofusqué y no vi que quizá debería haber mantenido una conversación real con él. Deberíamos haber expuesto lo que sentíamos y decidir a partir de ahí.

Aun con todas las posibilidades y aunque me encanta pensar que, de haber permanecido juntos, habríamos luchado por lo nuestro hasta el final, creo que Kellan hizo lo correcto al salir y probar suerte en la música. De hecho, le va de maravilla. Es un compositor y cantante de éxito y me consta que ha tenido otras relaciones con mujeres igual de famosas, preciosas y de las que se bañan en masas de gente y no en lagos solitarios. Por eso no comprendo bien qué hace aquí todavía.

También por eso le pregunto, cuando por fin baja duchado, con unos tejanos y una camiseta de Brody y con el pelo húmedo cayéndole en la frente. Le pregunto por curiosidad, pero también porque la versión recién lavada y golpeada de Kellan es perturbadora de un modo... ¿erótico?

Por Dios, estoy perdiendo la cabeza.

—Estás pensando demasiado —murmura sentándose en el sofá, a mi lado. Yo me sobresalto.

Uno de sus ojos está perfectamente, el otro lo tiene tan hinchado que apenas se ve una rendija. Los pómulos están tan morados que asustaría a los niños pequeños si lo vieran caminar solo por la calle. Y, aun así, se las ingenia para sonreír.

—¿Qué te hace creer que estoy pensando demasiado?

—Sigues poniendo la misma cara. Como si el peso del mundo recayera sobre tus hombros. No es así, Maia.

—Me preocupo, eso es todo —le digo. Confesar que estaba pensando en lo guapo que está incluso golpeado me haría quedar como una maldita enferma.

—No tienes por qué. Estaré bien en unos días y, de todas formas, nada de esto es culpa tuya. —Guardo silencio y él cierra los ojos y se retrepa en el sofá, cansado—. No lo es.

—Bueno, yo me siento un poco culpable.

—No podías saberlo.

—Pero es que él... —Me callo unos instantes, elijo bien mis palabras—. Es que parecía un buen hombre, Kellan. —Noto cómo se tensa, pero no me detengo—. De verdad, nuestra relación era muy buena. También es cierto que nunca hemos tenido problemas como tal, esta vez ha sido la primera. Tampoco llevábamos mucho tiempo juntos, pero pensé que Cam era un buen hombre.

Kellan no contesta de inmediato. Al principio pienso que es porque odia hablar de Cam, pero después, cuando habla, me sorprende para bien con sus razonamientos, como siempre:

—El padre de Brody era muy querido en el pueblo cuando éramos pequeños. —Me asombra, porque cuando yo llegué a Rose Lake todo el mundo sabía lo capullo que era—. Te hablo de cuando éramos muy pequeños y nadie podía imaginar cómo era. Al principio es así. Los golpes son en la intimidad, la gente no se entera y ellos consiguen mantener una cara frente al público que no tiene nada que ver con la que realmente muestran en casa. Como si pudieran ponerse y quitarse la careta cuando quisieran. El padre de Brody podía estar en un pleno del pueblo, con toda la comunidad, donando dinero y siendo, en definitiva, un gran vecino, cuando una hora antes había estado pegando a su propio hijo en lugares no visibles.

Guardo silencio unos instantes. No es fácil para mí asimilar sus palabras, porque sé lo que quiere decirme. Si Cam ha sido capaz de esto, no sabemos a qué más podría atreverse con el tiempo. Al final, solo puedo estar de acuerdo con él e insistir en que debe hacerlo público.

—No quiero que el pueblo conviva con alguien que se vuelve violento cuando las cosas no salen según planea.

—Aunque esté de acuerdo, debo recordarte, otra vez, que hablarán de ti. Y de mí. Inventarán cosas.

—Que inventen lo que quieran. No hemos hecho nada malo. No le hemos hecho daño a nadie.

—Cam no diría eso.

—Cam se ha hecho daño a sí mismo con sus acciones. Jamás le di un motivo real para ponerse celoso, volverse tóxico y mucho menos golpear a nadie. No pienso dejar que me hagan culpable de nada. Soy una mujer libre, no pertenezco a nadie y no voy a pedir perdón por buscar mi propio bienestar y salir de una relación cuando deja de hacerme bien. —Kellan me mira un instante antes de sonreír—. ¿Qué?

—Sigues siendo una chica revolucionaria, ¿eh?

—¿Y eso es malo?

—Al contrario. Ya sabes que siento debilidad por ellas.

Me río, un tanto nerviosa y, para salir del paso, saco a relucir un tema que me genera una curiosidad insana.

—He visto que has tenido varias relaciones con famosas.

—Ajá.

—¿Ajá? ¿Eso es todo lo que tienes que decir?

Kellan guarda silencio unos segundos antes de carraspear.

—¿Quieres que te cuente la versión larga o la corta?

—Me vale la que te haga sentir más cómodo.

Él asiente y, antes de tener tiempo de prepararme, lo suelta:

—Me he acostado con muchas mujeres, pero no he tenido una relación larga y monógama con nadie. No, desde que salí de aquí.

—Pero en las noticias dijeron...

—En las noticias dicen muchas cosas. En los últimos tiempos me he ganado fama de mujeriego, drogadicto, fiestero sin control y alcohólico.

—¿Y algo de eso es cierto?

Kellan se ríe, lejos de ofenderse.

—Me gustan las mujeres, no tomo drogas de manera habitual, he ido a muchas fiestas y no soy alcohólico, aunque últimamente he tomado más cervezas de las aconsejadas. Pero es algo a lo que le estoy poniendo remedio por mi propio bien y para dejar de decepcionar a las mujeres que me importan.

Que me mire fijamente cuando dice eso último hace que me ponga nerviosa. Se refiere a su madre y a su hermana, por supuesto, lo sé, pero, aun así... Hubo un tiempo en que yo entraba entre esas mujeres y, por tonto que suene, por un instante he sentido la nostalgia por estar tan lejos de su vida ahora.

Es una tontería. Estoy sensible, Kellan está siendo encantador y por primera vez desde que ha vuelto siento que nos entendemos de algún modo. Lo mejor que puedo hacer es cambiar de tema cuanto antes, por eso echo mano a lo primero que se me ocurre.

—Los padres de Brody lo han desheredado oficialmente.

Él frunce el ceño, un tanto perdido con el cambio radical de tema, pero enseguida se conecta a mí. En eso sigue siendo el mismo de siempre.

—Sí, me lo contó Brody. No creo que sea un drama para él. De hecho, todos sabemos el empeño que ha puesto en cambiar cada aspecto de la casa y la cabaña que le recordaba a sus padres.

—Sí, es cierto —suspiro—. Espero que se conviertan en un recuerdo y no aparezcan nunca por aquí. Que se queden en el pasado, donde deben estar.

—A veces las cosas del pasado no se quedan ahí, aunque uno quiera. A veces, ni siquiera es que estén en el pasado, porque siguen haciendo de las suyas en el presente —dice Kellan.

No sé qué significa exactamente eso, pero sé lo que me hace sentir y es suficiente para que murmure una excusa absurda y lo deje en el sofá para ir a casa de mi madre.

Necesito despejarme un rato, jugar con mis hermanos y olvidar que Kellan Hyland ha vuelto a mi vida. Ha derribado de una patada todas las barreras que he construido durante siete años y ha logrado que me pregunte hasta qué punto volver a ser su amiga es bueno para mi salud mental.

51

Kellan

Dos días después de mi altercado con Cam y sus amigos, estoy en el muelle tocando la guitarra. En casa el ambiente no es el mejor. Cuando mi madre y mi hermana vieron cómo tengo la cara, pusieron el grito en el cielo. Aunque las entiendo, veo un tanto exagerado que hayan convocado una reunión vecinal solo para tratar el tema. Pensaba ir a ver al sheriff, de verdad pensaba hacerlo, pero no he encontrado la oportunidad en estos dos días. Solo estaba buscando el momento, nada más, ¿por qué nadie en este pueblo parece entender que hay cosas que necesitan ser meditadas? No he podido ni procesarlo porque mi madre convocó la reunión, el sheriff vino a verme y, a partir de ahí, todo se descontroló. La pequeña reunión se ha convertido en prácticamente un pleno donde se hará un comunicado legal en contra de cualquier tipo de maltrato en Rose Lake y, por si fuera poco, han invitado oficialmente a Cam y todos los que participaron en la paliza.

No sé si irá, pero de verdad que no me apetece una mierda celebrar un juicio improvisado. Casi puedo imaginar a mis vecinos de toda la vida con antorchas y bengalas. Joder, es surrealista.

Sin embargo, sé bien que en Rose Lake las cosas funcionan así. Es una comunidad pequeña, pero tiene unos fuertes valores morales. Tan fuertes que puede llegar a ser asfixiante. No tengo ningún interés en ir, pero después de escribir media canción acerca de unas alas enamoradas de sus cadenas del pasado, creo que cualquier cosa que me ayude a distraerme me vendrá bien, porque me he dado cuenta de que solo salgo de un bucle para entrar en otro.

—Supuse que estarías aquí. —La voz de Maia llega inconfundible a mi espalda.

Está al inicio del muelle, lo bastante lejos para que no pueda verle las pecas y lo bastante cerca para que mi corazón galope a lo bestia, el muy estúpido.

—Soy un hombre de viejas costumbres, ya sabes.

Ella sonríe y se acerca con las manos metidas en los bolsillos de un vestido veraniego del color de sus ojos. Lleva una coleta informal y algunos mechones se le escapan por el flequillo y... Joder, está preciosa. Odio pensar que está preciosa, pero no puedo evitarlo.

—¿No vas a arreglarte para el linchamiento oficial? —Sonríe mientras lo dice, pero parece tan tensa como yo.

Bufo y me vuelvo hacia la guitarra mientras Maia se sienta a mi lado, dejando caer las piernas hacia el muelle.

—Todo esto es una estupidez.

—Lo es.

—Cam ni siquiera irá.

—No sé... —La miro sorprendido y ella lo nota, aunque yo lleve las gafas de sol—. Cam puede ser sorprendente y lo bastante estúpido como para ir a la reunión intentando ser la víctima.

—¿Lo dices por algo en concreto? —Ella guarda silencio y me tenso aún más—. Maia...

—Me mandó algunas notas de voz anoche. —El modo en que dejo la guitarra a un lado hace que se apresure a explicarse—. No fue nada importante. Creo que estaba borracho, aunque no podría asegurarlo. Lo que sí sé es que estaba muy enfadado conmigo por no responder a sus constantes llamadas.

—Alguien debería explicarle al bueno de Carl algunas cosas acerca del acoso —masullo entre dientes.

—Y acerca de las responsabilidades. Me acusó de ser la culpable de que él pierda los papeles. Típico, ¿no? —Pone voz de chico y vocifera—: «Si no fueras tan puta como para abrirte de piernas con tu exnovio...».

Me río por su imitación, pero el asunto no tiene ni una pizca de gracia y se lo hago saber en cuanto se queda en silencio.

—Ni me parece bien que te llame ni que se haga un linchamiento oficial contra él. Sinceramente, no entiendo cómo tu padre ha prestado el restaurante para eso.

—Eso es fácil. Tiene la teoría de que, al menos, en el restaurante, es él quien controla el flujo de alcohol que beben nuestros queridos vecinos.

Tiene sentido. Conociendo a algunos de los habitantes de Rose Lake, si se hubiera organizado en otro local, más de uno bebería más de la cuenta y pronto intentarían echar a la hoguera a quien consideren indigno de nuestro amado pueblo.

Yo nunca he dicho que vivamos en un lugar perfecto.

—Todavía estoy pensando si ir o no —murmuro.

—Tienes que hacerlo. —No contesto y ella me pone una mano en el hombro, intenta que la mire—. Este es tu pueblo. Tienes que relacionarte con él y con tus vecinos.

—Lo he hecho durante semanas.

—No. Has ido al restaurante alguna vez, pero la mayor parte del tiempo lo has pasado en tu casa, en casa de Ash o en la cabaña de Brody con nosotros, con tus amigos o directamente solo. Me consta que hay gente que quiere verte, pedirte una foto y...

—¿Y crees que el mejor modo es hacerlo en un juicio improvisado donde soy parte protagonista de la discusión? —Maia se ríe entre dientes—. Te diviertes, ¿eh?

—Ni una pizca, te lo aseguro, pero, si no me río, voy a volverme loca. A veces solo quiero salir corriendo y no mirar atrás nunca más.

—No podrías vivir fuera de Rose Lake.

—Te recuerdo que ya lo hice durante los primeros diecisiete años de mi vida.

—Y yo te recuerdo que estás tan enamorada de este pueblo que ahora te costaría pasar fuera más de una semana.

Ella guarda silencio, pero la sonrisilla de sus labios me dice que tengo razón.

Charlamos durante un rato sobre nada en particular. Creo que los dos usamos los temas neutrales para no pensar que la hora se va acercando, pero, cuando Chelsea y mi madre aparecen en el muelle, sé que ya ha llegado el momento.

—Maia, cielo, ¿has conseguido convencerlo? —dice mi madre.

Miro a Maia mal, pero ella solo se ríe.

—Juro que no tenía ningún tipo de trato con ella. Solo me insinuó que debería convencerte, pero yo ya pensaba hacerlo antes.

—Traidora —murmuro.

—Venga, vamos. Piensa que, si Cam aparece, descargará más ira sobre mí que sobre ti.

—Si descarga ira sobre ti, lo mato.

—Guau, hermanito, cuánta violencia. Un poquito de esa vena malota te habría venido genial la otra noche, ¿eh? —Chelsea se ríe de mí descaradamente antes de agarrarle el brazo a Maia y guiarla hacia el restaurante—. ¿Recuerdas que prometiste alisarme el pelo el sábado?

—¿Qué pasa el sábado? —inquiero.

—Nada que te importe —responde mi hermana antes de resoplar—. Es un pesado.

—¿En qué momento he pasado de ser el mejor hermano del mundo a ser «el pesado»? —le pregunto a nadie en particular.

Mi madre, que está a mi lado, se ríe mientras salimos del muelle y tomamos el sendero de la pequeña arboleda por donde se acorta para ir al restaurante. Sí, la misma arboleda en la que Cam y sus amigos me pegaron. Podría decir que siento algún tipo de rencor o rabia al pasar por el punto exacto, pero lo cierto es que lo único que siento es ansiedad por la inminente reunión. No tengo mucho tiempo de recrearme en lo ocurrido cuando las consecuencias están a punto de estallarme en la cara.

La reunión es, desde el principio, lo más loco que he vivido en mucho tiempo. Empezando porque, nada más entrar en el restaurante, veo que las sillas están dispuestas de cara al escenario y, sobre este, el sheriff Adams y el pastor Harris están colocados detrás de sendos atriles. ¿De dónde demonios han sacado dos atriles? ¿Son los de la iglesia? No me lo puedo creer. El ayudante del sheriff está a un lado con las manos en la espalda, intentando parecer serio y amenazante a quienquiera que se le ocurra hacer algún tipo de réplica.

—Papá juró que iba a controlar el tema —le murmura Maia a Steve, el marido de su padre, que aparece con una sonrisa culpable.

—El tema se iba a descontrolar, querida, todos lo sabíamos. —Maia lo mira mal y yo peor, pero eso no parece frenar su disfrute—. Oh, venga, será divertido. ¡Como un juicio!

—No somos jueces y lo que pasó no es divertido —le recuerda su hijastra.

—Oh, por supuesto que no es divertido, pero será genial poner a Cam en su sitio.

—Te gustaba Cam.

—Cuando no era un borracho violento ni un novio tóxico y manipulador, lo veía decente.

—¿Decente? —pregunto elevando tanto una ceja que estoy seguro de que me sobresale por encima de las gafas de sol que no pienso quitarme. Bastante desmadrado está esto como para que yo luzca mi ojo negro gracias a Cam y caldee más el ambiente.

—No estaría a tu altura ni en un millón de años. —Su descaro es tan evidente que solo puedo reírme—. No deberías haber dejado a nuestra chica.

—Fue vuestra chica la que me dejó a mí.

—Bueno, ya está bien —murmura Maia—. Vamos a sentarnos en un lugar discreto.

—Suerte con eso. He visto a varias amigas de Chelsea esperando conseguir una foto y un autógrafo. —Me sorprendo, pero Steve se ríe—. Si no han ido a tu casa es porque tu hermana las ha mantenido a raya, pero este restaurante es un lugar neutral. Van a tratarte como el famoso que eres.

Se va alegremente mientras yo me quedo con el ceño fruncido y Maia se frota las sienes.

—Recuérdame otra vez por qué era buena idea venir —le digo.

—Porque vamos a joder la existencia de ese imbécil en Rose Lake. —La voz que suena no es de Maia, sino de Brody, que acaba de llegar y se ha puesto a nuestro lado—. Quien usa los puños para solventar sus mierdas internas no merece otra cosa.

No contesto. No puedo quitarle la razón. Además, entiendo que para Brody esta cuestión es más delicada porque tiene una sensibilidad especial para tratar temas que le afectan de un modo tan personal. A su lado, Ashley le aprieta la mano con fuerza. Me guiña un ojo en señal de ánimo, pero no ayuda mucho, la verdad.

Nos sentamos y, tras unos minutos en los que aguanto que las amigas de Chelsea me fotografíen y los más mayores de Rose Lake me recriminen no haber cantado aún (de manera gratuita, por supuesto) en el restaurante, el pastor Harris toma la palabra:

—No voy a andarme con rodeos. Todos sabemos por qué estamos aquí. Hemos sido conocedores, de un modo u otro, del altercado sufrido hace unos días entre nuestro vecino, Kellan Hyland, y varios trabajadores del aserradero.

—¡Hay que echarlos del pueblo! —grita alguien.

Joder, esto es muy loco.

—Me he estado informando —prosigue el sheriff—. Aunque nada me gustaría más que tener la capacidad legal de echarlos del pueblo, no podemos hacerlo. Lo que sí podemos hacer es imponer una multa a todos los que se vieron implicados en el altercado y considerarlos *persona non grata* en los establecimientos de carácter privado. Eso incluye el supermercado, este restaurante y, por supuesto, el aserradero.

—No son bienvenidos en el restaurante —declara Max—. Podrían venir esta misma noche a defenderse, pero desde mañana ninguno de ellos podrá entrar. Y, si alguien no está de acuerdo, puede decirlo ahora mismo. He tratado a Cam y a sus amigos con respeto y cariño siempre, pero el modo en que se han comportado con mi hija y con Kellan... No puedo pasar algo así por alto.

—Bien dicho, Max —dice el pastor Harris—. En esta comunidad no toleramos el maltrato. Ya prohibimos hace años a un habitante de Rose Lake acudir a cualquier fiesta del pueblo. En aquel momento no deberíamos habernos quedado ahí. Esta vez será distinto e iremos hasta el final. Hasta exterminar el problema de raíz.

Muchas miradas se fijan en Brody inevitablemente. Este traga saliva, sabe que se refiere a su padre. Estoy seguro de que la única razón por la que no huye de aquí es que Ashley no deja de apretarle la mano, como si se tratara de un ancla manteniendo a un barco en su sitio.

—Todos han sido debidamente despedidos —dice Ronan Campbell, el abuelo de Maia, lo que me deja a cuadros. La miro a ella que, a mi lado, carraspea con nerviosismo.

—No dijiste nada de esto —susurro.

—Esperaba el momento oportuno. —Elevo las cejas, irónico.

—¿Y este te lo parece?

A ella se le escapa un bufido y yo estoy a punto de reírme. Entonces las puertas se abren y los reyes de la celebración entran con la cabeza tan alta que de inmediato me siento un tanto indignado.

¿Y esta entrada? ¿De verdad piensan que pueden tomarse la libertad de aparecer aquí como si fueran los putos reyes del mambo en vez de sentir un mínimo de vergüenza por sus actos? Joder, no digo que mi pueblo no esté loco y haya perdido la cabeza, pero ellos me pegaron sin ninguna razón, solo por las paranoias de Cam.

Con la primera frase que suelta, sé que lo que viene no va a gustarnos:

—Qué bien que estéis todos aquí, apoyando al cantante y a la niña buena de Rose Lake, ¿no?

El silencio es tan tenso y sepulcral que hasta podría oírse el vuelo de una mosca.

—Chico —dice el sheriff—, si has decidido venir, espero que sea porque te arrepientes sinceramente de lo ocurrido y piensas disculparte públicamente.

—¿Eso cambiaría algo? —pregunta entonces, riéndose—. ¿Si digo que me arrepiento de darle su merecido a Kellan Hyland me perdonaréis y me devolveréis mi trabajo? —El silencio se prolonga y su risa se vuelve más áspera—. Eso pensaba, panda de hipócritas. Creéis que sois mejores que cualquier otro pueblo, pero en realidad ejercéis una dictadura sobre los ciudadanos.

—¡Pegar a un vecino que ni siquiera se defiende sí que es de dictadores! —grita alguien.

—¡Si no se defendió es porque sabe que teníamos motivos para darle una lección!

—¿Y vuestra forma de dar una lección es golpear? —pregunta Brody, en un tono que me deja claro que está a punto de perder la paciencia.

—Bueno, si la puta de tu novia y el cabrón de turno se liaran, ¿qué harías tú?

—Ten cuidado con lo que dices, chico. —La voz que suena, dura y fría como el acero, procede de Martin Campbell, el padrastro de Maia—. Ten mucho cuidado.

—¿O qué?

—O la siguiente en dar una paliza seré yo —sentencia la madre de Maia.

Se levantan algunos murmullos, Cam vocifera algo que sus compañeros jalean de inmediato. De pronto, en apenas unos segundos, el restaurante es un lugar cargado de gritos, reproches y palabras hirientes que vuelan como balas.

Miro a Maia, está congelada mirando hacia Cam, como si no pudiera creer que de verdad esté llegando a estos límites. Estiro la mano para envolverle la suya y atraer su atención.

—Dime una sola palabra y te saco de aquí —murmuro.

Por unos instantes, veo en sus ojos las dudas, el debate interno que le supone irse cuando todo esto trata de nosotros y también quedarse, cuando es evidente que no van a llegar a un entendimiento. Al final, traga saliva y me mira a los ojos.

—Hazlo —susurra.

Le tiro de su mano, la levanto y me dirijo hacia la entrada, no me importa que varias voces nos llamen y que Cam se asegure de gritar que solo estamos demostrando lo que él ha dicho. Alguien le grita que se calle, pero, lejos de hacerlo, él se pone a vociferar más alto.

Para cuando por fin salimos a la calle, tanto a Maia como a mí nos cuesta respirar.

No le suelto la mano y ella tampoco hace amago de soltármela a mí. Nos miramos un instante y luego, como si nuestra vida dependiera de ello, los dos nos lanzamos a correr. No tenemos ningún destino en mente, solo el único propósito de dejar atrás la locura que se ha desatado en Rose Lake.

52

Ashley

Hay cosas que solo puedes ver en Rose Lake. Al pastor Harris exorcizando a Cam y sus amigos mientras el sheriff Adams intenta detenerlos, por ejemplo.

¿El problema? Hay un sheriff, un ayudante y varios maleantes. Así pues, en cuestión de minutos, en el restaurante tiene lugar una escena digna de cualquier película en la que haya mucha gente, muchos gritos y una locura desatada. La huida de Kellan y Maia hace que las más jóvenes suspiren montándose películas románticas y empalagosas, las más mayores se lleven las manos a la cabeza y Cam y sus amigos se pongan aún más acelerados. Cuando dedican una ristra de insultos, todos sumamente originales, a mi mejor amiga, provocan que su padre, su madre y sus dos padrastros quieran matarlo ahí mismo, frente a un pueblo sediento de sangre, según parece. Eso obliga al sheriff y a su ayudante a empezar a detener gente de forma legal, lo que es un problema. En verdad, el calabozo de Rose Lake es muy pequeño y no cabe tanta gente, pero están increíblemente metidos en su papel de justicieros y no seré yo quien les recuerde ese pequeño dato.

Gladys ha bloqueado la puerta con su nuevo tacataca en un intento de colaborar con la máxima autoridad, pero tampoco hubiera hecho falta. No es como si Cam o alguno de sus amigos estén pensando en huir. En realidad, parecen estúpidamente orgullosos de lo que hacen, algo que tal vez sea gracias a la cantidad ingente de alcohol que, como es obvio, han bebido.

Entre toda esta locura, sin embargo, lo único que a mí me preocupa es Brody, que está inusualmente quieto mientras observa toda la escena. Sé que sacar a colación a su padre siempre es un tema delicado. De hecho, también sé que, aunque diga que no le importa lo que ellos hagan, vive tenso, esperando que muevan ficha. El problema es que vivir así es agotador para él y para mí. Me encantaría prometerle que no van a volver, que se conformarán con desheredarlo, pero lo cierto es que conozco al señor Sander. Si Brody perdía un partido, lo consideraba una humillación pública, así que es normal que ahora, que sí ha hecho algo deliberado contra él, esté supurando ira y deseando vengarse de su hijo.

Yo, como Brody, espero que haga algo más, pero también comprendo que esta tensión es insoportable y no deberíamos vivir así siempre.

—¿Deberíamos grabar todo esto para que Kellan y Maia lo vean? —pregunta en un momento dado.

Me río. Cam está de rodillas, esposado y mirando de frente al pastor Harris, que le hace la señal de la cruz en la frente porque... Bueno, no sé por qué, pero estoy segura de que tiene alguna razón. Casi siento lástima por Cam. Casi, porque luego recuerdo que todo esto es una afrenta contra mi mejor amiga y la ira me hierve la sangre.

—Lo que deberíamos hacer es ir ahí y aprovechar que está arrodillado y esposado para patearle los huevos hasta que se ponga morado. —Brody me mira con la boca abierta—. ¿Qué?

—Eres una sádica, Ashley Jones, y que me excite esa vena vengadora tuya es señal de que tengo un serio problema.

Me río, le palmeo la rodilla y chasqueo la lengua.

—A ti te excita todo de mí, querido. No es un problema, es que soy genial.

—Pues tienes razón.

Nos reímos, por absurdo que parezca, pero es que o te ríes viendo a Rose Campbell insultar, cuando es prácticamente una damisela de comportamiento intachable, o te abandonas a la demencia que parece estar poseyendo a Rose Lake.

Salimos del restaurante casi una hora después. Finalmente, Cam y sus amigos han sido detenidos y, aunque no pasarán más que unas horas en el calabozo, el sheriff Adams y su ayudante están superorgullosos de hacer cumplir la ley; han asegurado que esto es un triunfo de la comunidad. Si me preguntas a mí, pese a que es un placer ver a Cam detenido, te diré que no sé hasta qué punto es legal que este pueblo se tome la justicia por su mano cada vez que le parece. Por otro lado, somos así, estamos lejos de la ciudad y... Bueno, digamos que no siempre podemos esperar a solventar los problemas por la vía legal. A veces, aunque no lo parezca, el camino rápido es el correcto.

—Deberíamos habernos bañado más en el lago —murmura Brody de camino a casa—. Al final el verano se está yendo y apenas nos hemos metido un par de veces.

—Ha sido un verano frío.

—¿Ha sido un verano frío o empiezas a hacerte mayor? —pregunta él.

Lo miro mal, lo que hace que él se ría y que, a la vez, yo lo mire peor. El problema es que me besa y, cuando Brody me besa, consigue que olvide hasta mi maldito nombre.

—¿Deberíamos preocuparnos por Kellan y Maia?

—No, no lo creo.

—¿Crees que estarán en...?

—La cabaña —murmura Brody con una sonrisilla—. Estoy bastante seguro de que han ido a la cabaña.

—¿Por qué?

—Porque ese sitio es especial. Lo es para ellos, lo es para mí y también para ti.

—Yo no he dicho nada.

—Lo es.

—No puedes hablar por mí.

Brody pone los ojos en blanco, me tira de la mano para pegarme a su costado y pasa su brazo por mis hombros.

—Está bien, no lo es. Odias la cabaña y todos los recuerdos que creamos ahí.

Me río, en realidad me conoce tan bien que es un poco absurdo negar la verdad.

—Me gusta la cabaña —admito en voz baja—. No tanto como tú, pero sí, me gusta.

Brody se para, sonríe y me besa, esta vez con la suficiente intensidad como para que yo piense en lo que falta para llegar a casa y la manera en que podría lograr desvestirlo antes siquiera de que subamos las escaleras hasta mi habitación. Por el modo en que él me mira cuando nos separamos, sé que está pensando algo parecido.

Quizá por eso, porque vamos envueltos en un halo de excitación y anticipación, nos cuesta darnos cuenta de que, al llegar a casa, el coche de Maia no está, pero hay alguien en las escaleras del porche.

También puede ser que la mente tenga formas maravillosas de ocultar la realidad para intentar protegernos. El problema es que, por más que quieras negarte algo, si es importante, acaba estallándote en la cara.

Eso es lo que me ocurre a mí cuando la chica morena y sonriente que hay en mi porche corre hacia los brazos de mi novio.

—Dios, qué ganas tenía de volver a verte.

Sus palabras me impactan, pero no es nada en comparación con lo que siento cuando veo a Brody devolverle el abrazo.

Una vez leí que lo más peligroso no es que en este mundo existan bombas nucleares, sino que existan personas con el poder y la maldad suficientes para activarlas. Nunca lo entendí muy bien hasta ahora. Y, no sé por qué, pero creo que estamos ante una gran bomba nuclear. El problema es que no sé quién de los tres tiene el poder de activarla o, lo que es peor, si alguno está realmente dispuesto a hacerlo.

53

Brody

¿Qué demonios...?

Reconozco que no soy un hombre rápido de mente. O, más que eso, reconozco que me cuesta salir del trance cuando estoy pensando en acostarme con Ashley. Joder, podría caer un misil a mi lado y solo pensaría: «¿De verdad tenemos que dejar de hacerlo?». Soy así de cerdo, pero no me arrepiento porque tenerla desnuda y, a poder ser, debajo o encima de mí, supera con creces todo lo bueno que hay en este jodido mundo.

El problema es que esto no es un misil, pero casi podría decir que es peor. Giuliana me abraza con fuerza mientras Ash, a mi lado, se aparta de nosotros automáticamente. No la miro. No sé, supongo que me da miedo la reacción que pueda encontrar en ella. No se me ocurre pensar que eso puede hacerme parecer culpable.

—¿Qué haces aquí? —pregunto en un intento de separarme de Giu.

Ella se aleja de mí solo un paso, dejando un espacio limitado entre nosotros, pero sonríe con tanta dulzura que no puedo tomarlo a mal. Una cosa es que esté sorprendido y otra que no me alegre de verla. O, peor aún, que no le deba como mínimo un abrazo.

—Quería verte. Después de enterarme de que piensas abandonar el fútbol, necesitaba cerciorarme de que estás bien y, sobre todo, de que has meditado bien lo que estás haciendo.

El silencio que se crea es denso. No es para menos. Ash no sabe quién es Giuliana y esta... Bueno, no sé bien qué pretende esta, porque hace mucho que perdimos el contacto. Lo que sí sé es que yo no fui la mejor persona del mundo con ella y está aquí, preocupándose por mí pese a todo. Aun así, este no es el lugar para hablarlo, así que, antes de nada, señalo a Ash y doy un paso atrás, tomando más distancia.

—Te presento a mi novia, Ashley.

Giu no oculta su sorpresa, pero aun así estira la mano hacia Ashley y se la aprieta con una sonrisa dulce y sincera.

—Encantada.

—Igualmente. ¿Eres amiga de Brody?

La pregunta de Ashley es el pistoletazo definitivo para entrar en casa. En este pueblo el nivel de rumores está por las nubes y ya hemos tenido suficiente por el momento.

—Entremos, estaremos más cómodos en casa —les digo a las dos, interrumpiendo lo que fuese a decir Giu.

Ellas me siguen, entramos, nos dirigimos a la cocina. Cuando me sirvo un vaso de agua y ya me he bebido la mitad, Giuliana decide hablar para intentar llenar el tenso ambiente.

—Espero no molestar. Supe lo de tu hotel y pensé que quizá podría quedarme en alguna de las habitaciones unos días.

—¿Unos días? —pregunto cuando estoy a punto de beberme lo que me queda de agua.

—Sí, bueno, me gustaría hablar contigo, ponernos al día. Ya sabes, como en los viejos tiempos.

Esto cada vez es más incómodo, lo sé, puedo notar cómo los tres actuamos de un modo totalmente forzado. Aun así, no puedo negarle alojamiento a Giuliana, así que solo asiento y carraspeo.

—Claro, puedes quedarte en mi antigua habitación. Yo estoy durmiendo aquí con Ash.

No me pasa desapercibida la mirada que Giu le dedica a la cocina. Sé que está fijándose en los arreglos que necesita esta casa. Giuliana no es mala persona, ni mucho menos. Todo lo contrario. Es una buena chica, pero creció en una familia de dinero y, más tarde, de adulta, siguió el camino de su padre. Se hizo abogada y entró a trabajar con él. No es mala, me repito, pero sí es un poco esnob y caprichosa, una niña consentida, así que rezo por dentro para que no diga nada inapropiado delante de Ashley.

—Vale, genial. Entonces llamaré para que manden mi maleta ahí.

—¿Tu maleta?

—No estaba segura de si iba a parecerte bien, dado nuestro historial, así que hice un poco de trampa y dejé las maletas en un hotel de Salem. Solo por si las moscas. —Se ríe como si hubiera sido muy ingeniosa—. Conozco tu mal humor, no te gustan nada las sorpresas.

—En realidad, sí le gustan —interviene Ash—. Las que no le gustan son las desagradables.

Giu podría responder algo a la altura. Ashley es impulsiva, le pierde la boca, siempre ha sido así. En cambio, la primera es más fría, así que juega con cartas que la favorecen más. Sonríe y asiente.

—Por supuesto, imagino que como a todos, ¿verdad?

Ashley aprieta los dientes. Sé que odia no poder iniciar una discusión ahora mismo, pero también sé que no irá a más, o eso espero. Esto ha sido una sorpresa, pero, sea como sea, Giu fue alguien importante en mi vida y no puedo darle la patada de cualquier manera. Eso ya lo hice una vez. Ash tiene que entenderlo cuando se lo explique, solo que no estoy seguro de que esta sorpresa haya llegado en el mejor momento.

No, en realidad, estoy bastante seguro de que ha llegado en muy muy mal momento.

—¿Quieres tomar algo? —pregunto con educación.

—Sí, me gustaría, pero hay algo que tengo que comentarte... a solas.

El modo en que los hombros de Ash se tensan me dicen todo lo que necesito. Está mal, se siente fatal y lo peor es que no sé qué hacer. Negarle a Giu esa conversación sería grosero y dudo que hiciera sentir mejor a Ashley. Por otro lado, me genera curiosidad lo que tenga que decir, así que, al final, en un intento por poner paz y distancia, respondo lo mejor que puedo y sé:

—Podemos dar un paseo hasta el hotel, te lo enseño y hablamos. —Me giro hacia Ash para intentar que vea en mis gestos tranquilidad. Que entienda que esto no es nada importante, pero la conozco y sé que, por la mirada que nos dedica, ya ha llegado a sus propias conclusiones—. Nena...

—Voy a tumbarme. Me duele mucho la cabeza.

Sube las escaleras sin despedirse y me quedo aquí, sintiéndome como una mierda y sin saber bien cómo gestionar esta nueva situación que tenemos entre manos.

—¿Vamos?

Giu sonríe mientras me espera. Al final, por más que me apetezca subir los escalones y hablar con Ashley, sé que es absurdo estando ella aquí, de forma que la sigo hacia la salida y comenzamos a caminar hacia el hotel.

—Es un pueblo precioso —me dice.

—Lo es.

—No pareces muy comunicativo —sonríe, intenta sonar despreocupada.

—Solo estoy... descolocado. Perdóname, pero no sé bien qué haces aquí.

—Recibí una llamada de tu padre. —Sus palabras hacen que algo se desate dentro de mí. Una rabia que me desestabiliza por un momento—. Cálmate y escucha lo que tengo que decir, Brody. Recuerda que siempre estuve de tu parte.

—Entiendo...

Ella espera unos segundos. Creo que es consciente de que ahora mismo solo oigo un zumbido provocado por mi ansiedad.

—Invítame a una cerveza y prometo contártelo todo.

No respondo, pero los dos sabemos que voy a acceder. Una cerveza es lo menos que puedo darle. Llegamos al hotel, le enseño la mayor parte y, ya en mi antigua habitación, Giu se pone a curiosear todo lo que tengo mientras me siento en mi cama.

—Siempre me pregunté cómo serías de adolescente.

—Rencoroso, cabreado la mayor parte del tiempo, serio... No te perdiste nada.

—Aun así, ella consiguió ver todo lo bueno que había en ti.

Sé que habla de Ash, así que no lo niego y me encojo de hombros.

—Es una chica especial —admito—. No la merezco.

Giu me mira un instante con una curiosidad que me hace sentir mal. Recuerdo entonces todo lo que le hice pasar. Nos conocimos hace unos años, cuando su padre y el mío hicieron negocios a través de unas inversiones a mi nombre. Yo pensé que ella era una niña de papá y ella pensó que yo era un cabrón arrogante. Ninguno de los dos iba desencaminado, pero con el tiempo descubrimos que, además de eso, éramos más cosas. Nos hicimos amigos y, cuando mi padre se enteró de aquello y me felicitó por tener tan buen ojo por fin para las chicas, me propuse dar un paso más. Le pedí salir y la metí en mi venganza por egoísmo. Ella no es tonta, nunca lo ha sido. Se dio cuenta, pero accedió a participar en todo aquello porque le gustaba estar conmigo. Ese fue mi error: meter en un juego sucio a una persona que podría salir herida. Al final Giu desarrolló unos sentimientos por mí que yo no podía tener hacia ella, aunque me gustase mucho. Siempre me arrepentí de hacerla formar parte de mi venganza, pero las veces que me paseaba frente a mi padre con ella podía ver su estúpida mirada de orgullo y solo podía pensar en el momento en que borraría de un plumazo todas las satisfacciones que le había dado.

—Tampoco te merecía a ti —confieso—. Siento mucho lo que te hice en su día.

—No me hiciste nada.

—Te usé.

—Me dejé usar. —Su mirada se torna un tanto triste cuando encoge los hombros y se sienta en la cama, a mi lado—. Sé que piensas que te portaste mal porque me mentiste, pero no es cierto. Era fácil adivinar por qué estabas conmigo.

—Te utilicé igual que utilicé todo lo que tuve al alcance para hacerle daño.

—Al principio no lo entendía, ¿sabes? Pensaba que tu padre solo quería lo mejor para ti. Era lo que decía mi padre. Él tampoco lo entendía, en realidad. Siempre criticó que fueses tan frío con tu padre cuando nuestras familias se juntaban. —Guardo silencio, porque eso me ha pasado muchas veces—. Le conté lo que te hacía. —La miro sorprendido—. Lo siento, sé que quizá no debí, pero no quería que entendiera mal las cosas.

—¿Y qué dijo?

—Bueno... fue después de que me dejaras. Entendió muchas cosas entonces.

—Entiendo que me odie.

—No te odia. No eres su persona favorita en el mundo, pero no te odia —afirma sonriendo. Sonrío un poco yo también, entendiendo a qué se refiere—. Siguió haciendo negocios con tu padre —admite avergonzada.

—No pasa nada —le digo poniéndole una mano en la rodilla—. No esperaba que lo dejara todo por mí, sobre todo con lo que te hice.

—Dice que los negocios son negocios. Es la primera lección que me ha dolido aprender desde que soy abogada. —Carraspea y se mira las rodillas y mi mano sobre ella—. Tu padre me llamó, me sugirió que viniera a hacerte entrar en razón.

Quito la mano de inmediato, o lo intento, porque ella la sujeta y envuelve mis dedos entre los suyos.

—Si estás aquí para eso, te advierto ya que...

—No estoy aquí por eso. Estoy aquí para que sepas que él va en serio con cada una de las acciones legales que piensa emprender en tu contra.

—¿En mi contra?

—Va a desheredarte. Ha avisado a mi padre y al bufete ya.

Me río tumbándome en la cama del puto alivio.

—Mira, Giu, si has venido hasta aquí para decirme algo que ya era obvio para mí, siento mucho que hayas perdido el tiempo. —Quería verte.

—¿Por qué? Me porté mal contigo. Te dejé cuando dejaste de servirme.

—Fue más que eso, Brody. Lo pasamos bien, ¿no? ¿O todo era fingido?

Pienso en los paseos, los conciertos, el sexo y las citas con Giuliana. No, no todo era fingido, ni mucho menos. Lo pasé muy bien con ella y guardo un recuerdo bonito de lo que tuvimos, pese a que yo lo manchara con mis acciones.

—Eres una gran chica, ¿sabes? —le digo poniéndome los brazos detrás de la cabeza—. Cualquier chico estaría feliz de estar contigo.

—Cualquiera menos tú, ¿eh?

—Oh, tampoco es como si yo fuera el amor de tu vida, ¿no?

—No, pero te quise.

Es más de lo que yo puedo decir. ¿La quise? No lo sé. A veces, supongo. En los ratos en los que conseguí olvidarme de todo lo que odiaba en mi vida. No como a Ashley, pero asumí hace mucho que no voy a querer nunca a nadie como a Ashley. Aun así, creo que sí la quise, con otro tipo de amor romántico. Uno más espontaneo y fugaz. Uno de esos amores que duran poco, pero se disfrutan mucho.

—Yo también te quise, Giu.

Ella sonríe, se tumba a mi lado, de costado, y me gira la barbilla para que la mire.

—¿Pero...? —pregunta con una sonrisa.

Su pelo castaño le cubre parte de la mejilla, sus ojos de color miel me miran atentos y su sonrisa dulce no pierde brillo.

—Pero no como a ella —admito en voz baja—. A nadie quise ni querré como a ella.

Confesarlo no es fácil, me acojona tanto que tiemblo un poco. Giu no se ríe de mí, todo lo contrario. Me acaricia la mejilla un poco emocionada y asiente.

—Me alegro por ti, Brody. Por primera vez te veo relajado y feliz. O al menos la versión más feliz que he visto de ti desde que te conozco. Es bonito. Ashley es una chica con mucha suerte.

—Te aseguro que es al revés. Puede que me saque de quicio la mayor parte del tiempo, pero no te imaginas la suerte que tengo de tenerla en mi vida.

Giu sonríe, me da unas palmaditas en la mejilla y suspira.

—¿Un último abrazo, entonces? Por los viejos tiempos y antes de volver a la gran ciudad para decirle a tu padre que es completamente imposible convencerte de que entres en razón.

Me río, tiro de su cuerpo y la atraigo hacia el mío. La abrazo por última vez, dudo que Giu se quede al final tantos días como planeaba y dudo aún más que algún día volvamos a vernos. Ella no tiene nada que hacer en un pueblo perdido entre montañas y yo... Yo ya no tengo nada que hacer en los círculos en los que suele moverse ella.

El olor a almendras de su pelo me hace sonreír porque creo que, por primera vez, no siento remordimientos al abrazarla.

Al menos no los siento hasta que la puerta se abre y Ashley aparece con cara de no entender por qué demonios su novio abraza a una chica de su pasado en la que fue la cama de su adolescencia.

Podría intentar explicarme de inmediato, pero no necesito más que ver sus ojos brillantes para adivinar que ha llegado a sus propias conclusiones. Cuando sale corriendo de mi habitación, solo me aporrea un pensamiento con urgencia. Da igual cuánto intente lo contrario, no importa cuáles sean mis intenciones, siempre acabo encontrando el modo de hacerle daño a la única chica que ha sido capaz de hacerme entender que mi venganza no es ni de lejos lo más importante en mi vida.

54

Maia

Llegamos corriendo a casa de Ashley, donde subimos en mi camioneta. Por un instante ni siquiera sé hacia dónde vamos, pero entonces miro a Kellan y él señala el bosque.

—La cabaña de Brody —murmura.

Está tan tenso como yo y no me extraña. Esto es una locura, se ha ido de madre y... y... ¡No puedo creerme que esté pasando! Arranco y conduzco atropelladamente, como si temiera que nos viera algún vecino cuando eso es imposible. Todos están en Rose Lake, llevando a cabo la chifladura más grande jamás vista por mí en estos siete años. ¡Y he visto cosas muy raras!

Llegamos al final del camino, bajamos y andamos hasta la cabaña. Agradezco como nunca que Kellan siga teniendo su propia llave, aunque Brody haya cambiado la cerradura. Sé que viene aquí a veces, cuando necesita estar solo, porque a Ash se le escapó un día. El mismo día que Brody se encargó de dejar claro que, siempre que lo necesitara, la cabaña sería de Kellan.

En realidad, me alegra mucho que Kellan cuente con alguien que intenta protegerlo desde que eran niños, porque me consta que al revés es igual. Si no se hubieran tenido en su vida... Bueno, no sé qué habría pasado, pero imagino que todo sería mucho peor.

Entramos en la cabaña tensos y callados, como nos hemos mantenido todo el trayecto. Parece raro que no hayamos hablado nada, pero es que creo que los dos intentamos procesar lo ocurrido. Ni siquiera sé por dónde empezar a comentar lo que pienso porque todo lo que puedo hacer es recordar a Cam hecho un basilisco acusándome de cosas horribles delante de todos nuestros vecinos.

—Sabes que esto desatará los rumores en el pueblo, ¿no? —pregunta Kellan poniendo voz a mis pensamientos.

Lo sé. Estoy segura de que acabamos de dar a Cam un montón de dinamita, pero también creo que el pueblo sabrá entender que, en realidad, quedarnos ya no era una opción. Y si no lo hacen... Bueno, no será la primera vez que los rumores llenan Rose Lake. Solo es cuestión tiempo, esperar a que todo se calme o salga un rumor aún más fuerte. Un embarazo adolescente, por ejemplo, haría que el pueblo cambiara de tercio radicalmente. Se lo digo a Kellan, que se ríe y se quita las gafas de sol.

—Esperemos que no sea de Chelsea. Podría darme un infarto.

No contesto. No puedo, porque soy incapaz de hacer otra cosa que no sea mirar su ojo hinchado y negro a estas alturas. Trago saliva, consternada.

—No puedo creer que te hicieran eso.

—No es nada —murmura él restándole importancia.

—Para mí lo es. No te lo merecías.

—Nadie lo merece.

Kellan se sienta en el sofá, se deja caer hasta que su trasero queda en el borde y puede apoyar su cabeza en el respaldo. Es alto, tanto o más que de adolescente y, sin querer, me descubro sonriendo.

—Los sofás pequeños siguen siendo un reto, ¿eh?

—Soy una jirafa, ya lo sabes. —Nos reímos y me siento junto a él, de lado y metiendo una pierna debajo de la otra para estar más cómoda—. ¿Cómo estás? —pregunta entonces.

—Eso debería preguntarlo yo.

—No te preocupes por los golpes, de verdad. Al final, esto es lo de menos. Además... —Se queda en silencio frunciendo el ceño, como si acabara de decir algo que no debe.

—¿Además?

Kellan me mira de soslayo, posiblemente decidiendo si es buena idea o no decirme lo que piensa. Al final se anima, alentado seguramente por mi expectación.

—Prefiero que me haya pegado y haya destapado cómo es a que siguieras con él pensando que es una buena persona y un buen día... —Carraspea, incómodo—. Bueno, ya sabes. No digo que tuviera por qué pasar, pero...

—Es violento —murmuro entendiendo el punto—. Es violento, pero yo habría jurado que no lo era. De hecho, me siento un poco estúpida por haber estado tan equivocada con respecto a él.

—No deberías. No es tu culpa.

—No digo que lo sea, pero ¿cómo no lo vi antes? Te juro que parecía un hombre bueno y dulce.

—Posiblemente lo era. Todos lo son y todos saben cómo ser una gran versión de cara al exterior. Guardan su mierda bajo llave hasta que un detonante la libera y se vuelve incontrolable.

—Como un superpoder, pero a la inversa, ¿no?

—Algo así —dice él sonriendo con ironía—. Oye.

—¿Sí?

—¿Estamos bien?

—¿A qué te refieres? —pregunto con el corazón acelerado.

—A si estamos bien tú y yo. Si estamos en paz. Si somos algo así como... amigos.

—¿Amigos?

—Sí, como antes. —Pienso en todos los besos, en todas las veces que me desnudé para él en el pasado, y creo que él hace lo mismo, porque carraspea y se sienta derecho en el sofá—. Al principio, cuando solo éramos amigos —murmura.

¿Amigos? ¿Podemos ser amigos Kellan y yo? Lo pienso unos instantes, pero sé que no puedo recrearme en el pensamiento porque, sin importar lo que yo sienta, nuestro tiempo pasó, y aunque él siempre vaya a ser algo más que un amigo, no puedo decirlo sin embrollar toda esta situación más, así que sonrío y asiento, tragándome el nudo y fingiendo una serenidad que no siento.

—Claro, somos amigos —le digo.

Kellan sonríe y vuelve a retreparse, visiblemente más tranquilo.

—Ojalá hubiera traído la guitarra —musita entonces—. Podríamos habernos entretenido, porque supongo que todavía no podemos volver a Rose Lake.

—La verdad es que preferiría hacerlo cuando sea de noche y esté segura de que todo el mundo estará en su casa. No quiero encontrarme con ningún vecino ahora.

Kellan se ríe, pero asiente, entendiendo que, en el fondo, tengo razón. Nos quedamos en silencio, no porque no tengamos algo de que hablar, sino por lo contrario. Hay tantas cosas que quiero decirle que, en realidad, no sé bien por dónde empezar.

Al final, elijo dar respuesta a una de las preguntas que más me ha carcomido estos años.

—¿Has llegado a sentirlo?

—¿El qué? —pregunta Kellan.

—El vuelo. —Él me mira sin entender—. Una vez me dijiste que te gustaría saber qué se sentía al cantar frente a miles de personas. Que seguro que sería como volar.

Él me mira fijamente. No sé si está meditando lo que le he dicho o simplemente intenta encontrar las palabras adecuadas.

—Era un vuelo a medias. —No lo entiendo y él no quita sus ojos de los míos—. Como volar con solo un ala.

—¿En serio? ¿Por qué?

—Porque no estabas, Maia. Subí muchas veces al escenario, muchísimas, y todas y cada una de ellas miré al público y pensé que tú no estabas.

Hay palabras capaces de hacer que el mundo se pare. En eso, Kellan Hyland siempre será experto.

—Yo...

—No te estoy culpando —se apresura a aclarar—. Hiciste lo que creías que era correcto, pero no puedo decirte que todo fue perfecto, porque no lo fue. Aprendí que cumplir un sueño no te hace completamente feliz. Algunos días sentí una euforia incomparable, pero otros solo quería subir a un avión y volver a casa.

—Entonces ¿no te alegras de haberte marchado? —le planteo con el corazón latiendo tan deprisa que es posible que me dé un infarto antes de acabar el día.

—Una gran parte del tiempo, sí. Pero hay días en que las preguntas se amontonan en mi cabeza. Y no tiene sentido, porque no son preguntas sanas o que me lleven a un lugar bonito, pero no puedo evitar hacérmelas. —Se acerca un poco más a mí, de un modo prácticamente imperceptible—. Me pregunto cómo sería cantar una canción y mirarte.

—Estaría en primear fila —contesto sonriendo.

—No. —Niega con la cabeza y sonríe un poco—. No, qué va. Tú no estarías en primera fila, sino a un lado, entre bastidores, esperando a que acabara, deseando abrazarme, pese al sudor.

—¿Pese al sudor?

—Es mi sueño, lo siento si te da asco.

Me río, pero, en realidad, que hable así de un sueño, incluyéndome como parte esencial, hace que quiera reír y llorar al mismo tiempo. Podíamos haber hecho las cosas de tantas formas...

¡Podría haber sido tan distinto!

Quizá por eso me emociono y necesito carraspear para aclararme la garganta.

—Me habría gustado verte en concierto —admito.

—¿En serio? Porque mandé invitaciones de los primeros.

Trago saliva. Lo sé. Sé por mi madre que las mandó, pero le prohibí hablarme del tema y contarme si seguían llegando o no.

—En mi carta...

—En tu carta me pediste que te dejara aquí, en Rose Lake, pero es que no es tan fácil como dar un chasquido y cumplir tu deseo. No es un asunto de magia; olvidarte es lo más difícil que he tenido que hacer nunca, Maia Campbell-Dávalos.

—Pero lo lograste... —susurro, aterrada por la respuesta.

Y que me aterre tanto la respuesta me da aún más miedo.

Kellan no contesta de inmediato, lo que hace que el pánico me comprima como si una serpiente me estuviera abrazando. La cantidad de aire que entra en mis pulmones es mínima y siento que podría asfixiarme en cualquier momento. Y lo peor, sin duda, es que tengo tanto miedo a que diga que sí como a que diga que no.

—Logré vivir sin ti, sí.

No paso por alto que, en realidad, no ha respondido a la pregunta. Quiero preguntarle directamente, presionarlo y que me diga si eso significa que consiguió olvidarme o no, pero entiendo, después de un solo segundo, que hay respuestas para las que no sé si estoy preparada.

Esta, sin duda, es una de ellas.

—Yo... pensé que hacía lo mejor, ¿sabes? Y ahora me planteo si fui injusta contigo. Y también conmigo. Me prohibí disfrutar de tu éxito porque eso significaba tenerte presente en mi vida, pero ahora pienso en eso que dices y creo que... —Trago saliva, incomprensiblemente nerviosa—. Creo que me habría gustado estar entre bastidores, al menos una vez.

Kellan vuelve a guardar silencio. No es raro. Nunca ha sido un chico de decir lo primero que se le pasa por la cabeza. Le gusta meditar lo que dice y eso es bueno, porque pocas veces he tenido la sensación de que hacía o decía algo que, en realidad, no pensaba, salvo si estaba muy enfadado.

Por eso, cuando habla, me quedo completamente estupefacta.

—Hazlo, entonces. —Su voz suena tan calmada y ronca que se me eriza la piel—. Ven conmigo a la próxima gira. Quédate entre bastidores para mí, Maia.

55

Kellan

Es una locura. Soy consciente. Sé que Maia tiene aquí su vida y que no va a dejarla por mí. No lo hizo cuando estábamos enamorados y ahora que ella no lo está...

Ella, porque yo... Yo sigo anclado a sus ojos. No he necesitado más que volver para saberlo. Y ahora entiendo lo que me pidió, de verdad. Comprendo que no quisiera verme porque sé, sin duda, que si yo la hubiera visto antes, no habría sido capaz de llegar tan alto. Si ella hubiese cedido a mis invitaciones, si hubiese contestado a mis llamadas y mensajes y hubiese demostrado de algún modo que seguía anclada a mí, yo habría vuelto a su lado una y mil veces, me habría olvidado de mis propósitos y sueños.

Maldita sea, quizá debí hacerlo. A lo mejor debería haber hecho algo más que dejar estar las cosas. Ahora comprendo que, en realidad, mi parte fue la fácil. Tomé el papel de víctima, de chico bueno que intenta cumplir los sueños mientras la chica que quiere lo ignora.

Entiendo el trabajo de fondo que tuvo que hacer Maia para no lanzarse y vivir todo eso conmigo. Por fin comprendo que, en realidad, ella quiso hacerme el regalo más valioso del mundo. Quiso regalarme la libertad.

Aunque siga pensando que no le correspondía a ella tomar la decisión y que deberíamos haberlo hecho juntos. Puedo entender sus motivos y dejar de culparla por querer que yo llegara más lejos de lo que posiblemente habría llegado a su lado por miedo a dejarla en el camino.

Así que, después de meditarlo, estoy a punto de admitir que decir eso ha sido una estupidez, pero entonces Maia sonríe de un modo que me hiela la sangre.

—Hace mucho que no me cojo vacaciones. Supongo que podría ver de cerca lo famoso que eres.

56

Ashley

—Tienes que hablar conmigo, Ash —susurra Brody.

No soporto el tono culpable en su voz. Estoy en la cama tumbada, de espaldas a él, intuyo que sigue de pie desde que ha llegado aquí. Ha tardado catorce minutos. Sí, los he contado, lo que demuestra mi nivel de obsesión. Esto no es sano. Nada lo es. Pensé que... No sé, que lo nuestro siempre había sido especial. Imaginé que no había nadie en la vida de Brody tan importante como yo, pero el modo en que esa chica lo abrazó cuando se encontraron y la forma en la que se abrazaban en su cama... ¡Estaban tumbados! ¿Qué excusa hay para eso? Yo no acabo tumbada en mi cama con ningún tío si antes no tengo previsto ir más allá.

Aun así, está aquí. No se acerca a mí, pero tampoco se marcha de la habitación, está dispuesto a que lo escuche.

—Habla tú, si tantas ganas tienes —le digo.

—Lo que has visto... no es lo que parece. —Bufo, intentando contener las lágrimas y noto la desesperación en su tono de voz cuando vuelve a hablar—: No lo es, Ashley. —Guardo silencio y él se pone peor—. ¿Ni siquiera vas a girarte? Necesito hablar contigo cara a cara.

Lo pienso unos instantes. Quiero decirle que no. En realidad, no sé qué hago tumbada en la cama cuando debería estar gritando un montón de insultos, pero estoy... agotada. Estoy muy cansada y eso me da miedo, no sé si debería volver a ser la Ashley de siempre. Ni siquiera sé si queda algo de ella. Supongo que sí, pero soy como esos bloques de construcción con los que juega Parker. Me imagino una de sus altísimas torres cuando caen y se desarman. Parker siempre vuelve a construirlas, pero las piezas, la segunda vez, están desordenadas. Son las mismas, pero están colocadas de distinto modo. Quizá me ocurre eso. Soy yo, pero en una versión un poco diferente. No quiero gritarle a Brody porque, en el fondo, no hago más que preguntarme cuánto me merezco de todo esto.

La persona que más quería se ha ido y yo estoy revolcándome con el chico que siempre me ha vuelto loca solo porque es el único que me hace olvidar el dolor sordo que todavía siento al pensar en ella. Pero ¿eso es sano? ¿Es justo siquiera? No lo sé. Solo sé que, al ver a Brody abrazando a otra chica, he sentido que me resquebrajaba por dentro y no me gusta. No me gusta constatar que tiene tanto poder sobre mis sentimientos y, aun así, no sé cómo frenarlo.

—Ashley, por favor. —La urgencia en su voz es mayor, así que me siento en la cama. Con un suspiro, como si acabara de correr una maratón, me levanto y me giro para mirarlo.

Sé que se sorprende al verme los ojos rojos. Sí, catorce minutos pueden no parecer nada, pero dan para mucho si encuentras a tu novio abrazando a otra en una cama y él no corre detrás de ti inmediatamente después de que salgas huyendo.

—¿Tuviste tiempo de buscar una excusa?

—¿Qué?

—Has tardado casi quince minutos en llegar desde que yo lo hice. ¿Qué era tan importante como para no venir enseguida?

Por la cara que me pone sé que no ha pasado nada. Lo sé. Brody no es tan buen actor y ahora mismo está cabreado, pero también está arrepentido de algo. Lo conozco. Y como no sé de qué puede estar arrepintiéndose, decido seguir embistiendo.

—Deja de decir cosas que luego puedas lamentar, ¿quieres? —me dice.

—Oh, ¿tú hablando de cosas de las que lamentarse? Eso es nuevo.

—Ash, no hagas esto. No ataques solo porque estás dolida.

—¿Por qué no? ¡Dime! ¿Por qué diablos no puedo hacerlo? ¿Porque me lo ordenas tú? —pregunto enfadada.

—¡No! —estalla él—. No, joder, no quiero que lo hagas porque eso es lo que hacíamos antes y se supone que ya no somos así. Se supone que ahora somos mejores que toda la mierda que tragamos e hicimos.

—¿Lo somos? —Su respiración está agitada—. ¿Vas a decirme que no has pensado en acostarte con ella?

—¡No! ¿De verdad crees que yo...? —Se lleva las manos al pelo, incrédulo—. Joder, sí lo crees. Claro que lo crees.

—No intentes hacerme parecer la mala, Brody.

—Te aseguro que no lo intento, nena —dice con voz ronca, frotándose la cara y mirándome cansado—. Sé que te he hecho daño, los dos nos lo hemos hecho, pero te dije que desde que volví mi propósito es claro. Tú eres lo más importante.

—¿Y ella?

—Ella... —Suspira, frustrado—. Es muy largo de contar y, si no me das la oportunidad, esto va a ser muy difícil.

—Solo dime una cosa. ¿Ha pasado algo que vaya a joder lo nuestro para siempre?

Él me mira unos instantes en silencio, como si realmente lo estuviera pensando, lo que me destroza por completo.

—No me he acostado con ella —confiesa al fin—. Ni siquiera la he besado, pero hay cosas en mi pasado, Ash. Cosas que me avergüenzan y mi historia con Giu es una de ellas.

—Pensé que nunca habías tenido nada serio mientras estuviste fuera. Nada que mereciera ser recordado porque nunca contaste... No sé, Brody, es que ahora mismo me pregunto cuánto de ti conozco y cuánto no.

—Conoces todo lo importante.

—¿Eso crees? ¿Y ella? ¿No fue importante? —Guarda silencio y eso me duele aún más—. ¿La quisiste?

Hay miradas destinadas a ser recordadas, no siempre para bien. La mirada que Brody me dedica la recordaré toda la vida. El reconocimiento que veo en sus ojos es tan sincero que mi corazón se rompe un poco más.

—La quise —admite—, pero de un modo que no merecía.

—¿Por qué?

—Porque, me guste o no, quererte a ti arruinó cualquier posibilidad de querer a alguien a corazón abierto y sin barreras. He querido después de ti, Ashley, eso no te lo puedo negar, pero nunca he querido como te quiero a ti. Ni siquiera cuando lo deseé.

—¿Lo deseaste? —pregunto con la voz temblorosa, ahondo en la herida.

—¿Tú no? —pregunta a su vez igual de dolido—. ¿No deseaste querer a alguien y olvidarme? ¿Dejarme ir para no tener que sufrir más mi recuerdo? ¿No deseaste nunca, ni siquiera durante un segundo, encontrar algo placentero, tranquilo y que no te hiciera vivir como si te estuvieran rasgando el corazón constantemente? Un amor que no doliera.

Trago saliva, consciente de que nuestro amor no siempre ha sido sano. Ha sido intenso, caótico y, en algunos puntos, tóxico. Hemos pasado mucho juntos, pero también separados. Brody, que sabe que estoy pensando en ello, se atreve a dar algunos pasos hacia mí.

—Que en algún momento deseara querer a alguien como merecía para hacerme feliz a mí mismo no es un problema, Ash. Por más que lo deseara, cuando te veía, aunque solo fuera en fotos, solo podía pensar en que prefiero mil veces discutir contigo que besar a otra y eso, al final, tiene que significar algo.

—¿Qué somos autodestructivos? —pregunto con algunas lágrimas rodando por mis mejillas.

—Puede, seguramente —admite dando un paso más hacia mí. Se atreve a limpiarme la mejilla con la yema de los dedos—. O que esto nuestro, bien manejado, puede superar cualquier cosa que hayamos vivido antes.

—No estamos manejándolo bien ahora mismo.

—No, no lo estamos haciendo, pero tiene arreglo.

—Ella... ¿Se va a quedar?

Si habíamos dado algunos pasos en la dirección correcta, acabamos de retrocederlos. Lo sé por la forma en que él deja caer la mano y suspira, tenso.

—Necesita estar unos días aquí. Ella... tiene que permanecer algunos días aquí para cumplir con una promesa que hizo. He hablado con ella, lo hemos aclarado, creo, pero, aun así...

—¿Cuál? —le interrumpo—. ¿Cuál es la promesa que hizo?

Brody tarda unos instantes en responder y eso sirve para que el dolor se aloje en mi pecho con una potencia inaudita. Esto va a doler. Va a ser tremendo, lo sé, y, aun así, no sé cómo frenarlo.

—Le prometió a mi padre no volver hasta convencerme de que mi sitio está en la ciudad, jugando al fútbol y... con ella.

Puede que esto que voy a decir suene a locura, pero he visto huracanes arrasar ciudades enteras con menos esfuerzo del que ha necesitado Brody para acabar conmigo.

57

Brody

Me encantaría retroceder en el tiempo, hacer las cosas de un modo distinto. Demostrarle a Ash que ella puede ser lo primero siempre, pero, al final, la vida no funciona así. En la vida, a veces tienes que tomar decisiones que no te gustan. Decisiones que cambian el rumbo de todos los planes que habías hecho hasta el momento o, como mínimo, los atrasan. Eso es lo que ha ocurrido con la llegada de Giu. No puede marcharse todavía o quedaría mal delante de su padre y del mío, al parecer. Según ella, volver el mismo día que ha llegado es admitir una derrota demasiado temprana. Creo que tiene razón y eso es lo que hablamos los minutos que tardé en ir a buscar a Ashley. Eso, y los consejos que escuché de mi amiga antes de ir a hablar con mi chica:

«No te hagas la víctima ni cedas al enfado, Brody. Recuerda que es ella la que nos ha visto en una situación comprometida».

Tenía razón. En realidad, Giu suele tenerla siempre. Es una chica lista y avispada. Pero aquello... estar frente a Ashley teniendo que explicarle toda la situación y conociendo su carácter voluble cuando se siente sobrepasada es aterrador. Es como contemplar un tsunami desde la orilla y no ser capaz de frenarlo, pero tampoco puedes salir huyendo.

—Voy a contártelo todo —le digo—, pero necesito que nos sentemos con una taza de café y que me escuches con atención. Repetiré cada parte de la historia las veces que sean necesarias hasta que entiendas que, aquí, lo importante no es la presencia de Giuliana, sino asegurarnos de que podemos contra todo y todos, Ash.

Ella me mira dubitativa, no puedo juzgarla. Asiente de una manera casi imperceptible y bajamos a la cocina, donde preparo dos tazas de café con leche. Nos sentamos el uno frente al otro y se lo cuento todo. Mi relación con Giu, que en cierto modo la utilicé para mi propio beneficio y que la quise, pero no como merecía, porque ella sí se enamoró de mí. Nuestra ruptura y, finalmente, todo lo que ella me ha contado acerca de su visita actual.

—¿Y por qué ha cedido si no siente nada por ti? ¿Tan buena marioneta es?

—Giuliana es una chica responsable y, sí, es muy obediente si se trata de cumplir órdenes de su padre, pero ella, al contrario que yo, es feliz. Y ella, al contrario que yo, ha sido siempre la princesa de papá. No ha sufrido malos tratos, sino todo lo contrario. Siente devoción por su familia y yo no puedo juzgarla por ello solo porque mi caso sea todo lo contrario.

Ash hace girar su taza. Sus ojos tristes permanecen semiocultos bajo sus párpados y me pregunto qué estará pensando. Sé que va a decirme una parte de lo que hay en su cabeza, pero no todo. Y es lo que oculta, lo que se guarda para sí misma, lo que me preocupa.

—¿Entonces? ¿El plan es soportar su presencia aquí hasta que ella considere que ha pasado el tiempo necesario para volver?

—Algo así —admito—. Solo serán unos días.

—¿Y mientras tanto jugará a seducirte?

—No, joder, Ashley.

—¿Seguro? —Me mira, al fin, pero no es una buena mirada. Es obvio que se siente dolida y desconfiada—. ¿Estás completamente seguro de que no querría tener algo contigo? ¿Puedes poner las manos en el fuego por que ella te ha olvidado?

Pienso en Giuliana, en el abrazo que me ha dado y lo poco que hemos hablado. ¿Puedo? Lo cierto es que no lo sé, y Ash es consciente de ello. Sabe bien cuál va a ser mi respuesta, por eso intento arreglar esto de alguna forma. Sé que, si me quedo en silencio y no digo nada, solo haré que la situación se agrave.

—No pasará nada.

—No puedes saberlo. Ella...

—Me da igual lo que quiera ella, Ashley. Sé bien lo que quiero yo, y es estar contigo. ¿De verdad crees que voy a dejarte por una chica que ha venido aquí enviada por mi padre? Joder, se supone que me conoces mejor que nadie.

—Cuando se trata de instintos...

—Mis instintos están bien controlados, Ashley Jones. Sé bien a quién deseo meter en mi cama y en mi vida cada noche y esa no es Giuliana.

No sé si es mi tono, el modo en que cuadro los hombros o la determinación de mis palabras, pero al final Ash parece relajar un poco la postura. Asiente y, aunque no esboza siquiera un simulacro de sonrisa, cuando vuelve a hablar lo hace sin estar tan a la defensiva.

—Está bien, confío en ti.

—¿Segura? —pregunto.

Ella tarda unos segundos en responder. Unos segundos que me quitan años de vida.

—Estoy acostumbrada a que la gente me falle —admite en voz baja—. Estoy segura al cien por cien de que quiero estar contigo siempre y, la mayor parte del tiempo, también estoy segura de que tú quieres estar conmigo, pero acaban de meternos en casa un jodido e inmenso caballo de Troya y yo... acabo de darme cuenta de que, a veces, no basta con querer confiar. Estoy tan minada y tan jodida que, por injusto que suene, porque así es, no puedo afirmar que estoy segura de que esto saldrá bien. No lo estoy, así que solo... Solo dejemos que pasen los días. Ella estará aquí y, con suerte, se irá pronto y la calma volverá a mi vida. Eso es lo único que yo quiero, Brody: calma.

La observo unos instantes. Parece tan triste que solo deseo abrazarla, pero algo me dice que, si lo hago ahora, su cuerpo se tensará en el acto, así que al final respeto su espacio y asiento suavemente.

—Será la prueba definitiva de que, sin importar lo que diga la gente, tú y yo estamos hechos para estar juntos. Podemos hacernos bien el uno al otro, apostar por esto y salir ganando. Estoy seguro, Ash.

—Ojalá tengas razón —murmura ella antes de acariciarme la mejilla, levantarse y subir de nuevo las escaleras hacia el dormitorio.

Cierro los ojos y dejo escapar un suspiro que me ayude a soltar un poco de tensión y miedo. Vienen días jodidos con la presencia de Giu aquí, pero no porque ella intente nada conmigo, porque estoy seguro de que no lo hará, sino porque no sé cómo va a afectar esto a Ashley. Han pasado demasiadas cosas en muy poco tiempo y, aunque me reviente el alma reconocerlo, lo cierto es que no sé hasta qué punto Ashley y yo somos indestructibles como pareja.

58

Maia

Dos semanas después

Se me ha ido la cabeza. Es un hecho. Esto es una completa locura, por eso me siento a los pies de la cama y miro a Ash, que sigue metiendo cosas en mi maleta.

—No puedo hacerlo.

Ella se gira con un montón de ropa interior entre las manos y frunce el ceño.

—Con esta porquería de bragas, desde luego que no, pero míralo así: ¡vas a la puta Europa! Podrás comprar bragas buenas en tiendas caras. Dios, ¿cómo debe de ser pasear por esas calles?

—Ash, te recuerdo que soy de Madrid.

—¿Y?

—Y viví allí hasta hace siete años.

—¿Y?

—¡Y Madrid está en Europa!

Ella abandona su mirada soñadora y me mira, ya se ha dado cuenta de la realidad.

—Es verdad. A veces se me olvida que eres una forastera. —Me río, pero cuando echa mi ropa interior a la maleta, el pánico vuelve a atravesárseme en la garganta—. Respira y recuerda que tú quisiste esto.

—No pensé lo que decía. No imaginé que...

—¿Qué? ¿No imaginaste que acompañarías a Kellan dos semanas enteras por su gira europea?

Kellan. Dios santo. Kellan está haciendo una gira. Después de aquel día en la cabaña, todo cambió radicalmente. De pronto Kellan tuvo muchísima prisa por ponerse manos a la obra con su trabajo y empezar a hacer todo lo que había ido postergando. Procrastinar dejó de ser una opción y a mí solo me quedó marearme por la velocidad a la que se movía.

A su vez, toda mi familia pareció volverse loca cuando sugerí que quizá debería acompañarlo en algún concierto. En serio, se volvieron completamente locos y no para mal. O sí. No sé. Lo único que sé es que todos empezaron a animarme a hacerlo. ¡Hasta mi abuelo! Me habló de lo bonito que debía de ser acompañar a un amigo durante unos instantes en la cima de su sueño. Amigo. Así es como todos se refieren a él.

Volvemos a ser Kellan y Maia y nadie en el pueblo rumoreó nada más, al menos frente a nosotros. Soy consciente de que, por detrás, dirán de todo. Después de la locura que se desató, Cam y todos los amigos que participaron en la paliza a Kellan se marcharon de Rose Lake. No sé dónde viven, no he tenido más contacto con él, salvando la noche que consiguió un número de teléfono nuevo, puesto que el suyo lo tengo bloqueado, y se dedicó unas horas a insultarme y a decir un montón de lindezas acerca de mí. Después de eso, no he sabido más. Supongo que llamar a una chica puta y demás primores de tantas maneras diferentes acaba minando tu imaginación para los restos.

El caso es que Kellan volvió a Los Ángeles solo dos días después de que estuviéramos en la cabaña hablando de nuestros sueños, nuestro pasado y nuestro futuro. No juntos, claro, sino nuestro futuro en general y...

Bueno, que a los dos días se marchó a Los Ángeles para cumplir con su palabra y empezar a organizar una gira. Lo hicieron en tiempo récord, la verdad. Ayudó bastante que su equipo ya lo tuviera todo prácticamente listo y solo esperasen su regreso de una vez por todas. Y en esta ocasión, además, ha sido distinto. Kellan me habla cada día por mensajes. Me manda fotos de lo que van viendo, aeropuertos, cosas que le resultan raras o, simplemente, graciosas. En cierto modo, es como cuando nos conocimos y nos hicimos grandes amigos. Justo antes de que lo estropeáramos todo enamorándonos como idiotas.

—Irá bien. —La voz de Ash me saca de mis pensamientos—. Irá muy bien, Maia. Sois vosotros. Siempre pensé que acabaríais haciendo esto.

—Solo son dos semanas —murmuro—. Mi sitio sigue estando en Rose Lake y el suyo en los escenarios.

—Sí, pero es bonito ver que, por fin, probáis a unir los dos mundos.

—Solo durante dos semanas. —Ash me mira de un modo que me enerva—. Estoy hablando en serio.

—Lo sé.

Es una espina. Nada más. Cuando Kellan se fue la primera vez, siempre me quedó la espina. ¿Qué habría pasado si me hubiera lanzado a ir a un concierto? ¿Cómo sería ese mundo? Intenté no saber nada de él, menos de su música, pero eso no hizo que me sintiera mejor y es hora de aceptarlo. De hecho, empiezo a preguntarme hasta qué punto me difuminé solo para obviar la realidad. Me convencí de que no me importaba Kellan en absoluto y, más tarde, me convencí de que Cam era un gran chico. ¿Cómo no vi las señales de que todo iba mal? A menudo me pregunto lo ciega que estaba para no darme cuenta de que ni había superado bien el tema de Kellan ni mi relación con Cam era sana. Estaba viviendo una vida a medias, a medio gas, solo porque así era fácil adormecer ciertos pensamientos que no quería tener.

Estaba esquivando una gran parte de la vida sin darme cuenta de que, al final, los años pasan y todo lo que no me permití vivir no va a volver.

Ahora... vuelvo a tener una oportunidad y he necesitado siete años para cambiar de opinión. Quiero saber cómo es la nueva vida de Kellan, al menos durante un breve espacio de tiempo.

Aunque sea una locura. Aunque no deba. Esta vez, quedarme con la duda no es una opción.

Aun así, cuando veo la maleta me da tal ataque de ansiedad que miro a otro lado.

—Mejor cuéntame cómo van las cosas con Giu y todo eso —le pido a Ash en un intento desesperado por distraerme.

El modo en que mi amiga suspira me deja claro cómo va todo.

—Sigue aquí, así que supongo que van mal.

—Pero no parece mala chica... —le digo.

—Eso, sin duda, es lo peor. Me resultaría muy fácil odiarla. Tacharla de pija mala y creída y..., pero no es así, Maia. Es una chica encantadora, dulce y guapísima. Aunque no vaya a reconocerlo en voz alta jamás, cada vez que la miro y luego me miro en un espejo me pregunto qué demonios hace Brody conmigo y no con ella.

Me parte el corazón ver a Ashley tan insegura. En realidad, sé que todo esto tiene que ver con el poco tiempo que hace que su abuela murió. Perdió los únicos lazos familiares que le quedaban y se aferró a Brody, a mí y al resto de sus amigos, pero ninguno somos como él. Él... estuvo a su lado de una manera increíble. Sigue estando a su lado, pese a todo. Entiendo las dudas de Ashley, sobre todo porque somos muy conscientes de que Giu seguramente esté informando al padre de Brody de todo con la suficiente convicción como para que él deje de intentar destrozarle la vida a Brody, pero eso es una tontería. En algún momento tendrá que volver y entonces ¿qué?

—Eres increíble —le digo cogiéndole la mano—. Eres una persona estupenda, guapa, lista e ingeniosa. No tienes que competir con Giuliana. Brody te quiere a ti, ni siquiera se plantea tener que elegir.

—Ya sé que me ha elegido a mí, la pregunta es: ¿ha hecho la elección correcta?

—Ash, no digas eso.

—Es verdad, Maia. Mírame. Todavía estoy intentando superar lo de mi abuela, algunas noches aún me duermo llorando y... no sé, supongo que, simplemente, yo no me elegiría.

—Por suerte, no depende de ti y los demás sí podemos ver lo que vales.

—Todavía lloro casi a diario por mi abuela —admite con la voz ronca de repente—. Estoy rota, Maia.

—No estás rota, estás atravesando algo muy difícil y yo te entiendo. ¿Sabes qué leí una vez? Que el duelo es amor que no tiene a dónde ir. Está bien que la llores, Ash, su recuerdo es lo único que te queda de ella. Aunque sonrías cada día y sigas viviendo, la certeza de no volver a verla nunca más va a dolerte mucho tiempo. Aceptarlo forma parte del proceso. Cuando un ser querido se va para siempre, deja un hueco dentro de nosotros y simular que no existe es un error, porque es ignorar que hubo alguien capaz de conseguir hacerse memorable en nuestra vida. Y eso siempre debería ser motivo de celebración.

Mi amiga llora en silencio mientras me mira.

—Estoy triste, Maia. Y con todo esto de Brody siento que tengo que participar en alguna batalla y no me han dado una sola arma.

—No es así. No tienes que luchar contra nada. Giuliana sabe bien que Brody quiere estar contigo y, más importante aún, él tiene muy claro dónde está su sitio. Vas a estar bien, Ash. Él va a trazar vuestro camino hasta que tú estés lista para ayudarlo y que lo hagáis juntos. Habéis encontrado vuestro lugar en el mundo y no hay chica que venga de fuera capaz de poder con eso.

Ash sonríe, un poco más animada, aunque sé que no bastará con esta charla. Irme y dejarla así también me pesa, pero creo que debo hacer esto. Debo hacerlo, aunque esté tan perdida como hace años, cuando llegué aquí. Voy a cruzar el océano de vuelta a Europa por primera vez en años y no será para volver a Madrid, sino a Berlín, donde Kellan celebrará un concierto en solo tres días. Ahora mismo él está en Ámsterdam, donde tiene un concierto hoy. En dos días más actuará en Amberes, Bélgica. Después, tocará en Berlín, donde nos encontraremos y dará un concierto mientras yo lo observo entre bastidores, tal como le prometí.

Desde ahí, lo acompañaré durante dos semanas en las que recorreré con él Oslo, Estocolmo, Copenhague, Colonia, París, Múnich, Bolonia, Turín y Barcelona. Catorce días acompañándolo en una gira que me resulta abrumadora y una completa locura. Finalmente, tras el concierto en Barcelona, el único en España, él seguirá su gira casi un mes más hasta acabar en Londres y yo volaré de vuelta a casa, a Rose Lake. Sola.

—No quiero dejar Rose Lake —le digo a Ashley de pronto, con lágrimas en los ojos.

Ella se ríe, todavía llorosa, y me abraza.

—Vale, me toca animarte, ¿eh? —Sollozo y ella intensifica su abrazo—. Dos semanas, Maia. Solo dos semanas de vacaciones por Europa con un cantante guapo, famoso y que, además, fue tu primer amor. ¿Qué puede salir mal?

—¿En serio quieres que responda eso?

Ella suelta una carcajada y enmarca mi cara con sus manos.

—Míralo así: en dos semanas volverás a Rose Lake. El bosque no desaparecerá, el lago seguirá en su sitio cuando vuelvas, lo prometo. Solo tendrás un montón de experiencias únicas en el recuerdo y el corazón.

—¿Desde cuándo eres tan sabia?

—Desde que follo con asiduidad.

Me río, la empujo y acabo de hacer la maleta. Tiene razón. Son solo dos semanas.

¿Qué puede salir mal?

59

Kellan

Paseo por la moqueta de mi suite de un lado a otro. Ya debería estar aquí. Miro de nuevo el reloj de pulsera y me revuelvo el pelo. Joder, lo tengo demasiado largo. Me miro en el espejo, se ha ondulado, así que aún no me tapa los ojos cuando me cae por la frente, pero debo ir pensando en un buen corte. Me lo echo hacia atrás y me siento otra vez en la cama.

Miro el teléfono. Nada, ni una llamada, ni un mensaje. Vuelvo a llamar al conductor que se ocupa de los traslados de parte de mi equipo.

—Estamos de camino —me dice cuando responde—. El tráfico aquí es un infierno.

—¿Está contigo?

—Sí.

—¿Fue bien el vuelo?

—¿Qué tal si eso lo preguntas tú?

Me río. Sí, vale, mejor. Cuelgo, me levanto, presa de los nervios, y me apoyo en el gran ventanal de mi suite, a través del cual contemplo unas vistas espectaculares de Berlín. No es Rose Lake, aquí no se ve tanto verde y el aire no es tan puro, pero las vistas quitan el sueño de un modo distinto. Es dulce y prometedora. Claro que creo que diría lo mismo de cualquier otra ciudad si estuviera a punto de recibir a Maia en ella.

Maia viene de camino... Joder, es un sueño. Es más que eso. He fantaseado tanto con este momento que incluso tengo miedo de que la realidad no consiga superar a la ficción. Salí de mi pueblo natal con un propósito, pero también con el corazón roto. No es que ahora vaya a arreglarse o sangre del mismo modo. No es así. Con el tiempo aprendí a controlar el sangrado hasta que se convirtió en un goteo constante. Más tarde, con los años, el goteo se hizo puntual. Ver una foto suya en redes sociales, saber algo de ella a través de mi madre. Cada noticia suya, por mínima que fuera, reavivaba el goteo, pero yo me engañaba diciéndome que solo era la nostalgia del recuerdo.

Ahora sé que no es así. Me faltó vivir con Maia la experiencia. Siempre me faltó y sé que, parte de no poder disfrutar al cien por cien de cumplir mi sueño, fue saber que a cambio había tenido que entregar algo que yo consideraba tan valioso como la música.

Suspiro, en un intento por librarme de la intensidad que me carcome. No quiero asustar a Maia cuando llegue. Sé que viene en calidad de amiga. Solo prometió acompañarme porque le puede la curiosidad y, en el fondo, esta vez quiere esforzarse por mantener una amistad conmigo. Dudo mucho que vuelva a desentenderse de todo lo que me ocurra cuando nos separemos, pero, si así fuera, si Maia decidiera volver a olvidarme, me daría por satisfecho. Tenerla unos días aquí es mejor que no tenerla, aunque luego me toque lidiar con las consecuencias de su presencia.

Por otro lado, la gira está yendo bien. Más que bien. Hemos hecho lleno en muchos de los conciertos y el equipo al completo está pletórico. Aun así, estoy... cansado. Si solo me centro en mí, en lo que siento, y consigo olvidar las alegrías puntuales, como la visita de Maia, tengo que admitir que me siento exhausto. Saber que ella me acompañará dos semanas me ha dado un chute de adrenalina tremendo, pero sé que es temporal. Es la alegría de mostrarle lo que he logrado esforzándome mucho. Desviviéndome por este sueño.

Cuando ella se marche... Todo cambiará. No es que lo intuya, es que lo sé. Puede que no lo diga en voz alta, pero soy consciente de que estoy a punto de vivir uno de esos momentos que te cambian la vida para siempre. Ya sabes, en el futuro estoy seguro de que hablaré de «antes» de la gira en la que estuvo Maia y «después» usando este momento como una medida de tiempo. Tal como ahora hago con el día en que me marché de Rose Lake.

Aun así, ese es un problema del Kellan del futuro. Si algo he aprendido en todos estos años es que no tiene ningún sentido sufrir por adelantado. Sé que vienen emociones fuertes, sé que será complicado gestionar todo lo que siento sin asustar a Maia o quedar en evidencia, pero también sé, gracias a la experiencia, que por mucho que sufra después, cuando se vaya, eso no va a matarme.

Es algo que Maia me ha enseñado. Su presencia me llena y su ausencia me duele en lo más hondo, pero no me mata.

Los minutos pasan, la moqueta de esta suite empieza a parecerme demasiado mullida e, incluso, he dedicado un tiempo a abrir cajones solo por ver si algún huésped anterior se había dejado algo dentro. Absurdo, porque soy consciente de que limpian a fondo las habitaciones, pero son los nervios los que actúan por mí.

Finalmente, alguien toca con los nudillos en la puerta y trago saliva. Soy consciente de que por fin está a punto de suceder.

Camino hacia la puerta e intento parecer calmado.

Spoiler: no lo estoy.

Preconcibo una media sonrisa, agarro el picaporte y abro de un tirón, pensando que estoy preparado.

Spoiler dos: no lo estaba.

Joder, está guapísima, está sonriendo y es... Sé que a esto saben los sueños cuando se hacen realidad.

60

Maia

Estoy en Berlín.

He cogido un avión sola por primera vez, he volado durante muchas horas en las que he tenido tiempo de pensar en todo esto para llegar a la conclusión de que no tengo la mínima idea de qué demonios estoy haciendo.

He bajado del avión en Berlín, he recogido mi maleta y he caminado hacia el señor vestido de negro que sostenía un cartel con mi nombre en alto. He subido a su furgoneta de cristales tintados, he observado las calles de Berlín... O sea, ¡Berlín!, y ahora estoy aquí, en un hotel increíblemente caro. Aunque nadie me haya dicho cuánto cuesta la habitación por noche y Kellan me está mirando como si yo fuera una especie de fantasma.

No sé qué hacer. Me aferro a mi maleta con las dos manos porque no sé en qué punto estamos. Bueno, sí lo sé, somos amigos, claro, pero ¿cómo de amigos? Joder, yo no sé cómo ser su amiga. Se me olvidó y me quedé solo con el recuerdo de tenerlo desnudo entre mis piernas.

Uh. Mala elección de recuerdos. Malísima.

Me mordisqueo el labio y me pregunto si ha sido buena idea venir con un pantalón tejano y una sudadera. En principio pensé en la comodidad para viajar, pero ahora, frente a él, me pregunto si debería haberme maquillado algo más o...

No, espera, esa no sería yo. Y no porque no me guste maquillar-
me, sino porque no me gusta hacerlo para otros. Me maquillo cuando me apetece y elijo la cantidad que me apetece según el día. Hoy
solo llevo rímel y no pasa nada. Así es como quiero estar y tengo que
recordarlo.

Quizá en un intento de recordarlo, o porque estoy tan nerviosa
que no consigo decir nada coherente, acabo hablando por impulsos.

—¿Vas a abrazarme o...? —Apenas digo la frase cuando su cuerpo
alto y estilizado da un paso al frente para acercarse a mí.

Kellan me rodea con los brazos y me alza como si yo no fuera más
grande que una muñeca.

Suelto una carcajada sorprendida y le rodeo el cuello con los brazos. Inspiro y... el bosque. Estamos a miles y miles de kilómetros de
Rose Lake y Kellan Hyland se las ha ingeniado para oler como nuestro bosque.

—Hueles a casa —murmuro en su oído.

Su abrazo se aprieta y no lo veo, pero sé que sonríe.

Amigos. Sé que solo somos amigos, pero cuando Kellan me suelta en el suelo, tan cerca que nuestras narices prácticamente se rozan,
me cuesta mucho recordar cuáles son los motivos por los que no debería besarlo.

—Estás preciosa —susurra con voz tan ronca que siento ganas de
llorar.

Dios, lo he echado tanto de menos... Tanto que, por un instante,
me pregunto qué pasará cuando estas vacaciones acaben y nuestros
caminos vuelvan a separarse por un tiempo ilimitado. Por un momento, el miedo, el desasosiego y la tristeza se hacen cargo de la escena, pero entonces él me acaricia la mejilla y me insta a mirarlo.

—Voy a hacer de estas dos semanas algo inolvidable, Maia.

—No tengo dudas —susurro de vuelta.

Nos miramos durante un instante que bien podría ser eterno y, al final, es el sonido de la puerta el que nos interrumpe.

El chófer de Kellan entra con una sonrisa que me hace sonrojar. Es evidente que piensa cosas que no son.

—¿En qué habitación la dejo? —pregunta.

Me percato de que, en realidad, estamos en una especie de salón con sofás y una mesa más grande que la que hay en casa de mis padres. Hay dos puertas completamente enfrentadas, pero cada una está a un lado del salón.

—Elegí la suite para que estés más tranquila —me comenta él—. Tendrás tu propio espacio, pero así el equipo tendrá claro dónde situarte siempre, si te parece bien.

Su sonrisa es tan sincera que no puedo más que devolverle el gesto.

—Me da igual, la que sea estará bien —le digo al chófer.

Él se ríe de un modo que hace que mi rubor no baje. Sé lo que está pensando: acabaremos durmiendo juntos.

Pero no será así. No será..., ¿no? Ash también ha insistido en que debería dar rienda suelta a mi instinto. El problema es que no sé exactamente qué quiere mi instinto.

Bueno, maldita sea, sí lo sé. Kellan está mirándome y lleva unos tejanos rotos y una chaqueta de cuero que le queda como un guante. Puede, solo puede, que me haya preguntado un montón de noches qué se sentirá al enredar mis manos en su pelo después de tantos años, pero eso son fantasías tontas de momentos puntuales y... Dios, qué calor hace aquí.

—Si os parece bien, os vemos abajo para comer algo. Luego tendremos que ir al recinto del concierto para hacer las pruebas de sonido.

Kellan queda con el chófer en un punto concreto y, cuando por fin se va, me mira y sonríe.

—Será un caos, pero prometo no dejarte sola.

Sonrío, agradecida, pero en realidad eso es parte del problema, ¿no? Estar dos semanas pegada como una lapa a Kellan. Desde luego no ha sido mi movimiento más inteligente. Me siento confusa con respecto a mi ex, mi otro ex se ha vuelto loco y le ha dado una paliza. ¿Cómo lo arreglo? ¡Ya sé! ¡Voy a irme de vacaciones dos semanitas con mi primer ex para así infundir aún más los rumores de que tenemos una aventura!

—¿En qué estás pensando? —pregunta Kellan cuando el conductor se va.

Trago saliva. ¿Decirle la verdad o mentir como una bellaca? La respuesta llega en forma de encogimiento de hombros.

—Nada importante. ¿Crees que podría darme una ducha antes de salir? Me siento un poco... sucia después de tantas horas de vuelo.

Bien. He mentido, pero estarás de acuerdo conmigo en que hay mentiras que necesitan ser dichas. No todas son malas. Cuando mientes porque no tienes ni idea de cómo decir la verdad sin quedar mal, no está mal, sobre todo porque no hago daño a nadie.

—Por supuesto. El baño tiene hidromasaje, según he visto. ¿Qué te parece si te tomas un rato para relajarte?

—Oh, bastará con una ducha. Entiendo que vamos justos de tiempo, ¿no?

Él se mira el reloj de pulsera y entrecierra los ojos.

—Depende. ¿Quieres conocer al equipo ahora mientras comemos juntos o le pido una hamburguesa vegetariana al servicio de habitaciones y los conoces cuando ya no quede más remedio? —Me río y Kellan me guiña un ojo—. Déjame adivinar: doble de queso.

—Sigues conociéndome bien, ¿eh?

—En lo esencial, al menos —dice mientras se ríe y camina hacia el teléfono—. Ve a darte ese baño, yo me ocupo de todo por aquí.

Dios, es encantador y guapísimo. Voy a oírlo cantar en directo frente a miles de personas en cuestión de horas y es el primer y gran amor de mi vida.

Estoy oficialmente metida en el mayor lío de mi vida.

61

Kellan

Miro a Maia mientras me colocan bien el pinganillo. Está como alucinada y, aunque creo que en parte es por el desfase horario que debe de estar sufriendo, en gran medida es porque, desde que salimos de la habitación, nos hemos sumido en la locura que significa hacer las pruebas de sonido, elegir el vestuario y prepararnos para el concierto. Ryan le ha ofrecido cocaína casi antes de saludarla porque es un idiota. La chica de maquillaje le ha puesto un refresco en la mano sin preguntar y ahora está pegada a la pared de mi camerino improvisado intentando no molestar mientras un montón de gente entra y sale poniéndose cada vez más nerviosa a medida que se acerca el momento.

—¿Cómo lo llevas? —le pregunto.

—Tu amigo Ryan me ha ofrecido cocaína sin conocerme. —Me río, porque parece conmocionada.

—Es un idiota, no le hagas caso.

—Pero... ¿Así? ¿Sin más? ¿No se supone que eso es caro?

—Ryan gana mucho dinero, Maia. —Sonrío un poco avergonzado—. Todos ganamos mucho dinero.

—¿Tú también tomas? —me pregunta alarmada.

—No, no te preocupes. Yo me conformo con la cerveza.

—Pero la has probado. —No es una pregunta, así que no sirve de nada contestar, pero eso parece provocar el efecto contrario en Maia que, de pronto, sí necesita una respuesta—. ¿Kellan?

—Sí —digo escuetamente mientras reviso que el cable no se me enganche con el cuello de la cazadora.

—¿Muchas veces?

—Eso depende de cuánto consideras «muchas veces».

—Kellan...

—No, Maia. No las suficientes para tener ningún tipo de adicción. La he probado lo bastante para saber que no va conmigo. Fin.

—Pero Ryan parece de los que consumen mucho...

—Muchos aquí consumen mucho. No es mi problema ni el tuyo. —Chasqueo la lengua y me acerco a ella—. No me entiendas mal, no quiero sonar borde, es solo que odio que te preocupes.

—No me preocupo, pero es que parece tan... normalizado.

—Por desgracia muchos aquí lo tienen normalizado, sí.

—No quiero que tú caigas en esas cosas.

—No lo haré, y ahora tienes que prometerme que vas a dejar de preocuparte.

—Cuando me prometas que no vas a meterte drogas nunca más.

—Maia...

—Nunca más. Bueno, algún porro puntual si quieres, pero nada más.

Me río, porque su preocupación es tan sincera que solo me nace asentir.

—Te lo prometo.

No tiene sentido decirle que, en realidad, ni yo puedo prohibirle nada ni ella puede prohibírmelo a mí. Nosotros nunca fuimos de esos, ni siquiera cuando estábamos juntos. Aun así, entiendo que no es más que preocupación y puedo prometerle algo que, de todos modos, pensaba hacer.

No cumplo con el perfil de músico enganchado a determinadas sustancias. Últimamente me he emborrachado más de la cuenta, sí, y puede que me haya ayudado a soportar la presión y un montón de mierdas personales, pero aun así nunca he llegado a considerar que tuviese un problema con la bebida. De haber sido así, habría pedido ayuda, o eso me gusta pensar. También me gusta pensar que alguien en mi equipo intentaría rescatarme antes, pero lo cierto es que Maia tiene razón. Pese a estar rodeado de gente buena que me aprecia, no sé si alguno de ellos haría el esfuerzo de fijarse en mí lo suficiente para evitar una catástrofe como esa. Quizá sí, porque soy el cantante. Es odioso pensarlo, pero Ryan es el batería e, igual que tiene menos presión de cara al público, también sufre que no estén tan pendientes de él.

—¡Eh, Kellan! ¿Qué bebe tu chica? Porque la Coca-Cola ni la ha probado.

Miro a Ryan que observa la mano de Maia, donde sigue sosteniendo el refresco que le han dado.

—Me da miedo que le hayan echado algo.

Me río, le quito la bebida y niego con la cabeza.

—No seas más pueblerina que los autóctonos de Rose Lake, Maia. Tú eres de Madrid, ¿recuerdas?

—Hace mucho de eso.

—¿Y?

—Y solo tenía diecisiete años.

—Hasta donde yo recuerdo, no eras ninguna mojigata.

—En algunas cosas sí.

El recuerdo de su primera vez conmigo impacta contra mi mente, mostrándome cada detalle de esa noche a todo color. Es cosa de la adrenalina y la emoción de tenerla aquí, lo sé, pero eso no hace que sea menos tenso. No sé qué piensa ella, pero a juzgar por el modo en que sus mejillas se tiñen, apostaría a que es algo parecido. Carraspeo y le doy el refresco a una chica que justo pasa por mi lado.

—¿Puedes cambiarlo por...? —Miro a Maia, que sonríe.

—Cerveza, por favor.

—Sin problema —contesta la chica antes de alejarse.

—Voy a ir al baño. No quiero perderme nada una vez empiece el concierto —me dice ella.

Le recuerdo por dónde está y, cuando se marcha, Ryan se acerca a mí con una sonrisa burlona en la cara.

—Joder, tío, normal que no quisieras venirte del pueblo. Está que cruje. Se sale un poco de mi estilo, ya sabes, me gustan con las tetas más grandes, pero reconozco que es una belleza.

—Ryan, no seas imbécil, ¿quieres?

—¿Qué? ¡Solo he dicho la verdad! Normal que te costara años quitártela de la cabeza. Bueno, en realidad no sé si es normal. Yo tiendo a olvidar los nombres de las chicas con las que me acuesto en unas horas.

—Eso es porque tienes el cerebro hecho papilla por tanta...

—No te pases, ¿eh? No te pases, que te la quito.

—Ni se te ocurra ligar con Maia, ¿entendido?

Él me mira riéndose y alza las manos en señal de paz.

—Calma, tío. Si dices que es tuya, no me meto. No va conmigo poner celosos a mis amigos.

Estoy a punto de decirle que no estoy celoso, pero entonces miro a Maia volver del baño. Va vestida con un tejano ceñido con rotos en las rodillas, una camiseta blanca y una chaqueta también tejana abierta en la que ha hecho que Gladys le borde mi nombre. Me he reído cuando me la ha enseñado, pero en el fondo he sentido algo parecido al... orgullo. No sé si es exactamente orgullo, pero sé que he sentido algo clavarse en mi pecho. Desde entonces, cada vez que la he mirado lucir esa chaqueta, no he podido evitar sonreír como un imbécil.

Joder, sí, claro que me pondría celoso si Ryan intentara ligar con ella. ¿A quién pretendo engañar? Maia siempre será Maia. Da igual cuánto haya intentado olvidarla.

La única verdad, aunque no esté listo para exteriorizarla, es que olvidar a Maia sería como olvidar a la música: irracional, estúpido e imposible.

La hora de subir al escenario llega. La adrenalina se adueña de mi sistema nervioso y subo pensando, como siempre, en lo jodidamente privilegiado que soy por poder hacer esto.

Me coloco tras el micro con las luces aún apagadas mientras el público corea mi nombre. Inspiro hondo y, cuando suenan los primeros acordes y los focos me iluminan, la miro a ella, a Maia.

Está entre bastidores sonriendo, aplaudiendo y animándome del modo en que soñé durante años. Y así, de pronto, no importa cuánta gente haya venido, si hemos hecho lleno o no, porque ella está aquí, conmigo.

Eso es lo único que de verdad importa.

62

Maia

Dicen que la magia no existe, que solo son personas capaces de hacer unos trucos increíbles, pero eso es mentira. La magia existe y radica toda en la voz de Kellan Hyland.

El modo en que se entrega a su público es tan abrumador como el modo en que este lo recibe. No es solo la música, es la actitud, las ganas de comerse el mundo que se ven desde aquí. Es como verlo alzar el vuelo y, por un instante, me alegro de haber tomado la decisión que tomé. Nos ha traído sufrimiento y sé que no todo ha sido fácil para él, pero ha logrado todo esto. ¿Cómo no voy a alegrarme por eso?

Es cierto que ahora pienso que quizá deberíamos haber llegado a un camino juntos, pero algo me dice que, si lo hubiese dejado en manos de Kellan, le habría costado mucho dar el paso de salir de Rose Lake para siempre. Y entonces se habría perdido todo esto: los aplausos, la gente coreando su nombre y sus canciones, la adrenalina de subir a un escenario y mirar a un recinto lleno con miles de personas que esperan ansiosas que él diga una palabra para seguirlo.

Sí, sé que también tiene la parte mala: la prensa amarilla, el estrés y estar lejos de casa, pero aun con todo, creo que esto era algo que Kellan merecía vivir. También tiene que ver el hecho de que me haya contagiado y guarde dentro toda la adrenalina del ambiente. Estoy pletórica por él, por lo que ha logrado, por sus sueños cumplidos.

Por eso, cuando llega el primer descanso y él baja del escenario, empapado en sudor, pero con la mirada fija en mí, ni lo pienso. Lo abrazo, tiro de su cuello y lo atraigo a mi boca sin importarme que todos nos estén mirando y él, posiblemente, esté alucinando.

—Gracias por dejarme ser parte de esto —susurro antes de besarlo.

¿Por qué lo beso? No lo sé. O sí, sí que lo sé, pero no lo quiero admitir. He pensado en besarlo desde hace muchos días. He pensado en besarlo desde antes de que volviera aquí, pese a que eso me lleve a darles un poco la razón a los rumores de Rose Lake. Aun así, no me arrepiento. No podría hacerlo sintiéndome como me siento.

Pensé que sería como antes, como hace años, cuando estábamos juntos, pero no lo es. Nada lo es. Sus labios son más duros ahora; sus manos, cuando me tocan, resultan más fuertes y grandes, y su cuerpo... Su cuerpo todavía consigue abarcarme cuando me abraza, pero de un modo distinto, más seguro. Me devuelve el beso y consigue, en solo unos segundos, hacerse con todo el control.

Y podría molestarme, pero es que ha hecho justo lo que mejor sabe hacer: averiguar cuándo necesito que se haga cargo de la situación, aunque esta locura la haya empezado yo.

—Eras parte de esto incluso cuando no estabas —dice él sobre mis labios.

No necesita gritarlo porque, pese al estruendo que hay a nuestro alrededor, solo lo oigo a él.

Quiero preguntarle a qué se refiere, pero su sonrisa me desconcierta y en sus ojos veo tanto brillo que mi corazón se desboca por completo. Kellan está a punto de hablar, pero entonces una chica aparece y le pide que se cambie de camiseta antes de volver a subir al escenario.

Todo se vuelve caótico. Los de sonido, la chica que le quita y pone ropa, Ryan gritando como un poseso que tienen que dar más caña y Kellan, en medio de la estancia, dominándolo todo con su aparente calma, sin despegar la mirada de mí.

Cuando llega la hora de volver a subir, solo me guiña un ojo y, sin perder la sonrisa, murmura:

—Espérame aquí con un montón de besos como ese, ¿quieres?

—Solo si me dedicas una canción —le digo riéndome.

Conozco bien a Kellan, por eso sé perfectamente lo que hará mucho antes de que sus labios rocen el micrófono. Aun así, no por saberlo me hace sentir menos. Sus ojos se fijan en mí, después en su público. Cuando habla, se me para el corazón en seco porque, al parecer, el muy estúpido ha decidido latir al compás de Kellan Hyland.

—Escribí esta canción hace años, la primera noche que pasé fuera de mi pueblo natal, cuando no sabía el valor de lo que alcanzaría, pero sí de lo que dejaba atrás. No está en ningún disco, ni siquiera en una maqueta, así que tenéis que perdonarme si suena un poco... casera. —Mira a un lado, al chico que toca la guitarra, que se acerca sonriendo y se la presta. Alguien que ha comprendido sus intenciones le da un taburete y, a mi lado, alguien más que no conozco murmura que eso no está en el programa. Kellan parece tranquilo, mira a su público compuesto por miles de personas y sonríe—. Habla de un chico y una chica que prometieron quererse hasta que el cielo se rompiera y cayeran las estrellas. Y no es que lo lograran. Es que ellos... Se quisieron bien, se quisieron bonito, pero no supieron lo que tenían hasta que lo perdieron. No tiene título, pero, si tuviera que elegir uno ahora mismo, sería: «Cuando acabe el invierno y volvamos a volar».

Los acordes de su guitarra se alzan suaves y melancólicos. El público se queda en completo silencio, o será que mi corazón late tan desbocado que no soy capaz de oír nada más, salvo a él. Solo él en medio de una nebulosa que se ocupa de resaltarlo, como cuando haces una foto en modo retrato y enfocas solo lo que más te importa.

Kellan habla del bosque, habla del lago, habla del hielo que se rompe bajo los pies en carreras desenfrenadas, habla de un muelle mágico y, en el estribillo, habla de volver a casa cuando el invierno acabe y sea capaz de alzar el vuelo. Habla de amor, habla de dolor y habla de no poder olvidar. Y lo hace mirándome, sin importarle que su público esté frente a él y yo esté a un lado. Sin importar que todos en su equipo nos miren. Sin importar que yo no pueda dejar de llorar.

Su canción acaba y sé, cuando el último acorde suena, que le pediré que me la cante un millón de veces hasta que cada acorde entre en mi sistema nervioso y se quede ahí para siempre, junto a todo lo que Kellan despierta en mí.

Se levanta con el último acorde, desenchufa la guitarra, se la echa a la espalda y viene hacia mí. Vuelve completamente loco al público, que lo observa todo a través de unas gigantescas pantallas en las que, de pronto, aparece mi cara llena de lágrimas y sorprendida.

No tengo tiempo de gestionar lo que veo.

Sus labios se estampan en los míos con tanto ímpetu que solo puedo abrazarlo y entregarme. Acabamos de reencontrarnos en medio de su sueño después de años y, aunque para todo el mundo sea repentino, para nosotros no lo es. Para nosotros volver a los brazos del otro nunca será rápido e improvisado, porque esto es... Esto es lo que somos Kellan y yo. Esta es nuestra magia, aunque muchos no la entiendan. Puede que yo no hiciera las cosas bien, pero lo empujé para que llegara aquí. Por mucho que haya dolido, por muchas lágrimas que hayamos derramado, nunca voy a arrepentirme de haber contribuido a esto.

Kellan me mira un instante antes de volver al escenario, porque su público lo reclama. Yo me quedo aquí y pienso en lo que significará esta gira. Los nervios, las náuseas y los miedos eran esto: las ganas de entregarme a mis sentimientos después de años.

Sé que solo tenemos dos semanas para estar juntos y sé que luego tendré que volver a Rose Lake, porque mi vida está allí, pero por primera vez estoy segura de que no hay nada que importe más que esto: el presente.

El futuro va a llegar y va a doler, estoy segura, pero cuando eso ocurra, me aferraré a los recuerdos que estoy creando ahora. Elijo darle a la Maia del futuro tantos recuerdos memorables como para que merezca la pena volver a casa con el corazón completamente roto.

63

Kellan

Es una locura.

Todo. Las luces, la vibración del público esta noche, incluso mi voz suena mejor que nunca. Es... la felicidad completa. Un éxtasis que pensé que era imposible de alcanzar, ni siquiera con drogas. Es una jodida locura en forma de adrenalina, anhelo y amor.

Amor por la música. Amor por la vida. Amor por Maia Campbell-Dávalos.

Tan simple, tan complicado y tan real que creo que de verdad podría volar ahora mismo.

Ella está ahí mirándome, no se mueve, como un ente prodigioso dándome fuerza y ánimos. Y yo tengo las mismas ganas de cantar que de acabar y llevarla de vuelta al hotel.

Sí, al hotel, siempre que ella quiera. Sé que mucha gente de mi equipo se reúne en casas o en habitaciones de hotel para beber y pasar el rato. Yo siempre me cuido porque debo preservar mi voz, pero ahora tengo aún más motivos. La tengo a ella. Ella, que me ha besado de nuevo.

¿Cómo voy a desperdiciar esta oportunidad?

No negaré que fantaseé con la posibilidad de besarla durante esta gira, de retomar algo de lo que teníamos, pero siempre pensé que no eran más que eso, fantasías. Pensé que de verdad ella lo había superado y yo era el único idiota anclado en el pasado.

Ahora me doy cuenta de que no es así. No estoy anclado en el pasado, no es a la Maia del pasado a la que anhelo desde que volví de Rose Lake. Es a la Maia de veinticuatro años. La Maia que se ha convertido en una mujer adulta inteligente, preciosa, madura y llena de experiencias. La Maia que me mira ahora mismo como el hombre que soy y no el muchacho que se enamoró perdidamente de ella.

Durante los años que no nos vimos, me pregunté muchas veces cómo me sentiría al verla de nuevo. Sabía que eso pasaría antes o después. No podía pasarme la vida entera sin pisar Rose Lake y ella, en algún momento, tendría que tolerar mi presencia. Saber que rehuía de mí y que no quería saber nada ha dolido tanto y de tantas maneras que no podría explicarlo con palabras. Pensé que no le importaba, y eso dolía, porque pienso que lo que tuvimos fue real, aunque fuésemos jóvenes.

La gente suele decir que el primer amor no dura demasiado porque, al crecer y madurar, cada quien elige seguir un camino distinto. Dicen que es un amor intenso, inolvidable de algún modo, pero también irreal.

Yo no estoy de acuerdo.

Tenía diecisiete años cuando me enamoré la primera vez de Maia. Aquello fue tan potente como para guardar, hoy en día, rescoldos de lo que fuimos y preguntarme más noches de las que soy capaz de admitir en voz alta qué habría sido de nosotros de haber tomado otra decisión. Tenía diecisiete años, sí, pero ya entonces sabía que había dado con algo importante, algo digno de ser recordado toda mi vida. Yo sabía, a mis diecisiete años, que había encontrado un amor por el que muchos adultos matarían.

Todavía hoy sigo pensando lo mismo, aunque ese amor se haya transformado de muchas maneras. Se calmó los años que estuvimos separados. En realidad, llegué a pensar que había desaparecido y mi anhelo no era más que una forma romántica de entender la vida. Por descontado, creí que ella no sentía nada por mí. Supe que lo mío no era así desde el momento en que vi que había rehecho su vida. Luego volví a mi pueblo natal, volví a verla y... cobró vida todo, pero de un modo distinto.

Sé que aún quiero a Maia porque, desde que me fui, todas mis canciones han hablado de ella de una forma u otra. Convertí mi amor por ella en un recuerdo precioso y doloroso a partes iguales que me acompañaba mientras crecía como persona y en mi música.

Ahora, siendo adulto, sé que aún la quiero, pero ya no es el mismo amor de los diecisiete. Es más maduro, está más moldeado y, sobre todo, ya no guardo la esperanza de que podamos estar juntos siempre. No me engaño. Ella va a volver a Rose Lake, es allí a donde pertenece. Y yo... seguiré dando tumbos por el mundo con mi guitarra y mi música, supongo, porque es lo que elegí hace siete años. Por mucho que duela, ahora mismo no me importa. Ahora lo único que me importa es que acabe el concierto y ella quiera volver conmigo al hotel.

Cuando la última canción termina, bajo del escenario y la beso de nuevo, solo para asegurarme de que ella me devuelve el beso y esto no ha sido algo puntual. Maia me abraza, sonriendo contra mi boca y haciendo que le sonría a mi vez, sobre todo cuando alguien del equipo nos jalea en voz alta y ella, avergonzada, esconde la cara en mi cuello.

—Te juro que me encanta que me abraces, pero estoy empapado en sudor —le digo risueño.

—¡Eh! —Ryan nos interrumpe—. Vamos a tomar unas cervezas para celebrar el éxito. ¡Has estado brutal!

Miro a Maia porque, después de todo, quiero que ella elija, pero solo necesito ver la expresión de su rostro para anticipar la respuesta.

—Estoy cansada. Ha sido un vuelo largo.

—Seguro que sí —murmuro.

—Debería ir al hotel a descansar.

No sé si quiere acostarse conmigo. No sé si solo quiere besarme. No sé si, en realidad, se conforma con abrazarme. No lo sé y me da igual. De entre todos los planes del mundo, yo siempre elegiré quedarme a solas con Maia, aunque nos dediquemos a contar las motas de polvo de una habitación.

—Y yo no debería pasarme con las bebidas frías, tengo que cuidarme la voz —comento mirándola e ignorando las risitas de varios del equipo.

—Ya... —dice Ryan con el ceño fruncido—. Pues controla también los gemidos y recuerda que mañana tenemos que volar a Oslo.

Maia se pone colorada, yo consigo reírme a duras penas y, cuando por fin subimos a la furgoneta privada que nos lleva de vuelta al hotel, lo único en lo que puedo pensar es en volver a desnudarla y comprobar si, después de tantos años, todavía podemos hacer que la empresa de fuegos artificiales de Hunter se quede en nada a nuestro lado.

Y, por encima de todo, aunque no lo confiese aún, quiero saber si, al mirarla a los ojos cuando estemos desnudos y no queden barreras entre los dos, descubriré en sus ojos algo parecido a lo que debe de haber en los míos cada vez que la miro.

64

Maia

Una vez leí en alguna parte que el sexo es fácil, lo difícil es el amor.

En nuestro caso, creo que ni siquiera para el sexo fuimos fáciles nunca. Supongo que tiene que ver que fuéramos jóvenes y, en mi caso, inexperta. Aprendí mucho del sexo estando con Kellan, pero también lo hice después en solitario. Y más tarde con otras parejas. No todo lo que aprendí me gustó, algunas cosas me encantaron, pero una cosa es segura: con ninguna otra persona he sentido que el corazón pudiera explotarme de anticipación con el sexo. Ni siquiera con Cam. Pensé que era porque he madurado y ahora no tengo tan idealizado el sexo.

Joder, qué mentira tan grande.

Es porque nadie más que él ha logrado despertar en mí este deseo infinito tirándome de las entrañas como una necesidad primaria. Como si fuese una cuestión de vida o muerte. Intento disimular, convencer a mi cuerpo de que se frene un poco, pero el muy idiota tiene asumido que, tratándose de Kellan, no hay frenos que sirvan.

El camino desde donde se ha celebrado el concierto hasta el hotel ha sido distraído porque veníamos con más gente en la furgoneta, pero en el pasillo la mayoría se ha ido por un lado para organizar una fiestecita privada y nosotros hemos venido solos a nuestra suite.

No ha habido besos desenfrenados. Nada de estamparnos contra las paredes del ascensor o los pasillos del hotel, pero nos hemos mirado de reojo y juro que solo con eso he sentido más excitación que si hubiera hecho lo primero. En cuanto la puerta de la suite se cierra detrás de nosotros, miro a Kellan y vuelvo a sentirme como una adolescente inexperta, cosa que odio profundamente, porque no soy así. Ahora soy una mujer, sé lo que me gusta, lo que quiero y el sexo no es algo que me avergüence o me haga sentir cohibida.

El problema no es el sexo, pienso mientras Kellan me ofrece tomar una copa mientras me mira como si quisiera ahogarse en mí. El problema es todo lo demás. Los sentimientos. El sexo es fácil, sencillo. Dar y recibir caricias para llegar a un orgasmo que me colme de placer. No tiene misterios. Lo difícil es encajar los sentimientos en esa mezcla de adrenalina y excitación. Lo realmente complicado es mirarlo sin sentir que estoy a punto de emprender un camino de no retorno.

—No tienes que hacer esto si no quieres —murmura él acercándose a mí con una cerveza que me pone en la mano. Me acaricia la mejilla y sonríe con tanta dulzura que solo puedo devolverle el gesto—. No pasará nada si no quieres hacerlo, Maia.

Lo miro agradecida, recordando unas palabras muy parecidas cuando empezamos a salir y yo no tenía experiencia en el sexo. Le doy un sorbo a la cerveza mirándolo a los ojos. Hay una chispa en ellos, es imposible no verlo; una chispa deseando convertirse en fuego con una mínima señal de mi parte. Por eso me alejo de él, suelto el botellín sobre la mesa y camino hacia el ventanal que da al balcón. Las vistas de Berlín son espectaculares y me hacen ser consciente de la realidad. Estoy en Europa con Kellan. Estoy siendo parte activa de su sueño, ese sueño por el que lo obligué a olvidarse de mí.

Me quito la chaqueta con su nombre bordado, la dejo caer sobre el respaldo de un sillón y me giro para míralo. Está observándome en silencio, pero no parece nervioso. En realidad, solo parece... expectante. Y seguro de sí mismo. Dios, hay tanta seguridad en él como para excitarme sabiendo que ahora es un hombre y posiblemente tenga en mente un montón de cosas que quiere poner en práctica conmigo. Si Kellan ya era capaz de hacerme vibrar de placer..., ¿cómo será ahora?

—¿Alguna vez imaginaste esto?

No tengo que especificar a qué me refiero. Él sonríe sin despegar los labios, se acerca, le da un sorbo a mi botellín y asiente.

—Más de las que posiblemente me guste reconocer. ¿Tú?

—¿Estar contigo en una suite de lujo en Berlín? No. ¿Volver a estar entre tus brazos y tenerte entre los míos? —Sonrío—. Más de las que posiblemente me guste reconocer.

Su mano se desliza por mi cintura de un modo tan natural que es una estupidez que mi pulso se acelere. Pero se acelera. Mis manos buscan los botones de su camisa.

—Debería darme una ducha —dice con voz ronca mientras su otra mano se desliza por mi cadera y las entrelaza las dos en mi espalda, agachándose y acoplándose a mi cuerpo—. Debería, pero no soy capaz de alejarme de ti, así que tienes dos opciones: me obligas a ir o dejas que te lleve a la cama así y te duchas conmigo luego.

Me río. En realidad, no huele mal, pero sí que ha sudado durante el concierto. Así que sonrío y, cuando le abro del todo la camisa, deslizo las palmas de las manos por su torso. Es distinto ahora, hay más vello, aunque no demasiado, y claramente tiene más definidos los abdominales. Lo acaricio y me regodeo en la tensión que abarca su cuerpo gracias a mí.

—En realidad, darse una ducha no suena mal.

Kellan me mira un tanto sorprendido, pero enseguida sonríe y me lleva hacia el baño, donde se deshace de mi camiseta y me deja en sujetador. Me besa, como si eso fuera lo más importante de quitarme la ropa, y solo por eso me excito más.

No tiene prisa. Ha asimilado que tenemos toda la noche y está dispuesto a saborear cada minuto de esto. Lo entiendo, porque eso además nos está colmando de una anticipación de la que pienso aprovecharme al máximo.

Su boca vuelve a la mía mientras se ocupa de desvestirme y subirme al lavabo cuando solo me quedan las bragas. Se ocupa también de su propia ropa, la que le queda, y cuando está completamente desnudo, me mira mordiéndose el labio. Y él no lo sabe, pero solo con ese gesto acaba de conseguir que me excite más que en mucho tiempo. Se acerca, me abre las piernas y se cuela en medio, acomodándose y haciéndome gemir.

—Joder, sigues siendo lo más bonito que he visto nunca.

Cierro los ojos porque sé que no es lógico que me sobrepase tanto con cada palabra.

—Kellan...

—Déjame que programe la ducha —susurra él besándome, pero sin separarse de mí—. Deja que te acaricie bajo el agua, Maia.

Joder, en ese tono podría pedirme que me deje rebozar en ascuas de fuego y lo haría encantada.

Kellan me besa profundamente unos instantes antes de bajarme del lavabo y alejarse de mí. Programa la enorme ducha con efecto lluvia y, cuando el agua cae sobre él, aplastándole el pelo sobre la frente, se lo retira con las manos, provocando que algunos de sus músculos se tensen y se marquen de un modo que me hace la boca agua. No está demasiado musculado, sigue siendo un hombre delgado y alto, pero eso no impide que tenga la musculatura justa en los lugares adecuados. Estira una mano hacia mí sonriendo y me pregunto si seré capaz de llegar a la ducha sin que las piernas me fallen.

Me acerco y, hasta que no estoy bajo el agua, viendo su risa entrecortada, no me doy cuenta de que sigo con las bragas puestas.

—No seas tan creído, ¿quieres? Son tan cómodas que he olvidado que las llevo puestas —mascullo llevándome las manos a las caderas.

—¿Qué tal si me ocupo yo? —pregunta sin dejar de sonreír.

Estoy a punto de decirle que no, porque me siento un poco avergonzada, pero entonces él se arrodilla. Oh, joder, está arrodillado en la ducha, el agua cae sobre él y resalta su belleza, y acaba de enganchar el encaje de mis bragas en sus dedos. Es lo más erótico que he visto en mucho tiempo, así que me limito a apoyar los hombros en la pared de la ducha y ver cómo desliza la tela por mis piernas.

Podría decir que me quedo completamente desnuda ante Kellan, pero creo que eso lo hice antes de quitarme la ropa.

Sus labios se posan en mi bajo vientre y sé lo que viene, pero no por saberlo consigo anticipar lo que siento cuando sus besos se deslizan hacia abajo y sus dedos juegan conmigo. El modo en que Kellan maneja mi cuerpo, como si aún lo conociera a la perfección, me hace dar vaivenes del pasado al presente, porque es igual, pero mejor. Ya no hay titubeos en sus movimientos. Sabe lo que hace y, cuando su lengua toma el control entre mis piernas, solo me queda gemir, sujetarle el pelo y rezar para no caerme.

El agua sigue empapándonos, lo que dificulta aún más mi respiración, entremezclada con los jadeos. Kellan me sujeta las caderas con fuerza, pues intuye que mi inestabilidad va a volverse un problema de un momento a otro. Miro abajo y me encuentro con sus ojos puestos en mí. Es lo único que necesito para alcanzar un orgasmo que hace que mis piernas tiemblen y Kellan se ponga de pie para sujetarme. Me rodea mi cuerpo y lo pega a él mientras tiemblo y siento que me desarmo por dentro. Tengo los ojos cerrados, en parte por el placer, pero también porque no quiero que vea hasta qué punto me trastocan sus caricias. Sin embargo, cuando los abro, lo único que veo en él es... amor.

Es una locura. Es una maldita locura volver a esto, pero no puedo evitar verlo y, sobre todo, no puedo evitar sentirlo.

—Bésame. —Soy escueta, pero estoy convencida de que hablar más es ponerme en evidencia.

—Siempre —susurra él dándome sus labios.

Está excitado, está tan excitado que es imposible obviarlo cuando nos abrazamos y nos besamos durante lo que podrían ser minutos u horas, pero no hace nada para aliviarse. No hace nada que no sea anteponer mi placer al suyo siempre, porque, incluso en el sexo, Kellan Hyland sabe cómo entregarse mejor que nadie.

Por eso bajo las manos, busco su erección y lo acaricio, le hago sisear. Estoy a punto de agacharme y devolverle algo del placer que me ha dado, pero él me sujeta de los costados y vuelve a besarme.

—Si tu boca me toca ahora, esto va a durar muy poco —confiesa riéndose.

Sonrío, le acaricio la mejilla y rozo mi nariz con la suya.

—Entonces dime qué necesitas.

—A ti. A ti, Maia. De todas las formas, en todas tus versiones. Siempre.

El modo en que me hace sentir oírlo hablar así... Podría romperme en cualquiera de esas palabras y, si no lo hago, es porque sigue abrazándome, besándome y evitando que caiga en el error de pensar demasiado justo ahora, cuando les he abierto la puerta a mis sentimientos y ya no hay marcha atrás.

Cojo el gel de baño, lo derramo en mis manos y las coloco sobre el torso de Kellan, que me imita sin dejar de mirarme. Nuestras manos viajan por el cuerpo del otro jabonando y acariciando todo cuanto encontramos a nuestro paso. Nos tocamos a fondo, investigando y reconociendo nuestros cuerpos. Cuando los dos estamos jadeantes y apenas somos capaces de soportar más la excitación, cierro el grifo y doy un paso hacia el exterior. Uno solo, porque Kellan se ocupa de cogerme en brazos, tirar de un par de toallas y llevarme hacia la cama, donde me tumba y se coloca a mi lado.

—¡Estamos empapados!

—Me ocuparé de eso enseguida —dice sonriendo mientras me da una toalla y coge otra.

Averiguo sus intenciones antes de que las lleve a cabo. Empieza secándome el exceso de agua del pelo, sigue por el cuello, los pechos, la barriga y las piernas. No es ninguna casualidad que deje mi entrepierna para el final. Intento no distraerme, pero eso es imposible cuando él utiliza la tela de la toalla para darme placer hasta que no lo soporto más y me aferro a su cuello.

—Te necesito ya —gimo.

Kellan jadea, no sé si por mis palabras o porque por fin vamos a dar el último paso para meternos de lleno en esta locura.

Se pone un condón en tiempo récord, me abre las piernas y, cuando se acomoda entre ellas, justo antes de entrar en mi interior, apoya su frente en la mía y me acaricia las mejillas.

—¿Segura?

Me emociono con su generosidad y asiento. Sé que no se refiere al sexo en sí, sino a todo lo demás, o eso creo. Le acaricio los costados y, cuando hablo, mi voz sale más grave de lo normal.

—Tan segura como de que te he echado de menos todos y cada uno de los días desde que te fuiste.

Mi confesión me sorprende incluso a mí, pero no porque no sea cierta, sino por la verdad que encierra. Puede que no haya querido admitirlo, pero, si soy capaz de pararme a pensarlo ahora, veré que, entre el dolor que sentí, todo lo que asomaba era nostalgia.

—Mi chica decidida y valiente —murmura Kellan justo antes de enterrarse en mi cuerpo. Me hace levantar las caderas y abrazarlo con ímpetu—. Mi chica...

No dice más, tampoco lo necesita. Me muevo al compás de sus caderas adaptándome a su ritmo, pero, tanto como me gusta tenerlo dentro, no es lo mejor de esto. Lo mejor de esto es el modo en que Kellan me mira, como si fuese un ser afortunado por estar aquí, conmigo, cuando soy yo quien se siente así.

Es brutal, intenso, desmedido, dulce y caótico. Es como nuestro amor, a ratos incomprensible, a ratos certero como nada en la vida.

Es lo más bonito que he hecho en mucho tiempo. Aunque sé que esto va a traer consecuencias, estoy tan dispuesta a afrontarlas como a admitir que da igual el tiempo que pase: una caricia de Kellan Hyland siempre bastará para llevarme a la luna y traerme de vuelta.

65

Brody

Recibo un mensaje de Kellan antes de que suban al avión de camino a Oslo. Maia está con él y, por el modo en que lo dice, sé que no se refiere solo a que está allí, junto a él. Hay más, hay tanto como para que mi mejor amigo me escriba para contármelo en una sola frase.

Brody
Sabes que ella volverá, ¿no? Este es su
hogar, Kellan.

Su respuesta tarda unos minutos en llegar. Cuando lo hace, solo puedo sonreír, porque no puede ser más Kellan.

Kellan
Lo sé, pero mi hogar... mi hogar es ella,
y no voy a renunciar a estar en casa
durante dos semanas.

No hay nada que pueda decir contra eso, así que le deseo suerte y me preparo para recoger los pedazos emocionales dentro de dos semanas. Podría decir que estoy cansado, que no entiendo por qué

Kellan se abandona así a sus sentimientos, pero... sé cómo se siente. Lo sé porque yo haría lo mismo por Ashley.

Suelto el móvil y me levanto para ir a buscarla. La encuentro fuera, junto al árbol que hemos plantado en el patio de su abuela. Hemos enterrado al lado un ladrillo en el que hemos tallado la fecha solo para tener presente cuándo comenzamos oficialmente nuestra vida en común. Ella está sentada en la tierra, mirándolo con nostalgia, lo que hace que algo vuelva a dolerme por dentro y se me retuerzan un poco las entrañas.

Todo esto de Giuliana... está siendo demasiado. Podría decirse que ella no hace nada, pero la situación es suficiente para que provoque una especie de malestar general, sobre todo en Ashley, del que no consigue recuperarse. Lo peor es que, aun con lo alocada, extrovertida e impulsiva que es, ni una sola vez se ha salido de madre o ha acabado gritando barbaridades a Giuliana o a mí. Ni una. Joder, eso me preocupa mucho. Me preocupa, porque esa no es Ashley. Es como si hubiera conseguido adormecer su personalidad hasta el punto de pasar desapercibida frente a todos, incluida Giuliana. Si ella se apunta a nuestras comidas, Ash encoge los hombros y lo acepta. Si suelta algún comentario inapropiado y, tratándose de Giu, ha soltado más de uno, sobre todo en lo referente al estado de esta casa, Ash se limita a sonreír un poco y a no responder. Es como... como si se hubiera apagado. Lo odio. Odio que no sea ella misma y odio que no me grite. Quiero que me pregunte por qué demonios sigue Giuliana aquí dos semanas después solo para contentar a su padre y, de paso, al mío. Lo odio tanto como me odio a mí mismo, porque quiero que ella reaccione como yo no soy capaz. Quiero cargarla a ella con la responsabilidad de dar el pistoletazo de salida y hasta hoy no he entendido lo injusto que eso es. Ashley está tragándoselo todo solo para que yo no me sienta mal y yo... solo quiero que estalle para que esta situación de mierda acabe, pero no le corresponde a ella hacerlo, sino a mí.

Por eso he decidido tomar por fin las riendas de esta situación.

—Voy a salir —le digo cuando me acuclillo a su lado y le beso el cuello—. ¿Necesitas algo del pueblo?

—Chocolate.

—Compré ayer.

—Me lo comí. —Me río con su cara de «atrévete a decir algo al respecto» y asiento.

—Chocolate, entonces.

—¿A dónde vas?

—Giu quiere ver la cabaña. —Sus hombros se tensan de inmediato y por un instante pienso que va a saltar. Es una cabaña en medio del bosque y ella fue mi novia. Ashley, en cualquier otro momento, me saltaría a la yugular, pero solo asiente y vuelve a concentrarse en mirar el árbol.

—Pasadlo bien.

—No pasará nada, Ash. Nunca, jamás.

—Lo sé.

¿Lo sabe? Siento un pellizco en el pecho, porque yo sí sé que esa actitud no es fruto de la seguridad. Esa es una actitud derrotista. Ella piensa que ha perdido, no sé el qué, pero es como si... esperara que en cualquier momento yo le dijera que voy a largarme y estuviera preparándose para afrontarlo con entereza. Y lo odio. Joder, cómo lo odio.

—Volveré pronto. —La beso en los labios y señalo el árbol, intentando que sonría—. No crecerá más rápido por mucho que lo mires.

—Deberíamos echarle más abono.

—No podemos enterrarlo en abono, Ash.

—¿Puedes traer a Willow un rato? —pregunta cambiando de tema.

—Claro, me paso por casa de los Hyland más tarde.

Willow ha sentido mucho la marcha de Kellan. Es increíble cómo los animales se adaptan a sus dueños. Es como si, una vez decidieran dar su amor, no hubiera absolutamente nada capaz de hacer que dejen de amar sin medida. Dawna y Chelsea la colman de mimos, pero lo cierto es que muchos días la saco a correr yo por el bosque. Ella parece disfrutar y, según Dawna, los días que nos la llevamos llora menos por las noches.

Voy al supermercado primero y compro el chocolate para no olvidarme, más tarde voy a por Willow y, ya con ella, me dirijo al hotel y recojo a Giu, que está esperándome en los escalones de la entrada.

—Oh, es la perra de los Hyland, ¿verdad? —pregunta acercándose—. La vi ayer mientras paseaba por el muelle. ¡Tiene mucha energía!

Giuliana lleva su larga melena castaña recogida en una coleta con lazo. Está guapa y es elegante, aunque solo lleve tejanos y un jersey. En realidad, ella siempre es sofisticada. Es raro verla con las manos llenas de tierra o arrodillada frente a algún parterre. Ni siquiera me la imagino.

—¿Estás segura de que quieres ir al bosque? El camino es un poco largo.

—Oh, estoy segura. Has hablado tanto de esa cabaña que me mata la curiosidad.

Sonrío un poco. Sé que lo hace de buena fe, pero eso no es óbice para que, mientras nos encaminamos hacia allí, nos encontremos con varios vecinos de Rose Lake que me miran mal. No entienden lo que ocurre y no puedo culparlos; yo tampoco lo entiendo. En realidad, llevo dos semanas viviendo días extraños en los que hago turismo con Giuliana, si es que se le puede llamar así, la invito a comer a casa y Ash se limita a consumirse día a día. Es horrible, porque ni una sola vez me ha pedido que pare de hacerlo, pero es que ya entiendo que no es cosa suya, sino mía.

—¿Qué te parece si mejor vamos a tomar algo al restaurante? Se estará bien y está nublado, no quiero que nos llueva.

—Pero la cabaña...

La miro, tan guapa, elegante y lista para seguirme al bosque, y de pronto siento que todo está mal. Todo.

—No puedo llevarte a esa cabaña, Giu, lo siento.

—¿Por qué? —replica extrañada.

—Porque... es solo una cabaña.

—Pero es tu cabaña y me interesa.

Su sonrisa... Joder, hay algo malo en su sonrisa. No malo en un sentido villano. Hay algo malo porque... porque...

—Giu, ¿qué pretendes quedándote aquí tanto tiempo? —pregunto de pronto.

Ella parece tan desconcertada que me siento un poco mal.

—No te entiendo.

—No voy a volver contigo. Lo sabes, ¿verdad? Me dijiste que no podías regresar de inmediato porque tu padre pensaría que no lo has intentado lo suficiente, pero lo cierto es que llevas aquí dos semanas. ¿Cuánto más consideras que debes quedarte?

—No sabía que mi presencia te molestara tanto.

—No me molesta —digo de inmediato en un acto reflejo. Entonces medito un poco y frunzo el ceño—. En realidad, es simplemente que no lo entiendo. No voy a volver contigo y tu sitio no está aquí. ¿Por qué tanto empeño?

—Tu padre piensa que tú y yo...

—Yo estoy con Ashley y lo que piense mi padre me da igual. De hecho, lo odio abiertamente y lo sabes. Dijiste que necesitabas unos días para convencer a tu padre, no al mío.

Su silencio se hace tan incómodo que, por un instante, estoy tentado de darme la vuelta y marcharme, pero no quiero hacerlo. Hay algo más y quiero saber qué es.

—Tu padre piensa que lo tuyo con Ashley no es más que una pataleta para llevarle la contraria. Él cree que, si estoy aquí el tiempo suficiente, verás que en realidad te conviene estar conmigo.

—Hay tantas cosas mal en todo eso que has dicho que no sé por dónde empezar a hablar —murmuro—. O sí, sí lo sé: quiero a Ashley Jones y tengo la firme intención de pasar toda mi maldita vida, sea larga o corta, a su lado, así que, por favor, ocúpate de dejarles eso claro a nuestros padres. Sobre todo al mío.

—Él solo quiere lo mejor para ti.

La miro completamente patidifuso.

—Giu, me maltrató, te lo conté. Sabes bien lo que me hizo pasar.

—Está arrepentido. Ha comenzado a ir a un psicólogo y...

—No me jodas. —Me froto la cara e inspiro hondo—. ¿Te lo crees? ¿Tú estás de parte de ese estúpido plan? —Ella no contesta y mi incredulidad se dispara—. Giuliana, joder, pensé que solo hacías tiempo para que el rechazo fuera más creíble.

—¿Tan malo es pasar tiempo conmigo? Nos divertimos, Brody. Has visto que puedo adaptarme a ti, incluso en un medio como este.

—¿Un medio como este?

—Bueno, ya sabes. No me siento muy cómoda en este sitio, pero llevo dos semanas aquí solo para que veas que, a mi lado, también puedes tener todo lo que tienes en Rose Lake. No tienes que renunciar a nada.

—¡Tengo que renunciar a mi novia! —exclamo. Giu mira para todas partes, pero estamos al inicio del bosque, aquí no hay nadie que pueda oírnos—. A mi novia, a mi hotel, a mi vida aquí. No puedes sustituir nada de eso, Giuliana, ¿qué te pasa?

—¿Y qué pasa con todo lo que has dejado? —pregunta ella. Saca su genio por primera vez en todos estos días—. El contrato millonario en el fútbol, tu posición en la sociedad, los contactos, los negocios, Brody. ¿De verdad eso no importa nada? No me lo creo. Te he visto, he estado contigo, hemos dormido en la misma cama y sé lo mucho que te gusta un reto. Esto... te resultará aburrido al cabo de un tiempo.

—Tú eso no lo sabes.

—Claro que lo sé. He visto lo que te provoca cerrar negocios millonarios. Por Dios, Brody, yo estaba allí cuando cerraste algunos y se te puso tan dura que acabamos haciéndolo en los baños de...

—Giuliana, para. —Inspiro en un intento por mantener el control—. Sigo haciendo negocios, si eso es lo que te preocupa. Mis finanzas no se basan solo en el hotel, solo que ahora ni tú ni mi padre ni tu jodido padre metéis las narices en mis asuntos.

—No parecía que antes eso te molestara mucho.

—¡Me molesta ahora! Mi novia te ha invitado a comer en nuestra casa, ¿es que no has sentido el más mínimo remordimiento al estar frente a ella pensando en todo esto?

—¿Lo ha tenido ella para apartarte de tu vida?

—Ella no me ha apartado. Elegí yo venir aquí, esa es la diferencia. Ella está en casa sabiendo que estoy aquí, contigo, y tragándose todo lo que siente solo porque mi felicidad le importa tanto como para dejarme venir aquí pensando que existe la posibilidad de que hagamos una tontería, cuando es obvio que no pasará nada.

—¿Sí? ¿Es obvio? —Ella me mira mal por primera vez—. ¿Tan malo sería volver a tener algo conmigo? Lo pasábamos bien, Brody. Yo te quise.

Se acerca peligrosamente a mí. Lo hace de un modo que ni me gusta ni me hace sentir cómodo, así que doy un paso atrás.

—Te quise, pero de una manera distinta.

—Puedo conseguir que olvides todo esto. Puedo hacer que...

—No quiero olvidarlo. No quiero irme. No quiero dejar a Ashley. Todo esto es mi vida, Giuliana. Ella es, en gran medida, mi vida.

—Eso no es sano.

—¿Y esto que tú haces sí? —Me río sarcásticamente y vuelvo a dar un paso atrás—. Accedes a los caprichos de nuestros padres solo por... poder, dinero, no lo sé. No sé qué te motiva exactamente a estar aquí, pero acepta este consejo: quiérete lo bastante como para irte de aquí antes de darte cuenta del ridículo que estás haciendo.

—Brody...

—Nuestro contacto ha terminado. Quédate en Rose Lake, si quieres, pero tienes que sacar tus cosas de mi hotel hoy mismo y dudo que cualquiera de los vecinos te abra las puertas. Aquí son muy fieles a los suyos y sus principios. Nadie dejará de lado a Ashley por ti. Y yo menos que nadie. Que te vaya bien, Giu. De verdad, te deseo lo mejor, pero olvídate de mí. Cuando mi padre te pregunte, dile de mi parte que puede irse al mismísimo infierno y que no pienso verlo ni siquiera en su funeral. Es el único favor que te pido. Dale mi mensaje y luego vive tu vida.

—Brody, por favor...

Me doy la vuelta y me marcho. No tengo nada más que hablar con ella. No cuando en casa está la persona a la que realmente me interesa hacer feliz de una vez por todas.

Vuelvo a mi hogar tan rápido como me lo permiten las piernas con Willow corriendo a mi lado. Al entrar, Ash está en la cocina horneando algo que huele como a rata muerta y cuando me ve suelta una carcajada y se tapa la cara.

—Quería hacer cordero.

—¿Y lo has metido vivo en el horno?

Su risa se intensifica por primera vez en muchos días, lo que hace que vaya hacia ella. Apago el horno, que a estas alturas solo echa humo negro, y le tiro de la mano para salir fuera hasta que el humo salga. Ashley no puede parar de reír, creo que es por la histeria, sobre todo cuando, estando fuera, en el porche, comienza a llover. Willow ladra y corre de un lado a otro como cada vez que está aquí, sin importarle que el agua esté cayéndole encima. Y yo... quiero contarle a Ashley todo lo de Giu, quiero decirle que, pese a todo lo que he descubierto, no siento rabia, sino ansias de darle todo lo que deseo. Lo único que me importa es que ella entienda que no hay mujer, dinero o negocio capaz de tentarme lo suficiente para que yo me plantee alejarme de aquí. De ella.

Y lo hago. Le hablo de nuestra conversación mientras ella pasa de la risa histérica a la preocupación de nuevo. Veo el modo en que sus ojos se oscurecen con cada parte que narro, sobre todo esas en las que queda claro que la intención de Giuliana sí era convencerme de volver con ella. Veo la desazón, la tristeza y la amargura, pero, cuando se lo cuento todo, sus palabras son tan generosas que me parten el corazón.

—¿Estás seguro de haber elegido bien? Yo solo soy... yo.

—Eres más, Ash. Mucho más de lo que yo merezco, desde luego, pero voy a dedicar mis días a convencerte de que puedo ser bueno para ti. Sé que puedo, aunque parezca que tengo un don para hacerte sufrir.

Ella sonríe. No es una risa histérica, como la de antes cuando la he sacado de casa. Es una sonrisa preciosa y algo cohibida que me deja ver un poquito de la Ashley de siempre.

—No estoy en mi mejor momento.

—No tienes que estarlo para elegir quererme y dejar que yo te quiera.

—Tu padre...

—Mi padre no puede hacer nada. No hay más exnovias y, aunque así fuera, podría mandarlas a todas aquí y todas acabarían marchándose con la certeza de que no hay nada que hacer. Estoy locamente enamorado de este sitio y de ti, Ashley Jones. Créetelo de una maldita vez.

—Deja de maldecir, maldita sea. —Nos reímos y entonces Ash me abraza con tanta fuerza que sé, en el acto, que este gesto esconde mucho más de lo que dicen sus palabras—. Gracias por elegirme.

—Siempre —susurro con el corazón un poquito roto por la parte de ella que todavía piensa que no merece que alguien la elija por encima de todo lo demás—. ¿Sabes qué deberíamos hacer? Bailar bajo la lluvia —le digo después de besarla en los labios.

—Oh, eso sería demasiado estúpido.

—¿Lo sería? —Ella me mira con la sonrisa un poco congelada y yo estiro la mano—. Vamos, Ashley Jones, ¿tienes miedo de un poco de agua?

Lo piensa solo unos segundos antes de cogerme la mano y dejarse llevar. La arrastro hasta la lluvia. Cuando las gotas caen sobre nosotros y empapan su pelo rubio, me quedo hipnotizado, porque es como mirar un hada recién salida del bosque.

Por unos instantes pienso en la Ashley pequeña, la niña que corrió por las calles de Rose Lake detrás de Kellan y de mí hasta obligarnos a jugar con ella. Las veces que me sirvió el té junto a sus muñecos y aquel día que casi nos matamos saltando al lago con las manos atadas porque estábamos seguros de poder cumplir el reto de salir a flote solo con nuestro pataleo. Por suerte Kellan se negó a hacerlo y nos sacó a los dos cuando las cosas se pusieron serias.

A ella ni siquiera la castigaron.

A mí me dieron con el cinturón en la espalda hasta que sangré.

Y al día siguiente, por la tarde, compartimos un sándwich en el bosque y lloramos juntos y en silencio.

—Si le cuentas a alguien que he llorado porque no me quieren, voy a matarte —me dijo ella.

—Si le cuentas a alguien que he llorado porque me han pegado, voy a matarte yo a ti —le dije yo a mi vez.

Comimos, lloramos y compartimos una barrita de cereales hasta que la señora Miller nos buscó a gritos por la zona por la que sabía que solíamos estar.

No sé si es todo lo ocurrido, los recuerdos o que estemos aquí, juntos tantos años después, pero me emociono tanto que ni la lluvia es capaz de encubrirme. Cuando Ash se da cuenta, enmarca mi rostro con sus manos y me mira con todo el rencor del mundo en su mirada.

—Dime qué más ha pasado, porque voy a matarla.

Me río, pero después de muchos, muchísimos años no puedo controlar mis lágrimas. Ella se asusta tanto que tiembla y, aun así, la pego a mi cuerpo, le tomo la cara y beso sus labios.

—Brody...

—Te quiero. Te he querido toda mi vida y voy a quererte hasta el día en que me muera, Ashley Jones.

—Me estás asustando.

—No te asustes —le digo riéndome, pero sin dejar de llorar—. No te asustes, es solo que estoy jodidamente contento porque por fin lo entiendo. Todos los golpes, toda la rabia y todo el dolor... Todo para llegar aquí, a este momento contigo. Es solo que... ha merecido la pena. Todo. Lo volvería a hacer una y mil veces si supiera que este es el resultado. Y haré todo lo que esté en mi mano para hacerte feliz, te lo juro, Ashley. Todo lo que esté en mi mano, sea lo que sea.

Ella me mira preocupada, pero tras unos instantes me besa y me abraza con ímpetu mientras Willow corre a nuestro alrededor y la lluvia se intensifica sobre nosotros.

—Eres la forma que tiene la vida de compensarme por todo lo que he sufrido hasta ahora.

Reconozco las palabras que me dice, no hace tanto que yo se las dije a ella. Me mezo al compás de una música que no existe, sabiendo que esto es lo único que importa. Ella sigue teniendo grietas, pero deja en ellas el espacio suficiente para conseguir quererme pese a todas sus inseguridades.

Nos han dañado, nos han hundido, nos han despreciado, pero nos hemos puesto en pie una y otra vez. Al final, hemos conseguido llegar al bosque y bailar juntos.

Solo por eso, todo ha valido la pena.

66

Kellan

Ryan aporrea la puerta de la suite para meternos prisa. Tenemos el tiempo justo para cambiarnos e ir a hacer la prueba de sonido. Maia se ríe y se recoge el pelo en una coleta justo antes de darse cuenta de que anoche, sin querer, le marqué el cuello.

—Creo que mejor el pelo suelto —murmura.

Me río, camino hacia ella y la abrazo.

—Lo siento por eso.

—Mentiroso —canturrea.

Vuelvo a reírme. No es que tenga ningún tipo de necesidad de marcar la piel, no fue premeditado ni mucho menos. En realidad, no podría decir en qué momento ocurrió porque, cuando estamos juntos y desnudos, tiendo a perder el norte.

Incluso estando vestidos, da igual. Si estamos juntos, tiendo a perder el norte. Me ocurre que, cuando nos separamos por un espacio corto de tiempo, intento pensar en todo lo que he hecho con ella y solo recuerdo retazos, gestos. Su sonrisa, el modo en que me acaricia la nuca, su forma de morderse el labio cuando...

—Acabamos de hacerlo, Kellan. Es imposible que tengas ganas de más.

—¿Quién ha dicho que tengo ganas de más? —intento defenderme.

—Esa mirada. Te conozco bien.

Me río, me ha pillado.

—Bueno, ¿y qué? ¿Es un pecado?

—No, claro que no, pero tienes que concentrarte para tu prueba de sonido.

Tiene razón. Tenemos que salir si no queremos llegar tarde, así que cojo su abrigo, la ayudo a ponérselo y luego abro la puerta para que salgamos. En el pasillo Ryan nos mira con mala cara.

—Siempre seré partidario de echar un polvo, pero, tío, tenemos la prueba.

Me río y pongo las manos en alto, como si intentara detener las balas. Es curioso que, para Ryan, la música sea lo primero. Siempre. Incluso por encima de las drogas. Para él no hay más elección que la música, especialmente si él puede crearla tocando la batería.

Las pocas veces que hemos hablado de la elección que yo hice para salir de Rose Lake, siempre me ha dicho lo mismo: él lo habría tenido superclaro. Es verdad, no dudo que para Ryan habría sido tan fácil como hacer la maleta y largarse, porque no hay nada más importante que triunfar en la música.

En realidad, su entrega es admirable. Una lástima que se la cargue en cuanto baja del escenario y se dedica a meterse de todo para aumentar la adrenalina que ya siente. No lo juzgo, no podría porque no sé qué se le pasa por la cabeza. Cuando se lo pregunto, solo me dice que simplemente quiere más. Más adrenalina, más ruido en la cabeza, más de todo.

Ayer precisamente comparé todo eso que él siente con lo que siento yo al estar con Maia y me dijo que no, porque yo tengo claro que, esta vez, elegiría a Maia por encima de todo y él no. Eso me dejó pensando un buen rato. Maia va a marcharse en unos días, no soy tan estúpido como para hacerme unas ilusiones que no van a ninguna parte. Ella no pertenece a este mundo, lo disfruta porque está conmigo, pero no es algo que haga vibrar su vida.

Y, en realidad..., ¿acaso hace vibrar la mía?

Me he hecho esta pregunta tantas veces en tan poco tiempo que creo que, una de dos: o me he vuelto loco o estoy empezando a recuperar la cordura después de mucho tiempo.

En cualquier caso, no importa. Lo único que importa ahora es esto. El presente. Hoy.

Llenarme de música, llenarme de ella y alcanzar cada noche el puto nirvana.

—¿En qué piensas para sonreír así? —pregunta Maia.

—En lo feliz que soy —le digo sin pensar.

Ella sonríe, pero hay algo en su mirada, una sombra que no desaparece. Sé lo que es. Se marchará en unos días, el tiempo juega en nuestra contra y, llegado el momento, no tengo ni idea de cómo lo afrontaré.

Separarme de Maia parece una constante en mi vida y, por mucho que ocurra, no consigo acostumbrarme. Aun así, lo destierro de mi mente. He elegido esto, vivir los días que esté conmigo al máximo, exprimirlos y saborearlos tanto que, cuando se marche, solo tenga que cerrar los ojos un segundo para sentirla aquí, a mi lado.

Va a doler, estoy seguro, pero dolerá como duelen las cosas bonitas: apretando un nudo en mi pecho antes de llenarlo de nostalgia. Aun así, tengo la verdad indiscutible de que es mucho mejor vivir con el recuerdo de estos días vividos con Maia que no tenerlos.

O quizá es que ya estoy acostumbrado a echarla de menos. Extrañarla es una constante en mi vida. Esta vez será peor, porque tendré más recientes sus abrazos, sus besos, sus gemidos y sus sonrisas, pero seguiré adelante, me digo mientras miro por la ventanilla la ciudad que nos acoge hoy.

Seguiré adelante como lo hago siempre, sabiendo que separarnos ahora no significa que vayamos a estarlo siempre. Comprendo, por fin, que Maia y yo estamos destinados a encontrarnos una y otra vez a lo largo de nuestras vidas.

Tiene que ser así.

Me niego a que sea de otra forma.

67

Maia

Dicen que París es la ciudad del amor y, después de estos últimos días y de recorrer Berlín, Oslo, Estocolmo, Copenhague y Colonia, lo único que puedo decir al respecto es que la ciudad del amor es cualquiera en la que pueda amanecer abrazada por Kellan.

Podría intentar explicar la magia de estos días en palabras, pero dudo mucho que lo consiguiera del todo. Hay algo especial en redescubrir la relación que tienes con una persona después de un tiempo sin verla. No es como conocer a alguien de cero porque partes desde una base.

En mi caso, podría decir que me siento como hace años, cuando estábamos juntos, pero no sería cierto. Este Kellan es distinto y, lo que es más importante aún, yo soy distinta. Ya no soy la muchacha triste y perdida que llegó a Rose Lake. Para empezar, ahora tengo una idea bastante clara de lo que quiero de la vida. No, no lo sé todo, pero he descubierto que no quiero saberlo.

Tengo un hogar al que volver, una familia maravillosa y un trabajo que me encanta. Me faltan cosas, por supuesto, no soy completamente feliz, pero creo que estoy en el camino de serlo. Aun así, sé que irme del lado de Kellan me costará muchas lágrimas.

—¿Estás bien? —pregunta su voz somnolienta.

La noche cae sobre París. Tenemos unas vistas privilegiadas que podemos contemplar desde un balcón privado. Estamos desnudos, abrazados, y él hasta ahora estaba dormido después de un concierto maravilloso y un polvo aún mejor. Me desperezo y me doy la vuelta, pues me tiene abrazada desde atrás, y busco sus ojos somnolientos.

—Estoy bien —susurro—. Solo pensaba.

—¿En qué?

—En casa.

Kellan guarda silencio un momento. Es raro, él creció en Rose Lake, me consta que ama el pueblo tanto o más que yo, pero a veces siento que no quiere hablar de él ni de nuestros vecinos. No lo dice, pero creo que, si tuviera que apostar, diría que solo intenta evitar la tristeza que le produce saber que él no va a volver.

No digo que no sea feliz con esta vida. He visto lo que hace cuando sube a los escenarios, lo he visto sonreír, pero, si soy sincera, ni un solo día lo he visto tan feliz como cuando coge la guitarra y toca a solas, en la habitación, en voz tan baja que apenas se le oye. Para sí mismo. Para mí, como mucho. Creo que es porque en esos momentos no piensa en la música para satisfacer a otros, sino a sí mismo. Es ahí donde reside esa especie de hechizo que lo ata a la música.

—¿Lo echas de menos? —pregunta mientras me abraza más fuerte sin darse cuenta.

Mi pecho roza el suyo y, aunque parezca que estamos juntos, hago el esfuerzo de acercarme aún más, hasta que mi frente y la suya se unen y tengo sus labios a solo un pestañeo de distancia.

—Un poco, pero no tengo prisa por volver —confieso sonriendo—. Es solo que es raro, ¿sabes? Cuando llegué a Rose Lake, pensé que no sería capaz de acostumbrarme y, todos estos días, al despertar, he echado de menos el canto de los pájaros.

—Lo entiendo —responde con una sonrisilla. Me coloca la mano en la cadera y la acaricia con suavidad, en un gesto prácticamente inconsciente—. Las primeras veces pensé que el aire fuera de

Rose olía raro, pero no lo dije por miedo a que me tacharan de pueblerino.

—Sí que es un pensamiento un tanto pueblerino —me mofo, con lo que me gano a pulso un pellizco en el trasero—. ¡Ey!

—Has empezado tú —se queja justo antes de morderme el labio—. Y ahora vas a ver lo que es capaz de hacer el chico pueblerino.

—Oh, en realidad estás encantado de tener una excusa para volver a empezar porque eres insaciable.

—Contigo, sí.

Sería de idiotas negar que sus palabras despiertan un aleteo en mi interior. Kellan me besa, se cuela entre mis piernas y estoy a punto de tomar el control de la situación cuando su teléfono móvil suena. Es muy tarde, demasiado, así que ambos nos alertamos enseguida. Kellan responde cuando se da cuenta de que se trata de alguien de su equipo y, cuando cuelga, tiene el ceño fruncido. Sale de la cama, enciende la luz y se viste con una seriedad que le he visto pocas veces.

—¿Qué ocurre?

—Ryan —masculla—. Ocurre Ryan. —Ante mi cara de desconcierto, añade—: La cosa se ha ido de madre en su suite. Han llamado de recepción para informarme. Voy a intentar que salga de ahí y que duerma un poco.

—Voy contigo.

—No hace falta.

—Quiero ir.

—Maia... —Su voz es grave cuando habla y sus ojos están más oscuros de lo normal cuando me miran—. No será bonito.

—He estado en fiestas antes.

—No como estas.

Trago saliva. No sé a qué se refiere, pero de todos modos salgo de la cama y comienzo a vestirme. Kellan no me lo impide, ya me ha advertido, pero nunca ha sido un hombre que prohíba cosas. En parte porque no le nace y en parte porque sabe que, en cuanto intente prohibirme algo, lo haré aún con más ganas.

Llegamos a la suite solo cinco minutos después. Ya desde el pasillo se nota que el ambiente está descontrolado. Kellan pega en la puerta con los nudillos y yo pienso en los pobres vecinos de habitación de Ryan. Por fortuna, nosotros estamos bastante alejados, es imposible descansar con este jaleo.

La puerta la abre un chico al que no he visto en mi vida. Está desnudo, tiene las pupilas tan dilatadas que es un milagro que consiga ver algo. Cuando Kellan lo empuja con suavidad para entrar en la suite, suelta una carcajada que no tiene ningún tipo de sentido.

Me lleva un total de dos segundos saber a qué se refería Kellan cuando dijo que no he estado en fiestas como esta. Es el exceso personificado. Casi me recuerda a esas películas romanas en las que las orgías están a la orden del día, solo que esto es peor; más crudo, feo y decadente. Ryan está en la cama con dos chicas desnudas que se besan y no es que lo juzgue, es que... hay gente aquí mirando. Si soy sincera, no parece que les importe demasiado, pero es... sórdido. Intento no juzgar nunca la sexualidad de las personas, pienso que cada cual es libre de acostarse con quien le dé la gana y en los términos que quiera, pero aquí hay tanta gente borracha, colocada o las dos cosas que me pregunto hasta qué punto las acciones que están llevando a cabo son fruto del deseo y de cuántas cosas van a arrepentirse mañana, cuando recuperen la cordura.

Kellan se deshace de todo el mundo con soltura, pero sin gritar ni ponerse troglodita. Aparta la vista de las chicas mientras les pide que se vistan, ayuda a un chico a levantarse cuando tropieza en un charco de vómito y retira de encima de la mesita de cristal que hay junto a la cama algo que, sin ninguna duda, es algún tipo de droga.

Por un instante me pregunto si Kellan alguna vez ha participado en algo así. Se me revuelve el estómago, porque es libre de hacer lo que quiera, pero, joder, me daría mucha pena que se viera envuelto en una espiral que parece tan dolorosa y caótica.

Tardamos algunos segundos en vaciar la habitación y, cuando lo hace, ayudo a Kellan en lo que me pide. Lleno el jacuzzi del baño y vuelvo a la cama, junto a ellos.

—Voy a sacarlo de la cama por este lado, ¿puedes cogerlo de un brazo por si se me cae? —Asiento de inmediato y me acerco a donde me dice.

Tiramos de Ryan al mismo tiempo y es la primera vez que la desnudez de un hombre no me produce nada salvo... lástima. Ryan es muy atractivo, pero está completamente ido. Tanto que no es capaz de reconocer quién está ayudándolo a darse un baño.

—¿Necesitará un médico? —pregunto asustada cuando lo veo tiritar en el jacuzzi, pese a que el agua está más bien caliente.

—No lo sé. Vamos a prepararle un café con sal. Si después de vomitar no recupera algo de consciencia, llamaremos a uno.

¿Y ya está? ¿Esperamos a darle un café asqueroso y, si no reacciona, llamamos a un médico y rezamos para que no se muera antes de que este llegue? Quiero decirle a Kellan que no, que llamemos ya, pero le está abriendo los párpados a Ryan y, debe de ver algo, porque su cuerpo se relaja un poco.

—Se pondrá bien —murmura, pero no sé si lo dice más para convencerse a sí mismo o porque de verdad lo piensa.

Finalmente, después de una hora, muchos vómitos y una ducha posterior en la que Kellan ayuda a Ryan incluso a vestirse, lo vemos recuperar la compostura lo justo para pedir dormir.

Volvemos a la habitación y, una vez dentro, me doy una ducha con Kellan en silencio. Intento librarme no solo de la peste que cubre mi ropa, sino también de todo lo que he visto.

Cuando salimos, volvemos a la cama. Miro por la ventana y me doy cuenta de que pronto empezará a amanecer. Kellan, a mi lado, me acaricia el costado para llamar mi atención.

—Dime cómo estás —murmura—. Sea lo que sea que pase por esa cabeza, puedes contármelo.

Trago saliva en un intento de que el nudo que se me ha hecho en la garganta baje, pero no funciona demasiado.

—Soy una mala persona —le digo con un hilo de voz. Kellan me mira sin comprender e intento explicarme—: Esta noche, mientras miraba la forma en que Ryan ha perdido el control e intentaba ayudarte para que recuperara la consciencia, yo no estaba tan preocupada por él como por la posibilidad de que te arrastre a ese tipo de vida y actos.

—Eso no pasará —me asegura de inmediato, con la voz calmada y los hombros tensos.

—¿Cómo estás tan seguro?

—Porque podría haberlo hecho durante años, pero estoy aquí, contigo.

—Yo me iré en unos días.

Duele. Dios, como duele decirlo en alto, por más que intente convencerme de que podremos hacerlo de un modo liviano. Kellan me acaricia las mejillas acercándose más a mí.

—Lo sé, y sobreviviré como he hecho todos estos años —susurra él—. No voy a acabar como él.

—Prométemelo.

—Te lo prometo. —Lo miro atormentada, muy lejos de estar tranquila, pero él afianza sus manos en mis mejillas y busca mis ojos con los suyos—. Te lo prometo, Maia. Eso no es algo de lo que tengas que preocuparte.

Asiento, intento creerlo, pero lo cierto es que la ansiedad que me provoca el pensamiento no se va con facilidad. Por más que Kellan me abrace, me cante nuestra canción y me haga mirar el amanecer de París, yo solo puedo pensar que, por egoísta que suene, me encantaría llevarlo conmigo de vuelta a casa.

68

Ashley

Le estoy haciendo un vídeo a Willow en el que intento, en vano, que ladre justo cuando yo le diga: «¿Echas de menos a papá?». El problema es que esta perra tiene serios problemas de aprendizaje. O de obediencia. Aún no lo he decidido, pero tiene serios problemas de algo.

—¿Echas de menos a papá? —vuelvo a preguntar.

Willow gira la cara y alza las orejas como si pensara: «Ya está la humana otra vez con sus tonterías». Suspiro, frustrada, y le señalo el móvil.

—Oye, si quieres que le mandemos a Kellan algo que le impresione, tienes que colaborar, ¿entiendes? A este ritmo, cuando vuelva, solo se va a encontrar a un enorme saco de pelos que lo único que hace es jadear, correr como una loca y traer palos. —Willow aprovecha ese instante justo para coger un palo y acercármelo—. Sí, te encantan los palos, ya lo sé.

Ella me empuja la mano con el hocico para dejarme claro que es hora de jugar, así que me río y se lo lanzo antes de subir los escalones del porche con la intención de sentarme unos minutos.

Últimamente, entre las salidas de Chelsea con sus amigos y el trabajo de Dawna, Willow pasa mucho tiempo en casa sola, así que están encantadas con que me la traiga un rato cada pocos días. Ella es feliz en el bosque y, además, me hace compañía cuando Brody no está, como hoy. Está arreglando unos asuntos del hotel mientras yo... no hago nada.

Estoy empezando a plantearme trabajar más horas, pero sé que solo es una forma de salir de aquí. He pasado de tener un millón de responsabilidades y facturas pendientes a tener una situación económica estable. No vivo del dinero de Brody, hago mi trabajo, todavía cuido de Parker muchas tardes y el hotel va bien, aunque esperamos que se llene en Navidad y desde ahí él empiece a notar que recupera algo de lo que ha invertido solo para constatar que fue buena idea. Brody tiene otros muchos negocios, pero quiere que todos funcionen con fluidez, y lo entiendo.

Estoy mejor que nunca laboralmente hablando y, aun así, me siento mal. Creo que es porque en cierto modo la muerte de mi abuela me ha librado de un montón de responsabilidades, tanto económicas como personales. Ya no tengo que estar preocupada por las facturas médicas ni por su salud ni por estar pendiente de que no haga nada que no debe. Soy más libre, pero también siento un vacío que no tenía antes.

Supongo que Maia tiene razón y es cuestión de tiempo. Han pasado demasiadas cosas últimamente. La visita de Giuliana todavía me tiene temblando y tener la seguridad de que Brody rechazaría incluso a una chica rica y preciosa que lo quiere por mí ha sido un chute, pero también un pequeño shock. De verdad me quiere. De verdad está dispuesto a tener una vida entera conmigo. Ahora mismo tengo un montón de tiempo libre, dinero, un novio maravilloso y... Por bonito que parezca todo, eso me asusta, porque no quiero perderlo. Y, al mismo tiempo, me pregunto qué podría hacer que todo esto fuese aún mejor.

Podría tener un bebé.

El shock por un pensamiento que ha sido del todo intrusivo es tan grande que me quedo muda. De verdad, no es porque esté a solas con la perra, es que si estuviera con alguien ahora mismo podría ver que mi corazón late a toda prisa y mi respiración se ha agitado de un modo completamente irracional. Solo es una idea, no tiene por qué ser real, pero... sería bonito tener un bebé con Brody, ¿no? Algún día, claro, no tiene que ser ahora, pero...

—Eh, nena, ¿todo bien? —Brody ha vuelto tan de repente que no me he dado cuenta. Se pone justo frente a mi campo de visión y me mira preocupado—. Parece que hayas visto un fantasma.

Se acerca a besarme y, cuando no le correspondo, frunce el ceño.

—¿A ti te gustaría tener un bebé conmigo? —Su cara hace que me tape la mía con las manos—. Dios, lo siento.

—¿Qué...? ¿Estás...?

—¡No! No, estoy tomando la píldora.

—¿Entonces?

—Es solo que pensé que por fin lo tengo todo en la vida, ¿sabes? Y por mucho que haya dicho en el pasado que no quería tener hijos, lo cierto es que me pregunto cómo seríamos nosotros como padres. A lo mejor somos nefastos, porque nuestras familias han sido una mierda, pero también cabe la posibilidad de que lo hagamos bien precisamente porque nos preocuparemos todo lo que no lo hicieron con nosotros y, ¿sabes qué? Es una bobada. Una tontería. No tenía que haber dicho nada. Estaba aquí pensando en la tranquilidad que siento y tú ni siquiera contemplas esta posibilidad. No quería asustarte, de verdad.

—Alto, espera. Espera, Ash. Yo... quería...

Alza la mano cuando intento hablar y sube las escaleras. Me quedo a cuadros y no sé qué pensar. Cuando baja, lleva una cajita en la mano que pone mi corazón a prueba de infarto.

Otra vez.

—¿Qué...?

—Iba a organizar una cena en el porche, solos tú y yo con un poco de vino y quizá algo de marisco. Aunque sé que no te encanta el marisco, pero quería algo elegante. El caso es que estás ahí parada hiperventilando solo porque crees que yo no querría tener hijos contigo y me parece tan surrealista... —Se le escapa una risa y empieza a arrodillarse mientras yo hiperventilo aún más fuerte.

—Brody...

—Ashley Jones, ¿quieres casarte conmigo? —Lo miro con la boca completamente abierta y eso parece ponerlo aún más nervioso—. Una locura, ¿no? Pero quizá así te quede claro que quiero todo el puto paquete. Pensaba preparar un gran discurso y ofrecerte algo carísimo como regalo de compromiso. No sé, un coche o... ¿una barca? No lo sé, pero tú estás hablando de bebés como si estuvieras loca y quiero que entiendas que no lo estás. O, en todo caso, lo estamos los dos, aunque ahora todo ha quedado un poco raro, ¿no? Joder, espero que no pienses que quiero convencerte a toda costa para que no salgas corriendo. —Sigo sin contestar y él se pasa una mano por el pelo, se lo ve desesperado—. ¿Sabes qué? Es una estupidez. A nosotros ni siquiera nos van las bodas. —Se levanta, lo que me deja estupefacta, y se guarda la cajita en el bolsillo—. Y podemos tener un bebé sin casarnos. Ahora lo hace casi todo el mundo. Devolveré esto y te compraré un colgante bonito. ¿O prefieres otra cosa? No sé si me darán el dinero y...

—Brody Sanders, ¿puedes hacer el maldito favor de hincar la rodilla y pedirme matrimonio para que yo pueda decirte que me muero por tener un bebé tuyo?

Él se queda en shock un instante, pero al final sonríe, carraspea y asiente.

—Eh... sí, creo que... sí. Sí puedo.

—Bien.

Nos reímos un tanto histéricos los dos y entonces lo hace de nuevo, se arrodilla frente a mí y se saca la cajita del bolsillo.

—Ashley Jones, ¿vas a hacerme el enorme favor de casarte conmigo y darme tu apellido? —Lo miro con los ojos como platos—. No pienso darte el apellido de un maltratador, así que...

—¿Estás dispuesto a ser Brody Jones?

—Sí, aunque en realidad creo que los dos deberíamos buscar la forma de ponernos el apellido de tu abuela. ¿Te gusta la idea? Así, si al final tenemos ese bebé, romperemos el ciclo de apellidarlo como gente que no lo merece.

Me río, estoy completamente histérica. Asiento con la cabeza y un par de lágrimas caen con el movimiento.

—Sí, creo que me gusta mucho.

Brody saca un precioso anillo de la caja, me lo coloca en el dedo y descubrimos que me queda un poco grande, pero, aun así, es perfecto.

—Todavía tengo otra cosa para ti —murmura justo cuando intento besarlo—. Algo que no sabes.

—¿Has comprado el lago o algo así?

Brody se ríe y me besa, seguramente porque se ha dado cuenta de que tiemblo como una hoja al viento.

—Mejor. La escuela infantil de Rose Lake necesita un entrenador de fútbol americano. El equipo es mixto de chicos y chicas y son malísimos, pero creo que puedo hacer que de aquí a final de curso hagan algo medianamente decente. Todavía llevaré el hotel y el resto de los negocios, claro, pero he pensado que sería buena idea que tú te ocupes más de la dirección y yo de entrenarlos, ¿qué te parece?

Me río, estoy completamente sobrepasada. Salto sobre él, le rodeo el cuello con los brazos y lo beso con ímpetu justo antes de que Willow despierte de su siesta y se vaya a la puerta para ladrar y pedir un paseo.

—Me parece que, en cuanto devuelva a Willow a su casa, tú y yo vamos a jugar un gran partido en el dormitorio, entrenador Miller.

Brody suelta una carcajada, me besa y decide acompañarme a llevar a la perra.

—Quiero estar contigo cuando Dawna te vea el anillo en el dedo.

Me río y lo entiendo, porque esto, desde luego, es un notición.

Prometida. Estoy prometida con el chico al que juré odiar hasta el día de mi muerte.

Supongo que nadie gana a la vida cuando decide ponerse original a la hora de recompensar el sufrimiento.

Bajamos al pueblo, devolvemos a Willow y, cuando Dawna ve el anillo, tal como predijo Brody, entra en una euforia tan grande que acabamos en el restaurante celebrando con todos nuestros vecinos que muy pronto habrá una boda en Rose Lake.

Gladys promete prestarme su vestido de novia y Rose Campbell le asegura que eso no será necesario porque puedo comprar uno justo antes de guiñarme un ojo, gesto que agradeceré enormemente.

Vera empieza a hablar de menús de celebración de inmediato, Max comienza a proponer fechas y Wendy, la directora del instituto de Rose Lake desde hace años, pide públicamente hacer el primer discurso teniendo en cuenta que nos ha recibido en el despacho tantas veces a Brody y a mí que tiene como mil anécdotas vergonzosas que contar.

Chelsea se pide ser dama de honor.

Willow ladra.

Los mellizos tiran la copa de vino del señor Campbell, que maldice en voz alta hasta que Martin le regaña por decir palabrotas frente a los niños.

Algunos celebran a gritos, otros son más contenidos, pero todos los presentes, sin duda, se alegran tanto por nosotros que no puedo evitar emocionarme.

—Eh, ¿estás bien? —pregunta Brody abrazándome por detrás.

—Sí —susurro—. Sí, es solo que llevo toda la vida lamentándome por no tener más familia que mi abuela, sobre todo cuando la perdí, y resulta que, después de todo, es posible que tenga más apoyo y cariño que mucha gente en el mundo. Nuestra familia es un pueblo entero, Brody.

Él se ríe, me besa el cuello y asiente.

—Sí, ellos son importantes, pero mi única familia, Ashley Miller, eres tú.

Intento contener la emoción, pero es difícil cuando la vida, por fin, ha decidido demostrarme lo bonita que puede llegar a ser.

69

Kellan

—¿Qué tal es volver a pisar suelo español? —le pregunto a Maia mientras avanzamos por la carretera de Barcelona en dirección al hotel.

Ella se ríe y se retrepa en el sillón de la furgoneta. Está cansada, es evidente, después de dos semanas de gira, sexo y vivir un montón de emociones la falta de sueño y descanso empieza a ser evidente en sus ojeras y su piel, que es más pálida aún de lo normal. Pero, si me preguntas a mí, nunca la he visto tan bonita. O será que la idea de tenerla aquí, conmigo, me supera.

—Es bonito volver a oír a la mayoría de la gente hablar en español, no te lo voy a negar —admite ella—. Aunque yo soy de Madrid, pero la verdad es que Barcelona tiene algo, ¿no? Es preciosa.

Miro los edificios que se alzan a ambos lados de la carretera y no puedo negar sus palabras. Aun así, con cada ciudad que pisamos, se intensifica el pensamiento de que me vendría bien ver un poco de verde, para variar. Y no me refiero a un parque de ciudad, sino a... Bueno, a algo como Rose Lake.

He llevado a Maia al cine, hemos ido a un salón recreativo con parte del equipo, hemos estado en un par de fiestas privadas y, sobre todo, hemos pasado tiempo en la cama, abrazándonos, besándonos y recordándonos cómo era eso de provocar fuegos artificiales en el cuerpo del otro. Pero después de todas esas cosas increíbles que hemos hecho, siempre he acabado pensando que, en realidad, lo que de verdad me gustaría sería sentarme en el muelle de Rose Lake y abrazarla. Nada más.

Supongo que a veces lo más sencillo es lo más bonito de la vida.

—¿Listos para darlo todo? —pregunta Ryan tirando un avión de papel desde el asiento de atrás.

Maia lo intercepta, se gira y se lo tira de vuelta, cosa que le hace reír.

—Estoy listo —digo.

Es verdad, lo estoy. En estas dos semanas he cantado mejor que nunca, he gozado las actuaciones al máximo y he conseguido, incluso, disfrutar del infierno que supone trasladarnos continuamente. De hecho, es la primera vez que pienso en todo lo que rodea a la gira como algo positivo. Hasta ahora, no había sido capaz de disfrutar de todo eso. Me gusta cantar en directo, me encanta la adrenalina de los conciertos y ver a mis fanes corear mis canciones, pero hasta ahora echaba de menos cantar en el restaurante de Max y volver a casa caminando, por ejemplo, con la guitarra al hombro y Maia entrelazando nuestros dedos mientras me acompaña.

No es que estos días haya basado mi existencia en su presencia, pero reconozco que tenerla a mi lado aquí, fuera de Rose Lake, ha hecho que sienta, por fin, que he alcanzado todos mis sueños.

El problema es que se marcha mañana por la mañana. Al amanecer, nosotros volaremos a Lisboa y ella, a Estados Unidos. Maia vuelve a casa y yo, aunque no quiera, empiezo a sentir que me quedo más a la deriva que nunca.

—Te voy a escribir cada día, te pediré fotos y vídeos de tus conciertos. Y que me cuentes tus impresiones —me susurra al oído como si me hubiera leído el pensamiento.

En realidad, hemos estado taciturnos y decaídos todo el día desde que amanecimos. El concierto es en unas horas y yo solo quiero saltármelo, encerrarme con ella en el hotel y pedirle, o más bien suplicarle, que no se marche.

No puedo hacerlo. Soy consciente de ello, pero eso no hace que sea más fácil, al revés.

—Voy a grabar esa canción —le digo en un susurro, mientras sus labios rozan los míos.

Es algo que hacemos mucho últimamente, besarnos por sistema, por el placer de tener los labios unidos constantemente mientras nos apretamos en un abrazo y nos decimos con gestos todo lo que quizá no nos atrevamos a pronunciar nunca. Y nos da igual que haya público, que estemos encerrados en un vehículo con varios del equipo o que nos estén oyendo, aunque disimulen.

—¿Qué canción?

—«Cuando acabe el invierno y volvamos a volar».

Ella se emociona, carraspea y traga saliva visiblemente nerviosa.

—¿Crees que se venderá bien?

—Me importa una mierda si se vende bien o no. La voy a grabar solo para que tú puedas tenerla en todas las plataformas posibles. Solo para que tú no lo olvides.

«Para que no me olvides», pienso.

No lo digo en voz alta, pero los dos sabemos que lo pienso.

Sus labios vuelven a los míos y su beso es tan dulce que estoy a punto de pedir más. Esto..., la vida es esto y desde mañana me lo voy a perder por estar cantando encima de escenarios para gente que, aunque aprecio, no me importa lo suficiente.

Me separo de Maia, de repente estoy ansioso. Apoyo la cabeza en el asiento y cierro los ojos, en un intento por tragarme el amargor que me sube por la garganta cada vez que pienso en ello.

Maia no dice nada, supongo que intenta lidiar a su manera con nuestra inminente separación.

Las horas pasan, el concierto empieza y, aunque todo va bien, cuando llega la hora de volver a cantar la nueva canción, que ha sido incluida ya varias veces porque ya la pide la gente, decido hacer esto un poco más especial.

—Me vais a perdonar si hago que la musa suba aquí, conmigo.

El público no solo me perdona, sino que se vuelve loco. Saco a Maia, que se muere de vergüenza mientras hago que se siente en el taburete en el que teóricamente tenía que sentarme yo. Tiene las mejillas rojas, se le acelera la respiración y tiene los ojos fijos en mí. Está preciosa, pero no es ninguna sorpresa. Maia se las ingeniaría para estar preciosa en medio de un estercolero.

Canto nuestra canción, ella se emociona tanto que no puede evitar que un par de lágrimas le resbalen por las mejillas y yo la beso, porque no quiero que nadie más vea hasta qué punto se ha emocionado. No porque me avergüence, sino porque sé que parte de esas lágrimas vienen del dolor que le provoca saber que vamos a separarnos en cuestión de horas.

El público enloquece cuando nos ve besarnos y sé que no serán los únicos. Durante estas semanas, la prensa ha especulado tanto con nosotros que sé que, cuando vuelva a Rose Lake, a Maia le esperan un montón de rumores y tendrá que dar algunas explicaciones, al menos a nuestros seres queridos más cercanos. Claro que me consta que habla asiduamente con sus padres y sus padrastros. Incluso con sus abuelos, pero dudo mucho que les cuente con detalle la maratón de sexo y amor que nos hemos estado dando.

El concierto acaba, volvemos al hotel y, esta noche, por raro que parezca, no nos desnudamos. No en un sentido sexual. Nos damos una ducha juntos, nos ponemos ropa cómoda y nos metemos en la cama y nos abrazamos. Nada más. No follamos, pero invertimos ese tiempo en mirarnos de tal modo que, tras despedirnos, podamos recordar cómo son exactamente nuestras pupilas cuando sufren por anticipado.

La noche es eterna y fugaz al mismo tiempo. Intentamos arañar horas al reloj, pero, al final, lo único que avanza impasible a los sentimientos ajenos es el tiempo. La mañana llega con su maleta hecha, mi ansiedad asomando y sus ojos tan rojos que es un milagro que no se eche a llorar hasta que nos avisan de que el coche para ir al aeropuerto está listo.

—No me acompañes —me pide.

—¿Por qué? —pregunto un poco dolido.

—Porque si tú me acompañas... Si tengo que subir al avión contigo mirando, no voy a poder y tengo que hacerlo. Tengo que volver, Kellan. Allí está mi hogar, igual que el tuyo está en los escenarios.

No. No. El mío está en ella, pero sé que, si lo digo ahora, no lo entenderá. Nadie lo entendería, pensarían que es cosa de la euforia del momento, así que simplemente asiento, la abrazo con fuerza y procuro mantener la voz firme cuando le digo al oído:

—Gracias por ayudarme a saber cómo es rozar el cielo con los dedos.

—Gracia a ti por tanta magia —dice ella entre sollozos.

La beso no una, sino muchas veces, hasta que nuestra despedida se hace inminente y nos avisan de que no pueden esperar más si Maia no quiere perder el vuelo. La siento llorar y temblar entre mis brazos. Al final, ella se va, claro que se va. Tiene que hacerlo, necesita volver a casa y restablecer su vida.

Mientras tanto, yo me quedo aquí, experimentando de cuántas maneras puede romperse un corazón recién restaurado por la misma chica que me lo rompió la primera vez.

70

Maia

La lluvia golpea incesante los cristales. El otoño se ha hecho cargo de Rose Lake una vez más. Atrás quedan los días de verano, los baños en el lago y los paseos con camisetas sin mangas para intentar coger algo de color. Miro por la ventana desde mi cama y me concentro en las hojas de los altos árboles. Gotean el agua sobrante de un modo constante. Me levanto, abro la ventana y me siento en el alféizar solo para empaparme del olor a tierra mojada. El aroma a bosque lo acompaña y sonrío. Cuando llegué aquí, no podía creer que, desde esta habitación, en casa de mi padre, no pudiera ver más que bosque y el lago. No podía entender por qué tenía que cambiar mi vida en la gran ciudad por un pueblo perdido en medio de la nada y ahora, años después, soy incapaz de imaginarme en otro lugar.

Lo que demuestra que, a veces, un cambio radical de vida es lo único que necesitamos para comenzar de nuevo.

La puerta de la habitación se entreabre, cosa que me sobresalta, y mi madre asoma la cabeza con cautela.

—Un pajarito llamado Steve me ha dicho que no has querido desayunar sus huevos revueltos especiales. He pensado que era señal de que necesitas compañía o un médico urgente.

Me río y hago un gesto con la mano para que entre mientras cierro la ventana y le ofrezco el sillón de mi habitación. Yo me siento en el borde de la cama.

Me he prometido comenzar a buscar casa desde mañana, pero de momento sigo en casa de mi padre y Steve. Han pasado unos días desde que volví y siento que... Bueno, siento que necesito compañía. No es que tema la soledad, pero es bonito tener a alguien pendiente de que no me olvide de comer porque yo, como ser humano funcional, he dejado mucho que desear últimamente.

—¿Cómo estás? —me dice mi madre.

No es una pregunta al azar. No es un formalismo. De verdad quiere saber cómo me encuentro. Aunque me gustaría no preocuparla, porque es mi madre y solo quiero que sea feliz, me siento incapaz de mentir, por eso dejo que mis lágrimas hablen por mí. Ella se levanta, se sienta junto a mí y me abraza de inmediato. Huele a vainilla, posiblemente ha estado haciendo algún tipo de postre para los mellizos y pienso en la mujer que era cuando llegó aquí.

Estaba llena de inseguridades, miedos y cargaba, además, con un duelo intenso y una hija enfadada con el mundo. Y con ella.

—¿Cómo lo conseguiste? —pregunto sin ser capaz de entenderlo—. ¿Cómo saliste adelante en medio de tanto caos cuando llegamos aquí?

Mi madre lo piensa unos instantes antes de responder. Sé que busca la mejor manera de decirme la verdad. Su verdad, al menos. Nunca ha sido partidaria de mentirme y siempre le estaré agradecida por eso. No sé bien cómo son las relaciones normales entre madre e hija, pero sé que mi relación con ella se construye sobre la honestidad y la confianza, aunque a veces nos hayamos hecho daño por esa misma razón. Aun así, no la cambiaría por nada.

—No fue algo repentino. —Me acaricia la frente mientras me despeja los mechones de pelo que se me escapan de la coleta—. No me levanté un día y decidí poder con todo. Por desgracia, no es tan fácil. Yo me aferré al día a día, como hiciste tú, aunque ahora no te acuerdes. Llegaste aquí siendo una chica triste y enfadada y, con el tiempo, conseguiste volver a sonreír, tener ilusiones nuevas. Fue algo parecido para mí.

—Enamorarte del hermano del padre de tu hija quizá ayudó en algo —le digo para avergonzarla un poco.

Funciona. Sus mejillas se encienden y se ríe.

—Sí, posiblemente. Encontrar el amor aquí y con Martin fue... inesperado. Pero fue el conjunto de todo. Empecé a ver cómo sonreías, salías y creabas una vida aquí. Comencé a tener esperanzas de verdad en que lograrías ser feliz aquí y eso, a su vez, me dio felicidad a mí.

—Y encontraste tu lugar en el mundo —le digo emocionada y sin saber bien por qué.

Ella acaricia mi mejilla y asiente.

—Encontré mi lugar en el mundo —susurra—. La pregunta, Maia, es: ¿lo has encontrado tú?

—Sí —contesto sin vacilar—. Sí, mamá. Lo he pensado mucho, te lo juro, sobre todo después de volver. Quiero a Kellan y estos días a su lado han sido... —La miro un tanto avergonzada—. No necesitas que te lo diga, ¿verdad?

—Me imagino lo que ha pasado, sí. Y, si no pudiera imaginarlo, he podido verlo en algunas fotos muy interesantes que han salido en internet.

Me avergüenzo, me acuerdo especialmente de esa en la que Kellan me besó sobre el escenario, en Barcelona.

—Lo quiero —musito—. Creo que voy a quererlo toda la vida, aunque suene triste y patético. Ya pensé una vez que lo había olvidado y descubrí que no es así. Lo que siento por él cambió, se transformó con el paso de los años y maduró conmigo. Se ha adormecido por temporadas, pero siempre ha estado ahí, en alguna esquina esperando revivir. Pero... —Mi voz se rompe y mi madre coloca una mano sobre las mías, que se entrelazan en mi regazo—. No podría acostumbrarme a la vida que Kellan lleva ahora. No me malinterpretes, ha sido maravilloso acompañarlo dos semanas, pero también agotador. Cambiar de una ciudad a otra sin tener tiempo siquiera de hacer turismo, ver sobre todo hoteles, escenarios y aeropuertos me ha dejado exhausta.

—No es una vida sencilla. Y no se parece, desde luego, a la vida que llevamos aquí.

Niego con la cabeza, confirmándoselo.

—Y además..., es una vida llena de excesos. Tiene muchas tentaciones peligrosas demasiado cerca. —Trago saliva y lo suelto todo—. Me preocupa que termine como Ryan, aunque él asegure que no.

Ya le hablé de Ryan a mi familia cuando volví. Les conté lo que ocurrió cuando tuvimos que reanimarlo y el modo en que apenas es consciente del cambio de ciudades. Para él todo es una espiral eterna de fiestas, descontrol y música a todo volumen.

—Kellan no es Ryan.

—Lo sé.

—No sé cómo es ese chico ni la vida que ha tenido ni por qué decidió empezar a hacer algo de lo que supongo que ahora no puede salir con facilidad, pero sé que Kellan no es el tipo de hombre que se deja convencer para hacer algo que no le apetece. Lleva años junto a Ryan y junto a mucha gente que consume todo tipo de sustancias. Lo ha sorteado hasta ahora, Maia, tienes que confiar en que lo seguirá haciendo.

—Aun así..., no es solo por eso. No es una vida con la que pueda sentirme cómoda a largo plazo. —Suspiro, miro por la ventana y señalo la lluvia y los árboles—. No puedo vivir sin esto, mamá. Rose Lake se ha convertido en mi hogar.

Me sorprende ver a mi madre emocionarse, pero cuando hago amago de hablar, me corta con un gesto de manos.

—No te preocupes. Es solo que... ¿Quién iba a decirnos hace años que aquí encontraríamos la calma que tanto necesitábamos? —Esta vez la que se emociona hasta las lágrimas soy yo—. Oh, cariño... Vas a estar bien. Te prometo que vas a estar muy bien algún día.

—Es que tienes razón, mamá, yo sé que la tienes, pero... siento que me falta la mitad de mí misma. Es como vivir solo a medias.

—Si en algún momento te planteas ir con él...

—Viviré a medias y sin familia. Ni amigos. No puedo, mamá. Me encantaría, pero yo no puedo vivir así. No podría levantarme todos los días y abrir las ventanas de cualquier edificio sabiendo que hay un lugar en el que abrir la ventana es sinónimo de dejar que el bosque entre en casa. Odiaba cada maldito bicho de este sitio hace años, pero ahora resulta que no puedo vivir sin ellos.

Mi madre me abraza. Me da el refugio que necesito y me promete una y otra vez que todo va a ir bien hasta que soy capaz de relajar mi respiración lo suficiente como para controlar mis emociones.

Me convenzo a mí misma de que todo irá bien. No moriré de desamor, nadie muere, pero aun así no puedo evitar pensar en la mala suerte que he tenido al enamorarme de alguien que no está destinado a pertenecer a Rose Lake, aunque durante una etapa de su vida pensara que sí.

En realidad, ni siquiera creo que Kellan sepa bien a dónde pertenece todavía, pero sé a dónde pertenezco yo. Aunque odio sentir que el corazón se me parte cada vez que pienso en él, sé que estoy justo donde debo.

Aunque duela, aunque algunos días pese demasiado.

Rose Lake es mi único y verdadero hogar, abandonarlo ya no es una opción para mí.

Lo sé, no tengo dudas, pero eso no evita que derrame muchas lágrimas pensando en lo que podría haber sido, fue y no será más.

71

Kellan

Lo intento. De verdad que lo intento, pero disfrutar del resto de la gira se hace imposible. Incluso acompaño a Ryan a alguna fiesta, sin abusar, pero intento distraerme lo suficiente para no pensar en ella. Spoiler: no funciona.

Nada parece funcionar.

Ya no hay ningún aliciente en emborracharme, aunque lo haga a veces. Por lo menos sigo negándome a drogarme como Ryan. No es que deba sentirme superorgulloso, pero vigilar a Ryan se ha vuelto mi nueva cosa favorita, al parecer. La realidad es que, si no hago esto, voy a volverme loco. Enviarle un mensaje a Maia cada cinco minutos como un puto acosador no es una opción. Y eso que ella está encantada de que le escriba, o eso dice, pero aun así creo que hay límites.

Además, muchas de nuestras conversaciones acaban denotando una tristeza que me parte un poco por dentro. Ella no me lo dice, claro, pero sé que se siente como yo, aunque intentemos disimular con conversaciones mucho más livianas que nos hagan sonreír, como ahora.

Kellan

He vuelto a soñar que nos bañamos en el lago de Rose Lake. Juro que volveré solo para arrastrarte por el agua a la parte que

linda con el bosque, donde nadie pueda ver
lo que hago contigo si consigo librarme de tu
biquini.

Su respuesta llega solo unos minutos después.

Maia
¿Tu plan es volver para follar en el lago?

Kellan
¿No te parece un buen plan?

Maia
El mejor, en realidad.

Sonrío. No sé qué somos, no hemos tenido ninguna conversación al respecto porque, al principio de nuestra despedida, pensaba que todo se había acabado.

Eso fue hasta que Ryan, en medio de un momento de subidón total, me preguntó qué demonios hago viviendo de escenario en escenario si no soy capaz de disfrutarlo. Si no estoy dispuesto a vivirlo al máximo. Él se refería a la fiesta, las chicas y las drogas, pero yo tuve una especie de revelación y entendí que tiene razón. No sé qué demonios hago dando tumbos en una gira que ya no me llena. Y no es por Maia. Bueno, no es solo por ella. Esto dejó de parecerme lo mejor del mundo hace mucho tiempo, pero es ahora cuando realmente me planteo la posibilidad de volver.

Podría hacerlo. Componer para otros y empezar a ver mi música desde otra perspectiva, no necesariamente desde encima de un escenario. He vivido todo lo bueno y bonito que la música podía ofrecerme desde este lado. ¿Por qué sería tan mala opción dejarlo aquí? Creo que nos meten una idea equivocada en la cabeza. Nos convencen de que debemos luchar para llegar a la cima y, una vez en ella, debemos seguir luchando para mantenernos ahí.

Sinceramente, estoy empezando a pensar que, una vez en la cima, si plantas una bandera, te haces una foto y vuelves a casa para tomar chocolate caliente y besar a tu chica, tampoco pasa nada. De hecho, suena jodidamente bien. ¿Por qué debería sentirme mal por eso?

Oigo el ruido al fondo del pasillo. Tendremos suerte si no nos echan del hotel. En realidad, que no lo hayan hecho ya es la demostración de que con dinero todo es posible. El equipo va alcanzando la cima de la gira, queda poco para acabarla y los ánimos están caldeados. Las fiestas cada vez son más intensas, incluso aquí, en los hoteles, donde las grupis entran sin control, invitadas por varios componentes del equipo con los que practican sexo. La droga y la bebida corren como la pólvora porque muchos quieren saborear hasta el último día el éxito de la gira.

Estamos en Dublín, faltan seis días para volver a casa. Tenemos un concierto mañana aquí mismo, tres en Londres y todo habrá acabado, por fin.

Las ansias me pueden. Pese a que no he tomado una decisión en firme, o quizá precisamente porque sé que no hay nada que decidir, me pueden las ganas de llegar al día de verbalizarlo todo. Anunciar que lo dejo, que he cumplido mis sueños y ahora me voy a casa, a cumplir otros igual de importantes.

Una sonrisa baila en mis labios solo con imaginarlo, pero mis pensamientos se ven interrumpidos por un grito que congela la planta de mi hotel. Un grito que anula la música y consigue atravesar paredes y puertas.

Pasa algo. Sé que pasa algo incluso antes de salir de mi habitación y recorrer las tres puertas que hay a mi derecha hasta llegar al lugar de donde procede el caos. Por fortuna, la puerta está encajada y no tengo que pegar desesperado para que me abran, pero todo eso no importa porque, al entrar, me encuentro con Ryan convulsionando en la cama.

—¿Qué ha tomado? ¿Qué se ha metido? —pregunto histérico, subiéndome a la cama e intentando que su cuerpo deje de temblar y sus ojos se abran.

Hay dos chicas desnudas, un par de chicos de sonido y gente que no conozco de nada. Algunos están completamente idos. Grito y grito, pero nadie responde. Al final, el resto de mi equipo llega alertado antes de que lo haga el médico que alguien ha llamado.

Mi guardaespaldas me grita que me calme después de que zarandee a Ryan de un modo completamente frenético al ver cómo se queda inmóvil. Lo llamo a gritos una y otra vez. Lo abrazo aterrorizado y, aunque me digan que va a ponerse bien, sé que no es así. No se pondrá bien. Lo sé, igual que sé que parte de esto es culpa mía. Lo es por no haber estado más pendiente, por no haberlo acompañado más veces para controlar lo que se metía, por no haberlo ayudado y obligarlo a entrar en un centro de rehabilitación.

No he hecho absolutamente nada, salvo regodearme en mis propios sentimientos. Por eso, cuando llegan los médicos, me obligan a separarme de él y certifican su muerte en medio de un caos absoluto, no soy capaz de decir ni una sola palabra.

Ryan se ha ido y no hay nada que sirva ya.

Nada que consiga devolverlo a la vida o retroceder el tiempo.

La vida queda en suspenso para mí. Veo a la gente que me rodea intentar encajar esto de la mejor forma posible, asimilar la noticia y prepararse para lo que viene, pero yo soy incapaz de gestionar nada porque lo único que puedo hacer es recordar todas las veces que Ryan me dijo que prefería morir joven a vivir sin emociones fuertes.

No pensé que hablara en serio.

Nunca pensé que...

No tenía que ser así. Él no tenía que irse. Pensaba hablar con él, convencerlo de desintoxicarse cuando la gira acabase. De verdad que pensaba hacerlo, pero he llegado tarde. Cuando veo cómo sacan una bolsa negra en la que meterán el cuerpo de mi amigo, doy un paso atrás para salir de la habitación.

No voy a soportar esto.

No puedo ver cómo desaparece alguien que hace solo dos horas gritaba y cantaba como si el mundo le perteneciera.

Cojo las llaves de la furgoneta del equipo sin que nadie se dé cuenta y salgo del hotel.

No puedo estar aquí.

No puedo...

Mi vida empieza a pasar frente a mis ojos, veo las luces y sombras de todo lo vivido hasta llegar aquí mientras subo a la furgoneta y arranco.

De todos los días que he vivido, si pudiera elegir uno, no elegiría el peor. Pero tampoco el mejor.

De todos los días que he vivido, con lo que me quedo al final es con los recuerdos simples.

Los baños en el lago en septiembre, cuando el tiempo ya no acompañaba y el agua era como pequeños cristales que se me clavaban en la piel.

Los gritos de Hunter mientras se me subía a la espalda de camino al instituto.

Los ratos muertos en el taller con mi padre, charlando de fútbol y música, sin saber lo que el destino nos tenía preparado.

Cantar con Brody hasta sentir más dolor en la garganta que en el corazón. Cantar hasta olvidar que las cosas malas, a menudo, le ganan terreno a las buenas.

Las carreras por el bosque intentando que el sheriff no nos pillara con la cerveza que le habíamos robado al padre de Wyatt.

Los abrazos de Ashley cuando se colaba por mi ventana después de que muriera mi padre y lloraba conmigo hasta que los dos nos quedábamos dormidos.

Las emboscadas que organizaba Savannah cuando quería que todos estudiáramos juntos.

Los besos de Maia.

Joder, qué bueno era tener los besos de Maia a cualquier hora del día, con cualquier motivo. Sobre todo, cuando no había un motivo. Solo porque sí.

El dolor de perderla.

El placer de encontrarme en la música.

Los escenarios. La gente coreando mi nombre. La música vibrando, no solo en mi pecho, sino en el de un montón de personas desconocidas.

De todos los días que he vivido, si pudiera elegir uno, sería el día que nací y, en mi ficha médica, pusieron «Lugar de nacimiento: Rose Lake». Porque estoy seguro de que ser parte de ese pueblo ha sido lo mejor y lo peor que me ha pasado en la vida.

Ahora lo sé. Mientras la aguja del velocímetro marca una velocidad que nunca he visto antes y los bordes de la carretera se difuminan, puedo verlo. La velocidad tamborilea en mi pecho tan rápido como mi corazón, que se prende por el miedo y la adrenalina. La vida no va sobre mentirnos y sentirnos valientes cuando no es así.

La vida va de seguir adelante cuando piensas que no puedes más. Sobre todo entonces. Cuando sigas adelante con dolor, rabia y el alma a medias, sabrás realmente lo valiente que eres; cuando el miedo rompa tus alas y vueles más alto que nunca.

Lo sé, siempre lo he sabido, pero mientras la velocidad se hace cargo de la situación y las lágrimas me empiezan a caer por las mejillas me pregunto si Ryan lo supo alguna vez. Si antes de irse pensó que la vida merecía la pena.

Sé que sí, por eso ya no está.

El problema de Ryan no era que no amara la vida, era que la amaba tanto que no supo frenar a tiempo.

72

Maia

Las noticias llegan en tropel. Desde el televisor, las redes sociales y la prensa. Rose Lake se vuelve completamente loco al conocer que Ryan Price, el batería de Kellan Hyland, ha muerto por sobredosis en un hotel. Y no solo eso: a Kellan Hyland lo han detenido por conducir a una velocidad muy por encima de la permitida y salirse de la carretera. Por fortuna, no se chocó contra nadie, salvo la mediana, y se encuentra en el hospital. Está herido, pero fuera de peligro.

Mi corazón late tan desenfrenado que apenas me oigo a mí misma cuando hablo.

—Un vuelo. Tengo que buscar un vuelo.

—Cariño, está en Europa y no sabemos cuánto tiempo se quedarán ahí. Tardarás horas en llegar —susurra mi madre.

—¡Necesito coger un maldito vuelo!

—Hay más de catorce horas solo de vuelo, más el tiempo que pase hasta que salga —dice mi padre mirándome con preocupación—. Para entonces posiblemente todo el equipo se esté trasladando a Estados Unidos. La familia de Ryan ha pedido la repatriación y...

Grito, soy incapaz de controlar el dolor. Grito por Ryan y la vida que ha perdido. Grito por Kellan, porque sé que esto marcará un antes y un después. Grito porque la vida no debería ser así.

La vida no debería ir de aprender una maldita lección constante. No debería ser tan difícil. No debería ser tan dura ni tan injusta.

¡La vida debería ser bonita, larga y justa! Debería pasar entre risas, música y pasión, llorando solo por cosas que sí tienen arreglo, como perder un pantalón o equivocarte de carrera y tener que estudiar otra.

La vida nunca debería ir de despedir constantemente a seres queridos, de ir descontando gente como si de hojas de calendario se tratara, de coser heridas que se abren sobre cicatrices.

Ashley y Brody irrumpen en casa de mi padre. Cuando me ven histérica, me abrazan. Cada uno desde un lado, cubriendo frentes, intentando sellar el dolor. No dicen nada, saben que no hay nada que puedan decir, y por eso los quiero tanto. Ellos simplemente están aquí, fuertes y firmes; son un faro en medio de la maldita oscuridad.

Ryan está muerto y Kellan, herido.

Kellan, que ha conducido a toda velocidad hasta estrellarse y acabar en un hospital. Él, que perdió a su padre justamente en un accidente de tráfico, ha estado a punto de tener la misma muerte.

—¿Y si lo ha hecho a conciencia? —pregunto. La habitación se sume en el silencio—. ¿Y si se ha estrellado a conciencia?

—No digas eso. —La voz de Brody suena ronca, pero firme—. Él no haría algo así queriendo. Kellan jamás... Él no...

—Claro que no. —Ashley se hace cargo de la situación al ver que Brody no puede seguir—. Estaría fuera de sí por la noticia de Ryan. En cuanto consigamos hablar con él, todo se aclarará.

—Ni siquiera sabemos cómo está —me lamento llorando.

—Dawna ha conseguido hablar con el hospital en el que lo han ingresado —dice mi madre—. Se ha fracturado un brazo, algunas costillas y llevará collarín unos días, pero nada de eso es grave. Bueno, me refiero a que...

Asiento, la entiendo. Está hecho mierda, pero no está muerto, como Ryan. Aunque eso debería calmarme, no lo hace, porque no dejo de darle vueltas a los momentos previos al accidente.

¿En qué pensaría? ¿Pensaría siquiera en algo? ¿En alguien?

Trago saliva, estoy demasiado consternada para intentar dar respuesta a ese pensamiento.

Tengo que ir con él, pero mi familia tiene razón. Incluso Dawna y Chelsea están esperando a que todo se aclare para empezar a gestionar vuelos y viajes.

—Tengo que ir a su casa —susurro—. Tengo que decirle a su madre y a su hermana que cuenten conmigo cuando...

—Lo saben, cariño —me asegura mi padre—. Te tienen en cuenta.

Bien, vale. Eso es bueno. Lo veré pronto. Solo necesitamos que todo se aclare un poco. Solo necesito hablar con él, abrazarlo y ayudarlo a superar este nuevo golpe por la pérdida de Ryan.

No será fácil, no será bonito, pero estará bien. Kellan estará bien.

No puede ser de otro modo.

Me niego a pensar que vaya a ser de otro modo.

73

Kellan

El entierro de Ryan es bonito y emotivo. Sus padres querían que cantara su canción favorita mientras el sepulturero hacía su trabajo y lo he hecho, pero, si soy sincero, no entiendo muy bien que no me odien. ¿Cómo es que no ven hasta qué punto soy responsable de todo esto? Si hasta la prensa lo ha insinuado en innumerables ocasiones.

Ellos, en cambio, dicen que Ryan estaba descontrolado, que ellos sí le hablaron de ir a rehabilitación, pero él no quería oír nada de eso y mucho menos antes de la gira. Yo no tenía ni idea de que lo habían hablado, Ryan nunca me lo contó, pero saberlo ahora tampoco me consuela mucho. De hecho, suma más culpabilidad a la que ya siento. Si me hubiera preocupado, si hubiese hablado con su familia, quizá podríamos haber pospuesto la gira, pero sé que Ryan estaba loco por empezarla. El tiempo que estuve en Rose Lake con todo parado fue un infierno para él y, aunque ahora, en perspectiva, sea horrible decirlo, nunca lo había visto tan feliz como durante esta gira.

Ya no se trataba de las drogas, sino de la música. Ryan sí vivía para la música. Cuando se sentaba detrás de la batería, podías ver a un chico completamente feliz. Alcanzó con un solo instrumento lo mismo que alcancé yo con mi voz, mi guitarra y Maia a mi lado. Fue feliz muchas veces, cada noche que subió al escenario. El problema radicó en que no supo manejar la felicidad ni la manera de celebrarla.

Aun así, no puedo culparlo, porque yo... debería haber estado más pendiente. Debería haber frenado todo esto cuando tuve ocasión.

El entierro acaba y yo doy media vuelta mientras me aflojo el nudo de la corbata. El médico me ha recomendado no caminar mucho por mis costillas fracturadas, quizá por eso me cuesta tanto respirar.

O quizá sea que últimamente siento que me asfixio con todo.

Vuelvo a casa con el mismo chófer que me ha traído aquí, si es que el apartamento que tengo alquilado en Los Ángeles puede considerarse así. No quiero ir a la recepción del funeral. No quiero hacer nada más salvo encerrarme, beber y poner la música tan alta que no pueda oír mis pensamientos. Me encantaría tocar la guitarra, pero me partí el estúpido brazo en el estúpido accidente. Y todavía se supone que tengo que estar agradecido por no haberme matado porque, pese a todo, no quiero morir, pero lo único que siento es ira. Una ira que me consume porque sé que he tomado cientos de decisiones equivocadas.

Entro en el edificio, saludo al portero y, cuando estoy a punto de entrar en el ascensor, este me frena.

—Su familia ha llegado, señor Hyland.

Cierro los ojos, frustrado. Mierda, no estoy listo para enfrentarme a mi madre y a mi hermana. De verdad que no. Sé que se preocupan por mí, pero ahora mismo lo único que quiero es estar solo y regodearme en mi propia mierda.

¿Por qué no debería hacerlo? Tengo todo el derecho del mundo, joder.

Aun así, asiento, le doy las gracias y entro en el ascensor. Presiono el botón de mi planta y me encamino hacia mi apartamento pensando en la mejor manera de decirle a mi madre y a Chelsea que agradezco su visita, pero que pueden volver a Rose Lake cuando quieran. No tengo ningún interés en hablar de lo que siento ahora mismo.

Abro la puerta y me quedo completamente paralizado cuando veo sus ojos. Son más azules que nunca, tanto como el lago de Rose Lake en verano, aunque ahora estén cargados de lágrimas. Maia se queda a una distancia prudencial mientras mi madre y mi hermana, a las que aún no había visto, se acercan y me abrazan con cuidado de no hacerme más daño.

—Mírate —dice mi madre a punto de llorar—. Kellan, cariño, necesitas descansar.

Trago saliva mirando a mi madre. Sé que para ella esto es especialmente difícil. Mi padre se mató en un accidente y su hijo parece empeñarse en seguir sus pasos. La entiendo, pero de verdad que no sé cómo explicarle que no pretendía matarme sin que suene coherente. Lo cierto es que pisé el acelerador y, por unos instantes, me olvidé de todo lo demás.

—Necesito sentarme —susurro antes de caminar hacia el sofá.

Maia sigue de pie, mirándome. Solo eso, mirándome. Y es tan jodido e increíble que solo con eso sepa ver dentro de mí que desvío mis ojos por miedo a que vea hasta qué punto mi vida se ha convertido en un desastre.

—No te preocupes, hermanito —oigo que dice Chelsea—. Cuidaremos de ti y en unos días estarás como nuevo. Incluso podrías plantearte viajar a Rose Lake durante un tiempo. Para recuperarte y descansar.

Miro a Maia. Sigue sin decir nada, así que vuelvo los ojos hacia mi hermana. No sé si es buena idea decirle que, en realidad, hasta hace solo unos días tenía pensado renunciar oficialmente y volver a Rose Lake con ellas.

Con Maia.

Quería componer para otros y para mí mismo, pero sin subirme a más escenarios que el del restaurante de Max. Quería seguir pegado a la música, pero de otro modo. Quería vivir la vida de una manera más feliz y tranquila. Quería una vida que ahora no merezco.

—Te he llamado muchas veces para avisarte de que yo también venía —dice finalmente Maia—, pero no me contestabas. —Su tono es tan triste que consigue, sorprendentemente, partirme por dentro más de lo que ya lo estoy.

—Han sido unos días... complicados.

Soy consciente de que las tres miran las botellas de cerveza vacías que hay en la mesa de centro.

Sí, eso es lo que ha habido en mi vida desde que volví.

Alcohol, los recuerdos de Ryan invadiéndolo todo y silencio. Un silencio tan atronador como el más ruidoso de los conciertos.

—He hablado con el médico —comenta mi madre—. Dice que podrás viajar siempre y cuando lo hagas sin cargar peso. De hecho, le ha parecido buena idea que viajes a Rose Lake. La naturaleza te hará bien.

No quiero volver a Rose Lake.

O sí. Sí quiero, pero no me lo merezco.

Merezco quedarme aquí y regodearme en mi propia mierda tanto como sea posible.

—No quiero volver —anuncio sin más—. A mí no se me ha perdido nada en Rose Lake.

Mi madre y mi hermana guardan silencio, sorprendidas, pero Maia...

El modo en que Maia me mira...

Joder, voy a necesitar reencarnarme decenas de veces solo para compensar el daño que acabo de hacerle.

74

Maia

Este no es él. No es el Kellan que yo conozco.

No sé qué esperaba al venir aquí. Imaginaba que estaría roto, a juzgar por el accidente que tuvo y el modo en que Ryan ha muerto, sin contar con el revoloteo que todo esto ha causado en la prensa. Esperaba verlo triste, pero está más allá de la tristeza. Kellan está enfadado con el mundo, herido, despojado de la empatía que lo hacía tan especial.

Que diga que no se le ha perdido nada en Rose Lake me duele, pero no porque lo crea, sino porque pienso que, en realidad, ahora mismo no se le ha perdido nada en ningún sitio. Intenta hacerse a la idea de un mundo sin Ryan y, a juzgar por lo que veo en su apartamento, ha elegido el método menos recomendado. No puedo juzgarlo, pero está muy equivocado si piensa que su madre, su hermana o yo vamos a marcharnos sin antes asegurarnos de que está lo bastante repuesto como para no hacer el idiota bebiendo y no entrar en un bucle que lo perjudique más de lo que ya está.

—Es una lástima que no quieras volver a Rose Lake, pero bueno... En ese caso nos tocará acomodarnos aquí.

Dawna empieza a limpiar la mesa de botellines vacíos mientras su hijo la mira con los ojos como platos.

—¿Aquí?

—¿Dónde si no? —replica ella—. Hijo, he venido a cuidarte. No voy a alojarme en un hotel para eso. Sería muy incómodo.

Kellan me mira, como si yo tuviera que salvarlo de lo que sea que piense que está pasando.

—Estoy de acuerdo con ella. —He elegido la respuesta incorrecta a juzgar por cómo se le entrecierran los ojos—. Solo queremos ayudarte.

—Estoy bien.

—¿Lo estás? —pregunto un tanto irónica—. Yo te veo un poco malhumorado.

—Vengo de enterrar a mi amigo. Se me permite estar malhumorado.

—Eh, Kellan, sentimos muchísimo lo de Ryan, pero aquí nadie tiene la culpa —le recuerda su hermana.

—Está bien, Chels —susurro—. Es normal que esté nervioso. Mejor ordenamos esto y nos preparamos para la cena.

El primer problema viene con la elección de dormitorios. Hay dos dormitorios, cada uno con una cama de matrimonio y, aunque tengo confianza con Dawna y Chelsea, no tengo tanta como para dormir con ellas, sin contar con lo incómodo que sería.

La opción de dormir con Kellan, teniendo en cuenta que parece no estar muy contento con mi visita, tampoco la considero.

En realidad, me duele, aunque no deba ser así. Sé que está atravesando un duelo, pero hasta hace nada hablábamos por teléfono de bañarnos desnudos en Rose Lake. Es decir, no soy una amiga más, pensé que no lo era. Pensé que era... especial.

Y es una mierda. De verdad, es una mierda enorme haberme sentido especial y ser consciente ahora de que no es así. De todos modos, intento recordar lo enfadada que estaba yo con el mundo cuando murió mi abuelo.

Si algo he aprendido en estos años es que hay distintos tipos de duelo. Incluso Kellan, cuando lo conocí, atravesaba uno por su padre. No era tan reciente, claro, supongo que ya había pasado las primeras fases y solo le quedaba la nostalgia y la tristeza, pero aun así me impacta encontrarlo tan enfadado. Creo, sin querer jugar a las psicólogas, que es posible que esté culpándose un poco por lo que ha sucedido.

Como digo, no soy psicóloga ni psiquiatra. Solo hablo por lo que conozco de Kellan, que no es poco. Al final, la única verdad indiscutible de todo esto es que necesita ayuda. Ayuda profesional. No lo he dicho en voz alta porque no sé qué pensarán Dawna y Chelsea, pero esto no viene de ahora.

Hay que recordar que es la segunda vez que detienen a Kellan este año por exceder los límites de velocidad. Hay en él una tendencia peligrosa a conducir sin control cuando algo le afecta profundamente. Puede que tenga que ver que su padre muriera en un accidente de tráfico... o puede que no. No lo sé. ¡Y por eso necesita ayuda! Necesita a alguien que sepa determinar si está siguiendo algún tipo de patrón autodestructivo o no, porque si algo tengo claro es que yo solita no voy a averiguarlo.

Si busco en Google, probablemente me diga que toda mi familia tiene cáncer. He aprendido a no buscar en internet soluciones para todo y dejar que los profesionales de verdad se ocupen de ciertas cosas.

El problema es exponer mi punto de vista sin que Dawna y Chelsea se sientan violentas y Kellan quiera echarme de su casa. Así que, mientras averiguo el modo de hacerlo y dejo pasar el tiempo para observar a Kellan de cerca, lo mejor que puedo hacer es dormir en el sofá y guardar silencio.

Tres días después, cuando se hace evidente que Kellan no tiene ningún interés en hacer esto de una manera saludable, aprovecho que su madre lo ha obligado a salir a comprar pan para hablar con ella y Chelsea.

—No está bien.

—No lo está —conviene Dawna rascándose la frente—. Y creo que parte del problema es que estamos aquí.

—Pero no podemos dejarlo solo —repone Chelsea.

—No, pero entre las tres estamos agobiándolo.

Dawna me mira y, de inmediato, me siento cohibida.

—Quizá debería marcharme —murmuro.

No quiero irme, de verdad que no quiero, pero, siendo sincera, lo único que he hecho estos tres días es mirar el modo en que Kellan se encierra en su dormitorio a escuchar música alta y beber cuando piensa que no nos damos cuenta. Apenas habla con nosotras, no puede tocar la guitarra por el brazo roto y, desde luego, no está cuidándose la voz como debe, pero cada vez que le decimos que cambie una cerveza por una infusión da un portazo. Está siendo un grano en el culo, sinceramente, y si hubiera sido otra persona ya le habría puesto las cosas claras, pero se trata de Kellan. Las cosas nunca son fáciles cuando se trata de él. De nosotros. No puedo entrar en su habitación y gritar sin más que está siendo un cretino cuando sé que él no es así y posiblemente esté hablando por él su dolor.

—Yo hablaba más bien de que nos marcháramos nosotras —dice Dawna.

—No. —Niego con la cabeza—. No, mi presencia es la que más le molesta aquí.

Ellas guardan silencio. Saben que tengo razón. Por algún motivo, Kellan ha decidido odiarme.

He intentado pensar que no, que es el dolor que siente, pero lo cierto es que, después de tres días, apenas me ha dirigido la palabra. Mientras que a su madre y a su hermana les ha dedicado algunas sonrisas, sobre todo después de alguna salida de tono especialmente borde, conmigo no ha tenido esa consideración.

Lo respeto, estoy invadiendo su espacio y esto es... demasiado. Es demasiado para los dos, posiblemente porque no tuvimos una conversación que dejara claras las cosas. Me limité a pensar que no necesitábamos una etiqueta, que simplemente éramos Maia y Kellan y con eso bastaba. No sé, pensé que nos veríamos algunas veces, cuando él fuese a Rose Lake. Nunca contemplé el hecho de que la vida es larga y no se compone solo de los momentos felices en que pudiéramos estar juntos. Algún día, él podría conocer a alguien, o podría hacerlo yo, pero no tuvimos absolutamente ninguna conversación de qué hacer al respecto. Nos hemos dejado llevar al cien por cien por los sentimientos y ahora, si sigo esa misma norma y le hago caso a mi instinto, es hora de volver a casa. Es evidente que él no quiere que esté aquí y, por más que yo quiera ayudarlo, no pienso hacerlo a costa de imponerle mi presencia. Se lo digo así a Dawna y Chelsea, y luego me voy al salón a hacer la maleta.

Para cuando Kellan vuelve, ya lo tengo todo recogido y preparado junto a la puerta.

—¿Te vas? —pregunta en un tono tan sorprendido que entrecierro los ojos.

¿De verdad está sorprendido? Joder, ¿en qué mundo ha vivido estos días? Intento mantener presente todo lo ocurrido y que está atravesando una etapa difícil, así que, cuando Chelsea y Dawna salen del apartamento con una excusa tonta que ni siquiera retengo, encojo los hombros.

—Es evidente que no quieres que esté aquí, así que sí, me voy.

—Tú no lo entiendes...

Su voz... Me duele, me rasga por dentro y, en un último intento de comprenderlo, trago saliva y hablo en un tono calmado:

—Explícamelo, entonces.

Él camina primero de un lado al otro del salón, como si no encontrara las palabras adecuadas. Yo guardo silencio, para darle espacio y tiempo. Al final, tras unos segundos eternos, habla.

—Iba a dejarlo todo. —Sus palabras me sorprenden—. Tenía pensado volver a Rose Lake, estaba convencido de que había rozado el cielo con la punta de los dedos, pero no tenía sentido alargarlo más. Quería componer desde casa, una casa que fuera tuya y mía. —Habla con tanta certeza que es imposible que dude de esos planes. Es como si los hubiera estudiado una y otra vez y los supiera de memoria. Eso hace que se me rompa el corazón, porque soy muy consciente de que está hablando en pasado—. Quería abrazarte cada noche y mandar postales a todos los amigos que he hecho aquí por Navidad. Quería mandar una puta postal a Ryan con una foto nuestra abrazando a Willow, por ejemplo, y que me respondiera con otra suya bebiendo cerveza o montando un trío. Así era como tenía que ser. Y ahora él no está. Todo se ha ido a la mierda y yo, simplemente, no sé si debería volver al único sitio que me hace feliz con la única mujer que alguna vez he querido de verdad.

Que admita que me quiere es algo tan sincero como doloroso, porque no lo ha hecho en un contexto bonito. Le duele quererme casi tanto como le duele desear cosas bonitas.

—¿Por qué? —pregunto rota.

—¡Porque no sería justo! ¡Porque no me lo merezco, joder! ¿Cómo voy a volver? ¿Cómo voy a ser feliz si no soporto la idea de sonreír porque siento que es una traición a su memoria?

—No, Kellan, por favor... Ya pasaste esto. Cuando tu padre murió...

—Es distinto.

—No lo es.

—Mi padre no murió por mi culpa.

—¡Ryan tampoco!

—Estaba descontrolado, Maia. Tú lo viste y yo también. ¿Sabías que su familia insistía en que se fuera a rehabilitación incluso antes de empezar la gira? —Lo miro en silencio, consternada—. Yo no lo sabía. Y no lo sabía porque no me importaba. Pensaba que se excedía, pero lo dejé estar y asumí que no era mi responsabilidad.

—Es que no lo era.

—¡Se murió en mis brazos! Se murió en mis brazos convulsionando —explica mientras empieza a llorar y me destroza el corazón—. Y luego cogí una furgoneta en un país extraño, conduje durante kilómetros por el carril equivocado porque ni siquiera recordaba que en Dublín conducen por la izquierda. Me di cuenta porque un coche venía en sentido contrario y tocó el claxon como un loco. Era un taxista. Tiene dos hijas de diez y ocho años y esa noche casi lo mato. Casi hago que dos niñas pequeñas pasaran por lo que pasé yo cuando mi padre se mató. ¿Qué clase de persona hace eso?

—Estabas consternado —le digo incapaz de contener las lágrimas.

—No es excusa, Maia. ¡No es excusa! —Se aprieta los ojos y lo veo tan desesperado que me asusto—. Esa noche Ryan murió y yo por poco mato a alguien. ¿Y ahora quieres que vuelva a Rose Lake y haga como si nada?

—No, que hagas como si nada, no. Quiero que vuelvas y dejes que tus seres queridos te ayuden a sanar.

—¿Y si no podéis? ¿Y si ya nadie puede? —Las lágrimas vuelven a agolparse en sus ojos y niega con la cabeza—. Te quiero, te quiero tanto que estoy seguro de que no voy a dejar de hacerlo nunca, ¿sabes?

—Kellan...

—Y por eso no puedo volver contigo. No puedo volver contigo porque te quiero demasiado para hacerte pasar por esto. Te quiero demasiado como para hacerte daño otra vez.

—No hagas esto —suplico— Vuelve conmigo.

—Quiero, te juro que quiero, Maia, pero, si me voy contigo ahora, vas a llevarte una versión de mí mismo que no quiero. Una versión que está matándome por dentro.

—¿Y por qué no dejas que eso lo decida yo, Kellan? —pregunto alterada—. ¿Por qué no permites que seamos nosotros, tus seres queridos, los que decidamos cuándo hemos tenido suficiente? ¿O quizá tu miedo es precisamente ese?

—No es...

—No voy a dejarte. No voy a abandonarte. Te juro que no tengo intención de morirme y dejarte solo.

Sus lágrimas se descontrolan y siento que el corazón se me rompe, porque ahí está. El dolor en lo más profundo, la pena por la pérdida de las personas que quiere. El pensamiento de que, cada vez que ha estado cerca de rozar la felicidad permanente, alguien se ha ido para siempre.

—No sé si puedo ser digno de lo que la gente espera de mí.

—Entonces olvídate de lo que esperan.

—¿Y tú...?

—Yo solo espero que vuelvas. Solo espero que me cojas la mano y vuelvas. Desde ahí, iremos día a día, paso a paso. —Él se queda en silencio y me acerco a su lado con cautela, como quien se acerca a un león que está a punto de perder el control y abandonarse a su instinto de atacar—. Ya te dejé marchar una vez. Te empujé a hacer lo que creía correcto y aprendí a vivir con cientos de preguntas luego. ¿Había hecho bien? ¿Debería haber dejado que tú eligieras? ¿Debería haber dejado claro que te quería antes de pedirte que te marchases? Por alguna razón, tantos años después, hemos vuelto al punto de partida, pero esta vez no voy a decidir por ti. Quiero que vuelvas y puedo asegurarte que nunca voy a soltarte la mano si me la coges, pero no voy a ordenártelo, no voy a obligarte a hacer algo que no quieres.

—No es que no quiera... —dice con voz ronca.

—Voy a volver a Rose Lake, Kellan. Voy a volver a mi hogar, a nuestro hogar, y voy a esperar que tú quieras volver, pero si no quieres... no pasa nada. —Quedaría mejor si no se me rompiera la voz y las lágrimas dejaran de salir a borbotones de mis ojos, pero, aun así, consigo acabar—: Si decides que tu vida finalmente está lejos de Rose Lake y lejos de mí, lo entenderé.

—¿Y ya está? —pregunta, compungido—. Si no vuelvo, ¿qué? ¿No habrá rencor ni malos deseos?

Guardo silencio un instante, meditando sus palabras. Siento el dolor como una losa pesada apretándome el pecho.

—Sin rencor y sin malos deseos —admito—. Porque estoy segura de que te voy a querer toda la vida, Kellan Hyland, pero no te voy a esperar toda la vida.

75

Kellan

Dos meses después

Una vez, no hace mucho, alguien muy sabio me dijo que lo mejor que podía hacer por la gente que quiero es sanar. Sanar de verdad, desde dentro, antes de tomar decisiones que cambiaran completamente el rumbo de mi vida.

He necesitado la ayuda de Brody, que fue quien dijo esas palabras, para tocar fondo y, finalmente, levantarme un día y tomar una decisión. Lo único que tenía claro era que no podía seguir así.

Ahora, mientras espero que mi maleta salga por la cinta transportadora, puedo decir que, pase lo que pase en el futuro, he hecho las cosas de la manera adecuada. Esta vez, sí.

—¿Estás seguro de que quieres hacerlo así?

Miro a mi amigo Brody, el faro incansable en todos mis naufragios, y asiento.

—Sí, lo estoy.

—Ella no sabe nada, tal como me pediste, pero no sé si la sorpresa le gustará o no.

Inspiro. Lo sé. No soy tan imbécil como para esperar que Maia me reciba con los brazos abiertos después de llevar dos meses desaparecido de la faz de la Tierra.

Sesenta y dos días, para ser más exactos.

Me gustaría decir que he hecho las cosas bien todo el tiempo, pero lo cierto es que los primeros quince días los pasé haciendo el capullo. Con motivos, sí, pero eran los equivocados.

Después de que Maia se marchara, me volví un ser humano especialmente insoportable. Mi madre y mi hermana me dejaron muy claro lo que opinaban de mi comportamiento y volvieron a Rose Lake solo dos días después. Me encantaría decir que ese fue el punto de inflexión, pero... no lo fue.

El punto de inflexión vino, de nuevo, de la mano de Brody.

Brody, que se presentó en mi casa acompañado de Ashley.

Ella me insultó mucho, él intentó aconsejarme.

Ella me insultó de nuevo.

Y él volvió a intentar aconsejarme.

Pasados unos días, los dos me insultaron y Brody, además, me dejó clara su postura: yo no era bueno para Maia ni para nadie en ese estado. En eso tenía razón, pero porque necesitaba ayuda. La necesitaba desde tiempo atrás.

Me enfadé como nunca. Grité y los eché de mi casa.

Sí, en menos de un mes perdí a un compañero y amigo por sobredosis y conseguí echar de mi casa y de mi vida a la mujer que amo, a mi madre, a mi hermana y a mis mejores amigos. Deberían darme una medalla por imbécil.

Cuando finalmente me quedé solo, pasé una noche entera consumiendo alcohol. Hasta que no me vi pensando en comprar algo de éxtasis, no me asusté. Me asusté mucho porque reconocí por fin las señales.

No era porque Ryan estuviera muerto, era porque tenía una predisposición insana a volcar mis sueños y frustraciones en el exterior, en vez de en mí mismo.

Me fui de Rose Lake hace siete años porque Maia no quería verme, pero tampoco luché por verla yo. No protesté. No me quejé. Simplemente acaté lo que ella me pedía porque pensé que sabía mejor que yo mismo lo que me haría feliz.

Alcancé el reconocimiento en la música, me gané una gran fama que más tarde eché a perder por ir con la gente equivocada y tomar decisiones estúpidas. Y podría decir que lo hice porque me lo dijo Ryan, pero lo cierto es que no.

Ni Maia ni Ryan ni Brody ni nadie debería tener el poder de guiar mi vida. Nadie, salvo yo. No, ellos no eran los malos, ellos no tenían la culpa porque fui yo quien se olvidó de los límites.

Permití que me dijeran qué era lo que me hacía feliz porque era más sencillo eso que admitir que, en realidad, tenía dinero, fama y todo lo que cualquier otra persona pudiera desear, pero no era lo que yo quería.

Que estuviera cumpliendo el sueño de mucha gente no me obligaba a quedarme en él.

Me acordé del Kellan adolescente que asumió que iba a quedarse con el taller de su padre. Pensé si ese era mi verdadero yo, pero resultó que no, porque estaba haciendo, otra vez, lo que pensé que haría feliz a mi madre.

Esa noche sentado en el suelo de mi apartamento, las horas pasaron lentas y los recuerdos dolieron como nunca. Pero después de analizar al detalle mi comportamiento en los últimos años, llegué por fin a dos conclusiones:

1. Necesitaba a alguien que hiciera de guía fuerte e imparcial y me ayudara a entender mi cabeza y lo que me pasaba. Alguien que me enseñara a gestionar lo que estaba sintiendo, que era mucho y malo en un gran porcentaje. Necesitaba a alguien especializado en salud mental.

2. Cuando lo consiguiera, cuando de verdad supiera qué demonios iba a hacer con mi vida, intentaría arreglar las cosas con la única persona que estaba seguro de querer en mi futuro cada día.

Llamé a mi agente, le pedí que me buscara una casa alejada del mundo, pero cerca de un buen especialista en salud mental. Con ello le di la alegría de su vida, porque estaba hasta las narices de mí y de mi comportamiento. Tres días después, estaba instalándome en una casita a las afueras de Pacific Grove.

He dedicado mis días a hacer deporte, comer bien, escribir mucho, hacer terapia y conocerme a mí mismo. Sin nadie alrededor que pudiera decirme si tomaba o no las decisiones correctas. Es sorprendente, las respuestas a mis preguntas empezaron a llegar relativamente pronto.

Lo primero que tuve claro es que mi hogar estaba en Rose Lake. Eso no fue difícil, en realidad. Mi gran sueño no es estar en los escenarios, pero tampoco en el taller. Mi sueño es hacer música con mi guitarra y mi piano en la intimidad de mi pueblo y lanzarla al mundo, pero sin exponerme yo. Subir al escenario del restaurante de Max por placer y cantar solo para hacerme feliz a mí y, de paso, a la gente que me importa.

Mi sueño es la música, pero no la fama.

Mi sueño es cantar, pero no para miles de personas.

Mi sueño es escribir letras sin parar, pero hacer que viajen en las voces de otros y otras.

Mi sueño, en realidad, es lo que estaba a punto de cumplir cuando Ryan murió. Cuando se marchó, todo se descolocó, perdí el norte y empecé a creer que no merecía cumplirlo. Me fustigué y me castigué por algo que, en realidad, no es culpa mía. Aprendí que el duelo es una cosa y castigarnos en vida es otra que, además, no sirve para nada, porque no voy a traerlo de vuelta con eso.

Igual que no iba a traer de vuelta a mi padre al llevar su taller, aunque no me gustara.

Cuando lo tuve claro, me aseguré de que mi psicóloga me ayudara a seguir la terapia en línea y empecé a preparar mi vuelta a Rose Lake. Llamé a Brody, le avisé de mis planes y aquí estamos, en el aeropuerto, recogiendo mis maletas y a punto de volver a casa.

El camino se hace largo y, al mismo tiempo, demasiado corto. Observo el bosque nevado a lo lejos, cuando no es más que una mancha verde y blanca. Me deleito en las cabañas que empiezan a verse desperdigadas justo antes de adentrarnos en el puente y de que Rose Lake aparezca ante mí más pintoresco y bonito que nunca.

Los árboles han perdido las hojas, el lago está congelado, muchos tejados tienen demasiada nieve encima y la gente está dentro de sus casas, a salvo del frío invierno. Pero eso no evita que piense que es el lugar más bonito del mundo.

Voy a quedarme aquí el resto de mi vida. Voy a participar en el club de lectura, me pondré jerséis tejidos a mano y que pican un montón en Navidad solo para contentar a mi anciana vecina, partiré leña en el concurso del próximo Festival de Otoño y construiré en la puerta de mi casa, cuando la tenga, uno de esos buzones para libros para inscribirlo en el concurso de Navidad. Voy a refugiarme en mi comunidad con la esperanza de que las heridas cada vez duelan menos y cicatricen mejor.

Y voy a dedicar mis días a hacer que Maia Campbell-Dávalos sienta que soy lo bastante bueno para ella, si es que consigue aceptarme de nuevo.

Sé por Brody y Ashley que no ha empezado a salir con nadie. Tampoco podría haberla culpado si lo hubiera hecho. Nuestra despedida no fue bonita, pero mantengo la esperanza en lo que me dijo.

Intento animarme pensando que dos meses no es tanto tiempo, ¿no? Aunque, conociéndola, imagino que está bastante enfadada y decepcionada conmigo.

—¿Y bien? ¿A dónde quieres ir primero? —pregunta Brody.

—A casa de mi madre. Quiero abrazarlas a ella y a Chelsea.

Después de cómo me porté, es lo menos que puedo hacer. Brody asiente, conduce en silencio y le sube el volumen a la música lo suficiente como para que los vecinos nos miren al pasar.

Todos, sin excepción, alzan la mano y me saludan como si fuese el hijo pródigo volviendo a casa. A todos les devuelvo el saludo con una inmensa sonrisa.

Brody aparca frente al taller, que ahora mismo está cerrado, pero me prometo a mí mismo entablar conversación con el nuevo dueño y hacerle saber que me gusta que lo que mi padre empezó siga viento en popa, aunque no sea con alguien de la familia. De hecho, debería quitar la nieve que se amontona en la entrada como señal de paz y un intento de ser amistoso.

El reencuentro con mi madre y Chelsea es bonito. Mi hermana se ríe de mí y dice que soy más adolescente que ella. Pongo los ojos en blanco y, al final, las dos lloran cuando las informo de que no voy a irme más. Willow, por su lado, salta como la cachorra que sigue siendo, aunque su peso y altura ya sean considerables.

—No seas un creído, solo lloro porque ahora voy a tener a alguien que intente controlarme todos los días —dice Chelsea sorbiéndose la nariz.

Me río, le remuevo el pelo y le guiño un ojo.

—En realidad, espero que no me lleve demasiado tiempo encontrar casa propia.

—No puedo creer que de verdad vaya a tenerte cerca otra vez —susurra mi madre, aún emocionada.

—Créelo. Estoy aquí y no pienso ir a ninguna parte. Y ahora, ¿qué tal si lo celebramos con un chocolate caliente? Fuera hace un frío infernal.

—Con el permiso de la señora Hyland —dice Brody—. No hay mejor chocolate caliente en Rose Lake que el de Vera Campbell. Sigue siendo inmejorable.

—Cuando tiene la razón, la tiene —declara mi madre riendo—. Por cierto, has llegado a tiempo de unirte al último debate del pueblo. ¿Deberían Ash y Brody ofrecer un menú vegetariano solo porque Maia lo es o debería Maia adaptarse y comer lo que pueda en la boda y ya está?

—¿Eso es motivo de debate?

—El sheriff Adams dice que cada uno debería ofrecer lo que quiera en su boda, pero muchos vecinos...

—A la mierda lo que opinen los vecinos —suelta Brody—. Ash y yo ofreceremos lo que queramos. ¡Es nuestra boda!

—Ya, pero es la primera boda en Rose Lake después de mucho tiempo, cielo —insiste mi madre.

—¡Sigue siendo nuestra boda! Solo nosotros decidimos.

Chelsea se ríe y yo me muerdo una sonrisa. En realidad, por mucho que mi amigo tenga razón, las cosas en Rose Lake son de todo el mundo. Si han decidido tener un debate acerca de la comida vegetariana, no va a terminarse hasta que una de las dos partes ceda.

—Además, no hay necesidad de ser extremista —añado, intentando calmar los ánimos—. Maia puede comer un menú especial y el resto el que los novios decidan.

—¿Y eso no será discriminación positiva? —plantea Chelsea.

—Discriminación mis cojones —murmura Brody—. ¿Vamos a por el chocolate o no?

Me río y salimos de casa después de que mi madre y Chelsea se abriguen bien y le dediquemos algunas carantoñas a Willow, que se va a dormir a su camita en el salón. Hacemos el camino a pie, porque estamos prácticamente al lado y, aunque no sepa a ciencia cierta si Maia está en el restaurante, no puedo evitar sentirme agitado y algo preocupado.

—Irá bien —me susurra mi madre mientras Chelsea y Brody van delante, aún discutiendo acerca de los preparativos de la boda—. ¿La has llamado en este tiempo?

—No —admito.

—¿Ni siquiera un mensaje?

Guardo silencio, de pronto mi decisión de mantenerme alejado de todos, incluyéndola a ella, hasta aclararme la mente empieza a perder fuelle.

Recuerdo entonces todos los consejos de mi psicóloga y carraspeo, intento mostrarme y sentirme seguro. De verdad que necesitaba este tiempo a solas, lo que no es indicativo de que Maia haya tenido que esperarme. No es así. Ella tiene todo el derecho de hacer su vida sin mí. Sin reclamaciones y sin quejas, pero, aun así, no negaré que estoy rezando para que todavía piense que soy el hombre al que va a querer toda la vida.

Entramos al restaurante y me alegra como pocas veces ver prendida la enorme chimenea del saloncito que hay a la entrada. El calor es reconfortante y el lugar está relativamente lleno. Si algo bueno tenemos en Rose Lake es que, al no disponer de muchos lugares de ocio, tomamos los que tenemos como centro de reuniones y, de este modo, es fácil dar con la gente rápido. A no ser que alguien haya ido a la ciudad, todo el mundo pasa por aquí en un momento u otro del día.

—¡Kellan! —El pastor Harris se acerca a mí con una ancha sonrisa—. ¿Cómo estás, hijo?

—Muy bien, gracias, ¿y usted?

—Todo bien. Todo bien. ¿Vuelves a casa de vacaciones?

—En realidad, no. Me quedo a vivir aquí.

—¡Fíjate! —Me da palmaditas en el hombro y suspira, como si estuviera realmente satisfecho—. Es un honor. Solo espero que no me causes demasiados problemas. Siempre fuiste bueno, pero te has ganado una fama estando fuera que...

—No tengo ninguna intención de causar problemas —le aseguro.

—Bien, bien. A ver si te veo algún domingo en la iglesia. Después de misa, seguimos haciendo el bingo benéfico. Ahora estamos recaudando dinero para arreglar el gimnasio del instituto municipal. Han salido unas goteras muy feas. Estaría bien que alguien con tus medios echara una mano.

—Por supuesto. Me pasaré a ver las goteras en unos días, y también por la iglesia.

Sé que, para cualquier otra persona, sería un modo descarado de pedir dinero, pero también sé que, si mañana necesito algo, lo que sea, los vecinos de Rose Lake no dudarán en arrimar el hombro del modo que sea. No todos tienen dinero, la gran mayoría es humilde, pero todos aportan algo valioso al pueblo. Trabajo, voluntariados, incluso, a veces, simplemente un oído que sepa escuchar a alguien. Lo importante para vivir en Rose Lake no es cuánto tienes, sino cuánto de ti estás dispuesto a entregar.

Y hablando de entregar... El dueño del restaurante y padre de Maia, Max, se acerca a nosotros y me palmea la espalda con simpatía. Lo hace como si no pasara nada cuando sé, sin dudar, que Maia le habrá contado el modo en que la traté la última vez que nos vimos.

—¿Cómo va todo?

—Bien, todo bien.

Puede que yo esté a punto de cumplir veinticinco años, pero me siento tan avergonzado como cuando era niño y me pillaba cometiendo una trastada. Max me mira durante un tiempo que se me antoja eterno y, finalmente, me vuelve a dar golpecitos en la espalda y señala el escenario.

—Te fuiste y me dejaste un concierto pendiente.

—Bueno, he vuelto para quedarme, así que podré ofrecerlo un par de veces, puede que tres a modo de recompensa.

—A mí me sirve.

Me río, pero justo en ese instante la puerta del restaurante vuelve a abrirse. Maia entra, riendo a carcajadas de algo que ha dicho Hunter, nuestro amigo, mientras se quita un gorro de lana con un pompón enorme.

Tarda un poco en verme, de hecho, lo hace antes nuestro amigo. Hunter me abraza y me habla de algo relacionado con fuegos artificiales silenciosos. Suena absurdo, pero igual no me estoy enterando bien. Probablemente sea porque estoy concentrado en los ojos azules que me observan con sorpresa, intriga y algo de recelo.

Por fin ha llegado la hora de la verdad.

76

Maia

Suena «Gonna Be Okay» de Brent Morgan. Podría decir que es apropiado, pero sé que es algo más que eso. Mis padres y Steve se han encargado de hacer sonar esta canción al menos dos veces al día desde hace dos meses. Especialmente cuando yo estoy por aquí. También me hacen tortitas sin que lo pida y me proponen un montón de excursiones que tienen como único fin distraerme.

Es raro, la primera vez que Kellan se marchó, pensé que mi corazón roto no sanaría nunca. Lo quería con tal intensidad que de verdad llegué a convencerme de que no sería capaz de querer más. Entendí, con el tiempo, que eso no era así. El amor no es algo que desaparezca de un momento a otro y, aunque no fuera igual de intenso, podría volver a enamorarme.

Más tarde él volvió y retomamos nuestra relación, si se le pudo llamar relación alguna vez, ya como adultos. Volví a sentirlo: el tirón constante en las entrañas, la sensación de estar justo donde debía estar solo porque él estaba conmigo, daba igual la ciudad en la que nos encontrásemos.

Cuando Ryan murió, todo se fue al traste. Esa vez, comprendí que no iba a morir de desamor, aunque estaba igual de enamorada o posiblemente más. Pero lo comprendí porque entendía que Kellan no es un ser perfecto y, de hecho, se aleja bastante de eso. Conseguí sonreír gracias a ese pensamiento, pero eso no evitó que, por las noches, en la soledad de mi cama, pensara en él y me preguntara si él también pensaba en mí.

¿Me habría desterrado con tanta facilidad de su vida?

Opté por el extremo contrario al de la primera vez, cuando no quería que nadie me hablase de él ni verlo en las noticias. Me pasé muchos días pendiente de unas redes sociales que dejó de actualizar. La prensa habló de él al principio, sobre todo para decir que estaba ilocalizable. Después de unos días, otros personajes llamaron la atención de los periodistas y Kellan dejó de ser noticia. En algunos momentos llegué a pensar que el universo conspiraba contra mí. Cuando no quería saber nada, me llegaban retazos de todas partes y, ahora que quería enterarme de algo, era como si se lo hubiera tragado la tierra.

Pero aquí está, sano y salvo, a juzgar por el buen color de cara que tiene. No lleva gafas de sol, que eran una constante la última vez que nos vimos, y se ha hecho un tatuaje en la mano. Es un detalle tonto, pero no puedo dejar de fijarme. Se ha cortado el pelo. No lo lleva tan corto como en el pasado, pero sí más que la última vez que lo vi.

No tiene ojeras ni hay tormento en sus ojos. No más del normal, en cualquier caso. No parece que esté cargando con el peso del mundo sobre sus hombros. Es... raro. Y bonito. Por difíciles que se hayan puesto las cosas entre Kellan y yo, siempre voy a desearle que deje de sentir presión. Desearé que sea tan feliz como pueda y la vida le dé todo lo que, estoy segura, merece.

Y no es porque sea una gran persona, qué va. Es porque imaginar que está mal me cabrea. Si tenemos que soportar una vida sin estar juntos, lo mínimo que puede hacer a cambio es ser jodidamente feliz.

—Hola —dice al final.

Sonríe un poco, pero está nervioso. Bien, me alegro de no ser la única.

—Hola. —Sonrío de vuelta, pero es una sonrisa tensa y soy consciente.

—Hemos venido a por un chocolate caliente.

Señala a su madre, a su hermana y a Brody. Están sentados en una mesa mientras este último habla por teléfono, posiblemente con Ashley, para que se reúna con todos aquí.

—Genial, mi madre sigue haciendo el mejor chocolate caliente del mundo.

—Cierto. De hecho, nosotros también veníamos a tomar una taza —dice Hunter—. Estaba convenciendo a Maia de invertir en mi nuevo negocio, este que te digo.

Me río. Ni de coña voy a invertir en su negocio, pero Hunter es ideal para distraerse del día a día y el chocolate caliente de mi madre es el mejor del mundo de verdad.

—¿Te gustaría dar un paseo? —pregunta Kellan de pronto. Fuera hace un frío helador y acaba de decir que quiere tomarse un chocolate caliente, así que lo miro sonriendo un poco—. Podemos pedir un par de vasos para llevar.

—Y tomarlos... ¿dando un paseo?

—Sí.

—¿Por la nieve?

Abre la boca como si fuese a decir algo y la cierra al darse cuenta de lo raro que suena.

—Bueno, podemos dar un paseo hasta mi casa. Me gustaría tener una charla contigo.

Es un poco vergonzoso que Hunter y mi padre sigan siendo testigos de esto, pero, aun así, asiento. No puedo negarle una conversación. Tampoco puedo negármela a mí misma. Quiero saber qué hace aquí, aunque la respuesta me dé más miedo que otra cosa.

Mi madre prepara nuestros chocolates y, cuando nos los da, nos guiña un ojo de un modo que hace que me ponga roja. Joder, le ha faltado meterme un condón en la cartera. ¿Qué se piensa? Solo vamos a hablar.

—¿Vamos? —pregunta él.

Asiento y salimos del restaurante. Soy muy consciente de que todos nos miran y también sé lo que piensan y quieren. Lo sé mejor de lo que sé lo que siento yo. Fuera ha comenzado a nevar de nuevo y el frío es tal que alzo los hombros, intentando encogerme y entrar en calor.

Caminamos deprisa hasta la casa de Kellan y, nada más entrar, él señala un armario de la cocina.

—Chelsea sigue teniendo chispitas de todos los colores. ¿Quieres?

—No, gracias —digo sonriendo—. Estoy intentando mantener el consumo de azúcar en niveles aceptables. Mis caderas empiezan a ensancharse peligrosamente.

—Tus caderas son perfectas —susurra él. Cuando me ruborizo, carraspea—. Lo siento, no debí decir eso.

—Tranquilo.

—¿Quieres sentarte? Podemos ir al salón o quedarnos aquí y...

—El salón está bien.

Caminamos hacia el sofá, nos sentamos y, por un instante, pienso que vamos a quedarnos aquí, sumidos en un silencio de lo más incómodo, pero entonces Kellan empieza a hablar.

—Imagino que te preguntarás dónde he estado este tiempo.

—Sí, reconozco que me hubiese gustado saberlo. Tu madre juraba que no tenía ni idea.

—Así es, no se lo dije. Solo le escribí para decirle que estaba bien. Mi agente era el único que conocía mi paradero. —Guardo silencio, porque no sé qué decir al respecto—. He estado en una casita a las afueras de Pacific Grove. Es un pueblo muy bonito, creo que te gustaría.

—Seguro. —Sonrío un poco, pero en realidad quiero que vaya al grano y él lo sabe, porque suspira y asiente, como si intentara darse ánimos.

—Podría decirte que han cambiado muchas cosas en estos dos meses, pero siento que ahora está empezando el cambio de verdad. He aprendido mucha teoría, pero estoy poniéndola en práctica desde hace muy poco tiempo. Sin embargo..., lo estoy intentando. Esta vez de verdad. He estado dos meses haciendo terapia y esforzándome por comprender el porqué de algunas de mis actitudes.

Eso sí consigue sorprenderme. No sé bien por qué. Supongo que esperaba que hubiera reflexionado y recapacitado, pero esto es... real. Ir a terapia es un paso real hacia un cambio. Es una intención casi tangible.

—Espero que te haya ayudado —le digo sinceramente.

—Sí. He aprendido a entender mis propios duelos y mi forma de gestionar algunas cosas. —Le da un sorbo a su vaso de cartón y carraspea—. Mira, Maia, no voy a venderte la moto de que ahora soy un tipo perfecto y digno de ti. Posiblemente no lo sea, pero quiero contarte que, esta vez, he intentado hacer las cosas de la mejor manera que sé para que, cuando oigas que te quiero y no quiero volver a vivir sin ti, no pienses que lo digo en vano o que son promesas vacías. —Hago amago de hablar, pero me corta—: No, no, espera. Sé que venir a pedir otra oportunidad después de dos meses desaparecido es una estupidez. Tú has seguido con tu vida, me dijiste que no ibas a esperarme eternamente y lo entiendo, pero quiero que sepas que he vuelto para quedarme. —Se pasa la mano por el pendiente que lleva en la oreja en un gesto nervioso que me hace sonreír—. He vuelto porque te quiero en parte, no podría negarlo, pero también he vuelto por mí, por mi propia felicidad. He vuelto porque he entendido que, si quiero hacerte feliz algún día, antes tengo que saber cómo demonios hacerme feliz a mí mismo.

Me emociono. Es un razonamiento al que no llega mucha gente, creo. Ser compasivo con uno mismo, entenderse, perdonarse y llegar a quererse antes de dar el paso de querer a alguien más. Parece, de hecho, la opción ideal, pero por lo general, los seres humanos tendemos a volcar nuestras emociones en otra persona y a dejar que ellos se hagan cargo sin pararnos a pensar si eso es justo o no.

—Me alegra mucho que pienses así. Y me alegra mucho, muchísimo, que estés de vuelta en Rose Lake, independientemente de lo que pase con nosotros, porque estoy segura de que este es tu sitio, tu hogar.

Él se queda en silencio, mirándome intensamente. Creo que quiere decirme tantas cosas que, en realidad, no sabe por dónde empezar.

—Te quiero, Maia. Creo que te quise en cuanto te vi la primera vez, con diecisiete años. Estabas jodidamente enfadada, triste y atormentada y yo te vi y pensé: «Ella lo entenderá. Ella sabrá ver mis sombras y convivir con ellas». —Me emociono al recordar nuestro inicio y él se pinza el labio—. Fue injusto. Tú no debías cargar con mi dolor, ni yo con el tuyo, pero así es como lo hicimos. Más tarde me fui, pero mi amor por ti no se fue. No es algo que diga al azar. No es una metáfora. Ahora puedo verlo. Te quedaste conmigo en cada canción que escribía, en cada recuerdo. Me aferré a lo que sentía por ti para salir adelante, incluso cuando solo sentía rabia y te culpaba por haberme echado de tu vida. No quise ver que, en realidad, tú no podías obligarme a nada y, si yo no hubiera querido, no me habría ido.

—Debería haber hablado contigo cara a cara. Debería haber permitido que me visitaras —admito con la voz un poco rota.

—Yo debería haber insistido. Debería haberte dejado claro que no iba a mover un maldito pie antes de hablar contigo, pero no lo hice. Subí a ese coche y me fui porque pensaba que era lo mejor. Porque tenías razón en una cosa: aquí no era feliz. Me intentaba convencer de que bastaría con llevar el taller, pero creo que a la larga mi resentimiento habría hecho mella en nosotros.

—Tu sueño era cantar.

—Mi sueño era crear música, escribir canciones y cantar, pero no a lo grande. El problema era que no lo sabía. Ahora lo sé. Ahora sé que no necesito un estadio lleno con miles de personas porque, si no estás tú sobre él, me siento un poco idiota y solo quiero llegar a casa para poder tocar mi guitarra a solas. Y no, por si te lo preguntas, no es que base mis decisiones nuevamente en ti, es que tengo claro lo que quiero por primera vez en mi vida.

—¿Y qué quieres, Kellan?

—Quiero hacer música aquí, en Rose Lake. Quiero bañarme en el lago en verano y hacer muñecos de nieve en invierno. Quiero hacerte el amor con frío y con calor, porque te quiero y me encantaría descubrir cómo es vivir este amor por ti desde el conocimiento y la madurez. Y me gustaría aún más pararme en diez años y pensar con una sonrisa en esto que te digo, porque entonces mi amor por ti será más grande, más agudo. —Me pasa la mano por la mejilla, donde las lágrimas descienden por mi piel, y las limpia con el pulgar—. Te quise como adolescente, te quise como musa en la distancia y ahora te quiero como un hombre adulto y seguro de lo que desea. Estoy jodidamente seguro de que voy a quererte de un millón de maneras a lo largo de mi vida, Maia, estemos juntos o no. Y, si tú no piensas lo mismo, lo entiendo, pero...

No le dejo que acabe. Me lanzo sobre él con tal ímpetu que derramo nuestros chocolates calientes en su regazo. Kellan maldice y se separa el jersey del pecho mientras lo miro avergonzada, porque yo solo quería abrazarlo y esto es un horror.

—Lo siento, Dios, lo siento tanto. Solo quería...

Esta vez soy yo quien no puede hablar, porque es Kellan quien se abalanza sobre mí. Me tumba y se coloca encima de mí, aplastando el chocolate entre nuestros cuerpos.

—Voy a besarte —susurra con su frente sobre la mía, mientras sus manos me acarician las caderas.

—Bésame, y luego dime de nuevo eso de que vas a quererme toda la vida.

Kellan se ríe, sus labios buscan los míos y, cuando los encuentra, tiene que esforzarse para borrarme la sonrisa de la cara a base de caricias. Enredo los dedos en su pelo y pienso en todo lo que ha pasado hasta ahora.

Es difícil elegir un momento de mi vida con una persona con la que he compartido años, pero, si no me quedara más remedio, elegiría cuando lo vi por primera vez; el sol se le estrellaba en el pelo y me dirigía una sonrisa amistosa. Elegiría ese momento, porque entonces no lo sabía, pero mi vida estaba a punto de cambiar para siempre. Ahora, cuando Kellan deja de besarme, hago que nos separemos y, en vez de reparar en el desastre que hemos provocado con el chocolate, enmarco su rostro con mis manos y suspiro.

—Gracias por ser tan valiente como para reconocer que tenías que cuidar de ti mismo antes de volver aquí e intentar cuidar algo más, aunque sea nuestra relación.

—¿Sigue habiendo una relación entre nosotros? —pregunta, preocupado—. Esa es la pregunta más importante.

—¿No te ha quedado claro?

—Quiero que me lo digas —admite—. Quiero que me digas que, sin importar los problemas que vengan, esta vez los afrontaremos juntos. Quiero que me digas que no tienes miedo a que te deje en la estacada y que confías en mí, aunque no lo merezca.

—Lo mereces.

—No, no es verdad, pero lo mereceré. —Su seguridad y el modo en que se entrega a su imperfección hacen que me enamore todavía más de él—. No pasa nada si necesitas más tiempo, ¿sabes? Tengo una vida entera y no se me ocurre nada mejor que pasarla esperando que decidas quererme.

Me río y, al mismo tiempo, me echo a llorar. Él me mira como si estuviera completamente perdido.

—No necesitas esperar una vida entera. Mierda, Kellan, no has necesitado esperar ni cinco minutos. Te quiero demasiado como para no lanzarme a tus brazos. Te he esperado cada día desde que volví y...

—Dijiste que no lo harías para siempre —susurra él.

No hay reproche en su voz. Algo de tristeza sí, pero no es reproche.

—Tenía razón, pero créeme, necesito más de dos meses sin ti antes de plantearme siquiera la opción de salir con alguien más. Y aunque lo hiciera, Kellan, lo cierto es que una parte de mí siempre responderá al amor que siento por ti. No importa lo que digan; sé, desde que tenía solo diecisiete años, que no voy a querer a ningún hombre como te quiero a ti. En la versión que sea, de la manera que sea, siempre será distinto. Siempre será... como volar.

—¿Después del invierno? —pregunta con una sonrisilla, haciendo referencia a su canción.

—Y antes. Y durante. Quererte es arrancar el vuelo en todas las estaciones, disfrutando del sol y soportando la lluvia. Con viento, truenos y arcoíris. Rozando las estrellas o apartando nubes para poder verlas. Sabiendo que, pase lo que pase, si miro a mi lado, te veré volando conmigo. No hay nada que pueda contra eso. Nada que pueda contra nosotros.

—Haré de esas palabras una canción —susurra—. Te haré a ti una canción cada día de mi vida —promete.

Kellan me besa. Cuando Willow aparece olisqueando el chocolate del suelo y nuestros jerséis, solo me queda reír, besarlo y abrazarlo con fuerza.

Sobrevolar Rose Lake cada día con el hombre de mi vida. No suena mal, ¿verdad?

Nada mal...

Epílogo

Kellan

Un año después

Oigo las carcajadas de Ash y Maia mientras Brody y yo fruncimos el ceño a la vez. Willow ladra, como si pretendiera reírse de nosotros.

—No está tan mal —murmuro.

Le pedí a Brody que me ayudara a construir el buzón de intercambio de libros de la casa que Maia y yo hemos comprado a orillas del lago. Estamos más cerca del aserradero que del pueblo y de sus padres, pero aun así seguimos estando cerca de todo. En principio buscamos algo en el mismo pueblo, pero, después de que el sheriff nos dijera que estaban vendiendo esta cabaña, ni lo pensamos. Estaba cerrada desde hacía muchos años, necesitaba un montón de reformas y el jardín trasero era un desastre, pero a cambio tenía un pequeño muelle en buen estado y privacidad casi absoluta. Solo hay un punto en el camino de entrada desde el que se ve parte de la cabaña antes de proseguir hacia el aserradero. Ya sabíamos cuál era la cabaña, pero no la habíamos visto por dentro. En cuanto pusimos un pie en el interior, nos enamoramos. Con su suelo de madera, las vigas del techo, la amplitud del salón..., es perfecta.

No es demasiado grande ni lujosa y podría haber comprado cualquier casa de Rose Lake, pero Maia quería ser parte activa de la inversión, así que nos adaptamos el uno al otro y buscamos algo que se adecuara a nuestras posibilidades. La compramos oficialmente un viernes, empezamos la reforma el lunes siguiente y hemos tardado más o menos un año en dejarla totalmente a nuestro gusto. Ha sido un año estresante, pero aquí estamos, en plena Navidad, un año después y a punto de pasar nuestra primera noche oficial en casa.

Oficial, porque hemos dormido en el suelo, en el sofá y, por último, en el colchón muchos días, pero después teníamos que ir a casa a ducharnos y aquí aún teníamos que mejorar muchas cosas.

En esto nuestras familias también han sido muy generosas. Nos han permitido que durmiéramos en una u otra casa dependiendo del día y lo que tuviéramos más cerca. Ha sido caótico, creo que he llegado a tener ropa interior en cuatro casas distintas, pero al final ha merecido la pena. Maia dice que este año ha servido para ir acumulando ganas y ahora, que por fin estamos a punto de estrenar nuestro propio hogar, rebosamos ilusión.

—Está torcido —dice Ashley.

—No está tan torcido —protesto yo mientras miramos el buzón.

El trato era que Ash y Maia se ocupaban de la jardinería gracias a los conocimientos de nuestra amiga que, después de morir su abuela, ha seguido con la tradición de tener cada vez más parterres de flores silvestres. Y, debo añadir, cada vez son más bonitas. La primavera en casa de los Miller es un espectáculo visual.

El señor y la señora Miller... ¿Quién iba a decirlo? Ash y Brody se casaron en una ceremonia a la que, aunque ellos juren que fue íntima, lo cierto es que asistieron todos los habitantes de Rose Lake. El convite fue un caos y Maia tuvo que abandonar todo intento de comer algo porque cada vez que se llevaba algo a la boca alguien le preguntaba si era vegetariano o no. Acabó superborracha y nadie puede decirle nada porque alega que la culpa es del pueblo.

El caso es que mis amigos son muy felices. Viven en la casa de la abuela de Ash. También han reformado y adecuado la cabaña del bosque y la usan cuando sienten que necesitan perderse unos días de la intensidad de Rose Lake.

—Cielo, te adoro, pero el buzón está muy torcido. Me sorprendería mucho que no tuviéramos que añadir una pata de refuerzo en unos meses, en cuanto el peso de los libros se deje notar —dice Maia. Cuando ve el modo en que la miro, se ríe y me abraza—. Perdón, perdón. Es preciosa.

—Es tal como tú la querías.

Ella aprieta los labios para no reírse y yo vuelvo a mirar el buzón. Joder, está muy torcido. Miro a Brody, pero mi amigo se hace el gesto de la cremallera en la boca y entra en casa con Willow.

—Esta noche voy a tener que esmerarme mucho para que me perdone por haber herido su hombría —murmura Ashley—. Es toda una suerte que adore follarme a mi marido.

—Joder, Ashley —exclamo.

—¿Qué? ¡Oye, que estamos casados! Lo vuestro es bastante peor.

Nos reímos y me fijo en el anillo de compromiso de Maia. Se lo pedí oficialmente el verano pasado, pero todavía no hemos fijado una fecha. No logramos ponernos de acuerdo. Ella quiere casarse en invierno y yo pienso que la mejor época es la primavera. Supongo que, al final, lo haremos en el momento menos pensado. De todos modos, somos conscientes de que no es más que un formalismo. Tenemos veinticinco años, yo casi veintiséis, vivimos juntos y tenemos muy claro que esto es para toda la vida. Todo lo demás va a llegar, pero tampoco pasa nada si se retrasa un poco más.

—¿Podéis entrar y explicar cómo funciona el horno? No hay forma de cocinar en esta casa —se queja Brody.

—Meter una pizza en el horno no es cocinar, Brody, te lo he dicho mil veces —responde Ash.

Ellos se enzarzan en una discusión mientras Willow ladra a su alrededor. Ella también está algo nerviosa por pasar su primera noche oficial en casa. Vuelvo a concentrarme en el buzón y noto la mano de Maia tirar de la mía. La miro, pero ella solo sonríe, sin hablar. Me arrastra poco a poco hasta el muelle, con cuidado de no resbalar con el hielo suelto que hay. El lago ya está completamente congelado, pero, cuando llegue la primavera, podremos sentarnos aquí y disfrutar de más de un pícnic.

Una vez en el muelle, Maia señala el cielo.

Sonrío por inercia, la abrazo desde atrás y le beso la coronilla antes de bajar al cuello. Está helada, pero no le digo que entremos a casa. No todavía, es evidente que antes quiere disfrutar de esto.

—¿Todo bien? —le digo.

El frío se hace presente en el vaho que sale de mi boca.

—Todo bien. Estaba fijándome en lo bien que se ven las estrellas desde aquí.

La abrazo más fuerte de un modo casi inconsciente.

—No se rompió y lo sabes —le susurro al oído.

—¿A qué te refieres? —pregunta Maia, pero veo su sonrisa, sabe perfectamente a qué me refiero.

—El cielo nunca se rompió, las estrellas nunca cayeron y yo nunca dejé ni dejaré de quererte. —Ver el modo en que Maia se emociona hace que mi corazón se apriete—. Eres un regalo de la vida, Maia Campbell-Dávalos, estoy seguro.

Ella se gira entre mis brazos. La emoción todavía le brilla en los ojos, y se me cuelga del cuello, sonriendo y con la nariz roja por el frío.

—Es curioso. La primera vez que vine a este pueblo, pensé que estaba sufriendo el peor castigo posible. Han pasado años desde entonces y ahora no puedo imaginarme en otro lugar más que aquí, contigo. Con nuestra familia. En Rose Lake. En casa.

Oímos a Willow ladrar y sonreímos.

—Incluso ampliamos la familia antes de darnos cuenta de que debemos estar juntos hasta el final de nuestros días —digo refiriéndome a la perrita.

—Y lo que queda...

Los nervios se me aprietan en el estómago y elevo una ceja.

—¿Hijos?

—Hijos —admite—. Aunque me pase el embarazo rezando para que no se parezcan a mis hermanos ni atraviesen una adolescencia tan irritable como la de Chelsea.

Me río y la beso en los labios antes de cogerla en brazos y meterla en casa, porque está heladísima.

—No puedo prometerte que no tendremos hijos rebeldes, pero te prometo que haré todo lo posible por ser un buen padre y demostrarles que son, junto a su madre, lo mejor de mi vida. —Willow vuelve a ladrar desde dentro y me río—. Perdón, también junto a ella.

Entramos de una vez y la bajo cuando siento el impacto del calor de la chimenea. Joder, es como un regalo de Navidad. Observo la chimenea prendida, los sofás grises, el suelo de madera y la enorme mesa de comedor que divide el espacio entre la cocina y el salón. Y juro que casi casi puedo ver a nuestros hijos corriendo en pañales detrás de Willow. O al revés, ¿qué más da? Lo importante es que será nuestra familia, de Maia y mía. De repente no puedo esperar para empezar a construir todo eso.

—Bueno, ha llegado la hora de hacer esto —anuncia Brody mostrándonos una bolsa de papel.

—Dios, no —se queja Maia—. El año pasado el sarpullido me duró días.

—Lo sé, pero tenemos que hacernos la foto para imprimirla y colgarla en el árbol de madera de la plaza del centro.

Brody saca los nuevos jerséis que han tejido las manos cada vez más inestables de Gladys. Son feísimos, como cada año, pero hay algo especial en ellos. Será la ilusión que pone la anciana en trabajar durante todo el año para vestir a los vecinos de Rose Lake en Navidad, o quizá saber que no quedan muchas Navidades con ella, pero ni un solo vecino es capaz de negarse a ponérselo y posar para una foto familiar.

Este año, además, hay una especie de exposición y todas las familias deben colgar su foto con el jersey en el árbol que han puesto en el centro de la plaza. El último día del año, Gladys decidirá qué foto es la más bonita. Todavía no está claro cuál es el premio, pero ¿qué más da?

Esa es la magia de Rose Lake: hacer las cosas por los demás y no por lo que ganamos.

—Eh, Kellan, no te libras —dice Maia tirándome uno—. Si eres bueno, prometo curarte bien el sarpullido esta noche.

—Es una promesa, nena —murmuro.

—¡La pizza! —exclama Brody corriendo a la cocina—. Joder, este horno es una mierda. ¡Se ha quemado!

Ash refunfuña que el horno no es una mierda porque ella ya avisó de que había puesto la temperatura muy alta. Willow vuelve a ladrar porque, a ver, le encanta hacerlo. Maia se ríe mientras se acerca a mí, me abraza y señala el panorama de jerséis feos que pican y pizzas quemadas.

—¿Imaginaste que nuestra primera noche sería así?

—No, y por eso es tan genial.

Nos miramos, nos reímos y la beso antes de ir juntos a la cocina e intentar salvar la cena.

Mañana yo trabajaré en alguna composición, Maia irá al aserradero, como cada día, Brody y Ash estarán en el hotel y, más tarde, cuando nuestras responsabilidades acaben, quizá nos veamos en el restaurante para tomar algo y charlar. Si estamos de humor, puede que vayamos a esquiar un poco o a patinar sobre el lago. En realidad, da igual lo que hagamos, siempre que estemos juntos.

Puede que nuestra vida no parezca demasiado interesante, pero es la vida que yo he elegido. Es la vida que me hace feliz.

Porque siempre elegiré a Maia Campbell-Dávalos y no se me ocurre un paraíso más puro que Rose Lake. Eso significa que, al final, mis mejores tesoros no han costado dinero, sino esfuerzo, amor y constancia. Por eso puedo decir que soy, oficialmente, el tipo más afortunado del mundo.

Agradecimientos

A mi familia, porque sin vosotros Rose Lake ni siquiera sería una realidad. Gracias por los abrazos, los «tú puedes», los consejos y la forma en que me habéis limpiado las lágrimas todas y cada una de las veces para dejarme ver el camino. Sujetáis mis sueños de tal modo que sé que, de esta aventura, lo mejor es teneros al lado.

A mis compañeras y amigas escritoras. Gracias por tantos consejos, audios, desahogos, copas y risas. Ojalá las letras no nos falten nunca.

A mi editora, Gemma, y a todo el equipo de Montena. Gracias por hacer posible el viaje a Rose Lake y adornarlo de un modo tan bonito.

A mis lectores. Sentir vuestro apoyo es sentir que alguien me sujeta las alas constantemente para que no deje de volar. Sois geniales.

A Rose Lake, el pueblo ficticio que, en mi cabeza, sigue más vivo que nunca. Y a sus personajes. Gracias por tanto, mis chicos. Os echaré de menos.

Nos vemos en la próxima aventura. =)